Le Grand Maître de la Cultivation Démoniaque

Le Grand Maître de la Cultivation Démoniaque
MO DAO ZU SHI - 2
MO XIANG
TONG XIU

Edition originale chinoise parue sous le titre : 魔道祖師
Edition américaine parue sous le titre : The Grand Master of Demonic Cultivation

Directrice de Collection © Cécile Lederman
Traduction © Audrey Simon
Suivi éditorial © Margaux Villa
Correction © Emmanuelle Lefray et contrôle qualité © L. Ross
Maquette interne © Rohan Lockhart et contrôle qualité © Ascencio Alexandre
Design de la couverture et de la décoration interne © Mélody Kist
Font HL Thuphap 1BK upgrade © Hùng Lân
Illustration de la couverture Softcover © 千二百 Qian Er Bai
Illustration de la couverture Hardcover © Natalia Sorokina
Illustrations Bonus © Asis, Butchinelle et Kura

ISBN Softcover: 9791038137486
ISBN Hardcover : 9791038131972

Existe en format numérique

www.editionsbookmark.com

Sommaire

Sommaire basé sur l'édition imprimée de la publication de 2016 des éditions Pinsin.

Chapitre 8

Le brin d'herbe

— Partie 1 —

La région de Shudong était parcourue par d'innombrables vallées fluviales et entourée de hautes montagnes. Avec un terrain aussi sauvage pour interrompre le flux des vents, une grande partie de ces terres se retrouvaient de fait enveloppées de brume à longueur d'année.

Wei Wuxian et Lan Wangji avaient voyagé dans la direction indiquée par le bras gauche fantôme et étaient finalement tombés sur un petit village. Des maisons de glaise aux toits de chaume étaient entourées d'un certain nombre de clôtures. Un élevage de poules et de poussins multicolores picorait du grain tout en entrant et sortant des champs, et un grand coq aux plumes éclatantes était perché sur un toit. Son cou tordu, il secoua sa crête et observa son territoire avec fierté.

Heureusement, aucun des foyers ne possédait de chien. Les villageois eux-mêmes n'avaient probablement pas souvent l'occasion de manger de la viande, alors ils n'avaient certainement pas de restes et d'os à donner pour les nourrir.

Au niveau de l'entrée du village, la route bifurquait dans trois directions différentes.

Deux de ces chemins étaient visiblement usés et aplatis en raison d'un emprunt fréquent. La surface du dernier, en revanche, était envahie par les mauvaises herbes. Une borne en pierre rectangulaire abîmée se dressait à côté, comme pointant dans la même direction que le chemin.

Elle était vieillie et abîmée par le temps, et arborait une énorme fissure qui s'étendait de haut en bas, de laquelle jaillissaient nombre de brins d'herbe fanés. Deux énormes caractères, représentant vraisemblablement le nom de la destination vers laquelle menait la route, étaient gravés dessus. Le caractère inférieur était à peine assez lisible pour y deviner le mot «ville», mais celui du dessus possédait de nombreux traits et une forme compliquée.

Sans compter que l'immense fissure de la stèle le traversait également de part en part, et que de nombreux fragments de pierre avaient été arrachés. Wei Wuxian se pencha pour enlever les mauvaises herbes, mais même après un long moment passé à étudier la tablette, il resta incapable de déchiffrer le caractère supérieur.

Forcément, la direction dans laquelle le bras gauche pointait n'était autre que cette route.

— Pourquoi ne pas demander aux villageois ? suggéra Wei Wuxian.

Lan Wangji hocha la tête. Inutile de préciser que Wei Wuxian ne s'attendait pas à ce que son interlocuteur se charge de poser les questions. Le visage fendu d'un large sourire, il se dirigea vers un groupe de fermières occupées à arroser le grain et nourrir les poulets.

Leur groupe était composé de femmes de tout âge. Lorsqu'elles virent un jeune homme étrange s'approcher, elles se crispèrent à l'unisson, manifestement prêtes à lâcher leurs vanniers et à s'enfuir pour se barricader dans leurs maisons. Il fallut attendre que Wei Wuxian leur ait parlé, toujours avec son sourire radieux, pour qu'elles commencent à se calmer et à répondre timidement à ses questions.

Wei Wuxian pointa du doigt la borne de pierre et les interrogea, mais leurs visages se décomposèrent d'un coup. Ce fut avec une grande hésitation qu'elles conversèrent avec lui sur le sujet, pointant du doigt et faisant de grands gestes. À aucun moment de leur récit elles n'osèrent regarder Lan Wangji, qui se tenait toujours à côté de la stèle. Wei Wuxian écouta attentivement pendant un certain temps, les commissures de ses lèvres relevées du début à la fin. Au bout d'un moment, il sembla doucement changer de sujet, ce qui amena les fermières à se ragaillardir. Elles se détendirent progressivement, puis finirent par lui rendre son sourire avec humilité.

Lan Wangji les observa de loin. Il attendit un certain temps, mais Wei Wuxian ne semblait pas avoir l'intention de revenir. Il abaissa alors lentement le regard avant d'asséner un petit coup de pied dans une pierre près de lui, et, pendant un bon moment, il retourna cette petite roche innocente, encore et encore. Lorsqu'il releva la tête, Wei Wuxian venait de récupérer quelque chose dans sa robe et de le passer à la plus bavarde des fermières.

Lan Wangji demeura immobile, muet, jusqu'à ce qu'il ne puisse plus le supporter. Mais à l'instant même où il prenait la décision de le rejoindre, Wei Wuxian revint enfin vers lui d'un pas tranquille, les mains jointes dans son dos.

— Hanguang-jun, tu aurais dû venir, commenta-t-il en le rejoignant. Ils élèvent des lapins dans leur jardin !

Lan Wangji n'oscilla guère en entendant cette découverte.

— Quelles informations as-tu obtenues ? demanda-t-il plutôt, froidement.

— Cette route mène à la ville de Yi. Le premier mot de la tablette est « Yi », expliqua Wei Wuxian.

— « Yi » comme dans « xiayi », la chevalerie ? demanda Lan Wangji.

— Oui et non.

— Que veux-tu dire ?

— Cela s'écrit pareil, mais le sens est différent, exposa-t-il. Ce n'est pas le « Yi » de « chevalerie », mais le « Yi » de « Yizhuang ». La maison funéraire caritative.

Tandis que Wei Wuxian continuait à partager ses informations, ils s'engagèrent le long de la route, écrasant quelques mauvaises herbes enchevêtrées et laissant la borne en pierre derrière eux.

— Ces dames ont dit que la plupart des habitants de la ville de Yi étaient éphémères. C'est comme ça depuis toujours. Qu'elle soit naturellement courte ou violemment abrégée, leur vie se termine généralement bien trop tôt, et la ville a donc érigé de nombreuses maisons funéraires afin d'entreposer temporairement les défunts. En plus de cela, les spécialités locales sont les cercueils, la monnaie funéraire et d'autres types d'articles du même registre. Leur artisanat est exquis, qu'il s'agisse de cercueils ou d'effigies funéraires en papier. C'est ainsi que la ville a reçu son nom.

Durant la conversation, Lan Wangji avait surveillé chacun de leurs pas. Sur la route, on pouvait percevoir à grand-peine quelques creux et ornières ainsi que des pierres cassées et des mauvaises herbes soufflées par le vent.

— Elles ont aussi dit que les gens de leur village se rendaient rarement à la ville de Yi, et que ceux qui y vivaient n'en sortaient pas davantage, sauf pour livrer des marchandises. Ils n'ont vu presque personne ces dernières années, et cette route est depuis bien plus longtemps déserte. Cela promet en effet d'être un chemin difficile.

— Et ? demanda Lan Wangji.

— Et quoi ?

— Que leur as-tu donné ?

— Oh, ça ? Des produits de beauté.

À Qinghe, il avait acheté une petite boîte de fard à joues au faux cultivateur médecin charlatan, le tout en lui soutirant quelques informations. Depuis, il l'avait toujours sur lui.

— Quand tu demandes des informations aux gens, tu dois leur donner quelque chose en remerciement, expliqua

Wei Wuxian. Au début, je pensais leur donner de l'argent, mais elles étaient trop nerveuses pour accepter. J'ai remarqué qu'elles aimaient beaucoup l'odeur de ce fard à joues, comme si elles n'avaient jamais utilisé un tel produit auparavant. Je le leur ai donc offert.

Il marqua une courte pause, puis reprit :

— Hanguang-jun, pourquoi me regardes-tu ainsi ? Je sais que ce n'était pas un produit de grande qualité, mais je n'avais pas de fleurs ou d'accessoires sur moi à offrir aux dames comme c'était toujours le cas par le passé. Puisque je n'avais vraiment rien d'autre, c'était mieux que rien.

Lan Wangji fronça les sourcils, comme si cette déclaration avait évoqué un souvenir malheureux, et il détourna lentement la tête.

À mesure qu'ils progressaient le long de ce chemin tortueux, les mauvaises herbes se retiraient progressivement et se repliaient sur les côtés, tandis que la route elle-même s'élargissait. Le brouillard, quant à lui, devenait de plus en plus épais.

Un ensemble de portails de ville délabrés se dessina à l'autre bout, et le bras gauche fantôme referma le poing.

Au sommet du mur de la ville s'élevait une tourelle dont la peinture s'écaillait et à laquelle de nombreuses tuiles manquaient. L'un de ses angles était même ébréché. L'impression générale qui s'en dégageait était celle d'un bâtiment délabré et inesthétique. Les remparts de la ville eux-mêmes étaient couverts de graffitis peints par quelques inconnus. Le rouge des portes avait pratiquement viré au blanc, et chacun de leurs clous était désormais noir de rouille. De plus, elles ne semblaient pas complètement fermées. Il semblait que quelqu'un les avait légèrement entrouvertes et s'était glissé à l'intérieur.

Ils n'avaient pas encore mis les pieds dans la ville elle-même que l'atmosphère inquiétante indiquait clairement qu'il s'agissait d'un endroit infernal. Un lieu où le mal pullulait.

Wei Wuxian n'avait cessé d'examiner la zone en cours de route. Lorsqu'ils atteignirent les portes, il commenta :

— Quel terrible feng shui !

— Le paysage est désespérant, répondit Lan Wangji, hochant la tête avec sagesse.

Cet endroit était entouré de hautes montagnes et de falaises abruptes. Le relief s'inclinait fortement vers la ville d'une manière oppressante, menaçante, comme s'il pouvait s'effondrer dessus à tout moment. Ainsi entouré de monts aussi sombres et massifs, caché, réduit à un état si pitoyable au milieu de cet épais brouillard blanc, ce lieu paraissait donc aussi mauvais qu'il était possible de l'être. Le simple fait de s'y tenir donnait l'impression d'être étouffé par l'anxiété, envahi d'appréhension.

Le dicton «une terre riche favorise le talent» était utilisé depuis l'Antiquité, et l'inverse était tout aussi vrai. Certains endroits arboraient un feng shui abominable simplement en raison de leur géographie, comme si l'air était enveloppé d'une moisissure persistante. Les existences de ceux qui résidaient dans de telles zones étaient généralement éphémères et tous leurs projets, voués à l'échec. S'ils y restaient sédentaires durant plusieurs générations, cette forme de malédiction prenait racine jusque dans la moelle de leurs os au point d'en suppurer. Les manifestations surnaturelles y étaient également fréquentes. La réanimation de cadavres, l'apparition de fantômes malveillants et d'autres phénomènes de ce genre se produisaient bien plus souvent que d'habitude.

De toute évidence, la ville de Yi était ce genre d'endroit.

Les lieux comme celui-ci étaient généralement éloignés, loin de la portée des clans importants du monde de la cultivation. Bien sûr, lesdits clans ne voulaient jamais avoir affaire à eux de toute façon. Un Abysse Flottant pouvait être chassé, mais le paysage naturel était difficile à modifier. Si personne ne venait frapper à leur porte, suppliant pour de l'aide, les clans gardaient les yeux fermés et faisaient semblant d'ignorer toute manifestation.

Le meilleur moyen pour les habitants de la ville de se sortir de leur situation difficile était de déménager, mais si quelqu'un habitait là depuis des générations, il était très difficile pour lui de se résoudre à quitter le seul foyer qu'il connaissait. Quand bien même plus de la moitié des habitants de leur ville natale voyaient leur vie écourtée, peut-être qu'eux feraient partie des rares chanceux. De telles pensées rendaient les choses supportables.

Wei Wuxian et Lan Wangji arrivèrent enfin à l'entrée et échangèrent un regard.

Criiic. La porte, mal alignée à cause des essieux qui se déformaient sous son poids, s'ouvrit avec une sinistre lenteur.

Ce ne fut pas la vue d'une rue animée qui les accueillit, pas plus qu'une marche de cadavres féroces vacillants. Bien au contraire, il n'y avait rien d'autre que du blanc à perte de vue.

Un épais brouillard imprégnait l'air, incroyablement plus épais que le brouillard à l'extérieur des murs de la ville. Il leur fallut plisser les yeux afin de parvenir à distinguer une longue rue droite s'étendant devant eux, encadrée de maisons de chaque côté. Il n'y avait pas la moindre personne en vue.

Les deux hommes se rapprochèrent instinctivement l'un de l'autre de quelques pas avant de pénétrer la ville.

Il avait beau faire jour, la ville était calme et silencieuse. Non seulement on n'entendait aucune voix humaine, mais même le gloussement des poulets ou l'aboiement des chiens manquaient à l'appel. C'était extrêmement étrange.

Pourtant, encore une fois, puisque c'était là la destination indiquée par le bras gauche fantôme, il aurait été étrange que l'endroit ne soit pas un tant soit peu anormal.

Ils arpentèrent la longue rue pendant un moment. Plus ils s'engageaient, plus le brouillard blanc s'épaississait. L'air lui-même semblait déborder d'énergie maléfique. Au début, ils furent encore en mesure de voir sur une distance moyenne d'une dizaine de pas devant eux. Cela se réduisit à seulement cinq pas.

Enfin, la brume devint si omniprésente que même voir leurs propres doigts tendus devint à peine faisable. Ainsi, plus Wei Wuxian et Lan Wangji marchaient, plus ils se retrouvaient contraints de se presser l'un contre l'autre, au point de devoir se déplacer épaule contre épaule afin de pouvoir voir le visage de leur partenaire.

Une pensée fit alors surface dans l'esprit de Wei Wuxian. *Si quelqu'un profitait de ce brouillard pour se faufiler entre nous et agrandir notre groupe, nous ne le remarquerions peut-être même pas.*

Au même moment, son pied heurta quelque chose. Il baissa la tête, mais s'avéra bien incapable de voir ce dont il s'agissait. Il attrapa donc la main de Lan Wangji pour qu'il ne s'aventure pas plus loin tout seul et se pencha, les yeux plissés pour y voir plus clair.

Une tête humaine, aux yeux exorbités de fureur, assaillit sa vision à travers le brouillard.

C'était celle d'un homme. Il arborait des sourcils épais et de grands yeux, les joues envahies d'une rougeur inhabituellement vive. L'ayant pratiquement fait s'envoler en lui assénant un coup de pied, Wei Wuxian connaissait de fait son poids et savait qu'elle était bien trop légère pour être une véritable tête. Il la ramassa et la serra fermement. Sous la pression, les joues de l'homme se creusèrent et répandirent au passage une certaine quantité de fard.

Il s'agissait d'une tête faite de papier.

Elle s'avérait remarquablement réaliste. Bien que le maquillage ait été exagéré, ses cinq caractéristiques étaient tout à fait exquises. La ville de Yi étant spécialisée dans la production d'objets funéraires, la qualité de leurs effigies en papier était tout naturellement excellente.

Les effigies funéraires en papier étaient ce que l'on appelait des poupées de substitution. Selon la croyance populaire, lorsqu'une poupée de substitution était brûlée à la place du défunt, elle s'en allait souffrir en enfer, escalader la montagne de couteaux et plonger dans le chaudron d'huile bouillante à la place de ce dernier. Il se disait également que des domestiques et de splendides beautés attendaient dans le monde souterrain pour servir l'ancêtre, masser son dos et ses jambes. Bien sûr, ce n'étaient là que des mots de réconfort que les vivants se racontaient pour leur propre tranquillité d'esprit.

Quoi qu'il en soit, cette tête de papier devait provenir d'un combattant Yin. Le combattant Yin, comme son nom l'indiquait, était une sorte de mercenaire. On disait qu'une fois dans l'au-delà, il pouvait protéger l'ancêtre des attaques de fantômes malveillants ou de juges rusés, et s'assurer que l'argent brûlé pour lui ne serait pas dérobé par de petites goules bestiales. La tête devait avoir à l'origine un grand corps en papier solide, mais quelqu'un l'avait arrachée et jetée dans la rue.

D'innombrables mèches de cheveux lustrées, d'un noir d'ébène, prenaient racine au sommet du crâne de papier. Wei Wuxian tendit une main pour venir sentir leur texture et fut surpris de constater que ceux-ci étaient fermement fixés. C'était presque comme s'ils avaient naturellement poussé. Ce travail artisanal était véritablement excellent. De vrais cheveux avaient-ils été utilisés et collés dessus ?

Soudain, une petite ombre maigrichonne passa juste devant lui.

L'apparence de cette ombre était très étrange. Elle le frôla et le dépassa en courant, puis disparut à travers l'épais brouillard en un éclair. Bichen se dégaina d'elle-même et tenta de la poursuivre, mais elle revint tout aussi rapidement et se rengaina.

La chose qui l'avait dépassé à toute vitesse était bien trop rapide ; assurément trop pour un humain !

— Garde les yeux ouverts et reste en alerte, l'avertit Lan Wangji.

Bien qu'elle se soit contentée de passer à côté de lui, il était impossible de prédire la façon dont elle se comporterait la fois suivante.

Wei Wuxian se redressa.

— Tu as perçu ce qui vient de se passer ?

— Des bruits de pas et celui d'une perche de bambou, répondit Lan Wangji.

En effet. Lors de cette brève rencontre, outre le bruit de pas frénétiques, ils avaient également entendu un autre son étrange. Un *ta-ta-ta* net et clair, semblable au battement d'une perche de bambou sur le sol à coups rapides. Quelle pouvait bien en être l'origine ?

Ce fut à ce moment précis qu'ils entendirent à nouveau ces mêmes bruits de pas dans le brouillard.

Cette fois-ci, ils sonnèrent très légers, très lents, mais également nombreux et variés. Il semblait s'agir d'un certain nombre de personnes s'approchant prudemment, tentant de ne pas se faire repérer. Wei Wuxian fit un geste de la main, sortit un talisman brûleur de yin et l'envoya nonchalamment dans cette direction. Si quelque chose devant lui bouillonnait de ressentiment, le talisman brûlerait et la lumière du feu qui en résulterait pourrait au moins éclairer la zone.

Les nouveaux venus au-devant d'eux réalisèrent que quelqu'un leur avait jeté quelque chose et ripostèrent instantanément. De multiples traînées d'épées, cinglantes et meurtrières, se précipitèrent sur eux dans un arc-en-ciel de couleurs. Bichen se dégaina tranquillement et traça un demi-cercle devant Wei Wuxian, repoussant tous les assauts. Le groupe de récents arrivants se retrouva plongé dans la plus totale confusion.

Toutefois, ayant entendu leurs râles de colère, Lan Wangji rengaina immédiatement Bichen tandis que Wei Wuxian appelait à voix haute :

— Jin Ling ? Sizhui ?

Il ne s'était pas trompé. La voix de Jin Ling résonna dans le brouillard blanc.

— Encore toi ?

— C'est à moi de dire ça ! s'exclama Wei Wuxian.

La voix de Lan Sizhui fut emplie d'un certain plaisir, malgré tous ses efforts pour se retenir.

— Mo-gongzi, vous êtes là aussi ? Cela signifie-t-il que Hanguang-jun est ici également ?

Comme si le sort de silence avait été lancé sur lui, Jin Ling se tut immédiatement lorsqu'il entendit que Lan Wangji était peut-être lui aussi présent. De toute évidence, il avait peur d'être sanctionné s'il était pris en flagrant délit.

Au contraire, Lan Jingyi s'écria à son tour :

— Il est forcément là ! N'était-ce pas Bichen, à l'instant ? Si, c'était bien elle !

— Oui, il est là. Il se tient juste à côté de moi au moment où nous parlons, affirma Wei Wuxian. Vous tous, venez vite par ici.

Après avoir découvert que ceux qui se trouvaient devant eux étaient des amis plutôt que des ennemis, le groupe d'adolescents réagit comme s'il venait d'être sauvé. Tout le monde se rassembla en toute hâte. En dehors de Jin Ling et des cadets Lan, il y avait également sept ou huit garçons vêtus d'uniformes différents et dont les visages étaient marqués par l'hésitation. Il s'agissait probablement de cadets issus d'autres clans de cultivation très réputés.

— Que faites-vous tous ici ? demanda Wei Wuxian. Nous attaquer si férocement sans prévenir... Fort heureusement, Hanguang-jun était avec moi ! Et si vous aviez blessé des gens ordinaires ?

— Il n'y a personne d'ordinaire ici. Ou plutôt, personne du tout dans cette ville ! répliqua Jin Ling.

— Les miasmes maléfiques envahissent tout, et cela, en dépit de la lumière du jour, expliqua Lan Sizhui, hochant la tête. En outre, pas un seul magasin n'est ouvert !

— Ce n'est pas important, affirma Wei Wuxian. Comment avez-vous réussi à vous rassembler ici ? Ne me dites pas que vous vous êtes arrangés pour sortir en groupe pour une chasse nocturne ?

Jin Ling possédait un tempérament impérieux et une certaine tendance à se bagarrer avec la moindre personne qu'il jugeait intolérable ; cela regroupait, en fait, à peu près tout le monde. Compte tenu de ses précédentes frictions avec les cadets Lan, comment auraient-ils pu accepter de se livrer ensemble à une chasse nocturne ?

Lan Sizhui, qui était du genre à répondre à chaque question qu'on lui posait, s'expliqua en conséquence :

— C'est une longue histoire. Nous étions à l'origine…

Tout à coup, le son inhabituellement perçant du bambou s'abattant sur le sol retentit depuis les brumes. *Tac-tac-tac ; ta-ta-ta.*

Sous le coup de la surprise, les visages des cadets perdirent toutes leurs couleurs.

— Ça recommence !

Les échos du bambou frappant le sol s'élevaient subitement et disparaissaient tout aussi brusquement. Ils étaient parfois éloignés ; parfois très proches. Il était impossible de déterminer leur emplacement, ou leur source.

— Rapprochez-vous et ne bougez pas. Ne dégainez pas vos épées non plus, ordonna Wei Wuxian.

Les cadets, qui brandissaient frénétiquement leurs épées au beau milieu d'un brouillard aussi dense, risquaient de finir par se blesser avant que l'ennemi ne subisse le moindre coup. Un moment plus tard, le son s'interrompit de plus belle brutalement.

Après un long silence, un des cadets chuchota :

— C'est encore cette chose… Combien de temps va-t-elle continuer à nous suivre ?

— Ça vous a suivis ? demanda Wei Wuxian.

— Nous ne nous sommes pas quittés depuis notre entrée dans la ville, de peur de nous perdre les uns les autres, vu l'épaisseur de ce brouillard. Puis nous avons soudain commencé à entendre ce bruit. Ce n'était pas aussi rapide au début, et ça ne se produisait que de temps en temps, avec de longs intervalles de paix. Nous avons même vu une petite silhouette indistincte dans le brouillard devant nous, mais lorsque nous nous sommes précipités à sa poursuite, elle avait déjà disparu. Ce son nous suit depuis lors.

— Petite comment ? l'interrogea plus précisément Wei Wuxian.

Lan Sizhui plaça la main au niveau de sa poitrine.

— Très proche de cette taille. Assez petite.

— Depuis combien de temps êtes-vous ici ?

— Presque la moitié d'un temps d'encens.

— La moitié d'un temps d'encens ? s'étonna Wei Wuxian avant de se retourner. Hanguang-jun, depuis combien de temps sommes-nous ici ?

La voix de Lan Wangji résonna à travers la brume blanche.

— Près d'un temps d'encens.

— Vous voyez ? reprit Wei Wuxian. Nous sommes ici depuis plus longtemps, alors comment avez-vous réussi à prendre de l'avance sur nous ? Et à nous tomber dessus uniquement lorsque vous avez fait demi-tour ?

Jin Ling prit finalement la parole, malgré lui :

— Nous ne sommes pas revenus sur nos pas ! Nous avons longé cette route tout du long.

S'ils n'avaient cessé d'aller tout droit, cette route pouvait-elle avoir été trafiquée ? Transformée en un réseau labyrinthique récursif ?

— Avez-vous essayé de monter sur vos épées pour vous envoler et regarder d'en haut ? demanda Wei Wuxian.

— Oui, répondit Lan Sizhui. J'ai eu l'impression d'avoir volé sur une très longue distance, mais, en réalité, je ne me suis absolument pas élevé bien haut. Il y avait également quelques ombres noires floues qui se déplaçaient dans l'air. J'avais peur de ne pas être capable de les gérer seul, alors je suis redescendu.

Le silence s'abattit sur le groupe. Shudong était une région naturellement brumeuse, par conséquent, ils n'avaient originellement pas porté plus d'attention que nécessaire au brouillard blanc qui envahissait les rues de la ville de Yi. Toutefois, cela ressemblait de moins en moins à un simple brouillard et de plus en plus à du miasme maléfique.

Lan Jingyi se montra quelque peu alarmé.

— Ce brouillard n'est pas toxique, n'est-ce pas ?

— Probablement pas, affirma Wei Wuxian. Nous le respirons depuis longtemps et nous sommes toujours en vie.

— Si j'avais su, j'aurais amené Fée avec moi, déplora Jin Ling. C'est la faute de ton maudit âne !

En entendant le nom du chien, Wei Wuxian sentit son dos parcouru d'une violente chair de poule.

— Nous n'avons même pas rejeté la faute sur ton chien ! répliqua Lan Jingyi. C'est lui qui a mordu le premier et qui a ensuite été frappé par les sabots de Petite Pomme, alors qui est le fautif ? De toute façon, aucun des deux ne peut bouger pour le moment !

— Quoi ? les coupa Wei Wuxian. Ma Petite Pomme a été mordue par un chien ?

— Comment pouvez-vous ne serait-ce que comparer cet âne à mon chien spirituel ? pouffa Jin Ling. Fée est un précieux cadeau de mon petit oncle[1] ! Je vous le dis, s'il lui arrive quelque chose, même dix mille ânes ne représenteront pas une compensation suffisante !

À l'aide de quelques bêtises de son cru, Wei Wuxian s'empressa de mettre à mal cet argument avec une déconcertante facilité :

— N'essaie pas d'intimider les gens en te servant du nom de Lianfang-zun. Cela dit, Petite Pomme est un destrier dont Hanguang-jun m'a fait cadeau ! Pourquoi lui avoir fait descendre la montagne pour une chasse nocturne ? Et comment avez-vous pu le laisser se faire blesser ainsi ?

— Menteur ! s'emportèrent à l'unisson les cadets Lan.

Ils refusaient de croire que Hanguang-jun, avec son goût et son raffinement, aurait pu choisir un tel destrier en guise de présent.

Quand bien même Lan Wangji lui-même ne réfutait pas cette déclaration, ils refusèrent avec véhémence de le croire.

— Mmh... désolé, Mo-gongzi, commença Lan Sizhui. Votre Petite P... âne faisait un véritable vacarme au Repaire

1 Jin Ling appelle son oncle paternel Jin Guangyao «xiao-shushu», ce qui se traduit par «petit oncle (paternel)». L'utilisation du mot «petit» indique que Jin Guangyao est plus jeune que les autres oncles paternels de Jin Ling. L'oncle maternel de Jin Ling, Jiang Cheng, est appelé «jiujiu».

des Nuages. Les aînés n'ont pas cessé de s'en plaindre. Ils nous ont dit que nous devions nous en débarrasser lors de notre prochaine sortie en chasse nocturne, alors nous...

Jin Ling n'était pas convaincu non plus du fait que l'âne tacheté était un cadeau de Lan Wangji.

— Je déteste la vue de cet âne. Et qu'est-ce que c'est que ce nom, «Petite Pomme» ? C'est tellement stupide !

Lan Jingyi, songeant que des mots aussi durs pouvaient s'avérer bien imprudents dans le cas où l'âne serait véritablement un présent de la part de Hanguang-jun, s'empressa de prendre sa défense :

— Quel est le problème avec le nom «Petite Pomme», hein ? Il aime manger des pommes, alors on l'appelle «Petite Pomme». C'est parfaitement logique ! C'est bien mieux que toi, qui as nommé ton chien obèse «Fée» !

— En quoi Fée est-il obèse ? répliqua furieusement Jin Ling. Je te défie de trouver un autre chien spirituel plus agile...

Soudain, il n'y eut plus aucun bruit.

Après quelques instants, Wei Wuxian demanda :

— Il y a quelqu'un ?

S'ensuivit une vague de «mmh» et de «mmpf», indiquant qu'ils étaient tous encore là.

Ce fut alors que Lan Wangji répondit froidement :

— Clameur.

Il avait bel et bien fait taire tout le monde. Wei Wuxian prit alors conscience de ses lèvres malgré lui et se sentit plutôt chanceux.

Pile à cet instant, ils entendirent des bruits de pas. Certains devant eux ; d'autres, sur le côté.

Ils donnaient la sensation d'une certaine maladresse, chacun d'eux marqué par une pause. Il ne fallut toutefois pas attendre longtemps pour que le même bruit se fasse entendre à nouveau, au-devant d'eux, toujours, mais aussi à leur droite, à leur gauche, dans leur dos. Le son provenait désormais de toutes les directions. Bien que le brouillard soit trop épais pour pouvoir y voir clair, la puanteur de la pourriture avait déjà commencé à imprégner l'air ambiant.

Bien sûr, Wei Wuxian ne faisait pas grand cas de simples cadavres ambulants. Il poussa simplement un doux sifflement agrémenté d'une note finale ascendante et insufflée d'une intention répulsive. Lorsque les cadavres cachés dans le brouillard entendirent ce son, ils vacillèrent comme prévu.

Toutefois, contre toute attente, ils se précipitèrent sur lui l'instant d'après !

Jamais Wei Wuxian n'aurait pu imaginer que son ordre de renvoi se révélerait non seulement inefficace, mais qu'il aggraverait d'autant plus la situation vis-à-vis de ces cadavres ambulants. Il n'aurait jamais confondu les ordres « renvoi » et « frénésie » ! Mais il n'eut pas le temps d'y réfléchir davantage. Sept ou huit silhouettes vacillantes se détachèrent bien vite des tréfonds du brouillard blanc. Et pour qu'elles deviennent ainsi visibles malgré l'épaisseur des brumes de la ville de Yi, cela signifiait qu'elles étaient déjà très proches !

Au même moment, la traînée bleu glacé de Bichen fendit le brouillard immaculé. Elle décrivit un cercle très net autour du groupe, tranchant au passage les nombreux cadavres ambulants au niveau de la taille, avant de retourner rapidement dans son fourreau. Wei Wuxian ne put s'empêcher de pousser un soupir de soulagement.

— Pourquoi ? murmura Lan Wangji de manière presque inaudible.

Wei Wuxian se posait la même question. *Pourquoi l'injonction sifflée a-t-elle été incapable de repousser ces cadavres ambulants ? Avec une démarche aussi lente et une telle odeur de pourriture dans leur sillage, ils ne pouvaient pas être de haut niveau. Ils auraient dû être de ceux qui s'enfuient de peur au moindre de mes clappements de mains. Ce n'est pas comme si le sifflement fonctionnait à l'énergie spirituelle. C'est impossible qu'il perde soudainement son efficacité. Cela ne s'est jamais…*

Il prit subitement conscience de la situation. Une légère goutte de sueur perla dans son dos.

Non. Ce n'était pas que cela ne s'était jamais produit auparavant. Il avait déjà fait face à ce phénomène, et pas qu'une fois. Il y avait bien un type de cadavre féroce ou d'esprit malveillant qu'il ne pouvait pas commander : ceux déjà placés sous le contrôle du Sceau du Tigre Yin !

Ce fut ce moment que choisit Lan Wangji pour défaire le sort de silence, permettant enfin à Lan Sizhui de parler à nouveau.

— Hanguang-jun, la situation est-elle si dangereuse ? Devrions-nous quitter la ville immédiatement ?

— Mais avec un brouillard si épais et une route impraticable…, s'en mêla un autre cadet. Nous ne pouvons même pas nous envoler… Je crois que d'autres de ces choses viennent par ici !

— Où ça ? Je n'ai entendu aucun bruit de pas !

— J'ai cru entendre une respiration étrange…

Le garçon s'arrêta net, embarrassé, se rendant compte à quel point sa déclaration semblait stupide dès qu'elle passa ses lèvres.

Un autre garçon s'empressa de se moquer :

— Alors là, bravo ! Une respiration. Ces cadavres ambulants sont, comme le nom l'indique, des cadavres. Comment pourraient-ils respirer ?

Néanmoins, il eut tout juste le temps de terminer sa phrase qu'une autre silhouette costaude se jeta sur lui. Bichen fut dégainée une fois de plus, et la tête et le corps de cette silhouette se séparèrent dans un curieux son d'éclatement qui ne manqua pas de faire hurler les cadets à proximité.

Soucieux de leur état, pensant qu'ils avaient pu avoir été blessés, Wei Wuxian les interpella aussitôt.

— Que se passe-t-il ?

— Quelque chose a jailli de ce cadavre ambulant, expliqua Lan Jingyi. Cela ressemble à une sorte de poudre. L'odeur est amère, douce et rance à la fois !

Il voulut s'étendre davantage, mais du fait d'un minutage particulièrement malchanceux, lorsqu'il ouvrit la bouche, il inhala en abondance de cette étrange poudre. Faisant fi de toutes les règles de bienséance, il cracha et postillonna à de nombreuses reprises.

Ce qui avait été expulsé du cadavre ambulant était un sérieux problème. Cela virevoltait encore dangereusement dans l'air autour d'eux, et si par malheur cela se frayait un chemin jusque dans leurs poumons, les effets risquaient de se trouver bien plus désastreux qu'une simple bouffée de cette poussière.

— Éloignez-vous tous de cette zone ! ordonna Wei Wuxian. Et toi, viens par ici et laisse-moi jeter un coup d'œil.

— D'accord, répondit Lan Jingyi. Mais je ne te vois pas. Où es-tu ?

La visibilité était si faible qu'elle rendait les déplacements difficiles.

Se souvenant que la lumière de Bichen était capable de fendre le brouillard blanc chaque fois qu'elle était dégainée, Wei Wuxian se tourna vers Lan Wangji.

— Hanguang-jun, dégaine ton épée un instant pour qu'il puisse nous rejoindre.

Lan Wangji se tenait debout à ses côtés, mais il ne répondit et ne bougea pas.

Soudain, à environ sept pas de leur position, un éclat de lumière bleu glacé scintilla, laissé par la traînée translucide d'une épée.

Lan Wangji était là-bas ?

Dans ce cas, qui était celui qui se tenait à côté de lui, en silence, depuis tout ce temps ?

La vision de Wei Wuxian devint subitement noire, envahie par un visage assombri. Il était dissimulé par une épaisse et dense couche de fumée noire qui l'enveloppait complètement !

Cette personne masquée par les fumerolles s'empara du sac qiankun de confinement du mal qui pendait à sa taille.

Cependant, celui-ci gonfla brusquement et brisa les cordons qui le retenaient. Trois esprits maléfiques, emmêlés comme s'ils n'en formaient qu'un et bouillants de ressentiment, jaillirent de la pochette avant de charger !

Wei Wuxian s'esclaffa.

— Oh ! Tu voulais me dérober le sac qiankun de confinement du mal ? Alors, tu devrais faire vérifier tes yeux. Que crois-tu faire en attrapant ma poche piégeuse d'esprits ?

Depuis la rencontre au cimetière du clan Chang de Yueyang, lorsque Wei Wuxian et Lan Wangji s'étaient emparés du torse que le fossoyeur avait déterré et qu'ils avaient poussé ce dernier à s'enfuir, ils étaient restés sur le qui-vive. Ils savaient que le principal intéressé n'avait pas l'intention d'abandonner si facilement et qu'il tenterait probablement de saisir la première occasion venue pour leur dérober une fois de plus le torse. Et, assurément, il n'avait pas fallu longtemps après leur entrée dans l'enceinte de la ville de Yi pour que le fossoyeur profite de l'épais brouillard et de la foule afin d'agir. Il aurait d'ailleurs certainement réussi... sauf que Wei Wuxian avait depuis longtemps échangé le sac qiankun de confinement du mal, à l'intérieur duquel se trouvait le bras gauche fantôme, avec sa poche piégeuse d'esprits.

Cling. L'intéressé fit un bond en arrière et dégaina son épée. Les esprits malveillants, désorientés par ce seul coup de sabre, poussèrent immédiatement des cris de rancœur et de colère.

Un individu doté d'un niveau de cultivation élevé, comme je le soupçonnais, songea Wei Wuxian avant de prendre la parole :

— Hanguang-jun, le pilleur de tombes est là !

Il n'eut nul besoin de préciser que quelque chose n'allait pas. Lan Wangji, de ses seules oreilles, avait d'ores et déjà pris conscience de l'étendue de la situation. Il resta silencieux et le mouvement rapide et implacable de Bichen demeura sa seule réponse.

Les choses n'étaient toutefois pas en leur faveur. Si la lame du fossoyeur était recouverte d'une fumée noire qui l'empêchait de briller et s'avérait déjà bien camouflée par la brume, Bichen était bien incapable de dissimuler sa propre lumière. Wei Wuxian était à découvert quand l'ennemi était pleinement dissimulé et que son niveau de cultivation était loin d'être faible ; sans compter que cet inconnu n'était pas étranger aux techniques martiales du clan Lan de Gusu. Pour couronner le tout, bien qu'ils se battent tous deux à l'aveugle dans les miasmes, le fossoyeur pouvait frapper sans retenue, alors que Lan Wangji devait, quant à lui, faire attention à ne pas blesser son propre groupe par erreur. À dire vrai, il était très sérieusement désavantagé.

Wei Wuxian se concentra sur le bruit des lames qui s'entrechoquaient, et son cœur s'emballa.

— Lan Zhan ? Tu es blessé ? s'empressa-t-il de demander.

Un grognement étouffé résonna au loin, comme si un point vital avait été touché, mais ce n'était évidemment pas la voix de Lan Wangji.

— Impossible, répondit ce dernier avec prétention.

— C'est bien vrai ! répondit Wei Wuxian, amusé.

Leur adversaire sembla ricaner, puis brandit à nouveau son épée, prêt à reprendre la lutte. La lumière de Bichen et les échos des lames s'entrechoquant s'éloignaient de plus en plus. Wei Wuxian avait bien compris que Lan Wangji tentait intentionnellement de déplacer le champ de bataille afin de s'occuper du fossoyeur sans risquer de blesser les autres par erreur. Ce qui signifiait que l'issue du combat était entre ses mains.

Il se retourna et demanda à haute voix :

— Comment se portent ceux qui ont respiré de cette poudre ?

— Ils ont du mal à se tenir debout ! déclara Lan Sizhui.

— Rassemblez-vous ici, au centre, et faites-moi le compte de nos effectifs.

Fort heureusement, une fois la vague de cadavres ambulants éradiquée et le fossoyeur écarté, rien d'autre ne vint les harceler ; pas même ces fameux bruits de bambou claquant contre le sol. Les autres cadets du clan se rassemblèrent donc et comptèrent le nombre de membres que comportait leur groupe. Il ne manquait personne.

Wei Wuxian prit Lan Jingyi à part et posa une main sur son front afin d'en mesurer approximativement la température. Il était un peu chaud. Les autres garçons qui avaient respiré la poudre issue du cadavre étaient dans la même situation.

Il souleva une des paupières de Lan Jingyi et lui demanda :

— Tire la langue et laisse-moi voir. Fais-moi un grand « Aaah »...

— Aah..., fit Lan Jingyi, s'exécutant sans discuter.

— Oui. Félicitations, tu souffres d'un empoisonnement cadavérique, déclara Wei Wuxian.

— Qu'y a-t-il à féliciter ? aboya Jin Ling.

— C'est une sacrée anecdote, expliqua-t-il. Une histoire à raconter aux plus jeunes quand on devient vieux.

Normalement, pour contracter l'empoisonnement cadavérique, il fallait être griffé ou mordu par des cadavres ayant été transformés, ou bien qu'une blessure ait été contaminée par quelques gouttes de leur sang souillé. Il était très rare que les cultivateurs laissent un cadavre ambulant s'approcher suffisamment pour griffer ou mordre, par conséquent, personne n'avait pour habitude de transporter l'antidote avec lui.

Lan Sizhui était très inquiet.

— Mo-gongzi, que va-t-il leur arriver ?

— Rien dans l'immédiat, assura Wei Wuxian. Mais une fois que le poison se trouve dans leur système sanguin, s'il atteint le cœur, on pourra leur dire aaadieuu.

— Que... Que va-t-il se passer ? demanda Lan Sizhui, peu rassuré.

— Vous prendrez tous l'apparence du cadavre vous ayant infecté, explicita Wei Wuxian. Dans le meilleur des cas, vous vous contenterez de pourrir et de puer. Autrement, vous vous transformerez en un jiangshi aux cheveux longs, condamné à sautiller pour toujours.

Les cadets empoisonnés en eurent le souffle coupé.

— Vous voulez guérir, non ? insista Wei Wuxian.

Ce fut tout naturellement qu'ils hochèrent la tête avec vivacité.

— Alors, ouvrez vos oreilles. À partir de maintenant, écoutez bien tout ce que je vous dirai. Chacun d'entre vous.

Bien qu'une bonne partie des garçons ne sache toujours pas qui il était, ils avaient vu avec quelle familiarité il traitait Hanguang-jun, s'adressant à lui comme à un pair de la même génération, au point de l'appeler par son nom de naissance. Ils étaient également coincés dans cette ville sinistre étouffée sous les miasmes maléfiques, en plus d'être empoisonnés, fiévreux... et habituellement d'un naturel anxieux et craintif. Ils cherchaient instinctivement quelqu'un sur qui s'appuyer, et la façon dont Wei Wuxian parlait était empreinte d'une confiance inexplicable, comme s'il n'y avait rien à craindre.

Il lui était donc facile de les mener par le bout du nez.

— Bien ! répondirent-ils à l'unisson.

Profitant éhontément de la situation, Wei Wuxian insista encore un peu :

— Vous ferez tout ce que je dis sans la moindre objection, compris ?

— Oui !

Wei Wuxian applaudit leur enthousiasme et reprit :

— Allez, tout le monde, debout. Ceux qui ne sont pas empoisonnés s'occuperont de ceux qui le sont. Le mieux est de les porter sur votre dos, mais s'il vous faut vous mettre à deux pour les soulever, n'oubliez pas que leur tête et leur cœur doivent être surélevés par rapport au reste du corps.

— Je peux marcher, vous savez, protesta Lan Jingyi. Pourquoi devrais-je être porté ?

— Eh bien, tu vois, gege ! entama Wei Wuxian sur un ton sarcastique. Lorsque tu gambades, ton sang circule plus vite et atteint donc ton cœur plus rapidement. Il te faut donc bouger le moins possible. Dans l'idéal, pas du tout.

L'un des garçons perchés sur le dos de son compagnon de secte grommela :

— Le cadavre qui a fait jaillir cette poudre empoisonnée respirait vraiment…

— Je te l'ai déjà dit, s'exclama d'un ton bourru celui qui le portait. Il n'y a que les vivants qui respirent !

— Mo-gongzi, nous sommes prêts, déclara Lan Sizhui. Où allons-nous ?

Comme d'habitude, le jeune homme se voulait le plus sage, le plus obéissant et le moins problématique du lot.

— Nous n'avons aucun moyen de quitter la ville pour le moment. Allez frapper aux portes.

— Frapper à quelles portes ? demanda Jin Ling.

Wei Wuxian retourna cette question dans son esprit durant un moment.

— Qu'est-ce qui a des portes selon toi, à part les maisons ?

— Tu veux que nous entrions dans ces maisons ? demanda Jin Ling. C'est déjà assez périlleux dehors ! Qui sait ce qui se terre dedans, en train de nous espionner ?

Dès l'instant où ces quelques mots s'échappèrent de ses lèvres, l'assemblée eut immédiatement l'impression que de nombreuses paires d'yeux cachées au sein de l'épais brouillard et à l'intérieur des maisons observaient bel et bien attentivement chacun de leurs faits et gestes, et écoutaient chacun de leurs mots. Cela leur donna la chair de poule.

— Tu n'as pas tort, admit Wei Wuxian. Il est difficile de dire si nous sommes plus en danger à l'extérieur ou à l'intérieur. Mais au vu de la situation au-dehors, peu importe à quel point le dedans s'avère risqué, ça ne peut pas être bien pire qu'ici. Donc, allez-y. Nous n'avons pas de temps à perdre, nous avons du poison à soigner.

Puisqu'il avait déjà promis de l'écouter, le groupe fut contraint de suivre ses directives.

En accord avec les instructions de Wei Wuxian, chacun s'accrocha au fourreau de la personne qui le précédait pour ne pas se perdre dans le brouillard et frappa une porte après l'autre. Jin Ling cogna longuement et lourdement, mais aucune réponse n'émergea de l'autre côté.

— Il semble qu'il n'y ait personne. Entrons.

La voix de Wei Wuxian porta toutefois jusqu'à leurs oreilles pour les interrompre :

— Qui vous a dit d'entrer s'il n'y avait personne à l'intérieur ? Continuez à frapper. Ce que nous cherchons, c'est une maison occupée.

— Tu veux une maison occupée, en plus ? s'étrangla de peu Jin Ling.

— Oui, et frappe correctement. Tu cognais trop fort tout à l'heure, c'est très impoli, le gronda Wei Wuxian.

Jin Ling était tellement en colère qu'il faillit défoncer la porte en bois, mais, en fin de compte, il se contenta de... taper du pied d'un air irrité.

Les portes de chacune des maisons de la longue rue étaient bien fermées et ils avaient beau toquer, personne ne répondait. Quant à Jin Ling, même s'il avait tout de même consenti à sensiblement modérer la force de ses coups, plus il frappait, plus il s'énervait. Lan Sizhui, en revanche, se montra de bonne humeur tout du long. Lorsqu'ils vinrent frapper à la treizième boutique, il répéta cette même question qu'il avait prononcée de nombreuses fois auparavant :

— Y a-t-il quelqu'un ici ?

Soudain, la porte s'entrouvrit légèrement en une fine fente donnant sur l'obscurité. Il faisait très sombre à l'intérieur, et il était impossible de distinguer quoi que ce soit à travers celle-ci. La personne qui ouvrit gardait également le silence. Les garçons les plus proches firent machinalement un pas en arrière.

Lan Sizhui s'efforça de garder son calme et demanda :

— Puis-je vous demander si vous êtes bien le propriétaire de cette boutique ?

Il fallut un certain temps avant qu'une voix étrange, vieille et rauque, ne s'échappe de l'ouverture.

— Oui.

Wei Wuxian s'approcha, tapota sur l'épaule de Lan Sizhui pour le faire reculer, puis prit la parole :

— Tenancier, c'est la première fois que nous visitons la région et nous nous sommes perdus en raison de l'épais brouillard. Nous sommes un peu fatigués d'avoir marché si longtemps, pourrions-nous nous reposer un peu dans votre magasin ?

— Ma boutique n'est pas un lieu de repos, lui répondit l'étrange voix.

Wei Wuxian se contenta d'agir comme s'il ne trouvait rien d'étonnant. Il poursuivit, l'air tout à fait normal :

— Mais il ne semble pas que les autres magasins soient actuellement occupés. Allez-vous vraiment nous refuser ce répit ? Nous vous paierons une belle somme.

Jin Ling ne put s'empêcher de commenter :

— Et où vas-tu trouver de quoi payer une belle somme ? Que les choses soient claires, je ne te prêterai rien.

Wei Wuxian agita une petite bourse d'exquise facture devant ses yeux.

— Tu vois ce que c'est ?

Lan Jingyi s'en trouva terriblement outré.

— Quelle audace ! Cela appartient à Hanguang-jun !

Pendant qu'ils se disputaient, la porte s'ouvrit un peu plus. Si l'intérieur de la maison ne leur était toujours pas visible, ils pouvaient désormais au moins voir que la personne qui se tenait derrière la porte n'était autre qu'une vieille dame au visage impassible et au crâne garni de cheveux blancs. Bien que son dos soit voûté et qu'elle ait l'air assez âgée à première vue, elle n'avait en fait pas tant de rides ou de marques de vieillesse. L'appeler « tantine » aurait ainsi été parfaitement approprié.

Elle ouvrit la porte et s'écarta du passage. Elle semblait avoir cédé.

Jin Ling, très surpris, marmonna à voix basse :

— Elle nous laisse vraiment entrer ?

— Bien sûr, murmura à son tour Wei Wuxian. J'ai un pied coincé dans la fente, elle ne pourrait pas refermer même si elle le voulait. Si elle ne nous avait pas laissés entrer, je l'aurais simplement enfoncée.

Jin Ling se garda de tout commentaire.

La ville de Yi avait déjà l'air surnaturelle et sinistre, mais ses habitants pouvaient difficilement être qualifiés d'ordinaires. Quant à cette vieille dame, elle était suffisamment suspecte pour que tous les cadets maugréent dans leur tête, mais même s'ils maudirent intérieurement un bon millier de fois l'idée d'entrer – non, un million de fois –, le fait était qu'ils n'avaient pas d'autre endroit où aller. À situation *désespérée, mesures désespérées.* Ils durent ainsi se résoudre à porter à nouveau leurs compagnons empoisonnés, qui se tenaient debout, raides comme la justice par peur de bouger, et entrer dans le magasin un par un.

La vieille dame les observa impassiblement, tenant la porte. Lorsqu'ils furent tous entrés, elle la referma immédiatement. L'intérieur fut instantanément replongé dans l'obscurité totale.

— Madame la tenancière pourrait-elle allumer une lumière ? demanda Wei Wuxian.

— La lumière est sur la table. Allumez vous-même, répondit-elle.

Lan Sizhui se trouvait justement à côté d'une table. Il tâtonna dans la pénombre jusqu'à parvenir à localiser une lampe à huile, s'enduisant au passage la main de plusieurs années de poussière accumulée. Il sortit aussitôt un talisman de feu, mais lorsqu'il l'approcha de la mèche de la lampe, il leva les yeux sans réfléchir. À cet instant, des frissons le parcoururent de la plante des pieds jusqu'au sommet du crâne. *Boum.* Il se retrouva paralysé par la peur.

La pièce principale de cette boutique était remplie de gens, serrés les uns contre les autres, les regardant tous sans sourciller de leurs yeux globuleux !

Il relâcha inconsciemment sa prise. Wei Wuxian intercepta heureusement la lampe à huile avant qu'elle ne tombe au sol. Il se saisit nonchalamment du talisman de feu qui brûlait toujours dans la main de Lan Sizhui, alluma la mèche, puis replaça la lampe sur la table.

— C'est cette grand-mère qui les a fabriquées ? Quel remarquable savoir-faire ! complimenta Wei Wuxian.

Ce ne fut qu'à cet instant que le groupe réalisa que les personnes entassées dans cette maison n'étaient pas de vrais humains, mais une foule d'effigies en papier.

Leurs visages, leurs têtes et leurs corps étaient tous de la même taille que ceux de vraies personnes et d'une facture exquise. Il y avait des hommes et des femmes, et même des enfants. Les hommes étaient tous des combattants Yin, grands et bien bâtis, le visage enragé. Les femmes figuraient de sublimes beautés, avec leurs cheveux coiffés soit en chignon à double anneau, soit en chignon haut. Leurs silhouettes étaient remarquablement minces et gracieuses, bien qu'elles soient couvertes par leurs grandes robes de papier, dont les motifs étaient plus fins que ceux de véritables brocarts. Certaines étaient peintes, chargées d'un rouge et d'un vert vifs, tandis que d'autres étaient laissées d'un blanc immaculé. Toutes les effigies de papier avaient des cercles de fard géants appliqués sur leurs joues pour imiter la couleur des visages des vivants. Cependant, aucune de leurs pupilles n'avait été pointillée pour finaliser le travail, ce qui faisait que leurs orbites demeuraient sinistrement blanches. Plus le fard avait été appliqué en abondance et plus elles paraissaient horribles.

Une autre table occupait l'espace, sur laquelle se trouvaient plusieurs bougies de différentes hauteurs. Wei Wuxian alluma chacune d'entre elles, et la lumière dorée qui en résulta fut suffisante pour éclairer la majeure partie de la maison.

En plus des effigies de papier, il y avait également deux grandes couronnes de fleurs placées sur les côtés gauche et droit de la pièce centrale, et de la monnaie funéraire en billets et en taels était empilée en petits tas dans les angles.

Sur le coup, Jin Ling avait dégainé un bon tiers de son épée, mais en voyant que ce n'était rien d'autre qu'une boutique vendant des objets funéraires, il laissa échapper un imperceptible soupir de soulagement et rangea son arme. Même lorsqu'un cultivateur décédait, les clans de cultivation n'organisaient jamais ces cérémonies folkloriques désordonnées et lugubres. Les garçons avaient rarement vu quelque chose comme cela, alors une fois la frayeur initiale passée, leur curiosité s'éveilla et ils furent envahis d'une irrépressible chair de poule. Vraiment, c'était plus excitant que de traquer une bête ordinaire au cours d'une chasse nocturne.

Qu'importait à quel point le brouillard était épais, il ne pénétrait pas à l'intérieur du bâtiment. C'était la première fois depuis qu'ils étaient entrés dans la ville de Yi qu'ils pouvaient facilement voir les visages de leurs camarades, et cela leur permit de se sentir un peu plus à l'aise. En les voyant se détendre, Wei Wuxian se tourna une fois de plus vers la vieille dame.

— Puis-je emprunter votre cuisine ?

La vieille dame, qui n'avait pas l'air d'apprécier la lumière du feu, lançait à cette lampe à huile des regards presque meurtriers.

— La cuisine est à l'arrière. Faites comme chez vous.

Sur ces quelques mots, elle se réfugia dans une autre pièce, comme si elle tentait de se cacher du dieu du Malheur en personne. Elle claqua la porte avec une grande violence, ce qui fit sursauter tout le monde.

— Il y a quelque chose qui cloche avec cette vieille sorcière ! se plaignit Jin Ling. Vous…

— Très bien, ça suffit, le coupa Wei Wuxian. J'ai besoin d'un coup de main, qui vient avec moi ?

— J'arrive, s'empressa de répondre Lan Sizhui.

Lan Jingyi, quant à lui, se tenait toujours debout, droit comme un I.

— Et donc, qu'est-ce qu'on fait pour moi ?

— Reste debout. Ne bouge pas à moins que je te le dise, ordonna Wei Wuxian.

Sur cette injonction, Lan Sizhui suivit Wei Wuxian jusque dans la cuisine. Lorsqu'ils y pénétrèrent, ils furent accueillis par une puanteur des plus putrides. Jamais Lan Sizhui n'avait senti quoi que ce soit d'aussi horrible de toute sa vie. Une odeur telle que, l'espace d'un instant, il fut pris de vertige. Il parvint néanmoins à trouver la force de ne pas reculer. Jin Ling les rejoignit à l'intérieur peu après, mais il ressortit immédiatement, s'éventant désespérément à la recherche d'un brin d'air pur.

— Qu'est-ce que c'est que cette odeur ? Pourquoi perdez-vous votre temps ici au lieu de trouver un remède ?

— Mmh ? Oh, tu ne pouvais pas mieux tomber ! se réjouit Wei Wuxian. Comment as-tu su que je voulais t'appeler ? Viens m'aider.

— Je ne suis pas là pour ça ! aboya Jin Ling. Argh ! Quelqu'un a oublié d'enterrer un corps après avoir commis un meurtre, ou quoi ?

— Jeune Maîtresse Jin, comptez-vous venir ou non ? Si oui, entrez et aidez-nous. Sinon, allez vous asseoir dehors et demandez à quelqu'un d'autre de vous remplacer, lança Wei Wuxian sur un ton formel et ironique.

Jin Ling s'insurgea aussitôt :

— Jeune *Maîtresse* Jin ? Surveille tes paroles !

Il se pinça le nez un moment, tergiversa durant encore quelques secondes, puis abdiqua finalement en boudant.

— Bon, je dois savoir ce que tu manigances.

Sa décision prise, il souleva les ourlets de ses habits et franchit le seuil de la pièce avec fureur.

Contre toute attente, Wei Wuxian ouvrit avec fracas une boîte posée sur le sol. C'était de là que provenait l'horrible odeur. Un gigot de porc et un poulet y étaient enfermés, et cette viande autrefois rosée avait tourné complètement verte, recouverte de petites larves blanches qui se dandinaient dans tous les sens.

Cela ne manqua pas de repousser Jin Ling, mais Wei Wuxian ramassa la boîte et la lui passa.

— Va jeter ça dehors. N'importe où fera l'affaire, tant que nous ne sentons plus cette odeur.

Jin Ling avait l'estomac assailli de nausées et la tête remplie de craintes, mais il obéit malgré tout et s'en alla jeter la boîte dehors. Il sortit ensuite un mouchoir pour s'essuyer les mains, non sans une certaine violence, puis jeta également celui-ci. Lorsqu'il revint, quelle ne fut pas sa surprise de trouver Wei Wuxian et Lan Sizhui en train de laver la cuisine après avoir rempli deux grands seaux d'eau !

— Qu'est-ce que vous fabriquez tous les deux ? leur demanda Jin Ling.

— Comme tu peux le voir, nous lavons la cuisinière, répondit Lan Sizhui en frottant diligemment.

— Pourquoi est-ce que vous lavez ça ? Ce n'est pas comme si nous allions cuisiner, soupira Jin Ling.

— Qu'est-ce qui te fait croire ça ? demanda Wei Wuxian. Bien sûr que nous allons cuisiner. Viens un peu nous aider à dépoussiérer tout ça, il faudrait que nous nous débarrassions de ces toiles d'araignées là-haut.

Il parlait avec une telle conviction, un ton d'une neutralité si parfaite, que lorsque Jin Ling se vit remettre un balai, il se trouva confus au point qu'il commença à faire ce qu'il lui était demandé.

Toutefois, plus il époussetait, plus il sentait que quelque chose n'allait pas. Mais alors qu'il était à deux doigts de porter un coup de balai sur la tête à Wei Wuxian, ce dernier ouvrit une autre boîte, et il s'empressa de sortir, paniqué. Heureusement, cette fois-ci, aucune odeur nauséabonde ne s'en échappa.

Ces trois-là œuvrèrent ensuite dans la plus grande rapidité, et la cuisine parut bientôt comme flambant neuve. Enfin elle montrait des signes de vie et n'avait plus entièrement l'air d'appartenir à une maison hantée abandonnée depuis des décennies.

Du bois coupé reposait à portée de main dans le coin. Ils l'empilèrent dans l'âtre du poêle et allumèrent les flammes avec un talisman. Ils placèrent ensuite une grande casserole fraîchement lavée sur le poêle pour porter une petite quantité d'eau à ébullition. Puis Wei Wuxian s'occupa du riz gluant qu'il avait trouvé dans la seconde boîte, s'assurant de bien nettoyer chaque grain et de le verser dans la marmite.

— Tu fais un gruau de riz ? demanda Jin Ling.

— Mmh, répondit Wei Wuxian.

Jin Ling abattit son chiffon sur le sol, ce qui lui valut des réprimandes.

— Regarde-toi ! Tu t'emportes après seulement quelques efforts. Tu vois Sizhui ? C'est lui qui a abattu le plus gros du travail, mais s'est-il plaint ? Et qu'y a-t-il de si mauvais dans le gruau de riz ?

— Qu'y a-t-il de *bon* dans le gruau de riz ? rétorqua Jin Ling. C'est visqueux et sans goût ! Attends, non… Tu crois que je suis en colère à cause du manque de goût du gruau de riz ?

— De toute façon, ce n'est pas pour toi, l'interrompit Wei Wuxian.

En entendant cela, Jin Ling s'en trouva encore plus énervé.

— Qu'est-ce que tu as dit ? J'ai travaillé si longtemps et je n'ai même pas droit à une petite bouchée ?

— Mo-gongzi, intervint Lan Sizhui. Se pourrait-il que ce gruau de riz puisse guérir l'empoisonnement cadavérique ?

— Oui, confirma Wei Wuxian en souriant. Mais le remède n'est pas le gruau de riz en lui-même, c'est le riz gluant. C'est un remède populaire. Habituellement, on applique le riz gluant sur les éraflures ou les morsures. Si jamais vous vous retrouvez dans ce genre de situation, vous n'aurez qu'à essayer. Il est possible que cela fasse très mal, mais c'est efficace, et vous verrez immédiatement le résultat. Seulement, dans le cas présent, ils n'ont été ni griffés ni mordus. Ils ont respiré de la poudre toxique, ce qui fait que notre seul recours est de leur faire manger ce gruau de riz gluant.

Lan Sizhui commençait à comprendre.

— Pas étonnant que vous ayez été si catégorique quant au fait de devoir entrer dans une maison, et spécifiquement une occupée. Il n'y a qu'un endroit habité pour avoir une cuisine et, par la même occasion, du riz gluant.

— Qui sait combien de temps ce riz est resté là, ou s'il est encore comestible ? se plaignit à nouveau Jin Ling. Qui plus est, cela doit faire au moins un an que personne ne semble avoir utilisé cette cuisine. Elle est toute poussiéreuse, et même la viande est pourrie. Cette vieille dame n'a-t-elle pas eu besoin de manger cette année ? Il est impossible qu'elle maîtrise l'art de l'inédie, alors comment a-t-elle réussi à survivre ?

À cela, Wei Wuxian répondit le plus calmement du monde :

— Soit cette maison a toujours été vide et elle n'est pas du tout la propriétaire du magasin, soit elle n'a pas besoin de manger.

D'une voix étouffée, Lan Sizhui répliqua :

— Pour qu'elle n'ait pas besoin de manger, il faudrait qu'elle appartienne au royaume des morts, mais il est évident que cette grand-mère respire.

Wei Wuxian ajouta au hasard dans la marmite une poignée de tout ce qui se trouvait dans une série de bouteilles et de bocaux et reprit la parole, continuant au passage de mélanger sa mixture à l'aide d'une spatule.

— Ah oui, vous n'aviez pas fini de me raconter votre histoire ! Comment avez-vous fini par pénétrer tous ensemble dans la ville de Yi ? Il n'y a pas moyen que vous soyez tombés sur nous par hasard.

Les deux garçons prirent immédiatement un ton bien plus sérieux.

— Les Lan, ceux des autres clans et moi-même poursuivions tous quelque chose. Je viens de Qinghe, répondit Jin Ling.

— Nous venions de Langye, ajouta Lan Sizhui.

— Quel était ce quelque chose ? demanda Wei Wuxian.

Lan Sizhui secoua la tête.

— Nous n'en avons pas la moindre idée. Quoi que ce soit, ça ne s'est jamais montré, et aucun d'entre nous ne sait exactement ce que c'est, ou qui… ou quelle organisation.

Plusieurs jours plus tôt, après avoir envoyé son oncle à la chasse aux oies sauvages et libéré Wei Wuxian, Jin Ling avait véritablement craint que Jiang Cheng ne lui casse les jambes. Il avait donc décidé de s'éclipser en secret, de disparaître pendant peut-être une ou deux semaines, et de réapparaître une fois celui-ci calmé. Il avait alors confié Zidian à l'un des subordonnés de confiance de Jiang Cheng avant de s'enfuir.

Durant sa fuite, il avait fini par arriver dans une petite ville à la frontière de Qinghe, et s'y était arrêté dans l'espoir de trouver un bon emplacement pour la chasse nocturne. Il s'était installé dans une grande auberge afin de se reposer, et, cette nuit-là, alors qu'il était occupé à mémoriser des incantations dans sa chambre, Fée, qui était couché à ses pieds, s'était soudain mis à aboyer en direction de la porte. Il était déjà tard, aussi Jin Ling s'était-il empressé de gronder le chien spirituel pour qu'il se taise, mais des coups avaient soudain retenti contre sa porte.

Même si Fée s'était arrêté d'aboyer, il avait continué de montrer des signes d'agitation, grattant furieusement le sol de ses griffes acérées tandis que de sa gorge s'échappaient de faibles grognements.

Jin Ling, sur ses gardes, s'était empressé de s'enquérir de l'identité de la personne derrière le battant, mais comme ses sollicitations étaient restées sans réponse, il s'était contenté de l'ignorer. Toutefois, une heure plus tard, les coups avaient recommencé.

Cette fois, Jin Ling s'était jeté par la fenêtre avec Fée à ses côtés, dans l'espoir de faire le tour du bâtiment et de contourner les escaliers du niveau supérieur pour surprendre son visiteur nocturne. Il était prêt à frapper cette personne par-derrière, à la prendre au dépourvu et, avec un peu de chance, à découvrir le visage de celui qui s'amusait à lui jouer des tours au beau milieu de la nuit. Mais contre toute attente, il n'avait rencontré que le vide. Même après avoir secrètement surveillé avec attention sa porte pendant un long moment, ses investigations s'étaient soldées par un échec.

Dès lors, il s'était décidé à garder les yeux grands ouverts tandis que Fée gardait la porte, prêt à se jeter sur quiconque rôdait dans les parages. Avec la ferme intention de découvrir le fin mot de l'histoire, il était resté éveillé toute la nuit, mais rien d'autre ne s'était produit ; à ceci près qu'il avait passé son temps à entendre un bruit étrange. Un son ressemblant beaucoup à celui de l'eau qui s'écoulait.

Puis, tôt le lendemain matin, un cri avait retenti depuis l'autre côté de la porte de sa chambre. Jin Ling s'était hâté d'ouvrir d'un coup de pied sec et de se précipiter dehors, pour finalement poser le pied en plein dans une mare de sang.

Quelque chose était tombé du sommet de la porte, manquant de peu Jin Ling qui s'était baissé pour l'éviter.

Un chat noir !

Quelqu'un s'était amusé à clouer un chat mort au-dessus de sa porte à son insu. Le bruit étrange qu'il avait entendu au milieu de la nuit était en fait celui de son sang qui n'avait cessé de s'écouler.

— J'ai changé d'auberge, mais la même chose a continué à se produire, expliqua Jin Ling. J'ai donc décidé de prendre l'initiative et de poursuivre le coupable. Chaque fois que j'ai entendu dire que la dépouille d'un chat noir était apparue quelque part, je me suis rendu sur place pour vérifier. Il fallait que je découvre l'identité de celui qui jouait ces mauvais tours.

Wei Wuxian se tourna alors vers Lan Sizhui.

— C'est pareil pour vous ?

Lan Sizhui hocha la tête.

— Oui. Il y a plusieurs jours de cela, alors que nous étions en pleine chasse nocturne à Langye. Un soir, pendant le dîner, la tête d'un chat – avec sa fourrure encore intacte – a soudainement été remontée de la soupe à la louche... Au début, nous ne savions pas que cela nous était destiné.

Mais le même jour, alors que nous avions changé d'auberge pour nous reposer, nous avons découvert un autre chat mort dans la literie. Cela a duré plusieurs jours. Nous avons remonté ce phénomène jusqu'à Yueyang, où nous avons rencontré Jin-gongzi et découvert que nous enquêtions tous sur la même affaire. En conséquence, nous avons uni nos forces et ce n'est qu'aujourd'hui que nous avons emprunté le chemin de cette région. Lorsque nous avons interrogé un chasseur du village devant une tablette de pierre, il nous a indiqué la ville de Yi.

Un chasseur ? songea Wei Wuxian.

En toute logique, les cadets auraient dû passer par le village situé à la fourche où se trouvait la tablette de pierre bien après lui et Lan Wangji. Mais lors de leur passage, ils n'avaient vu aucun chasseur, rien que quelques fermières timides occupées à nourrir les poulets et s'occuper de leur foyer, prétendant que leurs hommes étaient partis livrer des marchandises et ne seraient pas de retour avant longtemps.

Plus Wei Wuxian y réfléchissait, plus il se sentait le besoin de prendre véritablement cette affaire au sérieux. Maintenant qu'il avait entendu leurs histoires, il semblait que l'instigateur de tout ceci n'avait commis aucun autre crime que de tuer des chats et de jeter leurs dépouilles aux alentours. C'était très probablement horrible à vivre et à voir, mais les garçons n'avaient pas été blessés. Au contraire, ces incidents n'avaient fait qu'attiser leur curiosité et leur désir d'aller au fond des choses.

De plus, les cadets s'étaient retrouvés à Yueyang, qui se trouvait également être l'endroit d'où Wei Wuxian et Lan Wangji venaient de partir pour se rendre au sud de Shudong. Au vu des événements, il était clair que quelqu'un avait intentionnellement conduit ces enfants dans l'ignorance à tomber sur eux deux.

Guider une bande de jeunes cultivateurs naïfs vers un endroit plein de dangers inconnus pour se retrouver confrontés au membre amputé d'un cadavre féroce meurtrier, n'était-ce pas exactement le même mode opératoire que l'affaire du domaine Mo ?

Et ce n'était même pas le point le plus épineux du problème. Wei Wuxian était encore plus inquiet à l'idée que le Sceau du Tigre Yin puisse se trouver ici, dans la ville de Yi, en ce moment précis. Aussi peu disposé qu'il soit à accepter cette possibilité, c'était l'explication la plus logique. Qu'importe ce qu'il aurait dû advenir de cet objet aujourd'hui, puisqu'il existait quelqu'un capable de restaurer la moitié perdue du Sceau du Tigre Yin, il était impossible de savoir dans quelles mains celui-ci avait pu atterrir une fois reconstitué.

Lan Sizhui, qui était accroupi, occupé à attiser les flammes, releva les yeux et prit la parole :

— Mo-qianbei, le gruau de riz gluant m'a tout l'air d'être cuit.

Wei Wuxian se ressaisit aussitôt et arrêta de mélanger. Il prit le bol que Lan Sizhui venait de laver et en versa un peu à la louche pour le goûter.

— C'est prêt. Nous pouvons leur apporter. Tous ceux qui ont été empoisonnés doivent en avaler un bol. Il faut les faire manger.

Toutefois, Lan Jingyi eut à peine le temps d'avaler une modeste bouchée du gruau qui lui avait été servi, qu'il la recracha.

— Qu'est-ce que c'est ? Du poison ?

— Comment ça, du poison ? C'est l'antidote ! Du gruau de riz gluant, déclara Wei Wuxian.

Lan Jingyi refusa de ne serait-ce qu'envisager cette possibilité.

— Mettons de côté le fait que le riz gluant soit l'antidote, je n'ai jamais mangé de gruau de riz aussi épicé !

Les autres, qui avaient eux aussi eu le temps de goûter quelques bouchées, hochèrent tous la tête en signe d'accord, les yeux larmoyants. Wei Wuxian se caressa le menton. Il avait grandi à Yunmeng, un endroit très friand d'épices fortes, et il était aussi endurci que ses habitants.

Chaque fois qu'il cuisinait, il rendait immanquablement la nourriture si épicée que même Jiang Cheng ne pouvait la supporter et jetait le bol, maudissant fortement ce goût horrible. Pourtant, il restait incapable de s'empêcher d'en ajouter cuillère après cuillère. Il semblait qu'encore une fois, il n'avait pas réussi à se contrôler.

Par curiosité, Lan Sizhui désira y goûter, et se retrouva rouge de la tête aux pieds. Il pinça les lèvres et parvint à grand-peine à ne pas bafouiller, mais ses deux yeux étaient écarlates. Une pensée traversa alors son esprit. *Cette saveur... Elle est si terrible qu'elle me donne un air de déjà-vu...*

— Un médicament, c'est deux tiers de poison pour un tiers d'antidote. Les épices vous aideront à transpirer afin que vous récupériez plus vite, expliqua Wei Wuxian.

Ne manquant pas de faire part de leur incrédulité, les garçons poussèrent en chœur une sorte de petit « Euh... », mais ils acceptèrent malgré tout de manger l'intégralité de leur bol de gruau de riz, non sans arborer des visages torturés. Après cette difficile épreuve et pendant encore un long moment, tout le monde apparut rouge vif et trempé de sueur, souffrant tellement qu'il leur semblait que la mort n'était qu'à un pas.

Wei Wuxian ne put s'empêcher de demander :

— Votre réaction est-elle bien nécessaire ? Hanguang-jun est aussi un homme de Gusu. Malgré cela, il arrive très bien à manger de la nourriture particulièrement relevée, alors, pourquoi êtes-vous dans cet état ?

— C'est impossible, qianbei, le contredit Lan Sizhui, une main devant la bouche. Les goûts de Hanguang-jun sont très raffinés, il ne mange jamais épicé...

Wei Wuxian s'en trouva légèrement décontenancé.

— Vraiment ?

Il se souvenait avoir rencontré Lan Wangji à Yiling dans sa vie précédente, après sa défection du clan Jiang de Yunmeng. Bien que Wei Wuxian ait été encore largement détesté et ses actes unanimement condamnés à l'époque, les choses n'avaient pas encore dégénéré au point que le monde entier désire son anéantissement. Aussi, tout écorché qu'il fût, il avait demandé à Lan Wangji de partager un repas avec lui pour se rattraper. Lan Wangji n'avait commandé que des plats épicés à base de poivre du Sichuan, et Wei Wuxian était depuis persuadé qu'ils partageaient un palais similaire.

Étonnamment, maintenant qu'il y repensait, il s'avérait incapable de se rappeler si, oui ou non, Lan Wangji avait effectivement touché ces plats. Mais il avait même réussi à oublier de payer le repas après avoir déclaré que c'était lui qui invitait, laissant finalement son invité s'occuper de la facture. Il n'était donc pas étonnant qu'il ne se souvienne pas de ce genre de détails insignifiants.

Pour une raison ou une autre, il éprouva soudain une très grande envie de voir le visage de Lan Wangji.

— … Qianbei, Mo-qianbei !

— Mmh ? demanda Wei Wuxian, brutalement tiré de ses pensées.

Lan Sizhui prit la parole d'une voix à demi étouffée :

— La porte de la chambre de cette vieille dame… Elle s'est ouverte.

Chapitre 8

Le brin d'herbe

— Partie 2 —

Un souffle des plus sinistres venait de surgir de nulle part et d'entrouvrir légèrement la porte de la petite pièce. Elle s'ouvrait et se refermait par intermittence. Il faisait nuit noire à l'intérieur, et seule une ombre courbée assise à proximité d'une table s'avérait vaguement discernable. Wei Wuxian leur fit signe de ne pas bouger et franchit lui-même le seuil.

La lumière de la lampe à huile et des bougies de la pièce centrale s'infiltra. La vieille dame avait la tête baissée, comme si elle n'avait pas remarqué que quelqu'un venait d'entrer. Un morceau de tissu reposait sur ses genoux, attaché à un cadre à broder. Elle semblait en train de le raccommoder. Ses mains étaient fermement pressées l'une contre l'autre tandis qu'elle essayait tant bien que mal de passer un fil à travers une aiguille.

Voyant cela, Wei Wuxian s'assit en face d'elle.

— Grand-mère, pourquoi ne pas allumer la lumière lorsque vous enfilez votre aiguille ? Laissez-moi faire.

Il s'empara de l'aiguille et du fil, puis s'en occupa pour elle en un instant. Il les lui rendit ensuite et ressortit de la pièce comme si de rien n'était, fermant la porte derrière lui.

— Il vaut mieux la laisser seule, déclara-t-il.

— Tu viens d'aller vérifier si cette vieille sorcière était morte ou vivante, c'est ça ? demanda Jin Ling.

— Ne l'appelle pas vieille sorcière, c'est très impoli, le réprimanda Wei Wuxian. Cette vieille femme est un cadavre vivant.

Les garçons échangèrent des regards de consternation. Lan Sizhui réclama aussitôt meilleure explication :

— Qu'est-ce qu'un cadavre vivant ?

— Peut être qualifié de cadavre vivant tout individu possédant les caractéristiques d'un cadavre, de la tête aux pieds, mais étant toujours vivant à proprement parler.

— Tu veux dire qu'elle est toujours en vie ? manqua de s'étrangler Jin Ling, particulièrement anxieux.

— Vous avez vu l'intérieur de la pièce à l'instant ? demanda Wei Wuxian.

— Oui.

— Qu'avez-vous vu ? Que faisait-elle ?

— Elle tentait d'enfiler une aiguille.

— A-t-elle réussi ?

— Non…

— En effet, elle n'y est pas parvenue. Les muscles des morts sont raides, ce qui implique que des actions compliquées telles qu'enfiler une aiguille leur sont impossibles. Ce ne sont pas des taches de vieillesse sur son visage, mais de la rigidité cadavérique. Elle n'a pas besoin de manger, non plus, mais elle peut encore respirer, ce qui veut dire qu'elle est vivante.

— Mais... Mais cette mamie est très vieille, insista Lan Sizhui. Beaucoup de vieilles dames de son âge possèdent une mauvaise vue et sont incapables d'enfiler des aiguilles par elles-mêmes.

— C'est la raison pour laquelle je l'ai fait pour elle, ajouta Wei Wuxian. Avez-vous remarqué autre chose ? Elle n'a pas cligné des yeux une seule fois depuis que nous sommes entrés chez elle.

Ce détail poussa inconsciemment les jeunes cultivateurs à cligner des paupières.

— Les vivants font cela pour éviter le dessèchement, mais les morts n'ont pas besoin de le faire, expliqua Wei Wuxian. Et quand j'ai enfilé l'aiguille, quelqu'un a-t-il remarqué la façon dont elle m'a regardé ?

— Elle n'a pas bougé les yeux…, répondit Jin Ling. C'est sa tête qui a tourné !

— Exactement, confirma Wei Wuxian. D'habitude, lorsque l'on regarde dans une autre direction, les yeux bougent toujours au moins un peu. Il n'en va pas de même pour les morts. Comme ils sont incapables d'effectuer de petites actions telles que déplacer leurs globes oculaires, ils ne peuvent que bouger l'ensemble de leur tête et de leur cou.

Lan Jingyi semblait confus.

— Devrions-nous prendre des notes ? s'informa-t-il.

— C'est une bonne habitude à avoir, déclara Wei Wuxian. Mais quand trouveras-tu le temps de les consulter au cours d'une chasse nocturne ? Utilise ton cerveau, mémorise tout cela.

La mâchoire contractée, Jin Ling reprit la parole :

— C'est déjà assez fou comme ça qu'il existe des cadavres ambulants. Pourquoi faut-il qu'il existe en plus des cadavres vivants ?

— Les cadavres vivants sont rarement formés naturellement, rétorqua Wei Wuxian. Ils sont généralement fabriqués délibérément, comme c'est le cas ici.

— Délibérément ? Mais *pourquoi* ?

— Les morts ont de nombreux défauts, expliqua Wei Wuxian. Des muscles rigides, des mouvements lents, ainsi de suite. Mais ils ont aussi leurs avantages : ils ne craignent pas la douleur, ne peuvent pas penser, ils sont faciles à contrôler. Certaines personnes pensent que ces défauts peuvent être améliorés et qu'en faisant cela, il est possible de concevoir la marionnette parfaite. C'est de là qu'est venu le concept de cadavres vivants.

Même sans que les garçons se soient exprimés ouvertement, leurs visages trahissaient l'évidente pensée qui avait traversé leur esprit : cette personne devait être Wei ! Wu ! Xian !

Wei Wuxian ne savait pas s'il devait en rire ou en pleurer. *Je n'ai jamais fait une chose pareille !* songea-t-il.

Pourtant, il fallait bien avouer que cela ressemblait effectivement à son style !

— Ahem ! Bon, bien que ce soit effectivement Wei Wuxian qui se trouve à l'origine de cette pratique, lui est parvenu à raffiner Wen Ning, le Général Fantôme, expliqua-t-il. Pour être honnête, je me suis toujours demandé qui avait inventé ce surnom. C'est tellement stupide ! Quoi qu'il en soit, d'autres ont essayé de l'imiter, mais ne sont parvenus à produire que des imitations médiocres, au mieux. Ils ont donc fini par emprunter un chemin déviant et se sont attaqués aux vivants, créant ainsi des cadavres vivants comme celui-ci.

Il marqua une pause avant de conclure de manière dramatique :

— Ce sont des répliques ratées.

À la mention du nom de Wei Wuxian, l'expression de Jin Ling devint glaciale. Il pouffa de manière sardonique.

— Wei Ying était lui-même un déviant.

— Oui, confirma Wei Wuxian. Donc, ceux qui fabriquent des cadavres vivants sont encore pires.

— Mo-qianbei, que devons-nous faire à présent ? s'enquit Lan Sizhui.

— Certains cadavres vivants peuvent ne pas savoir qu'ils sont déjà morts, expliqua Wei Wuxian. Il semble que cette vieille dame fasse partie de ceux qui n'ont pas tout à fait compris. Par conséquent, ce serait bien si nous nous abstenions de la déranger pour le moment.

Pile à cet instant, une série de coups secs retentit soudain. C'était le son du bambou qui s'abattait contre le sol. Son origine semblait provenir de l'autre côté d'une fenêtre non loin d'eux, scellée par d'épaisses planches noires. Les visages des jeunes cultivateurs devinrent aussitôt d'une extrême pâleur. Après s'être fait constamment harceler par ce bruit depuis leur entrée dans la ville, ils commençaient à paniquer chaque fois qu'ils l'entendaient.

Wei Wuxian leur fit signe de ne pas faire de bruit. Ils retinrent de fait leur souffle et l'observèrent se tenir près de la fenêtre et regarder au travers d'un espace particulièrement fin entre les planches de la porte. Dans un premier temps, il ne vit que du blanc. Il songea un instant qu'il s'agissait là du brouillard à l'extérieur de la maison qui devait être trop épais pour observer quoi que ce soit... mais bien vite, le blanc se rétracta.

Ce qu'il avait vu n'était pas le miasme environnant, mais une paire d'yeux sans pupilles d'un blanc sauvage, jetant un regard féroce à travers l'interstice de la porte.

Les cœurs de Jin Ling et des autres battaient la chamade. Ils étaient terrifiés à l'idée qu'un malheur s'abatte soudain sur Wei Wuxian tandis qu'il jetait un coup d'œil à l'extérieur et qu'il s'effondre en se tenant les yeux. Ils l'entendirent ensuite lâcher un petit « Ah ! » et crurent sentir leurs palpitants remonter jusque dans leurs gorges, leurs cheveux aussitôt dressés sur leurs têtes.

— Qu'y a-t-il ?

— Chut, ne dites rien ! murmura Wei Wuxian d'une voix à peine audible. Je l'observe.

Jin Ling étouffa sa voix au point de parler encore moins fort que lui.

— Alors, qu'as-tu vu ? Qu'y a-t-il de l'autre côté ?

Wei Wuxian ne bougea pas les yeux, pas plus qu'il ne donna de réponse directe.

— Mmh. Mmh… ouais… incroyable. Waouh !

Son profil arborait la joie. Les louanges et l'admiration qu'il exprimait semblaient sincèrement venir du fond de son cœur, et la curiosité des cadets prit rapidement le dessus sur leur nervosité.

Lan Sizhui ne put s'empêcher de demander :

— Mo-qianbei, qu'y a-t-il de si étonnant ?

— *Aiyah !* C'est tellement intéressant. Ne faites pas de bruit. N'allez pas l'effrayer, je n'ai pas fini de regarder, indiqua Wei Wuxian, un doigt sur ses lèvres.

— Bouge ! Je veux voir ! s'emporta Jin Ling.

— Moi aussi !

— Vous voulez vraiment voir ça ? insista Wei Wuxian.

— Oui !

Wei Wuxian s'écarta avec lenteur, l'air incroyablement réticent à cette idée. Jin Ling fut le premier à s'approcher. Après avoir aligné son regard sur le petit interstice dans le bois, il jeta un coup d'œil.

L'obscurité était déjà tombée. Les nuits ici avaient tendance à être fraîches, mais étonnamment, les miasmes maléfiques qui circulaient dans la ville de Yi s'étaient un peu dispersés. Ils pouvaient désormais voir à quelques dizaines de mètres en amont de la rue.

Jin Ling regarda durant un moment, mais ne vit rien de particulièrement «étonnant» ou de «si intéressant». Un peu déçu, il songea, *L'ai-je fait fuir en parlant un peu plus tôt ?*

Mais au moment même où cette pensée lui traversa l'esprit, une silhouette maigre et décharnée surgit en un éclair. Jin Ling sentit une explosion de frissons lui remonter jusqu'à la tête. Il manqua de hurler, mais pour une raison quelconque, cette vague d'énergie resta coincée dans sa poitrine. Il s'efforça de garder son calme et, bien que terriblement plus raide, de conserver sa position courbée dans l'attente que cette désagréable sensation s'estompe. Malgré lui, il jeta un coup d'œil à Wei Wuxian. Cet homme méprisable était appuyé contre les planches de la fenêtre, le coin de ses lèvres retroussé.

Il agita ses sourcils à l'intention de Jin Ling et sourit.

— N'est-ce pas particulièrement intéressant ?

L'adolescent lui lança un regard noir, parfaitement conscient qu'il faisait exprès de les embêter, et répondit en serrant les dents :

— Si…

Puis il changea d'avis et se redressa, adoptant cette fois-ci un air désintéressé :

— C'est pas si terrible. À peine intéressant !

Il recula d'un pas sur le côté, dans l'attente du pauvre fou suivant. Avec ces deux-là pour alimenter la tromperie à tour de rôle, les autres virent leur curiosité atteindre leur paroxysme. Lan Sizhui fut incapable de se retenir. Il avança pour se positionner au même endroit, mais à l'instant où il plaça ses yeux dans le petit interstice, il laissa échapper un candide « Ah ! » et sauta d'un bond en arrière, son visage empli de peur et d'impuissance.

Désorienté qu'il était, il tourna sur lui-même à deux reprises, avant de retrouver Wei Wuxian et de se plaindre de ses découvertes.

— Mo-qianbei ! Dehors ! Il y a un… Il y a…

Wei Wuxian répondit d'un air compréhensif :

— *Ça*, n'est-ce pas ? Ne dis rien. Il n'y aura plus de surprise sinon. Il vaut mieux que chacun aille regarder par lui-même.

Comme s'il était possible que quelqu'un ose encore venir voir de quoi il retournait après avoir été témoin de l'état de panique dans lequel en ressortait Lan Sizhui. Quelle « surprise » ? Ne voulait-il pas plutôt parler de « terreur » ? En conséquence, tout le monde refusa son offre par quelques signes de la main.

— Non, c'est bon, pas question que nous regardions !

Jin Ling poussa un petit clic dental, exaspéré.

— Piéger les gens pour s'amuser à un moment pareil ; à quoi est-ce que tu pensais ?

— N'étais-tu pas toi aussi dans le coup ? rétorqua Wei Wuxian. N'imite pas le ton de ton oncle. Sizhui, cette chose à l'instant était-elle effrayante ?

Le principal intéressé hocha la tête et répondit honnêtement :

— Oui.

— Effrayante, tout à fait, reprit Wei Wuxian. C'est une opportunité fantastique de parfaire votre formation, vous savez ! Pourquoi les fantômes effraient-ils les gens ? Parce que lorsque les gens ont peur, leur volonté faiblit et leur esprit primordial s'agite. C'est à ce moment qu'il est le plus facile de drainer leur énergie yang. En vérité, les créatures telles que les fantômes craignent surtout les gens braves. Étant donné que ceux-ci n'ont pas peur d'eux, ils sont incapables de leur faire quoi que ce soit ou de profiter d'eux. C'est pourquoi, en tant que jeunes cultivateurs, votre priorité est de renforcer votre courage !

Lan Jingyi était ravi de se trouver dans l'incapacité de bouger et, donc, de ne pas être allé jeter un coup d'œil par curiosité. Malgré tout, il poussa un grognement.

— Le courage est inné. Certaines personnes sont des poules mouillées de naissance, que peut-on y faire ?

— Es-tu né en sachant voler sur une épée ? demanda Wei Wuxian. N'as-tu pas pratiqué encore et encore jusqu'à en être capable ? Même logique. Continue d'avoir peur, encore et encore, et tu t'y habitueras. Les toilettes puent, pas vrai ? C'est dégoûtant, non ? Mais crois-moi, si tu vivais dans des toilettes pendant un mois, tu finirais par réussir à y manger sans problème.

Les garçons, effarés par cette idée, la réfutèrent en chœur :

— Non ! Nous n'y croyons pas !

— Ce n'est qu'un exemple parmi tant d'autres, expliqua Wei Wuxian. D'accord, j'admets que je n'ai jamais vécu dans des toilettes, alors j'ignore si l'on pourrait réellement finir par y manger sans sourciller. C'était une remarque irresponsable. Mais vous devez essayer avec cette chose, là, dehors. Ne vous contentez pas de la regarder, vous devez *l'examiner*. En scruter tous les détails, et aussi vite que possible. Servez-vous de ceux-ci pour dénicher toutes les faiblesses qu'ils pourraient dissimuler. Restez calmes face au danger et saisissez une ouverture pour riposter. Bon, assez bavardé, vous avez tous compris ? Les gens n'ont pas souvent la chance d'entendre mes conseils, vous savez. Vous devez chérir cette occasion. Ne reculez pas maintenant. Venez, mettez-vous en file. Regardez chacun à votre tour.

— Y sommes-nous vraiment obligés ?

— Bien sûr, déclara Wei Wuxian. Je ne suis jamais du genre à plaisanter ni à jouer des tours aux gens. Commençons par Jingyi. Jin Ling et Sizhui sont déjà passés.

— Hein ? protesta Lan Jingyi. Je peux en être dispensé, non ? Ceux qui ont été empoisonnés ne doivent pas bouger, c'est ce que tu as dit.

— Tire la langue. Fais « Aah », lui intima Wei Wuxian.

Lan Jingyi obtempéra une fois de plus.

— Aah…

Wei Wuxian lui donna sa bénédiction.

— Félicitations, tu es guéri du poison ! Maintenant, sois courageux et fais le premier pas. Allez, viens !

Lan Jingyi rechigna.

— Déjà guéri ? Tu mens, pas vrai ?

Ses protestations se révélant inefficaces, il dut se forcer à marcher hardiment vers la fenêtre. Il regarda furtivement, détourna les yeux, regarda encore, puis s'écarta à nouveau. Wei Wuxian tapota sur la planche de bois et prit la parole :

— De quoi as-tu peur ? Je me tiens juste là. Il n'osera pas passer à travers cette planche. Il ne va pas manger ton œil.

— J'en ai terminé ! protesta Lan Jingyi, en s'éloignant d'un bond.

Vint le tour de la personne suivante dans la file. Tous haletaient au moment d'observer à travers le bois. Quand ils furent passés à tour de rôle, Wei Wuxian s'empressa de rompre le silence :

— Tout le monde est passé ? Alors, pourquoi ne pas partager ce que vous avez vu ? Résumons tout ça.

Jin Ling se hâta de répondre le premier :

— Des yeux blancs. Une femme. Très petite, très maigre. Apparence correcte. Elle tient une perche en bambou.

Lan Sizhui prit un moment pour réfléchir, puis enchaîna :

— La tête de la jeune fille m'arrive à la poitrine. Ses vêtements sont en lambeaux et pas très propres, un peu comme ceux des vagabonds de la rue. La perche de bambou semble être une canne utilisée par les aveugles. Il est possible que ses yeux blancs ne soient pas une conséquence de sa mort, mais qu'elle ait été aveugle de son vivant.

— Jin Ling a vu beaucoup de choses, mais Sizhui a remarqué de petits détails, commenta Wei Wuxian.

Face à cette réflexion, Jin Ling fit la moue.

— La fille a environ quinze ou seize ans, ajouta un autre garçon. Elle a un visage en cœur, très beau et délicat, mais il y a une certaine vitalité dans ses traits fins. Elle utilise une épingle à cheveux en bois pour attacher ses longs cheveux. L'extrémité de l'épingle est sculptée et figure la tête d'un petit renard. Elle est petite, mais mince. Bien qu'elle ne soit pas propre, elle n'est pas répugnante. Si on lui donnait ne serait-ce qu'une chance de se nettoyer, elle serait certainement mignonne ; une vraie beauté.

Lorsque Wei Wuxian entendit cela, il sentit instantanément que les perspectives du garçon étaient illimitées.

— Très bien, vraiment très bien, loua-t-il énergiquement. Une observation détaillée et un point de vue unique. Notre jeune ami sera certainement un grand romantique à l'avenir.

L'adolescent rougit, se couvrit le visage et se tourna vers le mur, tentant d'ignorer les rires de ses compagnons.

Ceux-ci ne durèrent cependant qu'un temps, car un autre cultivateur mit un terme aux moqueries pour énoncer ce qu'il avait vu :

— On dirait que les claquements du bambou contre le sol étaient en fait dus à ses déplacements. Si elle était déjà aveugle de son vivant, elle devrait l'être restée dans la mort, après être devenue un fantôme. Elle doit toujours dépendre de cette canne pour marcher.

— Pas forcément..., répliqua un énième cadet. Tout le monde a déjà vu des aveugles, non ? Comme leur vue est entravée, ils marchent et se déplacent très lentement, de peur de se heurter à quelque chose. Mais ce fantôme-là, derrière la porte, est rapide et agile. Je n'ai jamais vu un aveugle l'être autant.

Wei Wuxian esquissa un sourire.

— Mmh, tu soulèves un très bon point. C'est très bien. C'est exactement comme ça que vous devez analyser la situation : ne négligez aucun détail un tant soit peu suspect. Maintenant, invitons-la à entrer et dissipons ces soupçons avec des réponses.

Sitôt ces quelques mots prononcés, il arracha immédiatement l'une des planches de la porte. Les garçons, pris par surprise, sursautèrent bien évidemment, mais ce fut également le cas du fantôme, de l'autre côté de la fenêtre, qui ne sut pas comment interpréter cette action abrupte. Sur ses gardes, elle leva immédiatement sa perche de bambou.

Wei Wuxian commença par saluer le fantôme, puis il demanda nonchalamment :

— Mademoiselle, il semble que vous les ayez suivis durant tout ce temps. Auriez-vous des comptes à régler avec eux ?

La fille écarquilla les yeux. Si elle avait été vivante, elle aurait été absolument adorable, mais avec ces yeux blancs vides exsudant des flots de sang, ce geste ne fit que lui donner un air d'autant plus sauvage. Quelqu'un posté derrière Wei Wuxian inspira profondément.

— Qu'y a-t-il de si effrayant ? demanda-t-il. Vous verrez beaucoup ce genre de saignements au niveau des sept ouvertures. Deux ouvertures serait-il déjà trop pour vous ? C'est pour ça que je vous dis de vous entraîner davantage.

Précédemment, la jeune fille tournait en rond devant la fenêtre, frappant le sol du bout de sa perche de bambou, piétinant, jetant des regards et agitant les bras. Mais désormais, son comportement avait drastiquement changé. Elle faisait de grands gestes, comme si elle voulait leur dire quelque chose.

— C'est étrange, remarqua Jin Ling. Est-elle incapable de parler ?

En réponse, la fille fantôme s'arrêta au beau milieu de ses mouvements et écarta lentement les lèvres pour leur montrer ce qu'il en était.

Du sang coulait de sa bouche béante. Sa langue semblait avoir été arrachée à la racine.

Les jeunes cultivateurs en eurent la chair de poule de la tête aux pieds, mais, en même temps, une certaine sympathie fleurit dans leurs cœurs. Il n'était pas étonnant qu'elle ne puisse pas parler. Aveugle et muette, comme sa situation était malheureuse !

— Est-ce qu'elle utilise le langage des signes ? Est-ce que quelqu'un est en mesure de comprendre ? demanda Wei Wuxian.

Ce n'était le cas pour personne. La fille se mit à taper du pied avec impatience et à utiliser sa perche de bambou pour gratter et dessiner sur le sol. Mais elle n'avait manifestement pas été élevée dans une famille d'érudits et ne semblait pas savoir écrire. Ce qu'elle dessina finit par ressembler à un fouillis de petits caractères tout bonnement indéchiffrables pour quiconque, rendant donc ce qu'elle souhaitait exprimer impossible à comprendre.

Soudain, à l'autre bout de la rue, un vacarme causé par une course effrénée et par le son d'une personne au souffle court s'éleva.

La fille fantôme disparut aussitôt. Il était toutefois presque certain qu'elle reviendrait d'elle-même, aussi Wei Wuxian n'était-il pas inquiet. Il remit rapidement la planche de la porte en place et continua à espionner l'extérieur. Les autres cadets voulaient eux aussi voir ce qu'il se passait, alors ils se pressèrent au niveau de l'entrée, formant une colonne de têtes empilées de haut en bas et bloquant ainsi l'interstice de leurs yeux curieux.

Plus tôt, le miasme maléfique avait commencé à se dissiper, mais il circulait désormais à nouveau. Ils aperçurent une silhouette négligée qui perçait le brouillard blanc et se précipitait au-devant d'eux. Cet homme était habillé tout de noir et semblait assez sévèrement blessé, titubant dans sa course. Il portait une épée à la taille, elle-même enveloppée d'un tissu noir.

— C'est lui, l'homme enveloppé de brume ? demanda Lan Jingyi dans un murmure.

— En théorie, non. La silhouette de l'homme enveloppé de brume est complètement différente de la sienne, répondit tout bas Lan Sizhui.

Un groupe de cadavres ambulants pourchassait l'individu, se déplaçant étonnamment très vite. Ils le rattrapèrent en un instant, et l'homme fut contraint de dégainer son arme pour les affronter. La traînée de son épée scintilla d'une vive lueur lorsqu'il découpa les miasmes d'un geste fluide. Devant pareille prouesse, Wei Wuxian ne put s'empêcher de l'applaudir dans sa tête. *Joli coup !* songea-t-il.

Cependant, une fois le balayage de la lame terminé, un bruit d'éclaboussure, étrange et familier, se fit entendre. De la poudre rouge noirâtre jaillit une fois de plus des membres sectionnés des cadavres ambulants. Encerclé et sans aucun moyen d'esquiver, l'homme ne put rien faire d'autre que de rester sur place et recevoir cela en plein visage.

Lan Sizhui fut saisi par cette vision. Aussitôt, il murmura :

— Mo-qianbei, cet homme, nous…

Avant qu'il ne puisse finir sa phrase, un autre groupe de cadavres ambulants se manifesta et parvint à prendre l'homme à revers. Sa silhouette se fondait déjà dans la foule. Un autre coup d'épée retentit, et une nouvelle dose de toxine cadavérique fut projetée dans l'air. L'individu en respira davantage encore ; il semblait désormais avoir du mal à tenir sur ses jambes.

— Nous devons le secourir, déclara Wei Wuxian.

— Et comment comptes-tu t'y prendre ? demanda Jin Ling. Tu ne peux pas te rendre sur place pour le moment, l'air est saturé par la toxine cadavérique. Tu vas te faire empoisonner si tu t'approches.

Après avoir contemplé la scène un moment, Wei Wuxian s'éloigna de la fenêtre et se dirigea au milieu de la pièce centrale. Les yeux des garçons le suivirent presque inconsciemment dans son déplacement.

Ce fut alors qu'ils repérèrent un groupe d'effigies en papier d'apparences diverses qui se tenaient tranquillement entre les deux couronnes de fleurs géantes. Wei Wuxian passa lentement devant elles et s'arrêta devant une paire de dames en papier.

L'apparence de chaque effigie de papier était différente, mais cette paire semblait avoir été conçue pour représenter des sœurs jumelles. Leur maquillage, leurs vêtements et les traits de leur visage étaient identiques. Elles arboraient des yeux en croissant ainsi qu'un grand sourire sur leur visage, au point qu'il était presque possible d'entendre leurs rires joyeux. Les cheveux coiffés en chignon à double anneau, elles étaient parées de bracelets d'or et de boucles d'oreilles en perles rouges, et chaussées de pantoufles brodées. Elles semblaient tout à fait adaptées pour être les domestiques d'une grande et riche maison.

— Ces deux-là feront l'affaire, affirma Wei Wuxian.

Il passa légèrement sa main au fil de l'épée dégainée de l'un des jeunes cultivateurs avec l'intention d'utiliser ce sang s'écoulant de la coupure qu'il s'était infligée au pouce. Puis il se retourna et agrémenta ces deux paires d'yeux vides de quatre globes oculaires rubiconds.

Il fit ensuite un pas en arrière et esquissa un léger sourire.

— Ces yeux timides sont des ruses séduisantes, qu'agrémente le sourire de ces lèvres rouges et charmantes. Ne t'enquiers ni du bien, ni du mal passé, et de ces points finaux, laisse le guerrier s'éveiller.

Une bourrasque sinistre souffla tout à coup de nulle part et envahit brusquement le magasin. Inquiets, les garçons resserrèrent inconsciemment leur prise sur leurs épées.

Après cela, les sœurs jumelles de papier sursautèrent brusquement.

Un battement de cœur plus tard, le son d'un rire joyeux s'échappa de leurs lèvres peintes d'un rouge sanguin.

Le Rituel Final des Yeux !

C'était comme si les deux effigies de papier avaient vu ou entendu quelque chose de très drôle. Elles gloussèrent tels des rameaux fleuris tremblant au gré du vent. Ces yeux, pointillés du sang des vivants, se murent et tournoyèrent frénétiquement au centre de leurs orbites, dépeignant une image à la fois tout à fait charmante et parfaitement horrifiante. Wei Wuxian se tint devant elles et inclina légèrement la tête, leur adressant ainsi une courtoise révérence.

La paire d'effigies de papier lui rendit la pareille en s'inclinant profondément, faisant preuve d'une plus grande courtoisie encore que celle qu'il venait de leur témoigner.

Wei Wuxian désigna ensuite la porte et leur donna ses directives :

— Amenez les vivants en ce lieu. Éradiquez tout le reste.

Des rires stridents s'échappèrent de la bouche des effigies de papier. Un souffle des plus sinistres se leva ensuite en trombe et ouvrit vivement les deux battants de la porte d'entrée !

Les deux effigies bondirent et, épaule contre épaule, plongèrent en plein dans la foule de cadavres ambulants. Il était difficile de concevoir que de faux humains, si évidemment faits de papier, possédaient en réalité un pouvoir aussi féroce et destructeur.

De quelques élégants pas de deux qui firent flotter dans le vent leurs sublimes manches aériennes, chaussées de leurs souliers raffinés et brodés, elles tranchèrent d'un geste vif le bras d'un cadavre, puis assénèrent un second coup à une autre de ces créatures, au point de lui fendre le crâne. C'était comme si leurs manches de papier s'étaient transformées en lames tranchantes. Quant à ce rire charmant qui résonnait sans discontinuer au milieu de cette longue rue, il avait le don de mettre l'esprit en alerte autant que de hérisser les poils.

Il ne fallut pas longtemps pour que plus d'une dizaine de cadavres ambulants se retrouvent découpés en morceaux par les deux effigies. Ce fut une victoire totale pour les servantes de papier.

Obéissant à l'ordre qui leur avait été donné, elles ramassèrent le fugitif affaibli et le portèrent à l'intérieur avant de ressortir d'un bond par la porte. Celle-ci se referma automatiquement derrière elles, et elles se calmèrent sitôt postées de part et d'autre de l'entrée, surveillant tels des lions gardiens.

Les jeunes cultivateurs cloîtrés dans la maison en restèrent bouche bée.

Par le passé, il leur avait été donné d'apprendre nombre d'histoires ayant trait à la voie hérétique, que ce soit dans les livres ou auprès de leurs aînés. Ils n'avaient pas compris : si celle-ci était si mauvaise, pourquoi y avait-il tant de gens qui souhaitaient l'emprunter ? Pourquoi y avait-il tant d'imitateurs du patriarche de Yiling ? Ce ne fut qu'en cet instant, après en avoir été personnellement témoins, qu'ils comprirent enfin. La voie hérétique savait se montrer séduisante et mystérieuse. Et ce Rituel Final des Yeux n'était qu'une infime partie de ce qu'ils pouvaient concevoir.

Étonnamment, une fois la plupart des cadets remis de leurs émotions du moment, ils ne semblèrent pas éprouver une quelconque répulsion. Bien au contraire, leurs visages témoignaient désormais d'une excitation non dissimulée. Ils avaient manifestement l'impression d'avoir acquis d'immenses connaissances et d'en ressortir avec une multitude de sujets à aborder auprès de leurs camarades disciples à leur retour. Seul Jin Ling semblait encore contrarié.

Lan Sizhui s'empressa d'aller aider Wei Wuxian à porter secours à l'homme, mais ce dernier l'arrêta dans son élan.

— Reste en arrière. Et fais attention à ne pas toucher la toxine cadavérique. Tu pourrais toi aussi te retrouver empoisonné si elle entrait en contact avec ta peau.

Le temps que les effigies de papier finissent de transporter le mystérieux individu à l'intérieur, celui-ci s'était retrouvé vidé de la majeure partie de son énergie et n'était plus qu'à demi conscient. Après un temps de repos, toutefois, il sembla légèrement plus alerte. Il toussa à plusieurs reprises, mais se couvrit aussitôt la bouche, craignant visiblement d'infecter les autres s'il expulsait la toxine cadavérique.

— Qui êtes-vous tous ? demanda-t-il doucement.

Sa voix paraissait parfaitement épuisée et s'il avait posé cette question, ce n'était pas seulement parce qu'il ne connaissait personne dans cette maison, mais aussi parce qu'il ne pouvait pas voir.

Un épais ruban blanc était enroulé autour de ses yeux. Lui aussi était probablement aveugle.

Un très bel aveugle, de surcroît, qui arborait un nez droit et raffiné ainsi que des lèvres fines d'un rouge discret. On pouvait pratiquement dire de lui qu'il était d'une délicate beauté. Il paraissait également très jeune, son âge se situant approximativement entre celui d'un jeune homme et celui d'un adulte. Cela inspirait une certaine sympathie.

Comment se fait-il que je n'arrête pas de tomber sur des aveugles ces derniers temps ? se demanda intérieurement Wei Wuxian. *Que j'en entende parler de la bouche des autres ou que je les voie de mes propres yeux, qu'ils soient vivants ou morts ?*

— Hé ! l'interpella soudain Jin Ling. Nous ne savons pas encore qui est cette personne, ni si c'est un ami ou un ennemi. Pourquoi l'avoir sauvé si précipitamment ? Et s'il était une mauvaise personne ? N'aurions-nous pas sauvé un serpent sournois ?

Bien que dans le fond, il n'ait pas tort, c'était un peu gênant qu'il se montre aussi direct en face de l'homme impliqué. Celui-ci ne s'en offusqua pas, cependant, et il ne parut pas non plus s'inquiéter d'être mis à la porte. Au lieu de cela, il sourit, révélant dans la foulée une paire de petites canines pointues.

— Le jeune maître a raison. Il est préférable que je parte.

Jin Ling, qui ne s'attendait pas à cette réponse, se montra décontenancé l'espace d'un instant. À court de mots, il se contenta finalement de ronchonner. Lan Sizhui prit toutefois rapidement la parole pour calmer le jeu.

— Il est également possible que ce monsieur ne soit pas malveillant. Dans tous les cas, ignorer une personne à l'agonie serait contraire aux préceptes de ma famille.

Jin Ling demeura parfaitement obstiné.

— Bien, bien. Vous êtes les gentils de l'histoire, j'ai compris. Mais ne venez pas vous plaindre auprès de moi si quelqu'un y passe.

Lan Jingyi commença à lever le ton et voulut répliquer :

— Tu…

Mais avant qu'il ne puisse terminer sa phrase, il perdit ses mots.

La raison tenait au fait qu'il venait de voir l'arme que l'homme avait posée sur la table. La moitié du tissu noir qui enveloppait celle-ci avait glissé et révélait désormais une bonne partie de sa physionomie.

L'épée était superbement forgée, un parangon d'artisanat. Le fourreau était en bronze, sculpté de fractales semblables à du givre, et la lame en elle-même se distinguait à travers ses motifs creux. Telles des étoiles d'argent scintillant sous une lumière en forme de flocon de neige, il s'en dégageait une forme de beauté pure et resplendissante, semblable à de la glace immaculée.

Lan Jingyi en eut les yeux exorbités, comme s'il était sur le point de babiller quelques mots. Wei Wuxian ignorait ce qu'il désirait crier, mais puisque l'homme s'était servi d'un tissu noir pour couvrir son épée, il ne devait pas vouloir que quelqu'un la voie. Instinctivement, il ne voulut pas non plus alerter celui-ci. Par conséquent, il couvrit aussitôt la bouche de Lan Jingyi d'une main tout en plaçant son index sur ses propres lèvres, faisant signe à tous les autres jeunes cultivateurs choqués de ne rien dire.

Jin Ling articula silencieusement deux mots, puis tendit la main et écrivit ceux-ci sur la table recouverte de poussière : *L'épée Shuanghua ?*

En réaction, Wei Wuxian formula à son tour sa question sans un mot :

L'épée Shuanghua qui appartenait à… Xiao Xingchen ?

Jin Ling et les autres hochèrent la tête pour exprimer leur conviction.

Bien qu'aucun d'eux n'ait jamais vu Xiao Xingchen en personne, Shuanghua était une épée rare et célèbre. Non seulement son pouvoir spirituel était puissant, mais son apparence physique était également ravissante et unique en son genre. Il fut un temps où elle était exposée dans les innombrables éditions de l'*Almanach Illustré des Épées Spirituelles* et de l'*Atlas des Lames Mémorables*, ce qui la rendait tout simplement inoubliable.

Wei Wuxian prit le temps de réfléchir à cette information. Si cette épée était bel et bien Shuanghua, et que l'homme était aveugle...

L'un des garçons était arrivé à la même conclusion et tendit aussitôt la main pour venir toucher le bandage qui recouvrait les yeux de l'homme, animé de l'envie de le défaire pour voir si ses yeux étaient toujours là. Mais sa main toucha à peine le tissu que l'homme sembla pris d'une souffrance extrême. Il recula de manière presque imperceptible, apparemment très effrayé par le fait que l'on touche à ses yeux.

Le garçon comprit d'un coup à quel point son geste était déplacé et retira rapidement sa main.

— Je suis désolé, je suis désolé... Je ne voulais pas.

L'homme leva sa main gauche habillée d'un fin gant noir et, quand bien même il semblait redouter de les toucher lui-même, donna l'impression de vouloir se couvrir les yeux. Un simple effleurement lui causa pourtant déjà une douleur insupportable. Pour preuve, une fine pellicule de sueur perla sur son front.

— Tout va bien..., répondit-il péniblement.

Il avait beau dire cela, sa voix trembla manifestement. Un tel spectacle était sûrement plus que suffisant pour en déduire que cet individu était bel et bien Xiao Xingchen, porté disparu depuis l'affaire du clan Chang de Yueyang.

Xiao Xingchen ne s'était pas rendu compte que son identité avait été découverte.

Après avoir enduré cette pénible vague de douleur, il tâtonna pour atteindre Shuanghua. Wei Wuxian bougea sa main presque aussi vite qu'il perçut le mouvement de l'homme et s'empressa de remonter le tissu noir qui avait quelque peu glissé. Après s'être assuré de la position de Shuanghua, Xiao Xingchen hocha la tête.

— Merci beaucoup de m'avoir secouru. Maintenant, si vous voulez bien m'excuser, je vais prendre congé.

— Ne partez pas tout de suite. Vous êtes victime de l'empoisonnement cadavérique, lui expliqua Wei Wuxian.

— C'est grave ? demanda Xiao Xingchen.

— Très, répondit Wei Wuxian.

— Puisque c'est si sérieux, alors pour quelle raison rester ? s'enquit Xiao Xingchen. C'est sans espoir, quoi qu'il en soit. Dans ce cas, pourquoi ne pas tuer quelques cadavres ambulants de plus avant que je ne me transforme ?

En entendant à quel point il ne se souciait guère de son propre sort, le sang monta à la tête des jeunes cultivateurs.

— Qui a dit que c'était sans espoir ? s'emporta Lan Jingyi malgré lui. Restez ! Il peut vous guérir !

— Moi ? Désolé, vous parlez de moi ? demanda curieusement Wei Wuxian.

Il n'avait vraiment pas le cœur à dire la vérité, mais Xiao Xingchen avait déjà respiré une trop grande quantité de toxine cadavérique. Son visage arborait un teint d'un léger rouge noirâtre. Il avait été empoisonné trop sévèrement, et le gruau de riz gluant ne fonctionnerait probablement plus.

— J'ai déjà tué beaucoup de cadavres ambulants dans cette ville, expliqua Xiao Xingchen. Ils m'ont suivi. D'autres se joindront bientôt à la traque. C'est sans fin. Si je reste, vous serez tous submergés tôt ou tard par la masse.

— Mon seigneur sait-il pourquoi la ville de Yi est devenue ainsi ? demanda Wei Wuxian.

Xiao Xingchen secoua la tête.

— Non. Je ne suis qu'un taoïste itinérant… J'ai atterri là au fil de mes errances et suis entré dans la ville en vue d'une chasse nocturne après avoir pris connaissance de l'activité surnaturelle de la région. Il y a beaucoup de cadavres vivants et ambulants ici. Vous n'en avez pas encore fait l'expérience. Certains sont agiles et il est difficile de se défendre contre eux, tandis que d'autres expulsent une toxine cadavérique de leur corps après avoir été abattus. Le poison infecte instantanément au contact, mais si ces cadavres ne sont pas terrassés, ils attaquent et mordent avec pour résultat final de vous empoisonner quand même. Ils sont vraiment difficiles à combattre. À en juger par vos voix, il y a beaucoup de jeunes maîtres parmi vous, n'est-ce pas ? Je demande à tout le monde de quitter cet endroit dès que possible.

Tandis qu'il parlait, ils entendirent résonner le rire sinistre des effigies de papier jumelles restées à l'extérieur. Cette fois-ci, le son était indubitablement plus fort qu'auparavant.

Lan Jingyi s'appuya contre la porte pour regarder à travers la fente. Puis il se retourna à toute vitesse, son corps bloquant l'interstice, les yeux écarquillés et stupéfaits.

— Ils sont si… si… si nombreux !

— Des cadavres ambulants ? insista Wei Wuxian afin d'obtenir confirmation. Nombreux à quel point ?

— Je ne sais pas ! s'exclama Lan Jingyi. La rue entière est bondée ! Peut-être plusieurs centaines ? Et ce nombre ne cesse d'augmenter ! Je ne pense pas que ces deux effigies de papier puissent tenir encore longtemps !

Si les effigies gardiennes tombaient, les cadavres ambulants qui avaient investi la rue se rueraient à l'intérieur de la boutique. Les découper serait alors inévitablement synonyme d'un empoisonnement certain. En vérité, plus vive serait la riposte, plus vite le poison circulerait dans l'air. Mais ne pas se défendre reviendrait bien évidemment à s'exposer au fait de finir déchiqueté et dévoré vivant.

L'épée en main, Xiao Xingchen se leva avec l'intention plus qu'évidente de pousser la porte, espérant probablement repousser autant de vagues de cadavres que possible avec ce qui lui restait de force. Mais son visage devint soudain rouge violacé, et il tomba à la renverse.

— Restez assis, lui intima Wei Wuxian. Ce sera résolu en un clin d'œil.

Une fois de plus, il passa nonchalamment l'index de sa main droite au fil de l'épée de Lan Jingyi. Du sang s'écoula aussitôt.

— Comptes-tu encore avoir recours au Rituel Final des Yeux ? lui demanda ce dernier. Quelle quantité de sang te faudrait-il pour marquer les yeux de chaque effigie ? Et si je te prêtais un peu du mien ?

D'autres cultivateurs retroussèrent immédiatement leurs manches.

— Moi aussi…

Wei Wuxian ne savait pas s'il devait en rire ou en pleurer.

— Pas besoin. Avez-vous des talismans vierges ?

Ces cadets étaient encore trop jeunes. Ils n'étaient pas assez entraînés pour être capables de dessiner des talismans dans le feu de l'action afin de s'en servir sans attendre. Tous ceux qu'ils avaient sur eux étaient pré-dessinés à l'avance.

— Non, avoua Lan Sizhui, secouant la tête en signe de négation.

— Un talisman pré-dessiné fera très bien l'affaire, expliqua toutefois Wei Wuxian.

Lan Sizhui récupéra de fait une pile de talismans jaunes au fond de son sac qiankun. Wei Wuxian ne prit qu'une seule feuille, y jeta un coup d'œil, puis pressa l'index et le majeur de sa main droite ensemble avant de les faire glisser avec force et assurance de haut en bas, le long des marques tracées au cinabre. Le sang rouge vif et le cinabre écarlate formèrent un tout nouvel ensemble de symboles.

Il fit ensuite un geste du poignet, et le talisman jaune marqué de rouge s'enflamma dans les airs. Wei Wuxian tendit la main gauche et attrapa les cendres qui s'échappaient du papier incandescent. Il referma ses doigts et regarda légèrement vers le bas. Lorsqu'il rouvrit sa paume, il souffla doucement les cendres noires vers la rangée d'effigies en papier et prononça dans un murmure :

— Les feux sauvages n'en viennent point à bout ; au souffle du printemps, les herbes renaissent[2].

Les cendres du talisman se soulevèrent, s'agitèrent et tournoyèrent. Un combattant Yin, debout au premier rang, s'éveilla et ramassa une machette qui se trouvait à ses pieds pour la porter sur son épaule.

Près de lui se trouvait une beauté de papier somptueusement vêtue, les cheveux coiffés en un chignon haut et lâche. Elle leva lentement sa main droite et fléchit ses doigts longs et fins. Elle avait tout l'air d'une noble femme alanguie, qui admirait ses longs ongles rubiconds de façon hautaine.

À côté des pieds de la belle se tenaient un garçon d'or et une jeune fille de jade. Le premier attrapa malicieusement la tresse de la seconde, et cette dernière lui tira la langue en guise de réponse. Une longue langue, de près de trente centimètres de long, qui sortit brusquement de sa petite bouche et perça d'un trou béant la poitrine du garçon, tel un serpent venimeux, avant d'en être rapidement extirpée d'un bref mouvement vicieux. Le garçon d'or ouvrit grand la bouche, révélant deux rangées de dents blanches glaciales, et la mordit au bras. Ce fut ainsi que les enfants de papier commencèrent à se battre entre eux !

Vingt à trente effigies de papier se mirent à vaciller les unes après les autres comme si elles faisaient travailler leurs articulations, chuchotant entre elles à mesure qu'elles s'éveillaient et que les bruissements du papier se répandaient dans la pièce. Elles n'étaient pas vivantes, non, elles étaient bien supérieures aux mortels.

— Retenez votre souffle, ordonna Wei Wuxian.

Puis il fit un pas de côté pour leur libérer une voie royale jusqu'à l'entrée. Il s'inclina légèrement et esquissa un geste d'invitation.

---

2 Tiré de *Anthologie de la Poésie Chinoise*, Bibliothèque de la Pléiade, 2015, traduit du chinois par Florence Hu-Sterk.

Les portes de bois s'ouvrirent à nouveau violemment. Une douce odeur de toxine cadavérique se répandit, et tout le monde se couvrit immédiatement la bouche, leurs manches utilisées en protection. Les combattants Yin poussèrent un cri de guerre et attaquèrent les premiers avant que les autres effigies de papier ne sortent à leur tour.

La porte en bois se referma sitôt la dernière d'entre elles sortie.

— Personne n'a inspiré de poison, n'est-ce pas ? demanda Wei Wuxian à l'assemblée.

Tous répondirent bien vite par la négative. Wei Wuxian se hâta donc d'aider Xiao Xingchen à se lever. Il avait espéré pouvoir trouver un endroit où allonger l'homme, mais, chose choquante, il n'y avait rien de tel. Il n'eut d'autre choix que de le faire s'asseoir sur le sol glacial et poussiéreux. Xiao Xingchen tenait toujours fermement son épée, Shuanghua. Ce ne fut qu'au prix d'un effort intense qu'il réussit à sortir de son état de semi-inconscience.

Il toussa à plusieurs reprises, sa voix fébrile.

— Monsieur, s'agissait-il… du Rituel Final des Yeux ?

— Mes connaissances sont approximatives, au mieux, répondit Wei Wuxian.

Xiao Xingchen prit un instant pour réfléchir, puis sourit.

— Mmh… C'était en effet le meilleur moyen d'anéantir ces cadavres ambulants.

Il marqua un temps de pause, puis ajouta :

— Toutefois, les cultivateurs qui empruntent cette voie peuvent facilement se retrouver confrontés à une mutinerie de fantômes malveillants et d'esprits belliqueux subordonnés. Même le père fondateur de cette voie, le patriarche de Yiling, Wei Wuxian, n'a pu échapper à ce destin. Ce n'est qu'une suggestion personnelle, mais si mon seigneur n'est pas à la hauteur de celui-ci, alors vous devriez vous montrer plus prudent à l'avenir. Il vaut mieux ne pas avoir recours à cette magie, à moins d'une extrême nécessité. Je vous suggère d'essayer de cultiver une autre voie...

Wei Wuxian soupira intérieurement.

— Merci de votre exhortation.

La plupart des cultivateurs acclamés exprimaient très clairement leur position sur le sujet, allant jusqu'à la tracer dans le sable si nécessaire afin d'afficher leur profonde haine envers une certaine personne. Cependant, le fait que ce cher oncle martial avait pris la peine de lui prodiguer des conseils de manière si diplomatique, lui rappelant de se méfier de toute mutinerie potentielle alors qu'il était lui-même à moitié mort, ne faisait que démontrer son extrême douceur, sa gentillesse et sa tendresse. En portant son regard sur l'épaisse couche de bandages qui recouvrait les yeux de Xiao Xingchen et en se rappelant ce que l'homme avait traversé, Wei Wuxian ne put s'empêcher de soupirer avec regret.

Les jeunes cultivateurs qui avaient peu d'expérience du monde étaient généralement trop fascinés par la voie hérétique pour la considérer avec mépris. Ainsi, à l'exception de Jin Ling, qui avait de toute façon en permanence l'air parfaitement contrarié, les autres cadets étaient tous entassés autour de l'interstice de la porte pour assister au spectacle.

— Au secours… Les ongles de cette femme effigie sont si effrayants ! Une seule entaille peut laisser cinq marques béantes.

— Pourquoi la langue de cette petite fille est-elle si longue et si solide ? C'est un fantôme de pendu ?

— Ce type est tellement fort ! Je n'arrive pas à croire qu'il puisse soulever autant de cadavres ambulants à la fois. Il va les éclater au sol ! Regardez, regardez, regardez ! Il l'a fait ! Il en a fait de la bouillie !

Après avoir été pris à part par Xiao Xingchen le temps de recevoir une série de doux conseils, Wei Wuxian attrapa le dernier bol de gruau de riz gluant qui trônait sur la table.

— Votre empoisonnement est grave. J'ai ici quelque chose qui pourrait vous accorder un léger sursis... mais il se peut aussi que cela ne fonctionne pas, et le goût est assez horrible. Voulez-vous quand même tenter ? Si vous ne voulez plus vivre, ce n'est pas grave, mais…

Xiao Xingchen s'empara du bol à deux mains sans le laisser finir.

— Bien sûr que je veux vivre. Si j'ai une chance de survivre, alors permettez-moi de la saisir.

Toutefois, lorsqu'il baissa la tête et entama sa médication, les coins de ses lèvres s'agitèrent subtilement. Ce ne fut qu'en pinçant fermement sa bouche qu'il parvint à empêcher celles-ci de se contracter. Il fallut un bon moment avant qu'il ne rompe le silence.

— Merci, adressa-t-il poliment à Wei Wuxian.

— Vous avez vu ça, les gars ? demanda Wei Wuxian, la tête tournée en direction des cadets. Vous avez vu ça ? Vous avez entendu ce qu'il a dit ? C'est vous qui êtes délicats et difficiles. Je n'arrive pas à croire que vous vous soyez tant plaints en mangeant le gruau de riz sur lequel j'ai travaillé dur !

— Tu as *travaillé dur* ? s'offusqua Jin Ling. À part jeter un tas de choses étranges dans un pot, qu'as-tu accompli d'autre ?

Xiao Xingchen saisit cette occasion pour intervenir :

— Cela dit, après mûre réflexion… si je devais manger cela tous les jours, je choisirais probablement la mort.

Jin Ling éclata d'un rire moqueur sans la moindre pitié ; même Lan Sizhui ne put se contenir, laissant échapper un petit « Pff ! » incontrôlable. Wei Wuxian les regarda, sans voix, et Lan Sizhui se reprit immédiatement.

Au même moment, Lan Jingyi s'exclama joyeusement :

— Génial ! Ils sont tous morts ! Nous avons gagné !

— N'ouvrez pas encore la porte, prévint Xiao Xingchen en reposant le bol vide. Soyez prudents, il pourrait rester des survivants.

— Ne posez pas le bol ! intervint Wei Wuxian. Reprenez-le et finissez ce gruau de riz.

Il s'approcha ensuite de la porte en bois pour regarder à travers l'interstice. Après le massacre inhumain qui avait pris place, la rue était désormais imprégnée d'un fin brouillard blanc, ainsi que d'une poudre rouge violacé en suspension dans l'air. La toxine cadavérique se dissipait progressivement, et les effigies de papier patrouillaient tranquillement. Des morceaux de cadavres ambulants étaient éparpillés sur le sol, et lorsque certaines effigies en repéraient encore animés de quelques soubresauts, elles les piétinaient vicieusement jusqu'à ce qu'il n'en reste plus que des flaques de chair et de sang.

En dehors de ceci, tout semblait être redevenu calme et tranquille. Aucun nouveau cadavre ambulant ne s'était encore précipité sur la scène.

Wei Wuxian était sur le point de se détendre quand il fut alerté par un très, très léger mouvement juste au-dessus de sa tête.

Ce son fut quasiment imperceptible. C'était comme si quelqu'un était passé sur les tuiles du toit à la vitesse d'un oiseau, avec des pas d'une légèreté et d'une agilité exceptionnelles, rendant le tout presque silencieux. Sans ses sens aiguisés, il aurait été impossible à Wei Wuxian de détecter l'infime petit bruit de l'impact contre les tuiles.

Un tel mouvement ne pouvait manifestement pas non plus tromper l'homme aveugle.

— Au-dessus ! alerta immédiatement Xiao Xingchen.

— Dispersez-vous ! aboya Wei Wuxian.

À peine eut-il prononcé ces mots que le plafond de la pièce centrale s'effondra. Des tuiles cassées, de la poussière accumulée et de la paille éparpillée s'écrasèrent au sol comme une pluie diluvienne. Fort heureusement, les garçons s'étaient rapidement dispersés, si bien que personne ne fut blessé. Cependant, une ombre noire s'infiltra dans le bâtiment à travers le trou béant.

Cet individu était vêtu d'un ensemble de robes noires de taoïste. Il était grand, se tenant droit comme un arbre millénaire. Un fuchen était accroché dans son dos, et il tenait une épée longue à la main. Il était d'une beauté glaciale. Tandis qu'il les toisait du regard, sa tête légèrement inclinée vers le haut, il dégageait une attitude hautaine et distante.

Ses yeux n'avaient pas de pupilles. Ils étaient d'un blanc pur et mortel. Un cadavre féroce !

La petite assemblée venait à peine d'en prendre conscience qu'il s'élança en brandissant son arme.

Il visa dans un premier temps Jin Ling, qui se trouvait au plus près de lui. Ce dernier dégaina son épée pour parer l'assaut, mais la force mise dans ce coup était immense et l'impact ne manqua pas d'engourdir son bras. Sans l'extraordinaire puissance spirituelle de sa propre épée, Suihua, il aurait probablement été pourfendu sur-le-champ.

Son attaque ayant échoué, le cadavre féroce vêtu de noir s'élança à nouveau. Il se mut avec la fluidité et la brutalité d'un cours d'eau descendant la montagne et une animosité aussi profonde que la mer au bout du chemin. Il prit pour cible le bras de Jin Ling, et en cet instant de grand péril, Xiao Xingchen dégaina son épée pour venir aider l'adolescent à bloquer l'attaque. Ce faisant, il avait dû faire monter en flèche l'empoisonnement qui ravageait son corps, car il s'effondra finalement, inerte.

Lan Jingyi était tout simplement horrifié.

— Est-il mort ou vivant ? Je n'ai jamais vu un…

… Cadavre féroce avec une telle agilité et une telle maîtrise de l'épée !

Il interrompit promptement le fil de ses pensées lorsqu'il se souvint que, si, il avait déjà rencontré ce genre de créatures.

Et comment ! Puisque c'était assurément aussi le cas du Général Fantôme !

Wei Wuxian fixa ce taoïste du regard, son esprit particulièrement remué. Bien vite, il sortit la flûte de bambou accrochée à sa taille et commença à jouer. Il fit résonner une note longue et stridente si perçante que tous les autres se couvrirent les oreilles. Lorsque le taoïste entendit le son de l'instrument, son corps tressaillit. Toutefois, bien que la main qui tenait fermement son épée soit prise de forts tremblements, cela ne l'empêcha pas de s'élancer quand même !

Il ne pouvait pas être contrôlé. Cela ne pouvait signifier qu'une seule chose : ce cadavre féroce avait un maître !

Rapide comme l'éclair, Wei Wuxian évita l'assaut et joua tranquillement un autre air au milieu de son pas d'esquive. Bientôt, les effigies de papier qui patrouillaient à l'extérieur sautèrent sur le toit et s'engouffrèrent par le trou béant. Remarquant leur mouvement, le cadavre féroce taoïste abattit son épée et effectua deux fentes rapides. Un instant plus tard, deux effigies de papier s'écroulèrent en quatre morceaux distincts. Elles avaient été scindées de haut en bas. Il brandit ensuite son fuchen de la main gauche, et ce fut comme si des milliers de ces doux crins blancs s'étaient soudainement transformés en fouets métalliques et en épines empoisonnées. Un simple claquement de son arme pouvait probablement briser des crânes et sectionner des membres. Un effleurement accidentel serait quant à lui sûrement suffisant pour transformer un malheureux spectateur en passoire, laissant s'écouler son sang telle de l'eau.

Quand bien même il était très occupé, Wei Wuxian prit le temps de crier :

— Ne vous approchez pas, restez dans votre coin !

Puis il recommença à émettre ses ordres musicaux. La mélodie de sa flûte, fantaisiste et volage, était ponctuée de féroces accords. Bien que le sauvage taoïste se batte de ses deux mains, les effigies de papier n'en finissaient plus de lui sauter dessus par le haut pour l'encercler de toute part et l'attaquer. S'il frappait dans un sens, il subissait d'autres assauts en provenance d'une autre direction; s'il tuait l'effigie face à lui, d'autres le prenaient par-derrière. Sa force seule était insuffisante.

Soudain, un combattant Yin tomba du ciel et parvint à le saisir avant de lui écraser l'épaule contre le sol pour l'immobiliser. Trois autres combattants Yin surgirent aussitôt, sautant à travers le trou pour s'empiler sur lui l'un après l'autre.

Les légendes relataient la force extraordinaire des combattants Yin, c'était la raison pour laquelle leurs artisans ajoutaient généralement un poids supplémentaire à ces effigies au cours de leur fabrication. Lorsque des fantômes sauvages étaient invoqués et qu'ils venaient à posséder ces corps, chacun d'entre eux devenait alors plus lourd que le précédent. Se faire percuter par l'un d'eux revenait à se faire écraser par un ours des montagnes. Avec quatre d'un coup, il était de fait étonnant qu'un tel impact ne pousse pas ce cadavre féroce revêtant la robe d'un taoïste à vomir ses entrailles. Il se retrouva néanmoins complètement cloué sur place, incapable de bouger le moindre muscle.

Wei Wuxian s'approcha et s'aperçut que les vêtements étaient endommagés sur son dos. Lorsqu'il appuya du doigt sur la déchirure pour examiner les choses plus en détail, il remarqua une fine et étroite entaille près de l'omoplate gauche du cadavre.

— Retournez-le, ordonna-t-il.

Les quatre combattants Yin retournèrent le taoïste pour le mettre face au plafond, lui permettant ainsi de l'examiner plus facilement. Wei Wuxian tendit les doigts qu'il s'était coupés un peu plus tôt et enduisit de sang les lèvres de chacune des quatre effigies de papier en guise de récompense. Les combattants Yin sortirent leurs langues de papier rouge et chérirent cette offrande, la léchant avec lenteur comme pour savourer cette délicatesse. Ce ne fut qu'après cela que Wei Wuxian baissa les yeux pour poursuivre son inspection.

La zone près du cœur du taoïste semblait avoir subi les mêmes dommages que son dos ; la même déchirure, la même entaille étroite. C'était comme s'il était mort des suites d'une lame plantée dans le cœur.

Tout le temps que dura l'inspection, le cadavre féroce ne cessa de se débattre tandis qu'un grognement sourd et continu s'échappait de sa gorge. Du sang noir de jais s'écoulait au coin de ses lèvres. Wei Wuxian lui appuya sur les joues, le poussant ainsi à ouvrir la bouche, et jeta un coup d'œil à l'intérieur. Il semblait que la langue de l'homme avait elle aussi été arrachée à la base.

Aveugle, langue arrachée. Aveugle, langue arrachée.

Pourquoi ces deux caractéristiques se répétaient-elles si fréquemment ?

Wei Wuxian examina l'homme pendant un moment, et parvint à la conclusion que ce cadavre féroce ressemblait à Wen Ning lorsqu'il était contrôlé par ces longs clous noirs. Une fois cette théorie émise, il s'approcha à tâtons des tempes du cadavre et découvrit deux petites bosses de métal !

Ces clous noirs étaient faits pour contrôler les cadavres féroces de haut niveau, leur faisant perdre l'esprit et leur capacité à penser. Wei Wuxian ne connaissait ni l'identité ni le caractère de ce cadavre, aussi ne pouvait-il pas les ôter sans réfléchir. *Il doit être interrogé correctement*, établit-il intérieurement. Mais comme il n'avait déjà plus de langue, ce cadavre féroce se verrait bien incapable de parler même si ses sens lui revenaient. Par conséquent, il s'adressa aux cadets :

— Qui parmi vous a déjà étudié « Requête » ?

Lan Sizhui leva aussitôt la main.

— Moi. Je la connais.

— Tu as apporté ton guqin ? poursuivit Wei Wuxian.

— Oui.

Il sortit aussitôt un grand guqin – simple, mais aux couleurs luxuriantes – de son sac qiankun.

Wei Wuxian remarqua immédiatement que l'instrument semblait comme neuf.

— Quel est ton niveau dans la pratique de la conversation au guqin ? L'as-tu déjà utilisée dans un cadre réel comme celui-ci ? Les esprits invités risquent-ils de mentir ?

— Hanguang-jun a dit que la compétence de Sizhui au guqin était acceptable, intervint Lan Jingyi.

Si Lan Wangji avait dit « acceptable », ce devait vraiment l'être. Il n'était pas du genre à exagérer ou à minimiser la chose. Cette déclaration permit à Wei Wuxian de se détendre légèrement.

— Hanguang-jun m'a dit de travailler sur la qualité plutôt que la quantité, compléta Lan Sizhui. Les esprits invités peuvent choisir de ne pas répondre, mais ils ne peuvent pas mentir. Tout ce qu'ils choisiront de dire sera la stricte vérité.

— Dans ce cas, commençons, déclara Wei Wuxian.

Le guqin fut placé sur le sol, au-dessus de la tête du taoïste. Lan Sizhui s'assit aussitôt, les ourlets de sa robe proprement étalés autour de lui. Il joua deux petites notes d'essai, puis hocha la tête.

— Première question : demande son identité, intima Wei Wuxian.

Lan Sizhui réfléchit un instant, puis murmura silencieusement l'incantation avant d'oser jouer le premier couplet.

Un bon moment plus tard, les cordes vibrèrent et deux notes éclatèrent comme une roche-mère se brisant. Lan Sizhui écarquilla les yeux.

— Qu'a-t-il dit ? le pressa Lan Jingyi.

— Song Lan ! répondit Lan Sizhui.

Le meilleur ami et camarade cultivateur de Xiao Xingchen, Song Lan ?

Tout le monde se retourna pour regarder Xiao Xingchen, inconscient, sur le sol.

— Je me demande s'il sait que c'est Song Lan..., murmura Lan Sizhui.

— Probablement pas, répondit Jin Ling, étouffant lui aussi sa voix. Il est aveugle et Song Lan est muet, sans parler du fait que ce dernier est devenu un cadavre féroce sans esprit... Mieux vaut qu'il n'en sache rien.

Désireux d'aller droit à l'essentiel, Wei Wuxian reprit le fil de la conversation :

— Deuxième question : demande l'identité de son tueur.

Lan Sizhui se concentra et se remit à jouer un verset avec beaucoup de sérieux. Cette fois, le silence dura trois fois plus longtemps que précédemment.

Alors qu'ils pensaient que l'âme de Song Lan refusait de répondre à cette question, les cordes tremblèrent et trois notes résonnèrent d'une profonde douleur.

— C'est impossible ! s'exclama Lan Sizhui.

— Qu'a-t-il dit ? l'interrogea Wei Wuxian.

Lan Sizhui était incrédule.

— Il a dit… Xiao Xingchen.

Celui qui avait tué Song Lan était Xiao Xingchen ?

Ils n'avaient posé que deux questions. Qui aurait pu imaginer que chaque réponse serait plus choquante que la précédente ?

Jin Ling se montra dubitatif.

— Tu as dû jouer de travers, non ?

— « Qui êtes-vous ? » et « Qui vous a assassiné ? » sont les questions les plus faciles et les plus fréquentes lors d'une séance de « Requête ». Ce sont les premier et deuxième versets que tous ceux qui étudient ce morceau apprennent. Je les ai pratiqués un bon millier de fois, et j'ai vérifié à plusieurs reprises avant de les jouer. Je n'ai définitivement pas fait d'erreur.

— Eh bien, soit ta « Requête » était imparfaite, soit tu as mal interprété le langage de ton guqin ! insista Jin Ling, catégorique.

Lan Sizhui secoua la tête.

— Si mes notes ne sont pas en tort, il est encore moins probable que mon interprétation soit erronée. « Xiao Xingchen » est une phrase ou un nom peu commun, rarement prononcé par les esprits invités. S'il avait répondu par un autre nom et que je l'avais mal interprété, il serait tout simplement impossible que ce soit ce nom-là *précisément* qui en ressorte.

— Song Lan est allé chercher Xiao Xingchen, qui avait disparu, mais ce dernier l'a assassiné en retour, marmonna Lan Jingyi. Pourquoi aurait-il tué son meilleur ami ? Il n'a pas l'air du genre à faire ça.

— Ne vous souciez pas de ça pour le moment, intervint Wei Wuxian. Sizhui, pose la troisième question : « Qui est son maître ? »

Le visage de Lan Sizhui redevint sérieux, et il joua le troisième couplet avec précaution, au point de se retenir de respirer un peu trop fort. De nombreux yeux étaient rivés sur les cordes de son instrument et guettaient avec impatience la réponse de Song Lan.

Enfin, après un instant, ils l'entendirent interpréter la réponse, un mot après l'autre :

— L'homme. Derrière. Toi.

Tout le monde releva aussitôt la tête. Xiao Xingchen, qui était jusque-là allongé sur le sol, inconscient, était désormais assis, la tête posée dans la paume de sa main, et leur souriait. Il leva sa main gauche gantée de noir et claqua des doigts.

Chapitre 8

Le brin d'herbe

— Partie 3 —

Ce claquement atteignit aussitôt les oreilles de Song Lan, immobilisé au sol. C'était comme si ce son avait explosé au sein même de son crâne. Il se saisit soudain des quatre combattants Yin qui le maintenaient au sol et les envoya voler ! Il se releva ensuite d'un bond, son épée et son fuchen à nouveau brandis, et les découpa en morceaux, les réduisant à l'état de confettis de papier multicolores. Après cette prouesse, immobile, il pointa son épée longue en direction de Wei Wuxian et dirigea son fuchen vers les cadets de manière menaçante.

Au milieu de cette petite boutique ravagée, les rôles avaient subitement changé.

Jin Ling posa sa main sur son épée. Wei Wuxian le vit du coin de l'œil et s'empressa de l'arrêter :

— Ne bouge pas. Ne va pas compliquer la situation. En ce qui concerne le maniement de l'épée, même tous réunis, nous n'aurions pas la moindre chance face à ce... Song Lan.

Son enveloppe corporelle actuelle manquait de puissance spirituelle, et il n'avait pas non plus sa fidèle épée avec lui. Qui plus est, Xiao Xingchen se trouvait à côté d'eux et ses motivations n'étaient pas claires. Ils ignoraient même s'il se plaçait en ami ou en ennemi.

Ce dernier prit justement la parole :

— Les adultes sont en pleine discussion. Pourquoi n'iriez-vous pas tous faire un tour dehors, les enfants ?

Il fit un geste de la main à Song Lan, qui aussitôt obéit en silence et entreprit de faire sortir les jeunes cultivateurs.

— Allez-y, intima Wei Wuxian aux garçons. Vous ne serez pas d'une grande aide, de toute façon. La toxine cadavérique dans l'air devrait avoir diminué, alors ne commencez pas à courir dans tous les sens au risque de l'agiter à nouveau. Et surtout, ralentissez votre respiration !

Lorsque Jin Ling entendit qu'«ils ne seraient pas d'une grande aide, de toute façon», il ressentit un mélange d'indignation et de frustration. Il refusait d'abandonner sans se battre. Cependant, il savait qu'il était impuissant, aussi fut-il le premier à se précipiter à l'extérieur, non sans une forte irritation. Lan Sizhui, quant à lui, hésitait à partir, comme s'il avait quelque chose à redire.

— Sizhui, c'est toi le plus sensible du groupe, expliqua Wei Wuxian. Prends la tête et guide-les. Peux-tu faire cela ?

Lan Sizhui hocha la tête, mais, sentant son hésitation, Wei Wuxian ajouta bien vite :

— N'aie pas peur.

— Je n'ai pas peur, répondit Lan Sizhui.

— Vraiment ?

— Vraiment, assura-t-il, avant de se mettre étonnamment à rire. Qianbei, Hanguang-jun et vous vous ressemblez tellement.

Une telle déclaration stupéfia Wei Wuxian.

— Nous nous ressemblons ? Comment cela ?

Ils étaient clairement radicalement différents. Lan Sizhui se garda toutefois de répondre à cette question, se contentant de sourire. Puis il passa le seuil de la porte, accompagné du reste des garçons.

Je ne sais pas non plus, songea intérieurement Lan Sizhui. *Mais ils semblent très similaires. Dès lors que l'un d'eux est présent, ils donnent l'impression qu'il n'y a rien à craindre.*

Sardonique, Xiao Xingchen sortit de nulle part une toute petite pilule rouge et l'avala dans l'instant avant de rompre le silence :

— Quel émouvant spectacle !

Sitôt après avoir dégluti la pilule, la couleur rouge violacé de son visage s'estompa rapidement.

— L'antidote contre la toxine cadavérique ? s'enquit Wei Wuxian.

— Oui, répondit Xiao Xingchen. Bien plus efficace que ton horrible gruau de riz, n'est-ce pas ? Et en plus, ça a un petit goût sucré.

— C'était véritablement une belle performance, monsieur, le complimenta Wei Wuxian. De votre charge courageuse au-devant des cadavres, qui vous a si terriblement épuisé, à votre perte de connaissance, en passant par le blocage de ce coup destiné à Jin Ling, tout cela n'était-il vraiment qu'une comédie pour nous duper ?

Xiao Xingchen agita l'index de gauche à droite en signe de négation.

— Je ne cherchais pas à vous duper, au pluriel. C'était pour vous duper *vous*, et seulement *vous*. Je suis enchanté de vous rencontrer, patriarche de Yiling. Vous êtes encore plus formidable que ne le disent les rumeurs.

Wei Wuxian ne réagit guère, s'efforçant de garder un visage d'une parfaite neutralité.

Xiao Xingchen profita de son silence afin de poursuivre son discours :

— Laissez-moi deviner. Vous n'avez encore rien dit à personne sur votre véritable identité, n'est-ce pas ? C'est la raison pour laquelle je ne vous ai pas dénoncé. Je leur ai dit de sortir pour que nous puissions parler en privé, à huis clos. Qu'en pensez-vous ? Ne suis-je pas prévenant ?

— C'est vous qui commandez tous les cadavres ambulants de la ville de Yi ?

— Bien sûr, confirma Xiao Xingchen. Au moment où vous êtes entré dans la ville et avez poussé ce sifflement, j'ai immédiatement senti que quelque chose était étrange chez vous. C'est pourquoi j'ai décidé de sortir personnellement pour vous tester. Comme je le soupçonnais, un sort de bas niveau comme le Rituel Final des Yeux ne pouvait avoir une telle puissance que s'il était lancé par le fondateur.

Ils étaient tous deux des cultivateurs de la voie hérétique, alors ni l'un ni l'autre ne pouvaient tromper les yeux d'un pair. Ce qui amena Wei Wuxian à se poser une importante question :

— Qu'attendiez-vous exactement de moi, en prenant en otage une bande d'enfants ?

Xiao Xingchen gloussa.

— J'aimerais simplement demander une faveur à qianbei. Une petite faveur.

C'était vraiment faire fi de la hiérarchie établie que le plus jeune frère martial de sa mère s'adresse à Wei Wuxian comme à un aîné. Ce dernier s'esclaffait lorsqu'il vit Xiao Xingchen sortir une poche piégeuse d'esprits et la poser sur la table.

— S'il vous plaît.

Wei Wuxian posa sa main sur l'objet et le palpa comme s'il cherchait un pouls. Un moment plus tard, il demanda :

— À qui appartient cette âme ? Elle est tellement brisée qu'il serait impossible de la rapiécer même avec de la colle. Il ne lui reste qu'un dernier soupir.

— Si cette âme pouvait être si facilement réparée, pourquoi vous demanderais-je de l'aide ?

— Vous voulez que je la restaure ? s'étonna Wei Wuxian en retirant sa main. Excusez mon franc-parler, mais le peu d'essence spirituelle qu'il y a ici est loin d'être suffisant.

Qui plus est, cette personne a dû être immensément tourmentée de son vivant, soumise à des douleurs atroces. Elle s'est probablement suicidée et ne souhaite pas revenir en ce monde. Si une âme n'éprouve pas le désir de rester, elle est probablement irrécupérable. À moins que je ne me trompe, ce fragment d'âme restant a été assemblé de force, et après avoir quitté la poche piégeuse d'esprits, il pourrait se dissiper à tout moment. Je suis sûr que vous êtes bien conscient de cela.

— Ce n'était pas le cas, et je m'en contrefiche, rétorqua Xiao Xingchen. Vous devez m'aider, que cela vous plaise ou non. N'oubliez pas, qianbei, que les enfants que vous avez amenés ici sont tous agglutinés derrière cette porte, attendant pitoyablement que vous les mettiez à l'abri hors du danger, mmh ?

Son ton était assez particulier. Il semblait presque affectueux, empreint d'une certaine douceur, même, mais il arborait également une once de malice injustifiée. C'était presque comme s'il pouvait volontiers appeler quelqu'un « frère » et « qianbei » un instant, puis devenir hostile et le tuer le suivant.

Wei Wuxian ricana à son tour.

— Vous êtes plus redoutable qu'on ne le dit, monsieur. Tu es un parfait voyou, Xue Yang, alors pourquoi te faire passer pour un cultivateur ?

Un moment de silence s'écoula, suite auquel « Xiao Xingchen » leva ses mains pour ôter de son visage le bandage qui recouvrait ses yeux.

Tandis que les couches de tissu tombaient l'une après l'autre, elles révélèrent, cachés sous leurs plis, une paire d'yeux brillants comme un ciel étoilé.

Une paire d'yeux parfaitement intacts.

C'était un visage jeune et agréable à regarder. Il aurait tout à fait pu être qualifié de ravissant, mais lorsque l'individu esquissa un sourire, il révéla une paire de canines effilées, ce qui le rendit tout simplement adorable. Cet air d'innocence enfantine qu'il arborait masquait le chaos et l'absence totale de pitié dissimulés derrière ses yeux.

Xue Yang jeta le bandage de côté.

— Oups, je suis démasqué !

Wei Wuxian commença à énumérer ses observations.

— Faire semblant d'éprouver une douleur si terrible qu'aucune personne décente n'aurait l'impolitesse d'enlever ton bandage pour l'inspecter. Montrer intentionnellement un petit bout de Shuanghua. Laisser délibérément échapper que tu es un taoïste itinérant. Non seulement tu sais comment employer la petite ruse des blessures auto-infligées pour gagner la confiance de l'ennemi, mais tu sais aussi comment attirer la sympathie des autres. Quel spectacle fantastique ! Un détachement si froid et raffiné ; une excellente démonstration de stricte droiture. S'il n'y avait pas eu tant de choses que tu n'étais pas supposé savoir et tant d'autres que tu aurais dû te montrer incapable de faire, j'aurais vraiment pu croire que tu étais le véritable Xiao Xingchen.

Il fallait ajouter à cela que les réponses de Song Lan aux deux dernières questions durant la mélodie de « Requête » avaient été « Xiao Xingchen » et « L'homme derrière toi ». Si ces deux réponses avaient effectivement eu pour but de pointer la même personne, Song Lan n'aurait eu aucune raison de changer sa manière de le formuler... à moins bien sûr que cela n'ait jamais été le cas. Song Lan avait voulu les prévenir que cet homme était très dangereux, mais il avait craint que son audience ignore qui était Xue Yang s'il prononçait ce nom, alors il n'avait eu d'autre choix que de procéder de la sorte.

Xue Yang sourit avec une joie non dissimulée.

— C'est de sa faute si sa réputation est si bonne. La mienne est terrible. Bien sûr que je dois me faire passer pour lui si je veux gagner la confiance des autres.

— Quel incroyable jeu d'acteur ! le félicita Wei Wuxian.

— Vous me flattez, répondit Xue Yang. J'ai un ami qui est assez célèbre, vous voyez. C'est *lui*, l'acteur d'un incroyable talent. Pour ma part, je suis loin d'être à son niveau. Bref, assez de bavardages. Wei-qianbei, vous devez m'aider.

— C'est toi qui as conçu les longs clous noirs capables de contrôler l'esprit de Song Lan et de Wen Ning, non ? Si tu es en mesure de restaurer la moitié du Sceau du Tigre Yin, pourquoi me demander de l'aide pour réparer une simple âme ?

— Ce sont deux choses différentes, rétorqua Xue Yang. Vous êtes le fondateur. Si vous n'aviez pas forgé la première moitié du Sceau du Tigre Yin, je n'aurais pas été en mesure de créer la seconde. Il est évident que vous êtes plus doué que moi. Ce qui signifie que vous devez être capable de réussir ce dont je suis incapable.

Wei Wuxian n'arrivait vraiment pas à comprendre pourquoi les gens qu'il ne connaissait pas arboraient toujours une confiance aussi déconcertante en ses capacités. Il se frotta le menton, ne sachant pas s'il devait rendre la pareille à cette flatterie entre pairs.

— Tu es trop modeste.

— Ce n'est pas de la modestie, c'est la vérité, affirma Xue Yang. Je n'exagère jamais. Lorsque je dis que je vais tuer la famille entière de quelqu'un, je le pense vraiment. Je n'épargnerai pas même le chien.

— Le clan Chang de Yueyang, par exemple ? se moqua Wei Wuxian.

Mais avant que Xue Yang ne puisse répondre, les portes s'ouvrirent soudain avec fracas et une ombre noire se précipita à l'intérieur.

Wei Wuxian et Xue Yang s'éloignèrent de la table carrée d'un bond dans une parfaite synchronisation. Ce dernier n'oublia pas de se saisir de la poche piégeuse d'esprits au passage. Sa main pressée contre le bord de la table, Song Lan décolla du sol avec légèreté, puis effectua un saut périlleux dans les airs avant d'atterrir dessus, la laissant absorber la force de sa retombée. Il regarda ensuite immédiatement en direction de l'entrée, de grosses veines noires remontant le long de ses joues.

Wen Ning, le corps alourdi par des chaînes, s'écrasa lourdement à travers la porte. Il était accompagné d'une rafale de brouillard blanc et de vent noir.

Wei Wuxian avait adressé une invocation à Wen Ning au travers des vers qu'il avait joués à la flûte un peu plus tôt. Il pouvait désormais lui faire part de ses instructions.

— Battez-vous dehors. Ne le réduis pas en miettes. Protège les vivants et ne laisse aucun autre cadavre ambulant s'approcher.

Wen Ning leva sa main gauche et projeta une chaîne vers Song Lan, qui sortit aussitôt son fuchen pour parer l'assaut. Les deux armes s'entrechoquèrent et s'emmêlèrent. Wen Ning se retira d'un bond, tirant le lien de fer avec lui, mais Song Lan refusa de lâcher prise et fut par conséquent entraîné à sa suite. Les jeunes cultivateurs s'étaient cachés dans une autre boutique voisine et observaient sans sourciller, leurs cous tendus. Un fuchen, face à des chaînes en fer, face à une longue épée. *Clang, cling, cling, clang.* Les cliquetis du métal résonnaient à tout va ; des étincelles volaient dans toutes les directions. La seule pensée qui leur venait à l'esprit était que le duel entre ces deux cadavres féroces était justement, absolument et incomparablement *féroce.* Chaque mouvement était brutal ; chaque coup de poing maltraitait la chair. Seuls des cadavres féroces pouvaient se battre avec une telle violence.

Si tous deux avaient été vivants, il y aurait probablement déjà eu un ou deux membres sectionnés, voire un cerveau arraché !

— Une idée sur l'identité du gagnant ? se moqua Xue Yang.

— Ai-je vraiment besoin de le préciser ? Ce sera Wen Ning, c'est évident, répondit Wei Wuxian.

— C'est dommage qu'il ait refusé de se montrer obéissant, malgré tous ces clous que je lui ai enfoncés dans le crâne. C'est vraiment gênant quand certaines choses se révèlent trop loyales.

— Wen Ning n'est pas une chose, répliqua froidement Wei Wuxian.

Xue Yang éclata aussitôt de rire.

— Vous savez, c'est vous qui avez raison. Il n'est *rien* !

Après avoir prononcé ce dernier mot avec force, il dégaina vivement son épée et se jeta sur lui.

Wei Wuxian parvint à esquiver et rétorqua :

— Tu attaques toujours les gens en traître, comme ça, en plein milieu de la conversation ?

Face à cette question, Xue Yang se montra quelque peu surpris.

— Bien évidemment ? Je suis un voyou, vous le savez. Ce n'est pas non plus comme si je voulais vous tuer. Je veux juste vous immobiliser et vous ramener avec moi, afin que vous puissiez ensuite prendre le temps qu'il faudra pour m'aider à restaurer cette âme.

— Je t'ai déjà dit qu'il n'y a rien que je puisse faire, répéta Wei Wuxian.

— Allez, ne soyez pas si prompt à me rejeter ! insista Xue Yang. Si vous vous retrouvez dans l'impasse, nous pourrons toujours tenter d'y réfléchir à deux !

Il attaqua à nouveau sans prendre le temps de terminer sa phrase, et Wei Wuxian se retrouva contraint d'esquiver les différentes attaques lancées à son encontre. *Ce petit voyou,* pensa-t-il tandis qu'il enjambait les lambeaux d'effigies de papier qui couvraient le sol. *Sa posture n'est vraiment pas si mal !* En voyant Xue Yang abattre son épée de plus en plus vite, visant des points de plus en plus ingénieux et sinistres, il ne put s'empêcher de demander :

— Tu profites du fait que mon enveloppe manque de puissance spirituelle ?

— Exactement ! admit joyeusement Xue Yang.

Wei Wuxian avait enfin rencontré quelqu'un d'encore plus effronté que lui. Il lui répondit donc bien vite par une boutade de son cru :

— Quand on dit qu'il vaut mieux offenser un honnête homme plutôt qu'un voyou, c'est de gens comme toi dont on parle. Je ne me battrai pas contre toi. Trouve quelqu'un d'autre.

— Et qui donc ? s'enquit Xue Yang, un sourire enjoué sur le visage. Ce Hanguang-jun ? Je contrôle plus de trois cents cadavres ambulants. Plus qu'il n'en faut pour le déborder. Il...

Sa phrase se suspendit lorsqu'une traînée blanche descendit du ciel et que la lumière bleu clair et glacée de Bichen s'abattit sur lui.

Telle une couverture de givre protectrice, Lan Wangji intervint pour défendre Wei Wuxian.

Xue Yang usa aussitôt de Shuanghua pour bloquer la frappe de Bichen. Les deux célèbres épées s'entrechoquèrent, puis chacune retourna dans les mains de son propriétaire.

— Mieux vaut arriver au bon moment que trop en avance, hein ? se moqua Wei Wuxian.

— Mmh.

Sitôt après avoir répondu, Lan Wangji se remit à croiser le fer avec Xue Yang. Alors que ce dernier traquait sans mal Wei Wuxian à travers tout le magasin quelques instants plus tôt, Lan Wangji repoussait désormais tous ses assauts sans exception.

Conscient que la situation se retournait contre lui, une idée germa dans l'esprit de Xue Yang, et ses lèvres s'étirèrent en un sourire. Il passa soudain Shuanghua dans sa main gauche et enfonça la droite dans sa manche qiankun. Wei Wuxian se crispa, pensant qu'il allait peut-être leur lancer une sorte de toxine en poudre ou sortir une arme secrète, mais ce qu'il tira à la place ne fut qu'une nouvelle épée longue. Cela fait, il reprit aussitôt ses assauts, maniant cette fois-ci ses deux lames simultanément et sans difficulté aucune.

L'arme que Xue Yang venait de sortir de sa manche laissait derrière elle une traînée sombre et sinistre.

Chaque fois qu'il l'agitait, elle émettait de longs filaments de qi noir, ce qui créait un contraste frappant avec la teinte froide, brillante et argentée de Shuanghua. Xue Yang s'élança en brandissant ses deux épées, manipulant la gauche et la droite en parfaite harmonie, et son assaut s'en trouva immédiatement intensifié.

— Jiangzai ? s'étonna Lan Wangji.

— Hein ? Hanguang-jun connaît cette épée ? Quel honneur ! se réjouit Xue Yang, sa surprise feinte.

Jiangzai, qui signifiait « appel au désastre », était la véritable épée de Xue Yang.

Fidèle à son nom et à son maître, c'était une lame sinistre qui invoquait la mort et la destruction.

— Eh bien ! N'est-ce pas un nom parfait pour toi ? commenta Wei Wuxian.

— Recule, le coupa Lan Wangji. Je n'ai pas besoin de toi.

Wei Wuxian suivit humblement son conseil et recula. Il s'éloigna de l'affrontement jusqu'à se positionner à l'entrée et jeta un coup d'œil à l'extérieur. Wen Ning avait soulevé Song Lan par le cou et était en train de l'étrangler de façon stoïque. Il le projeta ensuite contre le mur, ce qui créa au passage un trou géant de forme humaine. Song Lan, tout autant dénué d'expression, saisit le poignet de Wen Ning et le renversa, l'écrasant au sol. D'incessants chocs et des explosions des plus bruyantes accompagnaient la bataille entre les deux corps féroces aux visages impassibles. Aucun des deux camps ne pouvait ressentir la douleur et ne craignait les blessures. À moins d'être coupés en morceaux, ils pouvaient continuer à se battre, peu importait le nombre de membres brisés.

— On dirait bien que je ne suis pas non plus nécessaire de ce côté, marmonna Wei Wuxian.

Soudain, il remarqua que Lan Jingyi lui faisait de grands signes de la main depuis la boutique, de l'autre côté de la rue, dont l'intérieur était plongé dans l'obscurité. *Ah ! Ils doivent avoir au moins besoin de moi, là-bas !*

Il venait à peine de partir que la traînée de Bichen s'amplifia grandement. En une fraction de seconde, la main de Xue Yang relâcha sa prise et Shuanghua lui échappa. Lan Wangji saisit cette occasion et s'en empara aussitôt, mais constatant que l'épée était tombée entre les mains d'un autre, Xue Yang abattit Jiangzai directement en direction du bras utilisé par Lan Wangji pour la lui dérober. Cependant, son assaut échoua et une fureur glaciale envahit son regard.

— Donne-la-moi ! pesta-t-il avec retenue.

— Tu n'en es pas digne, déclara Lan Wangji.

Xue Yang ricana.

Wei Wuxian se dirigea quant à lui en direction de l'endroit où se trouvaient les jeunes cultivateurs et fut immédiatement encerclé par le groupe de garçons.

— Est-ce que tout le monde va bien ? s'enquit-il aussitôt.

— Oui !

— Nous t'avons tous écouté. Nous avons retenu notre souffle.

— Bien, les félicita Wei Wuxian. Si l'un d'entre vous décide de n'en faire qu'à sa tête, il faudra que je lui refasse manger de mon gruau de riz gluant.

À cette seule mention, les quelques personnes qui avaient déjà expérimenté le goût de sa cuisine en vomirent pratiquement. Néanmoins, au même moment, des bruits de pas retentirent autour d'eux et des silhouettes se dessinèrent lentement au bout de la longue rue.

Lan Wangji perçut également ces sons. Après avoir repoussé sa manche, il sortit son guqin, Wangji, et le posa à plat sur la table. Il fit passer promptement Bichen dans sa main gauche et continua de combattre contre Xue Yang, la volonté de son épée toujours aussi inébranlable. Tout en poursuivant l'assaut, il leva sa main droite et fit glisser ses doigts sur les cordes.

Celles-ci tremblèrent et laissèrent résonner de petites notes vrombissantes qui se propagèrent jusqu'au bout de la rue.

En retour, ce fut le son étrange bien que familier de l'explosion de têtes de dizaines de cadavres ambulants qui fit écho à cette mélodie.

Lan Wangji continua à parer Xue Yang d'une main sans cesser de jouer du guqin de l'autre. Il balayait les alentours d'un regard froid, calme et imperturbable, tandis qu'il pinçait les cordes, ses deux bras bougeant simultanément.

— Génial ! s'écria Jin Ling malgré lui.

Il avait vu Jiang Cheng et Jin Guangyao pourfendre de nombreuses bêtes yao au cours de chasses nocturnes et croyait fermement que ses deux oncles étaient les plus forts parmi tous les cultivateurs les plus distingués du monde. Il avait toujours éprouvé plus de crainte que de respect envers Lan Wangji, effrayé qu'il était de son sort de silence et de son tempérament glacial. Mais en cet instant, il ne pouvait s'empêcher de ressentir une grande admiration pour la prestance de cet homme.

Lan Jingyi ne pouvait en être plus satisfait.

— Mmh, mmh. Bien sûr que Hanguang-jun est génial ! Il n'aime pas se faire remarquer, c'est tout. Il est vraiment doué pour faire profil bas, pas vrai ?

Ce «pas vrai» était destiné à Wei Wuxian, qui en resta perplexe.

— Pourquoi me le demander à moi ? En quoi cela me concerne-t-il ?

— Ne penses-tu pas que Hanguang-jun est génial ? lui demanda Lan Jingyi, un peu frustré par sa réaction.

Wei Wuxian se frotta brièvement le menton, puis répondit :

— Mmh, oui, génial, évidemment. Super génial, même. Le plus redoutable !

Bien qu'il ne puisse s'empêcher de rire à mesure qu'il prononçait ses éloges, il ne perdit pas pour autant de vue le plus important.

En effet, cette nuit de péril à hérisser le poil était sur le point de s'achever et le jour, de se lever à nouveau. Hélas, ce n'était pas forcément de bon augure. La lumière du matin signifiait que les miasmes maléfiques allaient s'épaissir, et lorsque cela se produirait, il deviendrait à nouveau difficile de se déplacer !

Cela n'aurait pas été à ce point problématique si Lan Wangji et lui avaient été seuls. Mais avec un aussi grand groupe d'humains bien vivants, s'échapper deviendrait difficile dès qu'ils seraient entourés d'un grand nombre de cadavres ambulants ; cela même si des ailes leur poussaient spontanément. Mais tandis que l'esprit de Wei Wuxian vagabondait dans un espoir désespéré d'élaborer un plan d'évasion, l'écho d'une perche de bambou s'abattant contre le sol se fit à nouveau entendre. *Tac-tac, paf-paf.*

Le fantôme de la fille aveugle et à la langue arrachée était de retour !

Wei Wuxian prit aussitôt sa décision.

— Partez !

— Pour aller où ? l'interrogea Lan Jingyi.

— Suivez le son de la perche de bambou, ordonna Wei Wuxian.

— Tu veux qu'on suive un fantôme ? s'étrangla Jin Ling, quelque peu choqué. Qui sait où elle va nous conduire ?

— C'est exact. Suivez-la, répéta Wei Wuxian. Ce son vous suit depuis que vous êtes entrés dans la ville, exact ? Vous vous dirigiez vers le centre de la ville, mais étiez en train de vous faire conduire vers les portes de la ville quand vous nous avez croisés. Elle essayait de vous chasser. Elle essayait de vous sauver !

Le son étrange et mystérieux de la perche de bambou – tantôt lointain, tantôt proche – était sa façon d'effrayer les vivants qui entraient dans la ville. Pour autant, ses tentatives pour effrayer les voyageurs ne cachaient pas nécessairement d'intentions malveillantes. La tête du combattant Yin en papier que le pied de Wei Wuxian avait heurtée plus tôt pouvait tout à fait n'avoir été qu'un élément de plus qu'elle avait jeté à leur intention pour les avertir et les terroriser.

— La nuit dernière, elle essayait clairement de nous dire quelque chose d'urgent, ajouta Wei Wuxian. Elle n'arrivait simplement pas à l'exprimer. En contrepartie, dès que Xue Yang est arrivé, elle a disparu. Elle se cachait probablement de lui. Dans tous les cas, ils ne travaillent certainement pas ensemble.

— Xue Yang ? Pourquoi est-il aussi question d'un Xue Yang ? Ne s'agissait-il pas que d'un Xiao Xingchen et d'un Song Lan ?

— Euh, je vous expliquerai ça plus tard ! Pour faire court, celui qui se bat avec Hanguang-jun là-dedans n'est pas Xiao Xingchen, mais Xue Yang, qui se faisait passer pour lui.

La canne de bambou continuait de s'abattre sur le sol à un rythme régulier sans cesser d'émettre ce même *tac-tac*; comme si elle attendait, comme si elle insistait. S'ils la suivaient, ils risquaient de tomber dans un piège. S'ils ne le faisaient pas, ils avaient toutes les chances de se retrouver encerclés de cadavres ambulants crachant de la toxine cadavérique à répétition, ce qui n'était guère plus sûr. Le groupe de garçons décida donc de se lancer à la poursuite de ces percussions avec Wei Wuxian. Dès qu'ils se mirent en mouvement, le bruit en fit de même. Par moments, ils parvenaient à distinguer une petite ombre brumeuse et délicate dans le fin brouillard au-devant d'eux ; à d'autres, rien n'était visible.

Après avoir couru un moment, Lan Jingyi demanda :

— C'est tout ? On s'en va comme ça ?

Wei Wuxian tourna la tête en direction du champ de bataille qu'ils laissaient derrière eux et s'écria :

— Hanguang-jun, je te laisse t'en charger. Nous partons devant !

Au loin, les cordes de l'instrument de l'intéressé lui répondirent au travers d'un long « *beng* », dont la sonorité évoquait un « Mmh ». Cela ne manqua pas de faire rire Wei Wuxian aux éclats.

— C'est tout ? Rien d'autre ? demanda Lan Jingyi.

— Quoi ? Que veux-tu que je dise de plus ? le questionna Wei Wuxian.

— Pourquoi n'as-tu pas dit quelque chose comme « Je m'inquiète pour toi, je reste ! » ? Il t'aurait alors répondu « Pars ! », et toi, tu aurais insisté : « Non ! Je ne partirai pas sans toi ! Si on part, c'est ensemble. » N'est-ce pas comme ça que c'est censé se passer ?

— Qui t'a enseigné ça ? bafouilla Wei Wuxian. Qui a dit que ce genre d'échanges devait avoir lieu ? Et je ne parle même pas de moi. Peux-tu ne serait-ce qu'imaginer votre Hanguang-jun dire ce genre de choses ?

— Non, marmonnèrent tous les cadets Lan.

— Tu vois ? C'est une perte de temps, assura Wei Wuxian. Votre Hanguang-jun est quelqu'un de très fiable, je suis sûr qu'il peut parfaitement s'en sortir par ses propres moyens. En ce qui me concerne, je dois me concentrer sur ce que je suis le seul à pouvoir faire et attendre qu'il vienne me trouver ou vice versa.

Cela faisait bien la moitié d'un temps d'encens qu'ils suivaient le son de la perche de bambou. Ils avaient tourné à de nombreuses reprises, cependant, le son s'arrêta brusquement non loin devant eux. Wei Wuxian tendit un bras sur le côté pour faire signe aux garçons de s'arrêter derrière lui, puis se risqua à faire quelques pas en avant. Une maison isolée se dressait au milieu des miasmes maléfiques qui s'épaississaient au fil du temps.

Criiic.

La porte de la maison s'entrouvrit, attendant silencieusement que ce groupe d'étrangers pénètre en son sein. Wei Wuxian avait l'intuition qu'il devait y avoir quelque chose à l'intérieur. Rien de périlleux ou de trop dangereux, mais un élément qui pouvait potentiellement répondre à certaines questions, résoudre certains mystères.

— Puisque nous y sommes, entrons, déclara-t-il.

Il leva un pied et franchit le seuil. Une fois ses yeux habitués à l'obscurité, il rappela aux autres sans se retourner :

— Attention au seuil. Prenez garde à ne pas trébucher.

L'un des garçons manqua justement de le faire en raison d'un pas de porte particulièrement haut et s'en trouva confus.

— Pourquoi le seuil est-il si haut ? Ce n'est pas comme si c'était un temple.

— Ce n'est pas un temple, mais il s'agit tout de même d'un endroit nécessitant un seuil élevé, expliqua Wei Wuxian.

Quelques garçons utilisèrent bien vite cinq ou six talismans d'illumination, et la lumière jaune-orangé vacillante qui en résulta éclaira la maison.

De la paille était éparpillée sur le sol. Tout à l'avant de la demeure se trouvait un autel. Au pied de celui-ci étaient disposés plusieurs petits tabourets de différentes tailles, et l'espace donnait sur une petite pièce plongée dans l'obscurité juste à côté, sur la droite. En outre, sept ou huit cercueils en bois d'ébène reposaient également un peu partout dans la pièce.

— C'est cette fameuse morgue caritative ? L'endroit qui hébergeait temporairement les morts ? demanda Jin Ling.

— Oui, confirma Wei Wuxian. Les dépouilles non réclamées par leur famille, trop malchanceuses pour être conservées dans une maison et celles en attente d'être enterrées sont généralement entreposées dans des morgues caritatives. On pourrait comparer cela à une sorte de point relais.

La petite pièce à droite était probablement la chambre des gardiens de la morgue.

— Mo-qianbei, pourquoi les seuils des morgues caritatives sont-ils si élevés ? demanda Lan Sizhui.

— Pour sc protéger des cadavres qui se sont transformés, répondit Wei Wuxian.

— Les seuils plus élevés empêchent-ils les cadavres de se transformer ? s'enquit Lan Jingyi, le regard vide.

— Non, mais parfois, cela peut empêcher les cadavres transformés de sortir, corrigea-t-il.

Il se retourna et se tint devant le seuil, prêt à faire une démonstration de ses propos.

— Disons que je suis mort et que mon cadavre vient d'être réanimé..., reprit-il.

Les garçons hochèrent la tête, l'observant dans la plus totale confusion.

— Ma réanimation vient à peine d'avoir lieu, poursuivit Wei Wuxian. Mes membres ne sont-ils pas tout raides ? N'y a-t-il pas beaucoup d'actions que je suis incapable d'effectuer ?

— Vraiment, tu penses ? intervint Jin Ling. Tu serais incapable de marcher. Tu ne pourrais pas bouger les jambes, alors à part sautiller…

Il s'interrompit d'un coup, comprenant ce que cela impliquait.

— C'est exact, confirma Wei Wuxian. C'est précisément parce que je ne peux que sautiller.

Il pressa ses jambes l'une contre l'autre et tenta de bondir légèrement vers l'extérieur. Mais comme le seuil était très élevé, il fut gêné à chacune de ses tentatives et ses pieds se cognèrent contre cette petite barrière de fortune. Les jeunes cultivateurs trouvèrent ce spectacle absolument hilarant. Rien que d'imaginer un cadavre fraîchement réanimé tenter désespérément de sortir en sautillant, mais se heurter à chaque fois au pas de la porte, les fit éclater de rire.

— Vous voyez ? poursuivit Wei Wuxian. Ne riez pas, c'est la sagesse du petit peuple. Aussi vulgaire qu'elle soit, et aussi grossière qu'elle puisse paraître, elle est très efficace contre les cadavres transformés de bas niveau. Même si un cadavre transformé trébuche sur le seuil et tombe à l'extérieur, ses membres raides ne lui permettront jamais de se relever assez rapidement. Le temps qu'il y parvienne, soit le ciel se sera éclairci et les coqs se seront mis à chanter, soit il sera découvert par les gardiens de nuit. C'est en vérité plutôt impressionnant que des gens ordinaires, sans la moindre expérience du monde de la cultivation, soient parvenus à mettre au point cette méthode.

Jin Ling s'était lui aussi mis à rire, mais il se calma immédiatement lorsqu'une question traversa son esprit.

— Pourquoi nous a-t-elle amenés dans cette morgue caritative ? Les cadavres ambulants n'entourent-ils pas cet endroit ? Où s'est-elle enfuie ?

— Peut-être qu'ils laissent vraiment cet endroit tranquille, supposa Wei Wuxian. Ça fait combien de temps que nous sommes là, maintenant ? L'un d'entre vous a-t-il vu le moindre d'entre eux se promener ?

Son ultime question à peine formulée, la silhouette de la fille fit soudainement son apparition au sommet de l'un des cercueils.

Sous la direction de Wei Wuxian, tout le monde avait précautionneusement examiné l'apparence de la jeune fille un peu plus tôt, y compris ses yeux ensanglantés et sa bouche dépourvue de langue. De fait, malgré son apparence morbide, personne ne se sentit nerveux ou effrayé en la revoyant. Tout comme Wei Wuxian l'avait expliqué, le courage d'une personne augmentait proportionnellement au nombre de fois où elle était effrayée, si bien qu'il lui devenait possible de faire face à ce genre de situations plus calmement.

La jeune fille ne possédait pas de corps tangible, et sa forme spirituelle émettait une faible lueur obsédante. Sa carrure était délicate et la forme de son visage était tout aussi petite. Nettoyée, elle aurait probablement ressemblé à n'importe quelle autre charmante et jolie jeune fille. Toutefois, à voir comment elle était assise, les jambes en tailleur, elle ne semblait manifestement posséder aucune des manières attendues. La perche de bambou qui lui servait de canne était posée négligemment contre le cercueil, et elle laissa retomber ses deux petites jambes maigrichonnes dans le vide, les balançant d'avant en arrière avec impatience.

Toujours assise sur le cercueil, elle tapota légèrement sur le couvercle, puis en descendit d'un léger bond avant de tourner autour et de leur adresser quelques gestes en guise de communication. Pour une fois, ceux-ci étaient faciles à comprendre : elle mimait l'action d'une personne qui ouvrait quelque chose.

— Elle veut que nous l'aidions à ouvrir ce cercueil ? demanda Jin Ling.

— Serait-ce son corps qui repose à l'intérieur ? spécula Lan Sizhui. Peut-être aimerait-elle que nous lui offrions un enterrement digne de ce nom ?

C'était la déduction la plus logique. De nombreuses âmes ne parvenaient pas à trouver la paix du fait que leurs corps n'avaient pas été inhumés correctement. Wei Wuxian se rendit d'un côté du cercueil tandis que plusieurs garçons se tenaient de l'autre, prêts à l'aider à soulever le couvercle.

— Pas besoin d'aide, restez en arrière, leur intima-t-il. Il faut toujours se méfier d'un éventuel cadavre ambulant prêt à vous enduire le visage de toxine cadavérique ou quelque chose du genre.

Il souleva le couvercle du cercueil par ses propres moyens et le rejeta en arrière, le laissant tomber au sol. Lorsqu'il regarda prudemment à l'intérieur, il y découvrit effectivement un cadavre.

Ce n'était pas celui de la fille, mais d'une autre personne.

Il s'agissait de la dépouille d'un jeune homme, installé dans une posture qui lui donnait un air tout à fait paisible. Un fuchen était glissé sous ses mains croisées sur sa poitrine. Il était vêtu d'une robe taoïste blanche comme neige. Les contours de la moitié inférieure de son visage étaient fins et élégants malgré un teint pâle et des lèvres de couleur claire. La partie supérieure était, quant à elle, enveloppée de plusieurs couches de bandages sur une largeur d'environ quatre doigts. Sous ceux-ci, à l'endroit où ses yeux auraient dû se trouver, plutôt qu'une zone légèrement bombée se devinait une sorte de cavité. Il n'y avait nuls yeux, rien que deux orbites béantes.

Lorsque la fille les entendit ouvrir le couvercle du cercueil, elle s'approcha en traînant les pieds et mit la main à l'intérieur pour tâtonner. Quand ses mains entrèrent en contact avec le visage du cadavre, elle tapa du pied et deux flots de larmes de sang s'écoulèrent de ses yeux aveugles.

Tout le monde comprit aussitôt, sans avoir besoin de mots ou de gestes. Ce cadavre solitaire, placé au sein de cette morgue caritative perdue au milieu de nulle part, était le vrai Xiao Xingchen.

Les larmes d'un fantôme ne pouvaient tomber. La jeune fille les laissa donc simplement rouler le long de ses joues en silence avant de soudain finir par serrer les dents et se redresser. Elle leur adressa une série de «*aah, aah*» d'un air pressé et furieux, comme si elle voulait désespérément raconter son histoire.

— Devrais-je recourir à nouveau à « Requête » ? demanda Lan Sizhui.

— Non, répondit Wei Wuxian. Nous pourrions ne pas être capables de deviner les questions qu'elle veut que nous posions. De plus, je pense que ses réponses seraient très compliquées, très difficiles à interpréter.

Même s'il n'avait pas formulé explicitement « *Tu n'en serais probablement pas capable* », Lan Sizhui se sentit quelque peu honteux. Intérieurement, il prit une décision ferme et résolue. *À notre retour, je dois absolument m'exercer à jouer « Requête » plus diligemment. Je dois atteindre le niveau de Hanguang-jun et tout connaître par cœur, être capable de demander et de répondre à volonté, d'interpréter et de comprendre immédiatement.*

— Que faisons-nous dans ce cas ? questionna Lan Jingyi.

— Je suppose que nous allons devoir utiliser « Empathie », indiqua Wei Wuxian.

Chaque clan majeur maîtrisait une technique bien personnelle lorsqu'il s'agissait d'obtenir des renseignements et de recueillir des informations auprès des esprits vengeurs. « Empathie » était le domaine d'expertise de Wei Wuxian. Sa méthode n'était pas aussi avancée que celles des autres clans, n'importe qui pouvait l'utiliser. Il invitait simplement l'esprit vengeur à le posséder directement, et utilisait son propre corps comme médium pour plonger dans les souvenirs de l'âme défunte. Il entendait ainsi ce qu'elle avait entendu, voyait ce qu'elle avait vu, ressentait ce qu'elle avait ressenti. Si l'âme du défunt couvait des émotions particulièrement fortes, son propre corps se retrouvait affecté par son chagrin, sa rage, son exaltation, et autres.

D'où le nom de « Empathie ».

Parmi les différentes approches spirituelles, on pouvait dire qu'« Empathie » était la plus directe, la plus simple et la plus rapide ; et donc, la plus efficace. Bien sûr, c'était aussi la plus dangereuse. Se laisser posséder par un esprit vengeur était généralement redouté et évité à tout prix. User d'« Empathie » revenait à jouer avec le feu. Il suffisait d'une seule mésaventure pour se trouver confronté à de terribles conséquences. Si l'esprit vengeur changeait d'avis et profitait de la situation, se faire dérober son corps était le meilleur scénario possible.

— C'est trop dangereux ! protesta Jin Ling. Pas un seul de ces maléfices ne pourrait…

— Bien, nous n'avons plus le temps, l'interrompit Wei Wuxian. Mettez-vous tous en position, et vite. Il nous faut encore retourner chercher Hanguang-jun quand nous en aurons terminé. Jin Ling, tu seras mon Superviseur.

Le Superviseur était un acteur essentiel du rituel d'« Empathie ». Pour éviter de se retrouver happé trop profondément par les émotions de l'esprit vengeur et d'être incapable d'en réchapper, le pratiquant devait convenir d'un signal avec lui. Idéalement, il s'agissait d'une phrase ou d'un timbre de voix très familier à l'utilisateur. Le Superviseur surveillait l'intégralité de la session. Dès qu'il sentait la situation tourner court, il devait agir immédiatement pour tirer de sa transe le principal intéressé.

Jin Ling se désigna du doigt, abasourdi.

— Moi ? Tu veux que je… Tu veux que je te supervise au cours d'une telle chose ?

— Si Jin-gongzi refuse, laissez-moi faire, intervint Lan Sizhui.

— Jin Ling, as-tu apporté ta cloche d'argent ? demanda Wei Wuxian.

La cloche d'argent était un accessoire caractéristique du clan Jiang de Yunmeng. Jin Ling avait été élevé par deux familles différentes. À ce titre, il séjournait la moitié du temps à la Tour de la Carpe d'Or, propriété du clan Jin de Lanling, et l'autre moitié, au Quai des Lotus, domaine du clan Jiang de Yunmeng. De fait, il devait posséder sur lui des objets appartenant aux deux familles.

Comme attendu, malgré son air immensément dubitatif, il sortit une charmante petite cloche. Dessus était gravé un lotus à neuf pétales, l'insigne du clan Jiang.

Wei Wuxian fixa l'objet un moment. Jin Ling sentit quelque chose d'étrange dans ce regard et demanda :

— Quoi ?

— Rien, assura Wei Wuxian avant de prendre la cloche pour la passer à Lan Sizhui. La cloche d'argent du clan Jiang de Yunmeng est capable de stabiliser l'esprit et de renforcer sa clarté. Utilisons-la comme signal secret.

Jin Ling récupéra aussitôt la cloche.

— Je vais le faire !

Lan Jingyi pouffa avec dédain.

— Tu refuses une seconde, tu te portes volontaire la suivante ; tu te montres chaleureux ou froid en fonction de tes caprices. Ton caractère est digne d'une jeune maîtresse.

Wei Wuxian les ignora et se tourna vers la fille.

— Viens, entre.

La principale intéressée essuya ses yeux et son visage, puis se jeta à l'intérieur de son corps, forçant l'entièreté de son âme à y pénétrer. Wei Wuxian glissa aussitôt doucement le long du cercueil avant de s'écrouler sur le sol. Les garçons se bousculèrent et s'empressèrent d'apporter une botte de paille pour amortir sa chute tandis que Jin Ling enserrait fermement la cloche de sa famille, des pensées indéchiffrables plein l'esprit.

Au moment où la fille s'était jetée en lui, Wei Wuxian avait toutefois songé à un problème de taille. *Cette jeune fille est aveugle. Si j'utilise « Empathie » pour communiquer avec elle, ne serai-je pas moi aussi aveugle, incapable de voir quoi que ce soit ? L'enquête risque de ne pas être aussi efficace. Bah, peu importe ! Cela revient à peu près à la même chose de simplement écouter son récit.*

Autour de lui, le monde se mit à tourner comme s'il avait été happé par une vague. Cela dura, encore et encore, puis ce qui avait autrefois été un esprit léger comme une plume se posa sur la terre ferme. Lorsque la fille ouvrit les yeux, ceux de Wei Wuxian se rouvrirent en même temps. Étonnamment, son champ de vision ne fut pas que ténèbres, au contraire, il s'avéra envahi par un luxuriant champ de verdure qui s'étendait à l'horizon.

Il pouvait voir ! Selon toute vraisemblance, la fille ne devait pas avoir encore perdu la vue à ce stade de ses souvenirs.

Durant le rituel d'« Empathie », ce que Wei Wuxian percevait n'était autre qu'un enchaînement de souvenirs dont les émotions étaient les plus intenses. Il s'agissait des histoires qu'une âme tenait le plus à raconter. Tout ce qu'il avait à faire se résumait à regarder tranquillement, ressentir ce qu'elle éprouvait. Ainsi, en cet instant, il partageait les sens de cette jeune fille. Les yeux de cette dernière étaient ses yeux ; sa bouche était la sienne.

La demoiselle s'assit près d'un petit ruisseau afin de se servir de son reflet pour se refaire une beauté. Bien que ses vêtements soient en lambeaux, il lui fallait quand même entretenir un minimum son apparence. Lorsqu'elle entreprit de se coiffer, elle se mit à tapoter sur le sol du bout de ses orteils pour jouer un rythme entraînant et fredonner un petit air. Wei Wuxian sentit une fine épingle à cheveux en bois s'enfoncer ici et là dans sa chevelure. Cependant, peu importait la façon dont elle l'enroulait, elle ne semblait pas trouver le résultat satisfaisant.

Au bout d'un moment, elle regarda son image qui miroitait à la surface de l'eau. Wei Wuxian en fit donc automatiquement de même. Le reflet dans le ruisseau était celui d'une jeune fille au visage en forme de cœur et au menton anguleux.

Ses yeux n'arboraient aucune pupille. Ils n'étaient qu'un océan de blanc.

Elle a clairement l'air aveugle, pensa Wei Wuxian. *Pourtant, je vois normalement…*

Une fois finalement satisfaite de l'apparence de ses cheveux, elle se leva d'un bond, s'épousseta le derrière et ramassa sa perche de bambou au passage. Elle arpenta ensuite la route en sautillant tandis qu'elle balançait sa perche de bambou dans ses déplacements, frappant les branches et les feuilles au-dessus de sa tête, retournant les pierres à ses pieds, effrayant les sauterelles dans l'herbe sans jamais s'arrêter un seul instant.

Puis, à quelques pas devant elle, des gens approchèrent dans sa direction. La jeune fille arrêta immédiatement de sautiller et tint la perche de bambou correctement, l'abattant contre le sol tout en marchant à un rythme exaspérant, l'air très prudent et attentif. C'était un groupe de villageoises qui avait croisé son chemin. À sa vision, elles s'écartèrent toutes du chemin et chuchotèrent à l'oreille les unes des autres.

La fille hocha la tête précipitamment.

— Merci, merci.

L'une des villageoises se montra néanmoins compatissante.

Elle retira le tissu blanc qui recouvrait son panier pour récupérer une brioche chaude et fumante et la lui tendit.

— Fais attention où tu mets les pieds, Xiao-mei. Tu as faim ? Tiens, prends ça.

La jeune fille lâcha un souffle de surprise et répondit avec gratitude :

— Comment le pourrais-je ? Je… Je…

Mais la villageoise fourra le petit pain dans sa main avant qu'elle ne puisse objecter davantage.

— Prends-la !

Elle n'eut d'autre choix que d'accepter.

— A-Qing te remercie, jiejie !

Le nom de cette fille était donc A-Qing.

Après avoir fait ses au revoir aux villageoises, la dénommée A-Qing engloutit rapidement le petit pain à la vapeur et se remit à sautiller joyeusement. Wei Wuxian, contraint d'en faire de même en raison de sa présence dans son corps, en avait la tête qui tournait.

Cette fille a de la ressource. Je comprends maintenant. Elle fait semblant d'être aveugle. Elle est probablement née avec ces yeux blancs, ce qui donne l'impression qu'elle ne peut rien voir, mais il n'en est rien. Elle se sert simplement de cette particularité pour tromper les autres et attirer leur sympathie.

Une enfant solitaire, errante et apparemment aveugle. Comme les autres pensaient qu'elle ne voyait rien, il était tout naturel qu'ils baissent leur garde autour d'elle, alors qu'en réalité, elle ne manquait rien et pouvait réagir en conséquence. Dans l'ensemble, c'était une façon intelligente de se protéger.

Mais l'esprit d'A-Qing, lui, ne voyait vraiment rien. Ce qui signifiait qu'elle avait perdu la vue à un moment donné de son existence. Alors, comment était-elle passée d'une imitatrice à une véritable aveugle ?

Avait-elle vu quelque chose qu'elle n'aurait pas dû ?

Quand il n'y avait personne aux alentours, A-Qing sautillait gaiement. Dès que quelqu'un se présentait, elle se recroquevillait sur elle-même et agissait comme une aveugle. À force de s'arrêter et de tourner en rond, elle finit par arriver sur une place de marché.

La présence d'une foule signifiait bien évidemment qu'elle devait se servir au maximum de ses capacités d'actrice. Elle semblait néanmoins parfaitement dans son élément. Elle tapait et frappait de sa perche en bambou tout en se déplaçant lentement dans le flot de gens quand, soudain, elle heurta de plein fouet un homme d'âge moyen, vêtu de vêtements somptueux et éclatants.

Visiblement pétrifiée, elle se mit à bégayer sans discontinuer :

— Je suis désolée, je suis désolée ! Je suis aveugle, je suis désolée !

Que voulait-elle dire par «*Je suis aveugle*» ? Elle avait très clairement percuté cet homme intentionnellement !

Furieux de se faire ainsi bousculer, l'individu tourna promptement la tête, comme sur le point de se mettre à jurer d'une voix forte. Mais quand il vit qu'il s'agissait d'une personne aveugle – et d'une jolie jeune fille, en plus de cela –, il prit aussitôt conscience qu'il serait critiqué par ceux qui l'entouraient s'il venait à la gifler en plein milieu de la rue. Par conséquent, il se contenta de lui cracher une réponse des plus venimeuses :

— Regarde un peu où tu vas !

A-Qing s'excusa en boucle, mais l'homme demeura fou de rage et commença à s'en aller en trombe.

Avant de partir, cependant, il tendit la main et pinça avec force et vulgarité les fesses d'A-Qing. Ce faisant, puisqu'il était lié à elle et ressentait tout à l'identique, c'était comme s'il avait également pincé celles de Wei Wuxian. Cet acte lui donna la chair de poule, au point qu'il éprouva l'envie irrépressible de mettre cet homme à terre.

A-Qing, quant à elle, se recroquevilla, l'air terrifié. Mais sitôt l'homme hors de vue, elle se releva d'un bond et se retira jusque dans une petite ruelle discrète, où elle s'empressa de cracher sur le sol avec mépris. «*Bah !*» Elle sortit ensuite une petite bourse de sa robe et en versa le contenu. Après avoir compté l'argent, elle lâcha un nouveau «*Bah !*» de mécontentement.

— Sale bâtard puant ! Vêtu comme un prince et à peine une pièce sur lui. On pourrait le secouer comme un prunier qu'on n'en tirerait pas même un fruit véreux.

Wei Wuxian ne savait pas s'il devait en rire ou en pleurer. A-Qing n'était qu'une adolescente. Elle ne devait pas avoir quinze ans, pourtant, elle n'avait pas son pareil lorsqu'il s'agissait de cracher des insultes ; encore plus quand il s'agissait de faire les poches des autres.

Si c'était à moi que tu avais fait les poches, tu ne jurerais certainement pas comme ça, songea intérieurement Wei Wuxian. *J'étais riche autrefois, tu sais ?*

Il n'eut pas même le temps d'arrêter de s'apitoyer sur sa propre pauvreté qu'A-Qing avait déjà localisé sa prochaine cible. Elle sortit de la ruelle et recommença son numéro d'aveugle. Elle marcha un moment, puis, usant de la même astuce, glapit lorsqu'elle heurta un cultivateur taoïste vêtu de blanc.

Elle se remit aussitôt à s'excuser avec vigueur :

— Je suis désolée, je suis désolée ! Je suis aveugle, je suis désolée !

Wei Wuxian secoua la tête, dépité. *Tu ne comptes même pas changer ton texte, petite ?*

Ce cultivateur vacilla sous la force de leur collision, puis tourna la tête et l'aida à retrouver son équilibre bien avant de se soucier de sa personne.

— Je vais bien. Vous aussi, vous êtes aveugle, mademoiselle ?

Cet homme était très jeune. Sa robe taoïste était d'une grande simplicité et parfaitement immaculée, et une épée longue enveloppée d'un tissu blanc trônait dans son dos. Le bas de son visage était élégant et finement sculpté, bien que quelque peu émacié. Quant au haut, il était enveloppé d'un bandage large d'environ quatre doigts. Sous celui-ci s'épanouissait une pâle couleur de sang.

A-Qing sembla avoir comme un moment d'absence long de plusieurs secondes avant de pouvoir répondre à cet homme :

— Ah... Ouais !

— Dans ce cas, marchez plus lentement. Ne vous déplacez pas si vite. Cela pourrait mal se finir si vous tombiez sur quelqu'un d'autre, la réprimanda Xiao Xingchen.

Il se garda d'émettre le moindre mot quant au fait qu'il était lui aussi incapable de voir. Au lieu de cela, il prit sa main et la conduisit sur le bord de la route.

— Marchez sur le côté. Il y a moins de gens.

Son discours et ses actions étaient à la fois doux et prudents. A-Qing tendit la main, puis hésita un instant. En définitive, elle s'empara tout de même furtivement de la petite bourse qui pendait à sa taille.

— A-Qing te remercie, gege !

— Ce n'est pas gege, c'est daozhang, répondit Xiao Xingchen.

A-Qing cligna des yeux un instant, puis répondit :

— C'est daozhang, mais gege aussi.

Face à sa réponse, Xiao Xingchen gloussa.

— Puisque tu insistes pour m'appeler gege, pourquoi ne pas lui rendre sa bourse ?

Même si les petits doigts de voleuse d'A-Qing avaient été dix fois plus rapides, elle n'aurait jamais pu tromper les sens d'un cultivateur.

Comprenant immédiatement qu'elle était en danger, elle prit la fuite, sa perche en main, mais n'eut pas même le temps de faire deux pas que Xiao Xingchen parvint à la saisir par le col de son vêtement.

— Ne t'ai-je pas dit de ne pas courir aussi vite ? Et si tu te cognais encore dans quelqu'un ?

A-Qing commença à se débattre et à lutter contre l'emprise du cultivateur. Sa bouche se mit en mouvement, ses dents supérieures placées contre sa lèvre inférieure. *Oh non !* pensa aussitôt Wei Wuxian. *Elle va crier au harcèlement !*

Pile au même moment, un homme d'âge moyen jaillit du coin de la rue en toute hâte.

Quand il repéra A-Qing, ses yeux s'illuminèrent. Il s'approcha aussitôt en jurant et en grondant :

— Je t'ai enfin mis la main dessus, petite traînée ! Rends-moi mon argent !

Son langage grossier ne suffisait pas à évacuer toute sa colère. Il leva donc une main dans l'intention de la gifler, et A-Qing ferma les yeux, recroquevillée de peur. Pourtant, contre toute attente, le coup fut arrêté avant qu'il ne puisse atteindre sa joue.

— Gardez votre calme, monsieur, intervint Xiao Xingchen. N'est-ce pas déplacé de traiter de la sorte une petite fille ?

A-Qing ouvrit les yeux et jeta un coup d'œil furtif. L'homme d'âge moyen avait manifestement dédié beaucoup de force à ce coup, mais sa main avait été immobilisée sans difficulté ; de toute évidence, par Xiao Xingchen. Il ne pouvait plus bouger d'un pouce.

S'il se montra très clairement nerveux, il continua pourtant de s'entêter.

— Mêlez-vous de ce qui vous regarde, toi et ton cul d'aveugle ! Quoi, tu essaies de jouer les héros, c'est ça ? Pour quoi faire ? C'est ta copine, cette petite traînée ? Tu sais que c'est une voleuse ? Elle m'a dérobé ma bourse ! Puisque tu la protèges, ça fait de toi un voleur aussi !

Xiao Xingchen maintenait l'homme d'une main tandis qu'il retenait A-Qing par le col de l'autre. Il tourna la tête dans la direction de celle-ci et lui intima sobrement :

— Rends-lui son argent.

A-Qing sortit promptement la petite somme d'argent contenue dans sa robe et la remit aux mains de l'individu. Xiao Xingchen relâcha alors celui-ci, qui ne perdit pas un instant pour compter les pièces avant de lui jeter en retour un regard. Le montant étant correct et le cultivateur n'étant manifestement pas le genre de personne qu'il fallait chercher, il ne put que s'en retourner, honteux.

— Tu as un tel culot ! commenta Xiao Xingchen. Dire que tu oses aller voler les gens alors que tu ne vois rien !

Furieuse, A-Qing bondit sur place.

— Il m'a pelotée ! Il m'a pincé les fesses ! Ça fait mal, tu sais ! Et qu'est-ce que ça peut faire si j'ai pris un peu de son argent ? Une si grande bourse, avec si peu d'argent dedans. Comment *lui* fait-il pour ne pas être gêné, à se montrer si méchant, à essayer de frapper les gens ? Bâtard fauché !

C'est toi qui lui es rentré dedans, qui lui as causé du tort avec tes mains baladeuses, et c'est lui qui est en faute ? Quelle logique infaillible ! commenta Wei Wuxian pour lui-même.

Xiao Xingchen secoua la tête, désabusé.

— Si tel était le cas, c'était une raison de plus pour ne pas le provoquer. Si personne d'autre n'était intervenu aujourd'hui, cela ne se serait pas terminé avec une simple gifle. Fais attention à toi, petite.

Son sermon terminé, il tourna les talons et s'en alla dans une autre direction.

Il n'a même pas demandé à récupérer sa propre bourse, hein ? remarqua Wei Wuxian. *Mon shishu était vraiment gentil avec la gent féminine.*

A-Qing serra fermement la petite bourse qu'elle avait volée et resta sur place, muette, pendant un moment. Soudain, elle la glissa dans sa robe et se jeta à la poursuite de Xiao Xingchen, frappant toujours le sol du bout de sa perche en bambou, jusqu'à ce qu'elle se heurte la tête la première contre son dos. Xiao Xingchen se retrouva contraint de l'aider à se relever.

— Y a-t-il autre chose ?

— J'ai toujours ta bourse ! s'exclama A-Qing.

— Tu peux la garder, lui assura-t-il en retour. Il n'y a pas grand-chose dedans, mais ne recommence pas à voler tant que tu n'as pas tout dépensé.

— J'ai entendu ce bâtard fauché t'insulter, plus tôt. Toi aussi, tu es aveugle ? demanda-t-elle.

Le visage de Xiao Xingchen s'assombrit dans l'instant et son sourire disparut presque intégralement. Les propos innocents d'un enfant ignorant étaient les plus blessants de tous. Les petits n'étaient pas toujours conscients du poids de leurs mots, et c'était précisément cette inconscience qui tendait à meurtrir le plus le cœur.

Une teinte rouge fleurit et se répandit sous le bandage qui enveloppait les yeux de Xiao Xingchen, au point de pratiquement traverser le tissu. Il leva la main et passa furtivement ses doigts dessus, le bras tremblant faiblement tandis qu'il tentait de dissimuler son état.

La douleur qui venait avec le fait de s'être arraché ses propres yeux n'était pas de celles qui guérissaient facilement, pas plus que les blessures occasionnées.

A-Qing, qui le crut simplement légèrement étourdi, déclara joyeusement :

— Pourquoi ne te suivrais-je pas à partir de maintenant ?

— Me suivre ? Pour quoi faire ? l'interrogea Xiao Xingchen, avec un sourire arrogant. Tu comptes devenir une prêtresse taoïste ?

— Tu es un grand aveugle et je suis une petite aveugle. Si on voyage ensemble, on pourra veiller l'un sur l'autre. Je n'ai ni père ni mère, et nulle part où aller. Qu'est-ce que ça peut faire avec qui je voyage ou jusqu'où j'accompagne cette personne ?

Elle était très maligne. Craignant que Xiao Xingchen ne la rejette, et tout à fait certaine qu'il était une bonne personne, elle ajouta de manière menaçante :

— Si tu ne me laisses pas t'accompagner, si tu me rejettes, je dépense l'argent très vite. Je dépenserai tout en un rien de temps, et je serai alors contrainte de voler et tricher à nouveau. Je recevrai la raclée de ma vie et perdrai complètement la tête ! Ce serait vraiment horrible, pas vrai ?

Xiao Xingchen ricana.

— Tu es une petite chose pleine de ressources. C'est toi qui piégerais les gens jusqu'à leur faire perdre la raison. Personne ne pourrait te faire cela de force.

Après avoir attentivement observé cette scène, Wei Wuxian réalisa quelque chose d'intéressant. Avec le vrai Xiao Xingchen sous les yeux pour lui servir de comparaison, il pouvait désormais constater à quel point l'imitation jouée par Xue Yang avait été remarquable ! En dehors de son apparence, chaque détail était expressif et d'une grande précision. Si quelqu'un lui avait dit que Xue Yang était en fait possédé par Xiao Xingchen à ce moment-là, il l'aurait cru sans hésiter.

A-Qing continua à harceler Xiao Xingchen, à s'accrocher de façon incessante, tout en prétendant être à la fois aveugle et démunie. Ce dernier lui répéta à plusieurs reprises que l'accompagner était dangereux, mais A-Qing refusa d'écouter. Même lorsqu'il s'arrêta dans un village au cours de leurs voyages afin d'exorciser un bœuf si vieux qu'il avait fini par cultiver un esprit malicieux, cela ne l'effraya guère. Elle insistait pour l'appeler daozhang et restait collée à lui comme un bonbon collant, jamais à plus de trois mètres de lui.

Avec le temps, Xiao Xingchen finit par l'autoriser à rester près de lui de manière un peu tacite. Peut-être était-ce parce qu'il avait réalisé qu'A-Qing était intelligente, sympathique, audacieuse, et qu'elle ne se mettait pas en travers de son chemin ; ou peut-être était-ce parce qu'il s'agissait d'une petite fille aveugle, tout comme lui, orpheline et seule.

Au début, Wei Wuxian pensait que Xiao Xingchen avait une destination en tête. Mais plusieurs fragments de souvenirs se succédèrent, et d'après les coutumes locales et les dialectes des endroits qu'ils avaient visités, ses déplacements semblaient désordonnés et sans aucune logique. Il ne donnait pas l'impression de se diriger vers un endroit en particulier, mais plutôt de se livrer à la chasse nocturne un peu au hasard. Dès qu'il entendait parler d'un endroit où le mal s'était manifesté, il se mettait en route et partait s'attaquer à ladite hantise.

Peut-être que ce qu'il s'est passé avec le clan Chang de Yueyang l'a profondément marqué, supposa Wei Wuxian. *Peut-être qu'il ne voulait plus jamais avoir affaire au moindre clan de cultivation, mais qu'il ne pouvait se résoudre à abandonner complètement ses idéaux. Ce serait pour cela qu'il aurait choisi d'errer de chasse nocturne en chasse nocturne. Pour aider comme il le pouvait, partout où des problèmes émergeaient.*

En cet instant, Xiao Xingchen et A-Qing arpentaient une longue route parfaitement droite. L'herbe qui poussait sur les côtés de celle-ci atteignait la taille. Soudain, A-Qing poussa un petit souffle de surprise.

— Qu'est-ce qui ne va pas ? demanda aussitôt Xiao Xingchen.

— Oh, rien ! Je me suis juste tordu le pied, mentit A-Qing.

Wei Wuxian avait bien vu que cela n'avait pas été le cas, et que la raison de son choc passager était tout autre. Elle marchait parfaitement bien. En fait, si elle n'avait pas été contrainte de jouer le rôle d'une aveugle pour éviter que Xiao Xingchen ne la chasse, elle aurait bien pu s'envoler dans le ciel d'un seul bond. Si A-Qing avait manifesté cet élan de stupéfaction, c'était en fait parce qu'elle avait entrevu une silhouette noire, allongée un peu plus loin dans les hautes herbes.

Bien qu'il ne soit pas évident de déterminer si la personne en question était vivante ou morte, A-Qing considérait probablement que cela représentait un problème dans les deux cas. Elle ne voulait évidemment pas que Xiao Xingchen le remarque.

— Allez, allez. Faisons une pause dans la ville machin-chose un peu plus loin, je suis *épuisée* ! insista-t-elle.

— Ne t'es-tu pas foulé la cheville ? Veux-tu que je te porte ? demanda Xiao Xingchen.

La seule mention de cette perspective rendit A-Qing extatique. Elle tapa sur le sol du bout de sa perche de bambou avec une excitation incontrôlable.

— Oui, oui, oui !

Xiao Xingchen ne put retenir un petit rire. Il se retourna pour lui présenter son dos, un genou au sol, mais au moment où A-Qing s'apprêta à bondir sur lui, il l'arrêta d'une main, la maintenant ainsi sur la terre ferme, puis se leva, les sourcils froncés.

— Cela sent le sang.

Le nez d'A-Qing avait également détecté ce léger effluve sanguin, mais c'était tellement diffus dans la brise nocturne que cela ne se sentait que sporadiquement. Elle décida de fait de feindre l'ignorance.

— Oh, vraiment ? Comment se fait-il que je ne sente rien ? Peut-être qu'un habitant d'une maison voisine est en train de dépecer des porcs ou des poulets ?

À peine eut-elle le temps de finir sa phrase que, comme si le monde entier s'était ligué contre elle, la personne dans l'herbe se mit à tousser.

Quand bien même ce son parut extrêmement faible, il n'échappa point aux oreilles de Xiao Xingchen. Il repéra immédiatement la direction de laquelle il provenait et s'avança dans les broussailles jusqu'à s'accroupir aux côtés de la personne. Voyant que cette dernière avait été découverte, A-Qing tapa du pied et fit semblant de tâtonner pour trouver son chemin.

— Qu'est-ce qui ne va pas ?

— Il y a quelqu'un étendu ici, expliqua Xiao Xingchen, prenant le pouls de celui-ci.

— Je comprends mieux pourquoi ça puait autant le sang, déclara A-Qing. Il est mort ? Va-t-on creuser un trou pour l'enterrer ?

Un homme mort était, bien évidemment, légèrement moins problématique qu'un individu encore en vie. A-Qing espérait donc ardemment que celui-ci l'était bel et bien.

— Il n'est pas encore mort, répondit Xiao Xingchen. Mais il est gravement blessé.

Après avoir pris un instant pour y réfléchir, il souleva doucement la personne du sol et la hissa sur son dos.

Constatant que sa place légitime venait de lui être dérobée par un homme puant, dégoulinant de sang, et que sa promenade sur le dos de son protecteur jusqu'à la ville était donc également tombée à l'eau, A-Qing fit la moue. En silence, elle se mit à creuser dans le sol un certain nombre de trous relativement profonds du bout de sa perche en bambou. Elle savait toutefois qu'il serait impossible de dissuader Xiao Xingchen de sauver cet homme, aussi n'avait-elle pas vraiment la possibilité de se plaindre.

Tous deux revinrent sur la route et reprirent leur chemin. Plus ils marchaient, plus Wei Wuxian avait la sensation de connaître cet endroit. D'un coup, l'illumination le frappa.

N'est-ce pas la même route que Lan Zhan et moi avons empruntée pour nous rendre dans la ville de Yi ?

***

Assurément, au bout de cette route se dressait la ville de Yi.

Les portes de celle-ci n'étaient pas aussi délabrées en ce temps. La tour de guet de l'angle était en parfait état, et il n'y avait pas la moindre trace de graffitis sur les murs de la ville. Lorsqu'ils franchirent les portes, ils se trouvèrent confrontés à un brouillard légèrement plus épais, mais comparé à la quantité de miasmes suffocants présents à l'époque de Wei Wuxian, la différence était quasiment imperceptible. De nombreuses bougies brillaient également aux fenêtres des maisons situées de chaque côté des rues, ainsi qu'au pas de leur porte, et l'on entendait assez distinctement

les murmures des voix humaines. Bien que l'endroit apparaisse tout de même assez désolé, les signes de vie étaient nombreux.

Compte tenu du fait qu'il portait sur son dos une personne grièvement blessée et qui saignait abondamment, Xiao Xingchen ne pouvait ignorer qu'aucune auberge n'accepterait de clients comme eux. Pour cette raison, il ne prit pas la peine de se renseigner sur les possibilités d'hébergement pour la nuit, mais demanda en contrepartie directement au veilleur de nuit qui s'approchait d'eux s'il y avait des morgues caritatives inutilisées dans les environs.

— Vous en trouverez une là-bas, indiqua le veilleur de nuit. L'ancien gardien est décédé le mois dernier, alors plus personne ne s'en occupe en ce moment.

Remarquant que Xiao Xingchen était aveugle et qu'il risquait d'avoir du mal à trouver son chemin, il le conduisit bien volontiers sur place.

Il s'agissait de la morgue caritative qui abritait désormais le corps de Xiao Xingchen depuis son décès.

Après avoir remercié le veilleur de nuit, Xiao Xingchen porta le blessé dans la chambre située sur la droite. La pièce était de taille moyenne avec un lit d'appoint, des casseroles et autres ustensiles de cuisine. Il allongea soigneusement son patient sur le sol, puis se saisit d'une petite pilule rangée dans son sac qiankun pour la lui glisser entre ses dents serrées.

A-Qing tâtonna quelques instants à travers la pièce, puis s'exclama joyeusement :

— Il y a tellement de choses ici ! Il y a une casserole !

— Y a-t-il un fourneau ? demanda Xiao Xingchen.

— Oui !

— Dans ce cas, A-Qing, pourquoi ne trouverais-tu pas un moyen de nous faire bouillir de l'eau ? Fais attention à ne pas te brûler.

A-Qing pinça les lèvres, mais se mit tout de même au travail. De son côté, Xiao Xingchen palpa le front de l'homme, puis s'empressa de sortir une autre pilule afin de lui faire avaler. Wei Wuxian, quant à lui, désirait ardemment voir de plus près le visage de cette personne, mais A-Qing, visiblement peu intéressée et particulièrement irritée, refusa de lui accorder ne serait-ce qu'un seul regard.

Une fois l'eau portée à ébullition, Xiao Xingchen entreprit lentement de nettoyer le visage entaché de sang de l'individu. A-Qing jeta un coup d'œil curieux de côté et laissa échapper un petit « Mmpf » silencieux.

La raison de cette petite réaction tenait au fait que, une fois cet individu débarbouillé, il s'avéra qu'il était en fait relativement beau.

Mais à la vue de son visage, le cœur de Wei Wuxian manqua de s'arrêter. Tout comme il l'avait supposé, il s'agissait de Xue Yang.

Les ennemis finissent toujours par se retrouver, constata-t-il. *Oh, Xiao Xingchen, tu as vraiment… une malchance inouïe !*

À cette époque, Xue Yang ne ressemblait à rien de plus qu'un jeune garçon d'une élégance désinvolte teintée d'un reste d'enfance. Qui aurait pu imaginer, en le regardant, qu'un jouvenceau comme lui – doté d'un sourire assez grand pour révéler ses canines lorsqu'il souriait – pouvait en vérité se révéler être un fou détraqué, décimateur de clans ?

Une petite estimation de la chronologie indiquait que ces événements s'étaient déroulés à peu près au moment où Jin Guangyao avait endossé le rôle de Chef de la Cultivation. À en juger par l'état pitoyable de Xue Yang, il avait échappé de justesse à la mort après avoir été « pris en charge » par celui-ci. Comme le disait l'adage, les meilleurs partaient toujours les premiers, et la mauvaise herbe ne mourait jamais. Aux portes de la mort, Xue Yang venait d'être sauvé par son vieil adversaire, Xiao Xingchen.

Pauvre Xiao Xingchen ! Il avait accidentellement sauvé l'ennemi qui l'avait réduit à cet état pitoyable, sans jamais penser à toucher soigneusement le visage de l'homme. Et quand bien même A-Qing pouvait voir, elle ne faisait pas partie du monde de la cultivation. Elle ne connaissait pas Xue Yang, pas plus que la rancune qui animait les deux hommes et s'avérait aussi profonde que l'océan. En vérité, elle ne connaissait même pas le nom de Xiao Xingchen...

Wei Wuxian poussa un nouveau soupir. La chance de Xiao Xingchen ne pouvait vraiment pas être pire. C'était comme s'il avait décidé d'assumer seul le poids de toute la malchance du monde.

Au même instant, Xue Yang fronça les sourcils. Xiao Xingchen était en train de l'examiner et de panser ses blessures. Sentant que le jeune homme était sur le point de se réveiller, il prit aussitôt la parole :

— Ne bougez pas.

Xue Yang, ayant fait nombre de choses discutables, était naturellement plus vigilant que la plupart des gens. Dès qu'il entendit cette voix, ses yeux s'ouvrirent brusquement et il se redressa immédiatement pour se recroqueviller dans le coin de la pièce. Il était tendu et sur ses gardes, fixant Xiao Xingchen avec une envie de meurtre non dissimulée dans son regard.

C'étaient les yeux d'une bête acculée. Ils brillaient d'une malice et d'une mauvaise intention évidentes, et ce sentiment ne manqua pas d'être communiqué à Wei Wuxian. Cela lui donna la chair de poule et il hurla intérieurement. *Dis quelque chose ! Xiao Xingchen se souvient forcément du son de la voix de Xue Yang !*

— Toi…, commença ce dernier.

Cependant, au moment où il prit enfin la parole, Wei Wuxian comprit que tout était fini. Xiao Xingchen ne risquait pas de reconnaître Xue Yang, même s'il parvenait à parler normalement. Il semblait s'être fait mal à la gorge, et avoir craché tout ce sang avait rendu sa voix suffisamment rauque pour que personne ne s'avère capable de l'identifier.

Xiao Xingchen s'assit près du lit.

— Je vous ai dit de ne pas bouger, soupira-t-il. Vous allez rouvrir vos blessures. Ne vous inquiétez pas. C'est moi qui vous ai sauvé. Je ne vous ferai pas de mal.

Xue Yang, vif d'esprit, comprit aussitôt que Xiao Xingchen ne l'avait probablement pas reconnu. Des engrenages se mirent littéralement à tourner à plein régime dans son esprit. Il toussa à plusieurs reprises et se risqua à poser une question :

— Qui êtes-vous ?

A-Qing lui retourna une question de son propre chef.

— Tu as des yeux, je crois. Ça ne se voit pas ? Un cultivateur itinérant, évidemment. Il s'est donné beaucoup de mal pour te ramener jusqu'ici, t'a sauvé la vie et t'a aidé à prendre de ses médicaments miraculeux. Et malgré cela, tu te montres méchant !

Xue Yang tourna immédiatement son regard vers elle.

— Une autre aveugle ? s'enquit-il, sur un ton glacial.

Oh non ! gémit intérieurement Wei Wuxian.

Ce petit voyou était vif, rusé et anormalement alerte. Même les yeux blancs d'A-Qing ne lui feraient pas baisser sa garde aussi facilement. Rien de suspect ne lui échappait, il pouvait faire sauter sa couverture en un instant si elle ne prenait pas garde.

Xue Yang n'avait prononcé que quelques mots. Il aurait été difficile de déterminer qu'il était « méchant » rien qu'à partir de ceux-là… à moins qu'A-Qing n'ait vu les expressions de son visage.

Heureusement, elle avait menti toute sa vie. Aussitôt, elle répondit :

— Quoi, tu méprises les aveugles ? Ne seraient-ce pas des aveugles qui t'ont sauvé ? Sinon, tu serais encore en train de pourrir sur le bord de la route et personne ne s'en soucierait ! Pas même un mot de remerciement pour daozhang à ton réveil, quelle impolitesse ! Et tu me dénigres en plus, *mmpf* ! Qu'est-ce que ça peut faire que je sois aveugle ?

Elle parvint ainsi à changer de sujet et à détourner l'attention de Xiao Xingchen. L'air à la fois indigné et lésé, elle ne cessa de rouspéter. Xiao Xingchen s'empressa d'aller la consoler. Xue Yang, appuyé contre le mur dans le coin, leva les yeux au ciel face à cela. Xiao Xingchen se tourna alors à nouveau dans sa direction.

— Ne vous appuyez pas contre le mur. Je n'ai pas encore fini de bander la blessure de votre jambe. Venez par ici.

Xue Yang sembla réfléchir à cette idée tout en arborant une expression glaciale. Devant son silence, Xiao Xingchen ajouta :

— Si vous repoussez le traitement plus longtemps, votre jambe pourrait finir par ne plus fonctionner pour de bon.

À ces mots, Xue Yang prit sa décision.

Wei Wuxian supposa que ses pensées avaient dû suivre le chemin suivant : il était gravement blessé et avait du mal à bouger, il n'était donc pas raisonnable de refuser un traitement. Puisque Xiao Xingchen était assez stupide pour proposer son aide, pourquoi ne pas accepter l'offre de cet idiot à bras ouverts ?

D'un coup, son visage changea drastiquement d'expression. Une pointe de gratitude dans la voix, il prit la parole :

— Désolé pour le dérangement, daozhang.

Après avoir été personnellement témoin de la capacité de Xue Yang à passer en un instant du sourire à la cruauté, Wei Wuxian ne pouvait s'empêcher de ressentir quelques sueurs froides pour les deux aveugles – l'un vrai, l'autre faux. Surtout pour A-Qing, l'imposteur en question. Si Xue Yang finissait par découvrir qu'elle pouvait bel et bien voir, il la tuerait certainement pour protéger son secret. Même si Wei Wuxian savait qu'A-Qing avait très probablement été tuée par Xue Yang au bout du compte, il lui fallait quand même faire l'expérience de ces événements. En conséquence, il ne pouvait s'empêcher d'être à cran.

Soudain, il remarqua que Xue Yang évitait subtilement de laisser Xiao Xingchen toucher sa main gauche. Après un examen plus approfondi, il s'avéra que cette main avait un petit doigt en moins. Le moignon qui s'y trouvait n'avait rien d'une blessure récente. C'était une vieille cicatrice et Xiao Xingchen devait savoir que Xue Yang n'avait que neuf doigts. Il n'était, de fait, pas étonnant que ce dernier ait choisi de porter un gant noir à la main gauche lorsqu'il se faisait passer pour lui.

Lorsqu'il s'agissait de soigner et d'aider les autres, Xiao Xingchen donnait toujours son maximum. Sa tête inclinée bien bas, il appliqua une poudre médicinale sur les blessures de Xue Yang, et quand il eut terminé, les plaies de celui-ci s'avérèrent magnifiquement bandées.

— C'est terminé. Mais vous feriez mieux de ne pas bouger. Vous pourriez déplacer votre os cassé.

Xue Yang était dorénavant certain que Xiao Xingchen ne l'avait pas reconnu. Un véritable sot, en effet. Même couvert de sang et horriblement échevelé, ce sourire paresseux et satisfait réapparut sur son visage.

— Daozhang ne me demande pas qui je suis ? Ou la raison pour laquelle j'ai subi de si graves blessures ?

N'importe qui d'autre aurait soigneusement évité le sujet afin de dissimuler sa véritable identité, mais lui se devait de faire le contraire. Il l'évoqua donc délibérément.

Xiao Xingchen baissa une nouvelle fois la tête et commença à ranger la trousse de secours ainsi que les bandages avant de répondre calmement :

— Puisque vous ne me dites rien, pourquoi devrais-je faire preuve d'indiscrétion ? Je n'ai fait que donner un coup de main à un étranger rencontré par hasard. Rien qui ne représente une tâche difficile pour moi. Lorsque vous serez guéri, nous repartirons chacun de notre côté. Si j'étais à votre place, il y aurait de nombreuses choses que je ne voudrais pas que les autres découvrent.

Même si Xiao Xingchen avait demandé des détails, ce petit scélérat aurait probablement raconté une histoire sans faille et élaborée de toutes pièces pour le conduire sur une fausse piste, supposa Wei Wuxian.

Nul ne pouvait rien contre le fait d'avoir un passé trouble. Xiao Xingchen s'était simplement montré particulièrement respectueux en refusant d'approfondir la question. Qui aurait cru que Xue Yang se trouverait justement là, prêt à abuser de ce respect ?

Wei Wuxian en était certain : Xue Yang ne comptait pas simplement duper Xiao Xingchen pour le pousser à soigner ses blessures, et il ne comptait pas non plus « repartir de son côté » une fois guéri.

Xue Yang s'allongea dans la chambre du gardien de nuit pendant que Xiao Xingchen retournait dans le hall principal de la morgue caritative. Il ouvrit un cercueil vide, ramassa quelques brassées de paille sur le sol et en tapissa le fond d'une couche épaisse. Il se tourna ensuite vers A-Qing.

— Cette personne est blessée, nous allons devoir lui laisser le lit. Je suis désolé, mais tu vas devoir dormir ici. Avec un peu de paille par-dessus, tu ne devrais pas avoir froid.

A-Qing avait grandi en tant qu'enfant des rues depuis son plus jeune âge. Après avoir vécu toute sa vie exposée aux éléments, restait-il seulement un genre d'endroit où elle n'avait *jamais* dormi ? Totalement indifférente, elle répondit :

— Pourquoi t'excuses-tu ? Avoir un endroit où dormir, c'est déjà bien. Il ne fait pas froid, alors cesse d'essayer de me donner ta robe extérieure.

Xiao Xingchen lui tapota la tête, rangea son fuchen et rengaina son épée, puis sortit par la porte. Pour des raisons de sécurité, il lui avait toujours interdit de le suivre lorsqu'il partait en chasse nocturne. A-Qing se terra donc dans le cercueil et y resta un certain moment avant d'entendre Xue Yang l'appeler depuis la pièce voisine.

— Viens un peu par ici, P'tite aveugle.

La tête d'A-Qing pointa son nez à l'extérieur du cercueil.

— Qu'est-ce que tu veux ?

— Je vais te donner des bonbons, tenta Xue Yang.

A-Qing en eut aussitôt l'eau à la bouche. Elle semblait vraiment vouloir ces friandises. Elle refusa malgré tout.

— Non. Je ne viens pas !

Xue Yang la menaça alors avec une certaine douceur.

— Tu es sûre ? Est-ce que tu dis ça parce que tu as peur ? Tu crois vraiment que je ne suis pas capable d'aller te chercher là-bas si tu ne viens pas jusqu'à moi ?

A-Qing frissonna au ton étrange de sa voix. Cela lui parut encore plus horrifiant lorsqu'elle se mit à imaginer ce visage souriant et diabolique apparaissant soudainement au-dessus d'elle, sur le côté du cercueil. Après un moment d'hésitation, elle ramassa sa perche de bambou et frappa le sol à tâtons, traînant les pieds jusqu'à l'entrée de la chambre. Avant qu'elle ne puisse prendre la parole, quelque chose de petit vola tout à coup dans sa direction.

Wei Wuxian voulut instinctivement esquiver, craignant que ce ne soit là un genre d'arme secrète, mais il ne pouvait évidemment pas contrôler ce corps. Frappé par un éclair de compréhension, il tressaillit. *C'est un piège !*

Chapitre 8

Le brin d'herbe

— Partie 4 —

C'était un test de la part de Xue Yang. Si A-Qing était vraiment aveugle, elle ne pourrait pas esquiver la chose !

Cette dernière était toutefois passée maître dans l'art de la duperie, et elle était très rusée, de surcroît. Lorsqu'elle vit l'objet voler dans sa direction, elle ne sourcilla pas. Elle ne l'évita ni ne se décala, et le laissa plutôt l'atteindre en pleine poitrine avant de faire un pas en arrière.

— Hé ! Qu'est-ce que tu m'as lancé ? s'écria-t-elle furieusement.

Son complot déjoué, Xue Yang répondit :

— Un bonbon, évidemment. Pour toi. J'ai oublié que tu étais aveugle et que tu ne pouvais pas l'attraper. Il est tombé à tes pieds.

A-Qing laissa échapper un petit « Pff ! » puis s'accroupit, tâtant les alentours de manière tout à fait crédible jusqu'à trouver la confiserie en question. Elle n'avait jamais rien mangé de pareil auparavant. Elle avala bruyamment sa salive, l'essuya brièvement, puis le glissa dans sa bouche pour le croquer joyeusement. Xue Yang était allongé sur le côté du lit, soutenant sa joue d'une main.

— C'est pas délicieux, P'tite aveugle ?

— J'ai un nom. Et ce n'est pas « P'tite aveugle », répondit A-Qing.

— Tu ne veux pas me dire ton nom, alors je n'ai d'autre choix que de t'appeler comme ça, rétorqua Xue Yang.

A-Qing ne donnait son nom qu'à ceux qui la traitaient gentiment. Mais, en l'occurrence, elle n'avait d'autre choix que de le lui dire si elle ne voulait plus entendre l'horrible surnom que lui donnait Xue Yang.

— Écoute-moi bien, mon nom est A-Qing, déclara-t-elle. Ne m'appelle plus jamais « P'tite aveugle » !

Puis, elle se demanda si elle n'avait pas été un peu trop dure. De peur de finir par l'énerver, elle changea immédiatement de sujet.

— T'es vraiment bizarre. Tu es tout couvert de sang et gravement blessé, mais tu as quand même des bonbons sur toi.

Xue Yang gloussa joyeusement.

— J'aime les sucreries depuis que je suis jeune, mais je n'ai jamais pu en avoir. Je ne pouvais que regarder les autres en manger. Alors, je me suis dit : un jour, si je réussis, je garderai toujours plus de bonbons sur moi que je ne pourrai jamais en manger.

A-Qing venait justement de terminer la confiserie dans sa bouche. Elle se lécha les lèvres, loin d'être rassasiée. Apparemment, le désir de bonbons l'emportait sur son aversion pour cette personne.

— Il t'en reste ?

— Bien sûr que oui, confirma Xue Yang, tout sourire. Viens, je vais t'en donner un autre.

A-Qing se leva, tapota le sol de sa perche de bambou et marcha dans sa direction.

Même à mi-chemin de sa marche lente et prudente, le sourire de Xue Yang ne changea pas. Pourtant, une intention sinistre semblait briller au fond de son regard. Sans bruit, il sortit une longue et effrayante épée de sa manche.

C'était Jiangzai.

Il pointa l'extrémité meurtrière de celle-ci dans la direction d'A-Qing. Si elle faisait quelques pas de plus en avant, elle se retrouverait transpercée par Jiangzai. Mais si elle hésitait ne serait-ce qu'un instant, elle prouverait qu'elle n'était pas réellement aveugle !

Les sens de Wei Wuxian et d'A-Qing étaient connectés, aussi ressentit-il la tension qui l'envahissait rapidement. Toutefois, cette jeune fille se révéla être d'un courage impressionnant. D'un calme légendaire, elle avança à tâtons comme si tout était normal. Lorsque la pointe de l'épée ne fut plus qu'à un centimètre de son ventre, Xue Yang retira sa main et rangea Jiangzai dans sa manche. Il l'échangea contre deux bonbons, un pour A-Qing, l'autre pour lui.

— A-Qing, où est allé ton daozhang au beau milieu de la nuit ? demanda-t-il.

— Je pense qu'il est parti chasser, répondit-elle après avoir croqué son bonbon.

— Chasser ? Une chasse nocturne, tu veux dire ? se moqua Xue Yang.

— Ah ? Quelle différence ? Les deux veulent dire à peu près la même chose. N'est-ce pas simplement aider les autres à combattre les fantômes et les monstres ? Et gratuitement, en plus.

Très malin, songea Wei Wuxian.

Ce n'était pas qu'A-Qing ne se souvenait pas de ce que c'était. Elle se rappelait tout ce que Xiao Xingchen avait dit mieux que quiconque. Elle avait fait exprès de se tromper sur le terme «chasse nocturne», et le fait que Xue Yang l'avait corrigée revenait à admettre qu'il était lui aussi un cultivateur. Non seulement il n'avait pas réussi à la tester, mais c'était lui qui l'avait finalement été. Bien que jeune, cette fille possédait un esprit particulièrement affûté.

Le mépris se lisait sur le visage de Xue Yang, mais son timbre de voix trahissait plutôt sa confusion.

— Est-il seulement capable de participer à une chasse nocturne en étant aveugle ?

— Et voilà que tu recommences ! s'emporta A-Qing, furieuse. En quoi c'est un problème qu'il soit aveugle ? Daozhang est super incroyable, même sans y voir. Son épée fait «*fwish, fwish*». Si je devais la décrire en un mot, je dirais «rapide» !

Elle gesticulait dans tous les sens lorsque Xue Yang l'interrompit subitement.

— Ce n'est pas comme si tu pouvais voir, alors comment sais-tu que ses attaques à l'épée sont si rapides ?

A-Qing se déplaçait elle-même très rapidement, et elle s'empressa de rétorquer plus rapidement encore :

— Si je dis que c'est rapide, c'est que c'est rapide ! Ce n'est pas parce que je ne peux pas voir que je ne peux pas entendre ! répliqua-t-elle, astucieusement. Qu'est-ce que tu sous-entends exactement ? Tu te moques de nous, les aveugles ?

Elle avait tout à fait la voix d'une jeune fille naïve s'extasiant sur celui qu'elle admirait. Son ton était plus que convaincant.

Puisque ses trois tentatives pour la tester s'étaient avérées infructueuses, le visage de Xue Yang se détendit enfin. Il était probablement désormais convaincu qu'A-Qing était bel et bien aveugle.

Pour A-Qing, en revanche, l'alerte était donnée.

Le lendemain, Xiao Xingchen rapporta du bois, de la paille et de quoi poser des tuiles pour la rénovation du toit. Dès qu'il entra dans la bâtisse, A-Qing l'attira discrètement dehors pour se plaindre à voix basse durant un bon moment. Elle expliqua à quel point Xue Yang semblait suspect, qu'il partageait clairement la profession de Xiao Xingchen, mais qu'il continuait à cacher ceci et cela. Elle lui affirma qu'il ne pouvait pas être quelqu'un de bien.

Malheureusement, elle avait dû considérer que le petit doigt manquant de Xue Yang ne représentait pas un détail bien important, car elle ne mentionna pas ce point, qui était pourtant le plus critique.

Xiao Xingchen s'empressa d'apaiser ses inquiétudes.

— Puisque tu as déjà accepté de ses bonbons, arrête d'essayer de le chasser. Il partira de lui-même lorsqu'il sera guéri. Personne ne voudrait rester avec nous dans cette morgue caritative.

C'était assurément vrai ; il n'y avait qu'un seul lit dans cet endroit miteux. D'ailleurs, fort heureusement, il n'y avait pas eu de tempête, sinon, même le toit aurait représenté un problème. Aucune personne sensée n'aurait voulu rester ici.

Mais alors qu'A-Qing était sur le point de se remettre à dire du mal de Xue Yang, la voix de ce dernier résonna tout à coup derrière eux.

— Vous parlez de moi ?

Il s'était encore levé de son lit. A-Qing ne ressentait pas la moindre culpabilité quant au fait d'avoir été prise sur le fait.

— Qui c'est qui parle de toi ? rétorqua-t-elle. Tu te jettes des fleurs !

Elle ramassa sa perche de bambou et tapota les environs pour trouver son chemin jusqu'à l'intérieur de la morgue. Elle s'approcha ensuite immédiatement de la fenêtre et se cacha sous l'encadrement de celle-ci pour continuer à écouter leur conversation.

À l'extérieur, Xiao Xingchen prit la parole :

— Vos blessures ne sont pas encore guéries, mais vous refusez de m'écouter et passez votre temps à vous lever. Êtes-vous certain que tout ira bien ?

— Les blessures ont tendance à guérir plus vite lorsque l'on reste actif, se défendit Xue Yang. De plus, ce n'est pas comme si mes deux jambes étaient cassées. Je suis habitué à des blessures comme celles-ci. J'ai déjà reçu plus d'un coup en grandissant.

Xiao Xingchen ne semblait pas savoir comment répondre à cela. Devait-il consoler le jeune homme ou laisser passer cette déclaration comme une simple blague ? Après une courte pause, il répondit sobrement :

— Je vois…

Xue Yang se remit ensuite aussitôt à bavarder.

— Daozhang, ces fournitures que vous avez rapportées… Vous songez à réparer le toit ?

— Mmm. Je vais probablement rester ici un moment, expliqua Xiao Xingchen. Et avec l'état lamentable de la toiture, ce n'est pas un endroit approprié pour A-Qing ou pour votre guérison.

— Vous avez besoin de mon aide ? se proposa Xue Yang.

— Nul besoin de vous déranger, déclina courtoisement Xiao Xingchen.

— Vous savez vraiment comment vous y prendre, daozhang ?

Un sourire sur le visage, Xiao Xingchen marmonna un petit « *Comme c'est embarrassant !* » et secoua sa tête en signe de négation.

— Je ne me suis jamais essayé à quelque chose de tel auparavant.

Ce fut ainsi que tous deux commencèrent à réparer le toit ensemble. L'un travaillait pendant que l'autre dirigeait. Xue Yang était éloquent et plutôt malicieux, avec la présence d'esprit nécessaire pour porter le ton sauvage et grossier des rues. Il était probable que Xiao Xingchen n'ait que rarement croisé des gens comme lui. Il était également évident qu'il se divertissait facilement ; il ne fallait pas grand-chose pour le faire rire.

Les petites lèvres d'A-Qing articulaient sans un bruit tout en écoutant leur joyeuse conversation. En y regardant plus attentivement, il apparaissait qu'elle crachait en fait haineusement son venin sur Xue Yang.

— Je te battrai à mort, méchant.

Wei Wuxian ressentait la même chose qu'elle.

Xue Yang était gravement blessé et avait failli mourir. Il n'était pas difficile d'imaginer que c'était son ancien compte à régler avec Xiao Xingchen qui avait été l'instigateur de cette violence. La haine qui existait entre eux deux était irrémédiable. Xue Yang mourait probablement d'envie de voir Xiao Xingchen trépasser violemment, saignant par ses sept orifices et reposant sans jamais trouver la paix.

Pourtant, il parvenait encore à plaisanter avec lui comme si de rien n'était. Si Wei Wuxian avait véritablement été celui qui se cachait sous la fenêtre, il se serait empressé de commencer par tuer Xue Yang et n'aurait posé les questions que plus tard, histoire d'éviter de futurs désastres.

Malheureusement, ce n'était pas son corps. Et même si elle en avait l'envie, A-Qing était impuissante.

Environ un mois plus tard, Xue Yang avait à peu près récupéré, cela grâce aux soins attentifs prodigués par Xiao Xingchen. En dehors d'un léger boitement, il ne présentait aucun problème majeur.

Toutefois, il n'avait toujours pas abordé le sujet de son départ et continuait à loger dans la morgue caritative avec les deux autres. Qui pouvait se targuer de savoir ce qu'il manigançait ?

Un soir, lorsque Xiao Xingchen eut bordé A-Qing et alors qu'il était sur le point de partir en chasse nocturne, la voix de Xue Yang s'éleva dans la morgue.

— Daozhang, que dirais-tu de m'emmener ce soir ?

Quand bien même ses cordes vocales avaient déjà dû guérir, il continuait volontairement à dissimuler sa voix, modifiant son timbre normal pour une octave différente. Xiao Xingchen lui adressa un sourire.

— Ce n'est pas une bonne idée. Je ris chaque fois que tu me parles, et si je le fais, ma lame risque de s'avérer instable.

— Je ne parlerai pas, supplia Xue Yang sur un ton pitoyable. Je me contenterai de porter ton épée et d'être un bon assistant. Allez, ne me repousse pas comme ça, d'accord ?

Il avait l'habitude de se donner l'air attendrissant, de convaincre les gens de son charme. Il parlait aux personnes plus âgées comme s'il était leur petit frère, et Xiao Xingchen, qui semblait avoir pris soin de ses frères et sœurs martiaux plus jeunes pendant son séjour au sein de la secte de Baoshan-sanren, avait tout naturellement accepté le garçon comme son cadet. En apprenant que Xue Yang et lui partageaient la même profession, il accepta avec joie.

Xue Yang n'a certainement pas l'intention d'aider Xiao Xingchen lors d'une chasse nocturne par simple bonté d'âme, établit Wei Wuxian. *Si A-Qing ne les suit pas, elle risque de manquer d'importantes informations.*

Toutefois, comme on pouvait s'y attendre, A-Qing était une fille très maligne et comprit immédiatement que Xue Yang avait probablement de mauvaises intentions. Une fois les deux hommes partis, elle sauta hors du cercueil et les suivit discrètement. Elle garda ses distances de peur d'être découverte, mais ces deux-là marchaient rapidement et il ne lui fallut pas longtemps pour perdre leur trace.

Heureusement, Xiao Xingchen avait mentionné plus tôt, en lavant des légumes, qu'un petit village voisin était harcelé par des cadavres ambulants, et leur avait demandé à tous les deux de ne pas s'aventurer dans les environs. A-Qing se souvint de cet endroit et s'y rendit directement au pas de course. Elle atteignit bien rapidement sa destination et rampa à travers un petit trou sous la clôture de l'entrée. Là, elle se cacha derrière une maison, puis pointa furtivement le bout de son nez sur le côté du mur.

Wei Wuxian ne savait pas trop si A-Qing avait compris ce qu'elle voyait au travers de ce seul petit coup d'œil, mais son propre cœur se figea dans sa poitrine.

Xue Yang se tenait debout, souriant, au bord de la route, les bras croisés et la tête inclinée. Xiao Xingchen, quant à lui, était juste devant. La lumière argentée de Shuanghua se mit à scintiller lorsque son propriétaire la brandit pour transpercer un villageois en plein cœur.

Ce dernier était un être humain tout à fait vivant.

Si A-Qing avait été une jeune fille ordinaire, elle aurait certainement hurlé d'effroi à cet instant. Mais elle avait fait semblant d'être aveugle pendant de nombreuses années. Les gens baissaient souvent leur garde devant elle, pensant qu'elle ne pouvait être témoin de rien, et par conséquent, elle avait assisté à d'innombrables actes de laideur et de cruauté qui l'avaient aidée à se forger un cœur d'acier. Elle s'efforça de ne pas émettre le moindre son.

Malgré cela, Wei Wuxian sentit une vague d'engourdissement remonter le long de ses jambes.

Debout, au centre d'un cercle de villageois tués, Xiao Xingchen rengaina son épée.

— N'y a-t-il vraiment plus aucun humain vivant dans le village ? déplora-t-il solennellement à voix haute. Ne reste-t-il réellement que des cadavres ambulants ?

Les lèvres de Xue Yang étaient comme étirées jusqu'aux oreilles en un sourire sinistre, mais la voix qui sortit de sa bouche paraissait choquée et emplie de douleur.

— J'en ai peur. Le Ciel soit loué, ton épée est naturellement attirée vers le qi d'un cadavre ambulant, sinon, il aurait été difficile même pour nous deux de nous faufiler au travers d'un tel rassemblement.

— Inspectons encore une fois le village, intima Xiao Xingchen. S'il ne reste vraiment plus la moindre personne en vie, nous devrons brûler ces cadavres ambulants dès que possible.

Ils se remirent en route, marchant côte à côte. Lorsqu'ils eurent parcouru une certaine distance, les jambes d'A-Qing retrouvèrent enfin quelques sensations. Elle quitta la protection offerte par la maison et s'approcha du tas de cadavres, gardant la tête baissée et jetant un coup d'œil à gauche et à droite. La vue de Wei Wuxian vacilla en même temps que la sienne.

Les villageois avaient tous été tués de la main de Xiao Xingchen, poignardés en plein cœur. Wei Wuxian remarqua d'ailleurs quelques visages familiers.

Lors d'un segment de souvenirs antérieurs, quand tous trois étaient sortis faire un tour durant la journée, ils avaient rencontré un groupe de fainéants assis à l'intersection menant au village et occupés à jouer aux dés. Ces derniers leur avaient adressé un regard et posé ainsi leurs yeux sur un grand aveugle, accompagné d'une petite aveugle et d'un petit infirme.

Ils n'avaient pu s'empêcher de rire aux éclats et de les montrer du doigt. A-Qing leur avait craché au visage, sa perche de bambou furieusement brandie, tandis que Xiao Xingchen avait fait semblant de ne pas entendre, passant devant eux, le visage impassible. Xue Yang, quant à lui, leur avait adressé un sourire. Toutefois, ses yeux n'avaient témoigné d'aucune gaieté.

A-Qing retourna un certain nombre de cadavres les uns après les autres, soulevant leurs paupières au passage. Tous avaient les yeux blancs, et certains de leurs visages montraient les stigmates de la lividité cadavérique. Elle soupira de soulagement, mais le cœur de Wei Wuxian se serrait de plus en plus.

Bien que ces individus ressemblent à des cadavres ambulants, ils étaient tous de vraies personnes bien vivantes. C'était simplement qu'ils avaient été empoisonnés à la toxine cadavérique.

Wei Wuxian remarqua des restes de poudre rouge violacé au niveau de leurs bouches et de leurs narines. Bien sûr, ceux qui avaient été empoisonnés trop sérieusement et avaient perdu l'esprit ne pouvaient être secourus. Mais certains n'étaient pas aussi gravement empoisonnés et auraient encore pu être sauvés. L'empoisonnement de ces villageois était très récent. Ils présentaient les caractéristiques d'un cadavre transformé, et émettaient du qi de défunt, mais ils en étaient encore au stade de pouvoir penser et parler. Ils étaient toujours en vie, et si on les avait traités, il aurait été possible de les soigner, tout comme Lan Jingyi et les autres garçons l'avaient été. Les tuer, même par erreur, n'était pas différent d'un massacre perpétré sur les vivants.

Ils auraient dû pouvoir parler, prouver leur identité, appeler à l'aide. Mais le plus terrible était que quelqu'un leur avait coupé la langue au préalable. Tous les corps présentaient une certaine quantité de sang qui s'écoulait de leur bouche ou avait séché aux commissures de leurs lèvres.

Xiao Xingchen avait beau ne rien voir, Shuanghua avait la capacité de lui indiquer la direction d'où provenait le qi des cadavres ambulants. Comme les villageois n'avaient pas de langue et ne pouvaient que crier d'une manière étrange qui les faisait ressembler à des cadavres ambulants, il avait eu la certitude que c'était bien ce qu'il était en train de tuer.

Xue Yang était complètement fou. Il tuait par procuration et récompensait la gentillesse par la haine. Il se plaisait à poignarder vicieusement les gens dans le dos.

A-Qing ne comprenait pas ces subtilités, cependant. Les maigres connaissances qu'elle possédait provenaient de choses que Xiao Xingchen avait mentionnées au hasard de leurs conversations.

— Ce méchant homme, marmonna-t-elle. Se peut-il qu'il aide vraiment daozhang ?

Ne crois pas Xue Yang si facilement ! protesta Wei Wuxian. *Sous aucun prétexte !*

Fort heureusement, l'instinct d'A-Qing était très aiguisé. Quand bien même elle n'avait rien trouvé de suspect dans ce dont elle avait été témoin, sa méfiance envers Xue Yang était déjà profondément ancrée en elle. D'instinct, elle ne l'aimait pas. Elle était incapable de se détendre en sa présence. Ainsi, chaque fois qu'il partait accompagner Xiao Xingchen au cours d'une chasse nocturne, elle les suivait secrètement. Même lorsqu'ils interagissaient sous le même toit, elle restait constamment sur ses gardes.

Un soir que le vent d'hiver soufflait avec force, ils se serrèrent tous les trois près de l'âtre miteux de la petite pièce pour se réchauffer. Xiao Xingchen était occupé à réparer un panier abîmé, et A-Qing était lovée à ses côtés, bien emmitouflée dans la seule couverture disponible.

Xue Yang, quant à lui, écoutait A-Qing harceler sans cesse Xiao Xingchen pour qu'il lui raconte une histoire, et semblait s'ennuyer, la joue en appui sur sa main.

— Arrête de pleurnicher ! s'emporta-t-il, agacé. Continue comme ça et je t'attache la langue.

A-Qing l'ignora purement et simplement. Au contraire, elle insista.

— Daozhang, je veux entendre une histoire !

— Personne ne m'en a jamais raconté quand j'étais plus jeune, alors je ne sais pas comment m'y prendre, répondit Xiao Xingchen.

Visiblement prête à se rouler par terre s'il le fallait, A-Qing continua à le harceler si bien que Xiao Xingchen finit par céder.

— Très bien, laisse-moi te raconter une histoire de la montagne.

— Il était une fois une montagne, au sommet de laquelle se trouvait un temple ? entama-t-elle dans l'intention de l'aider à amorcer l'histoire.

— Non, reprit Xiao Xingchen. Il était une fois une montagne éternelle et sans nom, sur laquelle vivait une immortelle qui avait atteint l'illumination. Cette immortelle avait accueilli de nombreux disciples, mais il leur était interdit de descendre de la montagne.

Wei Wuxian comprit immédiatement le sujet de l'histoire en question.

Baoshan-sanren.

— Pourquoi leur a-t-on interdit de descendre de la montagne ? demanda A-Qing.

— Parce que l'immortelle elle-même ne comprenait pas le monde d'en bas. C'est pourquoi elle s'était cachée. Elle dit à ses disciples : « Si vous descendez de la montagne, ne prenez pas la peine de revenir. Ne ramenez pas le conflit du monde extérieur avec vous. »

— Comment quelqu'un pouvait-il endurer cela ? Il devait y avoir des disciples qui ne pouvaient pas s'empêcher de descendre furtivement pour jouer.

— En effet, confirma Xiao Xingchen. Le premier fut un disciple exceptionnel. Lorsqu'il descendit pour la première fois, tout le monde l'admira, loua ses incroyables capacités, et il devint de fait un cultivateur distingué empruntant la voie orthodoxe. Malheureusement, il vécut quelque chose qui le changea profondément ; au point de faire de lui un seigneur maléfique qui tuait sans sourciller. Au bout du compte, il finit terrassé par la force du nombre.

C'était le premier des disciples de Baoshan-sanren à avoir « connu une mauvaise fin », Yanling-daoren.

Qu'avait bien pu vivre l'oncle martial de Wei Wuxian pour changer si radicalement ? C'était toujours un mystère, et il était peu probable que quelqu'un apprenne un jour la vérité.

Xiao Xingchen termina de réparer le panier et tâta sa surface pour s'assurer qu'il ne risquait pas de piquer la main de qui que ce soit. Satisfait, il le reposa et poursuivit son récit.

— La seconde disciple à s'y risquer fut une femme tout aussi remarquable.

Wei Wuxian sentit une douce chaleur envahir sa poitrine.

Cangse-sanren.

— Était-elle jolie ? demanda A-Qing.

— Je ne le sais pas personnellement, répondit Xiao Xingchen. Mais on raconte qu'elle était effectivement très belle.

A-Qing releva son visage de ses deux petites mains.

— Oh, je sais, alors ! Après sa descente de la montagne, il a dû y avoir beaucoup de gens à qui elle plaisait et qui ont voulu l'épouser. Elle a dû se marier avec un officier de haut rang ou bien le chef d'une grande famille ! Hé ! Hé !

— Tu as mal deviné, s'amusa Xiao Xingchen. Elle a épousé un simple *domestique*, qui assistait le chef d'une grande famille, et les deux se sont enfuis vers de lointaines contrées.

— Je n'aime pas ça, railla A-Qing. Pourquoi une belle fée exceptionnelle comme elle tomberait-elle amoureuse d'un domestique ? Cette histoire est stupide. C'est probablement un érudit aigri et fauché qui l'a inventée. Et ensuite ? Que s'est-il passé après leur voyage vers des terres lointaines ?

— Après cela... Un incident est survenu au cours d'une chasse nocturne, et ils ont tous deux perdu la vie, conclut Xiao Xingchen.

— Quel genre d'histoire est-ce là ? Beurk ! Se marier avec un domestique, passe encore. Mais ils meurent tous les deux ? Je ne veux plus rien entendre !

Heureusement que Xiao Xingchen ne lui a pas dit que ces deux-là avaient aussi donné naissance à un seigneur diabolique dont tout le monde réclamait la mort. Sinon, elle risquerait de me cracher au visage, à moi aussi, considéra Wei Wuxian.

Xiao Xingchen parut résigné.

— C'est pour cela que je t'ai prévenue dès le début que je ne suis pas doué pour raconter des histoires.

— Dans ce cas, tu te souviens au moins des expériences que tu as vécues lors de tes chasses nocturnes passées, n'est-ce pas, daozhang ? J'adore quand tu m'en parles ! Dis-moi, quel genre de monstres as-tu combattus ?

Les yeux de Xue Yang étaient restés à moitié clos tout du long ; il semblait avoir à peine écouté le récit. Néanmoins, à la question d'A-Qing, ses yeux s'illuminèrent, ses pupilles se contractèrent et il porta son regard sur Xiao Xingchen d'un air interrogateur.

— Eh bien, il y en a trop pour les compter ! répondit Xiao Xingchen.

— Vraiment ? intervint Xue Yang, les coins de ses lèvres relevés. Est-ce que daozhang partait déjà seul en chasse nocturne, par le passé ?

Il arborait une expression pleine de malice, mais sa voix était emplie d'une curiosité innocente. Xiao Xingchen marqua un temps de pause, puis sourit doucement.

— Non.

A-Qing était désormais plus intéressée que jamais.

— Avec qui d'autre y allais-tu ?

Cette fois, Xiao Xingchen marqua un long silence. Il fallut un bon moment avant qu'il ne daigne répondre :

— Mon ami le plus intime.

Une lueur particulière jaillit au fond des yeux de Xue Yang. Le sourire dessiné par ses lèvres s'accentua encore. Titiller les cicatrices du passé de Xiao Xingchen lui avait procuré un plaisir considérable. A-Qing, en revanche, était véritablement curieuse.

— Quel genre de personne est ton ami, daozhang ? Comment est-il ?

— Un gentilhomme sincère, doté d'une grande moralité, répondit-il avec aisance.

Lorsqu'il entendit ceci, Xue Yang leva les yeux au ciel avec dédain. Il donna l'impression d'avoir marmonné quelques jurons, ses lèvres articulant sans bruit les syllabes de ses complaintes. Après cela, pourtant, comme si de rien n'était, il fit semblant de paraître perplexe.

— Où est passé ton ami aujourd'hui, daozhang ? Vu l'état dans lequel tu te trouves, comment se fait-il qu'il ne soit pas venu te chercher ?

Ce type est pareil à un couteau qu'on remuerait dans une plaie, déplora Wei Wuxian.

Sans surprise, Xiao Xingchen se tut. Bien qu'elle ne soit pas dans la confidence, A-Qing aussi sembla se rendre compte que quelque chose n'allait pas. Elle retint sa respiration et jeta un regard furtif à Xue Yang. Ses dents grinçaient comme si elle voulait désespérément le mordre. Ce ne fut qu'après un long moment passé à regarder dans le vide que Xiao Xingchen rompit le silence.

— J'ignore où il se trouve actuellement. Mais, j'espère...

Il se ravisa, tapota la tête d'A-Qing et conclut :

— Très bien, arrêtons-nous là pour ce soir. Je ne suis vraiment pas doué pour raconter des histoires. C'est beaucoup trop difficile pour moi.

— Oh, bon, d'accord ! accepta docilement A-Qing.

Contre toute attente, Xue Yang saisit cet instant pour reprendre la parole :

— Et si je t'en racontais une, moi ?

A-Qing, qui était déçue de devoir renoncer à son histoire, accepta immédiatement.

— D'accord, oui. Racontes-en une.

Xue Yang entama son récit avec indolence.

— Il était une fois un enfant, qui aimait manger des choses sucrées. Cependant, comme il n'avait ni papa, ni maman, ni argent, il ne pouvait en avoir souvent. Un jour qu'il était assis sous un porche, le regard perdu dans le vague comme à son habitude, ses yeux se posèrent sur un restaurant qui se trouvait en face de lui. Dans ce restaurant, il repéra un homme assis à une table garnie d'un véritable festin. Remarquant à son tour l'enfant, l'individu lui fit signe d'approcher.

Même si le début de cette histoire n'était pas non plus parfait, il était au moins bien meilleur que les vieux contes clichés de Xiao Xingchen. Les oreilles d'A-Qing étaient grandes ouvertes et devaient probablement s'être redressées comme celles d'un petit lapin.

— L'enfant était ignorant et ne savait pas quoi faire de lui-même, poursuivit Xue Yang. Par conséquent, lorsqu'il vit quelqu'un lui faire signe, il accourut immédiatement vers lui. L'homme lui montra du doigt une assiette de desserts sur la table et lui demanda : « Cela te fait-il envie ?» Cela lui faisait même terriblement envie, alors il hocha la tête avec enthousiasme. L'homme donna à l'enfant un bout de papier et lui dit : «Dans ce cas, dépose ceci à une certaine maison, et je t'en offrirai quand ce sera fait.»

«L'enfant était très heureux. Il n'avait qu'à effectuer une simple course, et il recevrait une assiette remplie de desserts ! Une assiette qu'il aurait gagnée lui-même, en plus de cela. Il ne savait pas lire, mais prit le papier et se rendit à l'adresse indiquée. Quand la porte s'ouvrit, un grand homme musclé se présenta à lui. L'individu jeta un simple coup d'œil au papier, puis gifla le garçon au point de le mettre en sang. Il l'attrapa par les cheveux et lui demanda : «Qui t'a dit de remettre ça ?»

Cet enfant devait être Xue Yang en personne.

Compte tenu de la perspicacité actuelle de Xue Yang, Wei Wuxian fut surpris d'apprendre qu'à une époque, il n'avait été qu'un enfant naïf et irréfléchi, qui faisait tout ce qui lui était demandé. Quelle qu'ait été l'inscription sur ce papier, elle ne devait pas être bien agréable. L'homme du restaurant avait probablement un différend avec le grand musclé, mais n'avait pas osé l'insulter directement et avait sollicité un garçon des rues pour remettre ce message à sa place. Quelle perfidie !

— Effrayé, le garçon indiqua la direction du restaurant, poursuivit Xue Yang. L'homme musclé s'y rendit, le tirant par les cheveux durant tout le trajet. Mais celui du restaurant s'était enfui depuis longtemps, et le serveur avait débarrassé l'assiette chargée des desserts restants. L'homme musclé se mit en colère et renversa plusieurs tables avant de partir en jurant. L'enfant en ressortit anxieux. Il avait procédé à la livraison, s'était fait battre et avait été traîné par les cheveux, envahi tout du long par la douloureuse impression que son cuir chevelu risquait de se détacher d'un moment à l'autre. S'il ne pouvait même pas manger ses desserts après tout ce qu'il avait enduré, pour quelle raison avait-il souffert ? De fait, il osa demander au serveur, les larmes aux yeux : « Où est mon dessert ? Où est le dessert qui m'a été promis ? »

Xue Yang afficha un grand sourire avant de poursuivre son récit :

— Le serveur était furieux face à l'état de son restaurant. Il mit l'enfant à la porte et le gifla de toutes ses forces. Le garçon parvint à grand-peine à se remettre sur ses pieds et se mit à marcher quelques instants, mais devine ce qu'il s'est passé ? Une parfaite coïncidence ! Il tomba nez à nez avec l'homme qui lui avait demandé de délivrer le message.

Il s'arrêta là. A-Qing, absorbée par le récit, lui demanda aussitôt :

— Et ensuite ? Que s'est-il passé ?

— Quoi donc, à ton avis, sinon toujours plus de gifles et de coups de pied ? répondit Xue Yang.

— C'était toi, n'est-ce pas ? le questionna-t-elle. Un garçon qui aime les sucreries, c'est forcément toi ! Pourquoi étais-tu comme ça quand tu étais plus jeune ? Si ça avait été moi, j'aurais *peuh, peuh, peuh*, craché dans sa nourriture et sa boisson, puis je l'aurais frappé...

Pour illustrer ses propos, elle fit de grands gestes vifs et manqua de peu de frapper Xiao Xingchen.

— Bien, bien, l'histoire est terminée, il est temps de se coucher, intervint ce dernier avec empressement.

Il la porta en direction du cercueil, et A-Qing n'eut de cesse de se frapper la poitrine de colère.

— Rah ! Vos deux histoires sont vraiment en train de me tuer ! L'une est mortellement ennuyeuse et l'autre est mortellement vexante ! Oh, bon sang ! L'homme qui a envoyé le message est si énervant ! Je suis tellement irritée !

Xiao Xingchen la borda sans plus attendre. Cela fait, après quelques pas, il demanda :

— Que s'est-il passé ensuite ?

— Devine ? se moqua Xue Yang. Il n'y a pas de suite. N'as-tu pas toi aussi arrêté de raconter ton histoire avant la fin ?

— Peu importe ce qu'il s'est passé après cela, tu t'en sors raisonnablement bien. Nul besoin de se morfondre sur le passé.

— Je ne me morfonds pas sur le passé, contra Xue Yang. C'est juste que la p'tite aveugle me vole mes bonbons tous les jours et a fini par tout manger. Ça m'a fait me rappeler les moments où je ne pouvais pas en avoir.

En entendant cela, A-Qing donna un grand coup de pied dans le cercueil et protesta :

— Daozhang, n'écoute pas ses mensonges ! Je n'en ai pas pris autant !

Xiao Xingchen s'esclaffa légèrement, puis conclut là la conversation.

— Reposez-vous, tous les deux.

Cette nuit-là, Xue Yang ne le suivit pas. Xiao Xingchen partit seul en chasse nocturne, et A-Qing put donc s'allonger confortablement dans le cercueil et ne plus bouger. Elle ne parvint pas à dormir pour autant.

Le ciel s'éclaircissait quand Xiao Xingchen revint sans bruit.

Lorsqu'il passa devant le cercueil, il tendit la main à l'intérieur. A-Qing ferma les yeux et fit semblant de dormir. Elle ne les rouvrit qu'au moment où Xiao Xingchen quitta une nouvelle fois la morgue caritative. À côté de son oreiller de paille reposait un minuscule bonbon.

Elle sortit la tête de sa boîte et regarda vers la chambre à coucher. Xue Yang était également réveillé, assis près de la table. Elle ne pouvait dire ce qu'il avait en tête, mais un petit bonbon trônait tranquillement sur le coin de la table.

Après cette nuit passée à se raconter des histoires au coin du feu, Xiao Xingchen s'assura chaque jour de toujours leur déposer un bonbon à tous les deux. A-Qing en était ravie, bien entendu, tandis que Xue Yang, lui, ne montrait ni gratitude envers ce geste ni intention de le refuser. Son comportement rendit A-Qing furieuse pendant des jours.

Xiao Xingchen s'occupait de leur nourriture et de leurs dépenses au sein de la ville de Yi. Étant aveugle, il ne pouvait pas choisir les bons légumes et était trop gêné pour marchander les prix. Lorsqu'il sortait seul, il parvenait parfois à trouver des vendeurs au grand cœur, mais il tombait souvent sur des personnes qui profitaient délibérément du fait qu'il ne pouvait pas voir. Certaines fois, c'était le poids des paniers qu'on lui remettait qui était insuffisant. D'autres, les légumes n'étaient simplement pas frais. Cela lui était égal; ou plutôt, il n'y prêtait pas vraiment attention. Mais A-Qing était parfaitement consciente du problème et en était folle de rage. Elle était fermement décidée à l'accompagner faire les courses et à régler ses comptes avec ces vendeurs peu consciencieux. Malheureusement, elle devait cacher le fait qu'elle pouvait voir. Elle n'osait pas piquer de crises et retourner les étals comme une vieille mégère devant Xiao Xingchen.

Ce fut là que Xue Yang s'avéra utile. Fidèle à son caractère peu recommandable, il avait l'œil vif et la langue acérée. Chaque fois qu'il était présent, la première chose qu'il faisait était de réduire effrontément de moitié le prix de tout achat. Si quelqu'un lui tendait la main, il prenait jusqu'à l'épaule. S'ils refusaient, son regard se parait de menaces. Les vendeurs se disaient : «C'est déjà bien qu'ils paient quoi que ce soit, alors qu'importe combien !» et ils se dépêchaient de les faire partir, «Allez, ouste, du vent».

Ce devait être ainsi que Xue Yang avait fini par régner sur la préfecture de Kui et Lanling. Il n'avait probablement jamais eu besoin de payer pour ce qu'il désirait.

Ses griefs satisfaits, A-Qing complimenta joyeusement Xue Yang à plusieurs reprises. Et avec un bonbon offert chaque jour en plus de cela, tous deux parvinrent à maintenir un certain temps une paix fébrile entre eux. Mais elle ne put jamais se résoudre à baisser complètement sa garde en sa présence, et ce fragile équilibre se trouvait souvent entaché de nombreux doutes et de récriminations internes.

Un jour, A-Qing était affairée à refaire le coup de l'aveugle dans la rue. Elle avait joué à ce petit jeu toute sa vie et ne s'en était jamais lassée. Mais tandis qu'elle se promenait, tapotant du bout de sa perche de bambou, une voix résonna derrière elle.

— Petite demoiselle, ne va pas si vite si tu ne vois pas.

C'était la voix d'un jeune homme au ton plutôt froid. A-Qing tourna la tête et vit un cultivateur taoïste vêtu de noir se tenant à plusieurs mètres derrière elle. Il portait une épée longue dans son dos et un fuchen dans le creux de son bras. Ses manches étaient légères et virevoltaient au gré du vent. Quant à sa posture particulièrement droite, elle était empreinte d'un air de fierté et d'une certaine distance.

C'était en effet l'apparence de Song Lan.

A-Qing inclina la tête, mais Song Lan s'était déjà approché. Il posa son fuchen sur son épaule et la guida sur le côté.

— Il y a moins de gens le long des bordures de la rue.

Comme on pouvait s'y attendre de la part d'un bon ami de Xiao Xingchen, remarqua Wei Wuxian. *Qui se ressemble s'assemble, comme on dit.*

A-Qing renifla et s'esclaffa.

— A-Qing remercie daozhang !

Song Lan récupéra son fuchen et le glissa de nouveau au creux de son bras. Cela fait, il lui jeta un regard.

— Ne cours pas comme ça, la réprimanda-t-il. Qui plus est, cet endroit est chargé d'énergie yin. Ne traîne pas dehors quand le soleil se couche.

— D'accord !

Song Lan hocha la tête et continua sa route. A-Qing ne put s'empêcher de tourner son attention pour le regarder. Après avoir quelque peu marché, il arrêta un passant.

— Excusez-moi. Puis-je vous demander si quelqu'un aurait vu un taoïste aveugle portant une épée dans les environs ?

A-Qing écouta avec une attention toute particulière la réponse du passant.

— Je ne sais pas trop. Pourquoi ne demanderiez-vous pas aux gens un peu plus loin, daozhang ?

— Merci beaucoup, conclut Song Lan.

A-Qing s'approcha, tapant le sol de sa perche de bambou.

— Daozhang, pourquoi cherchez-vous cet autre daozhang ?

Song Lan se retourna aussitôt et lui demanda :

— Tu l'as déjà vu ?

— Peut-être que oui, peut-être que non, répondit A-Qing.

— Que puis-je faire pour obtenir un « oui » ? concéda Song Lan.

— Répondez à quelques questions et je pourrais bien l'avoir vu, déclara-t-elle. Êtes-vous l'ami de ce daozhang ?

Song Lan fut légèrement décontenancé ; si bien qu'il lui fallut un moment avant de répondre.

— Oui…

Pourquoi cette hésitation ? s'étonna Wei Wuxian.

A-Qing, elle aussi, eut l'impression que sa réponse avait été un peu forcée. Elle devint méfiante.

— Le connaissez-vous vraiment ? Quelle est la taille de ce daozhang ? Est-il beau ou laid ? À quoi ressemble son épée ?

— Il fait à peu près la même taille que moi, répondit aussitôt Song Lan. Il est d'une beauté exceptionnelle, et son épée est gravée de fractales de givre.

Étant donné que ses réponses étaient toutes correctes et qu'il ne semblait pas être quelqu'un de mauvais, A-Qing abdiqua.

— Je sais où il se trouve. Pourquoi ne viendriez-vous pas avec moi, daozhang ?

À cette époque, Song Lan voyageait à la recherche de son ami depuis des années. Après un nombre incalculable de déceptions, il avait presque du mal à croire qu'il avait enfin trouvé une piste sérieuse. Gardant son calme au prix d'un effort considérable, il s'excusa :

— Dé… Désolé du dérangement…

A-Qing le conduisit près de la morgue caritative, mais Song Lan s'arrêta brusquement, se figeant à bonne distance du bâtiment.

— Qu'est-ce qui ne va pas ? l'interrogea A-Qing. Vous n'entrez pas ?

Pour une raison quelconque, le visage de Song Lan était extrêmement pâle. Il fixait l'entrée de la morgue, comme s'il désirait plus que tout foncer à l'intérieur, mais n'osait le faire. L'attitude distante qu'il arborait auparavant avait disparu.

Serait-il nerveux maintenant qu'il est si près du but ?[3] s'interrogea Wei Wuxian.

Lorsqu'il sembla enfin prêt à entrer, une autre silhouette le précéda et se faufila langoureusement dans l'entrée de la morgue caritative.

Face à cette silhouette, le visage de Song Lan perdit sa pâleur pour s'assombrir brutalement. Le son d'un rire résonna depuis l'intérieur de la morgue et A-Qing poussa un long soupir.

— La peste est de retour.

— Qui est-ce ? Pourquoi est-il ici ? demanda Song Lan.

A-Qing se mit aussitôt à pleurnicher et à se plaindre.

3 Wei Wuxian fait référence à un idiome chinois, 近乡情怯, soit littéralement « Plus on est proche de chez soi après une longue absence, plus on devient nerveux. ».

— C'est un type pourri jusqu'à la moelle, expliqua-t-elle. Il ne veut pas nous dire son nom, alors qui sait de qui il s'agit ? Daozhang l'a sauvé, et il le harcèle désormais à longueur de journée. Il est tellement énervant !

Le choc et la fureur déformèrent la mine de Song Lan, mélange d'un blanc pâle et d'un noir lugubre. Un instant plus tard, il ordonna :

— Ne fais pas le moindre bruit !

Son expression ne manqua pas d'effrayer A-Qing. Elle resta silencieuse, comme il le lui avait demandé. Tous deux s'approchèrent sans bruit de la morgue caritative, et l'un se tint près de la fenêtre tandis que l'autre se mit à couvert en dessous. Ils entendirent Xiao Xingchen parler à l'intérieur.

— À qui le tour aujourd'hui ?

Dès qu'il entendit cette voix, les mains de Song Lan commencèrent à trembler si fort que même A-Qing le remarqua.

— Pourquoi ne pas arrêter de se relayer à partir de maintenant ? Changeons de méthode, suggéra Xue Yang.

— Tu as toujours quelque chose à dire quand arrive ton tour. À quoi penses-tu ?

— Tiens, j'ai ici deux petits bâtons. Celui qui choisit le plus long n'aura pas besoin d'y aller, mais celui qui choisit le plus court, si. Qu'est-ce que tu en dis ?

Après un moment de silence, Xue Yang éclata de rire.

— Tu as choisi le plus court. J'ai gagné. C'est à toi d'y aller !

Xiao Xingchen n'eut d'autre choix que de se résoudre.

— Très bien, j'y vais, capitula-t-il.

Il sembla se lever et prendre la direction de la porte.

Très bien, songea Wei Wuxian. *Dépêche-toi de sortir. Si seulement Song Lan pouvait t'attraper et s'enfuir avec toi à la seconde où tu mettrais le pied dehors !*

Contre toute attente, Xiao Xingchen n'eut pas le temps d'aller bien loin avant que Xue Yang ne reprenne la parole.

— Reviens. Je vais y aller.

— Pourquoi y es-tu subitement disposé ? s'étonna Xiao Xingchen.

— Tu es bête ou quoi ? répliqua Xue Yang en se levant. Je t'ai menti à l'instant. C'est moi qui ai tiré le bâton le plus court, mais j'en avais un autre, plus long, caché. Peu importait celui que tu choisissais, je pouvais toujours en sortir un plus long. Je te taquine parce que tu ne peux pas voir, c'est tout.

Il se moqua encore un peu de Xiao Xingchen, puis ramassa tranquillement le panier et sortit par la porte. A-Qing leva les yeux et remarqua que le corps de Song Lan tremblait. Elle se demandait pour quelle raison il était si en colère. Song Lan lui fit signe de se taire et tous deux s'éloignèrent sans bruit. Ce ne fut qu'après avoir mis de la distance entre eux et la morgue que Song Lan commença à interroger A-Qing.

— Cette personne. Quand est-ce que Xing... ce daozhang l'a sauvée ?

Son ton était grave. A-Qing comprenait désormais qu'il ne s'agissait pas d'une affaire banale, aussi prit-elle à son tour un ton plus solennel.

— Il y a longtemps. Cela fait de nombreuses années maintenant.

— Et pendant tout ce temps, ce daozhang n'a pas cherché à connaître son identité ?

— Non, confirma-t-elle.

— Qu'a fait cette personne durant le temps passé aux côtés de ce daozhang ?

— Il a fait le malin, m'a embêtée, m'a fait peur. Et... Oh, et il accompagne daozhang lors de ses chasses nocturnes !

Song Lan fronça aussitôt les sourcils. Il ne devait pas non plus s'attendre à ce que Xue Yang soit aussi altruiste.

— Des chasses nocturnes ? Que chassent-ils ? Le sais-tu ?

A-Qing n'osait pas répondre imprudemment. Elle prit d'abord le temps d'y réfléchir avant de s'y employer :

— Ils avaient l'habitude de chasser les cadavres ambulants tout le temps. Maintenant, ils chassent les fantômes ou le bétail hanté, ou quelque chose comme ça.

Song Lan continua de la questionner minutieusement. Lui aussi semblait sentir que quelque chose n'allait pas, mais n'arrivait pas à savoir exactement de quoi il s'agissait.

— Est-ce que ce daozhang et lui s'entendent bien ?

Malgré sa réticence à l'admettre, A-Qing lui dit la vérité.

— J'ai l'impression que daozhang n'aime pas trop la solitude... Alors, avoir enfin quelqu'un à ses côtés qui partage la même profession... Et on dirait qu'il aime écouter les sarcasmes de ce pourri...

D'épais nuages noirs assombrirent l'expression de Song Lan tandis que l'indignation et le chagrin tempêtaient en lui. Au milieu de cette confusion et de cette incrédulité, une seule chose était claire : Xiao Xingchen ne devait jamais l'apprendre !

— Ne dis rien d'inutile à ce daozhang, lui enjoignit-il.

Puis, l'air grave, il se mit en route avec la ferme intention de suivre Xue Yang.

— Daozhang, comptez-vous aller frapper ce méchant homme ? l'interpella A-Qing.

Cependant, Song Lan était déjà loin.

Il ne va pas se contenter d'une simple raclée, en déduisit Wei Wuxian. *Il va massacrer Xue Yang vivant, oui !*

Xue Yang était parti avec le panier de courses, et A-Qing connaissait la route habituelle qu'il empruntait pour se rendre au marché. Elle prit un raccourci à travers une forêt, courant plus vite que le vent. Son cœur battait la chamade, mais elle finit par le repérer à distance.

Il bâillait tout en marchant paresseusement, et son panier rempli de légumes verts, de radis, de brioches à la vapeur et d'autres friandises pendait d'une de ses mains. Il semblait être sur le chemin du retour.

A-Qing avait l'habitude de se cacher et d'écouter aux portes. Baissée et cachée derrière les broussailles de la forêt, elle le suivit avec une grande discrétion. Soudain, la voix froide de Song Lan résonna.

— Xue Yang.

Comme si on lui avait jeté un seau d'eau froide au visage ou qu'on l'avait tiré d'un rêve, l'expression de Xue Yang se fit instantanément plus effrayante que jamais.

Song Lan sortit de derrière un arbre. Son épée longue était déjà dégainée et brandie, la pointe dirigée vers le sol.

Xue Yang fit semblant d'être choqué.

— Eh bien ! N'est-ce pas Song-daozhang que nous avons là ? Quel invité d'exception ! Tu es ici pour mendier un repas ?

Song Lan leva son épée et s'élança. Xue Yang sortit Jiangzai de ses manches d'un coup sec pour bloquer l'attaque. Il recula de quelques pas pour poser le panier en toute sécurité près d'un arbre, puis cracha :

— Sale cultivateur puant ! Pour une fois que j'avais envie d'aller faire les courses, il a fallu que tu casses l'ambiance !

Song Lan était complètement fou de rage. Chacun de ses mouvements visait à mettre fin à la vie de Xue Yang.

— Quel genre de tours démoniaques prépares-tu ? hurla-t-il, la voix grave et les mots menaçants. Qu'est-ce que tu manigances, à te rapprocher ainsi de Xiao Xingchen ?

— Je me demandais pourquoi Song-daozhang s'était retenu de porter un coup fatal. C'était pour demander ça ? ricana Xue Yang.

— Parle ! hurla de colère Song Lan. Comme si une ordure telle que toi pouvait se montrer assez aimable pour l'aider dans ses chasses nocturnes !

Le qi de son coup suivant manqua de peu le visage de Xue Yang, laissant une petite entaille sur sa joue. Pour autant, ce dernier ne s'en montra pas le moins du monde alarmé.

— Je suis choqué que Song-daozhang me connaisse si bien !

L'un d'eux pratiquait la voie orthodoxe taoïste, tandis que l'autre était un adepte des techniques crapuleuses affûtées au travers d'actes criminels. Song Lan était manifestement plus doué pour le maniement de l'épée. D'un coup sec, il transperça le bras de Xue Yang.

— Parle !

Il désespérait de connaître la vérité sur cette situation troublante, autrement, il aurait sûrement pointé son épée vers le cou de Xue Yang à la place. Bien qu'il vienne de se faire poignarder, l'expression de ce dernier demeura inchangée.

— Tu veux vraiment savoir ? C'est juste que, eh bien, j'ai peur que tu deviennes fou si je te le dis. Il vaut mieux éviter les détails sanglants.

— Xue Yang, ma patience à ton égard a des limites ! répondit froidement Song Lan.

Clang ! Xue Yang repoussa une attaque lancée en direction de ses yeux.

— Très bien, c'est toi qui l'auras voulu. Sais-tu ce que ton ami cultivateur, ton ami intime, a fait ? Il a tué de nombreux cadavres ambulants. Il a exterminé le mal sans rien demander en retour. C'est si émouvant ! Il est aveugle, il s'est arraché les yeux pour te les donner, mais ce qui est formidable avec Shuanghua, c'est qu'elle peut le guider vers le qi des défunts. Oh, mais laisse-moi te dire quelque chose d'encore plus étonnant ! J'ai découvert que si l'on prend quelqu'un ayant été empoisonné à la toxine cadavérique, puis qu'on lui coupe la langue pour le rendre incapable de parler, Shuanghua ne sait pas faire la différence entre ceux qui sont juste empoisonnés et les vrais morts-vivants...

En entendant cette explication si impitoyablement détaillée, les mains et l'épée de Song Lan se mirent à trembler.

— Sale porc... Sale porc inhumain...

— Song-daozhang, tu sais, parfois j'ai vraiment pitié de vous, les messieurs cultivés, lorsqu'il s'agit de jurer. Toujours les mêmes mots, jamais rien de novateur. Absolument sans saveur. Je n'ai pas utilisé ces trois mots sans substance depuis l'âge de sept ans.

Fou de rage, Song Lan attaqua de nouveau, visant enfin sa gorge.

— Tu as profité de sa cécité ! Malheur à lui, assailli par tes mensonges !

Son assaut se révéla à la fois rapide et brutal. Xue Yang réussit de justesse à l'esquiver, mais son épaule se trouva à son tour empalée. Ses sourcils ne tressaillirent pourtant même pas. C'était comme s'il était insensible à la douleur.

— Tu amènes le sujet de la cécité, hein ? Song-daozhang, n'oublie pas ! Pour qui a-t-il arraché ses propres yeux, mmh ?

À ce moment-là, l'expression et les mouvements de Song Lan se figèrent.

— Et pour qui te prends-tu pour ainsi me critiquer ? poursuivit Xue Yang. Tu comptes prétendre être son ami ? Tu as vraiment encore cette audace ? Ha ! Ha ! Ha ! Ha ! Song-daozhang, dois-je te rappeler ce que tu lui as dit après mon massacre du temple de Baixue ? Il était inquiet pour toi. Il voulait venir t'aider. Comment l'as-tu accueilli ? Que lui as-tu dit ?

Song Lan était dévasté par les propos de Xue Yang.

— Je… À cette époque…

— À l'époque, tu étais plongé dans les affres de la lamentation ? le coupa Xue Yang. En pleine souffrance ? En deuil ? Ou tout simplement sans aucune autre cible pour diriger ta colère ? Pour être tout à fait honnête, il est vrai que j'ai massacré ton temple par sa faute. Tu avais toutes les raisons de t'en prendre à lui. Mais c'était exactement ce que je voulais !

Chaque mot avait fait mouche. La main et les mots de Xue Yang se rapprochaient à chaque pas. Ses attaques à l'épée devenaient de plus en plus indolentes, mais aussi de plus en plus sinistres et astucieuses, et il prenait imperceptiblement le dessus. Pourtant, Song Lan ne semblait pas du tout le remarquer !

Xue Yang poussa un soupir dramatique.

— Qui de vous deux a dit qu'il n'y avait «plus besoin de se revoir un jour» ? N'était-ce pas toi, Song-daozhang ? Il a écouté ta demande et a disparu de la circulation après avoir arraché ses yeux pour toi, alors pourquoi viens-tu traîner par ici ? Ne rends-tu pas les choses plus difficiles pour toutes les personnes impliquées ? N'es-tu pas d'accord, Xiao Xingchen-daozhang ?

Saisie par l'hésitation, l'épée de Song Lan vacilla ! Xue Yang avait aussi bien poussé son esprit que son corps en plein désarroi, ce qui lui avait valu de se faire facilement duper par ce coup bas.

Xue Yang pouvait difficilement laisser passer une occasion aussi parfaite. Il leva d'un coup la main et infesta l'air de toxine cadavérique. La poudre était si méticuleusement raffinée que même Song Lan n'avait jamais rien vu de tel auparavant. Lorsqu'elle se répandit, il en respira plusieurs bouffées. Comprenant immédiatement qu'il était en danger, il se força à cracher le produit, mais Jiangzai l'attendait de pied ferme. Un éclair de lumière scintilla froidement au bout de la pointe de l'épée lorsque Xue Yang l'enfonça brutalement dans la bouche ouverte de Song Lan !

À cet instant, la vision de Wei Wuxian s'obscurcit. A-Qing avait fermé les yeux sous le coup de la peur. Cependant, il avait compris qu'ils étaient en train d'assister au découpage de la langue de Song Lan.

Les sons émis étaient trop horribles pour les comprendre.

A-Qing sentait le contour de ses yeux brûler, mais elle se mordit férocement la langue et parvint à ne pas faire un bruit. Puis elle rouvrit doucement ses paupières dans un frisson. L'épée de Song Lan lui permettait à peine de se tenir droit. Il se couvrait la bouche de son autre main, mais le sang ne cessait de s'écouler entre ses doigts.

Après être tombé dans le piège de Xue Yang et avoir perdu aussi subitement sa langue, il souffrait si terriblement qu'il pouvait à peine marcher. Pourtant, il retira son épée du sol et tituba vers l'avant dans l'intention de se jeter sur son adversaire ; celui-ci l'esquiva facilement, un rictus tordu déformant son visage.

Un instant plus tard, Wei Wuxian comprit pourquoi celui-ci souriait ainsi quand le reflet argenté de Shuanghua pourfendit Song Lan.

Ce dernier baissa les yeux sur la lame dont la pointe lui transperçait le cœur, puis leva lentement les yeux. Il vit Xiao Xingchen, son épée à la main, arborer une expression calme.

— Tu es là ? demanda Xiao Xingchen, complètement ignorant de ce qu'il se passait.

Song Lan bougea les lèvres sans émettre le moindre bruit.

— Je suis là, indiqua Xue Yang en souriant. Que fais-tu là ?

Xiao Xingchen récupéra Shuanghua et la rengaina.

— Shuanghua se comportait de façon étrange, alors je l'ai laissée me conduire ici, expliqua-t-il, apparemment surpris. Cette zone n'a pas reçu la visite de cadavres ambulants depuis longtemps. Un traînard égaré, qui plus est. Viendrait-il d'ailleurs ?

Song Lan tomba lentement à genoux devant lui.

— Je suppose, répondit Xue Yang, en lui jetant un regard condescendant. Ses cris sont terriblement menaçants.

Si Song Lan passait son épée à Xiao Xingchen, son ami saurait qui il était. Il reconnaîtrait l'épée de son cher compagnon d'un simple toucher. Mais ce n'était plus une option envisageable. Comment pouvait-il lui donner son arme et, ce faisant, lui révéler l'identité de la personne qu'il venait de tuer de ses propres mains ?

Xue Yang avait parié là-dessus et n'avait pas éprouvé la moindre crainte.

— Viens, rentrons et préparons le dîner, l'invita-t-il avec un sourire. J'ai faim.

— Tu as terminé les courses ?

— Oui, confirma Xue Yang. Dommage que je sois tombé sur cette chose sur le chemin du retour. Quelle malchance !

Xiao Xingchen s'en retourna le premier. Xue Yang tapota légèrement les plaies de ses propres épaules et de son bras, puis reprit le panier. Lorsqu'il passa devant Song Lan, il esquissa un léger sourire et baissa la tête afin de lui murmurer :

— Tu n'es pas invité.

A-Qing attendit que Xue Yang se soit éloigné, très éloigné, probablement même jusqu'à ce qu'il soit rentré à la morgue avec Xiao Xingchen, avant de se lever des buissons.

Elle s'était accroupie pendant trop longtemps ; ses jambes étaient engourdies. Grâce au soutien de sa canne en bambou, elle s'approcha en tremblant du cadavre de Song Lan, raide et agenouillé. Il ne montrait aucun signe de vouloir s'écrouler.

Song Lan était mort les yeux encore ouverts, signe d'un regret éternel, et A-Qing sursauta d'effroi à la vue de ce regard large et vide. Puis elle vit le sang jaillir de sa bouche, couler le long de son menton, baigner ses vêtements et détremper le sol. D'énormes larmes roulaient de ses yeux.

Terrifiée, A-Qing tendit la main et aida Song Lan à fermer les yeux. Elle s'agenouilla devant lui et joignit les mains en signe de prière.

— Daozhang, je vous en prie, ne me blâmez pas moi ou l'autre daozhang. J'aurais été tuée à coup sûr si j'étais sortie, je n'avais pas d'autre choix que de me cacher. Je n'ai pas pu vous sauver. L'autre daozhang a été trompé par ce méchant homme. Ce n'est pas ce qu'il voulait, il ne savait pas que c'était vous qu'il tuait !

Elle resta un moment à sangloter.

— Je rentre, à présent. *Pitié*, que votre esprit me bénisse depuis les cieux pour que je réussisse à sortir Xiao Xingchen-daozhang de là ! Bénissez-nous tous les deux pour que nous puissions échapper aux griffes de ce monstre et lui offrir une mort horrible. Nous déchirerons son cadavre en mille morceaux et l'enverrons en enfer pour qu'il ne soit jamais absous !

Elle s'inclina profondément à trois reprises, s'essuya le visage avec force, puis se leva et prit un bref instant pour se ressaisir avant de retourner dans la ville de Yi.

Le ciel était déjà sombre lorsqu'elle rentra. Xue Yang était assis à la table, occupé à éplucher des pommes et couper tous les morceaux en forme de lapins. Il avait l'air d'être d'une exceptionnelle bonne humeur. Quiconque l'aurait vu dans cet état aurait simplement pensé qu'il était un jeune garçon espiègle. Personne n'aurait pu imaginer ce qu'il venait de faire.

Xiao Xingchen apparut en portant une assiette de légumes verts. Quand il l'entendit, il l'interrogea aussitôt :

— A-Qing, où es-tu allée aujourd'hui ? Pourquoi reviens-tu si tardivement ?

Xue Yang jeta un coup d'œil dans sa direction et ses yeux clignèrent furtivement.

— Que s'est-il passé ? Ses yeux sont tout enflés.

Xiao Xingchen se précipita vers elle.

— Qu'est-ce qui se passe ? Quelqu'un t'aurait-il intimidée ?

— L'intimider ? Qui pourrait réussir à l'intimider ? se moqua Xue Yang.

Bien qu'il sourie, sa méfiance s'était manifestement réveillée.

A-Qing jeta subitement sa perche de bambou sur le côté et éclata en gémissements hystériques.

Elle était pleine de morve et de larmes, et pleurait si fort qu'elle était à bout de souffle. Elle se jeta dans les bras de Xiao Xingchen, le corps tourmenté par les sanglots.

— Je suis si laide que ça ? Vraiment ? Dis-moi, daozhang, suis-je vraiment si laide ?

— Bien sûr que non, la rassura Xiao Xingchen en lui caressant les cheveux. A-Qing est très belle. Qui a dit que tu étais laide ?

— Tu es *terriblement* laide, insista Xue Yang, plein de dédain. Encore plus quand tu pleures.

— Ne dis pas ça, le réprimanda Xiao Xingchen.

Les pleurs d'A-Qing redoublèrent, et elle tapa du pied.

— Ce n'est pas comme si tu pouvais voir, daozhang ! À quoi ça sert que, toi, tu me dises que je suis belle ? Tu mens forcément ! Il peut voir, lui, et il a dit que j'étais laide. Alors, ça doit vouloir dire que je le suis vraiment ! Je suis laide et aveugle !

Tous deux supposèrent naturellement qu'elle faisait une crise parce qu'elle avait dû être qualifiée de « laideron » ou d'« aveugle aux yeux blancs » par un enfant quelconque et qu'elle se sentait blessée.

— Tu t'es fait traiter de laideron, et tu as donc couru jusqu'ici pour pleurer ? supposa Xue Yang, avec mépris. Qu'est-il arrivé à ton tempérament acariâtre habituel ?

— C'est toi l'acariâtre ! s'emporta-t-elle. Daozhang, il te reste un peu d'argent ?

Xiao Xingchen marqua une petite pause, puis finit par répondre, un peu penaud :

— Mmh… Je pense que oui.

— J'ai de l'argent, je vais t'en prêter, intervint Xue Yang.

— Tu vis avec nous depuis tout ce temps, mais même quand il ne s'agit que d'un peu d'argent, tu ne fais que le prêter ? le réprimanda sévèrement A-Qing. Espèce de nul ! N'as-tu pas honte ? Daozhang, j'aimerais acheter de jolis vêtements et de jolis accessoires, tu ne veux pas venir avec moi ?

Elle essaie d'inciter Xiao Xingchen à partir seul avec elle, remarqua Wei Wuxian. *Et si Xue Yang désire les suivre ? Que va-t-elle faire, dans ce cas ?*

— Je peux, mais je suis incapable de t'aider à déterminer si quelque chose te sied, expliqua Xiao Xingchen.

— Je vais l'aider, s'en mêla à nouveau Xue Yang.

A-Qing sauta sur place, manquant de peu de heurter le menton de Xiao Xingchen.

— Je m'en fiche, je m'en fiche ! Je veux que *tu* m'accompagnes ! Je ne veux pas qu'il vienne. Tout ce qu'il sait faire, c'est me traiter de laideron ! Et il m'appelle « P'tite aveugle » !

Ce n'était pas la première fois qu'elle faisait une crise. Ils y étaient habitués, désormais. Xue Yang lui adressa une grimace ; Xiao Xingchen abdiqua.

— Très bien. Et si nous y allions demain ?

— Je veux y aller ce soir ! pleurnicha A-Qing.

— Où espères-tu aller à cette heure de la nuit ? Le marché est fermé, rappela Xue Yang.

À court d'options, A-Qing dut se résoudre.

— Bien ! Alors, demain ! Tu me le promets !

Son plan n'avait pas fonctionné, et si elle continuait à faire des histoires pour sortir, Xue Yang finirait certainement par émettre de nouveaux soupçons. Sans possibilité de faire autrement, A-Qing s'assit à table pour manger.

Durant tout le temps qu'avait duré son petit numéro interprété comme à son habitude, c'est-à-dire de manière incroyablement convaincante, son ventre était resté contracté. Elle était toujours extrêmement nerveuse, et sa main tremblait quelque peu en tenant son bol. Xue Yang était assis à sa gauche. Il la regarda d'un air interrogateur, et les jambes d'A-Qing se crispèrent de plus belle. Trop effrayée pour manger, elle prétendit comme par hasard avoir perdu l'appétit sous le coup de la colère. Elle recracha chaque bouchée qu'elle prit et repoussa le bol avec force, marmonnant à voix basse une multitude de jurons.

— Maudite traînée ! Sale garce ! Ce n'est pas comme si tu étais si belle que ça, toi aussi. Traînée !

Les deux autres écoutèrent en silence pendant qu'elle insultait cette « sale garce » imaginaire, et Xue Yang leva les yeux au ciel tandis que Xiao Xingchen la réprimandait.

— Ne gaspille pas la nourriture !

En réaction à ces propos, les yeux de Xue Yang passèrent de la petite A-Qing au visage de Xiao Xingchen.

Ce n'est pas étonnant que ce petit voyou ait été si parfait dans son imitation de Xiao Xingchen, pensa Wei Wuxian. *Après tout, ils étaient assis l'un en face de l'autre tous les jours. Il a eu tout le temps de l'examiner en détail.*

Xiao Xingchen n'était cependant pas du tout conscient des regards qu'il portait sur lui.

En fin de compte, la seule personne aveugle dans cette maison, c'était lui.

Une fois le repas terminé, Xiao Xingchen débarrassa la vaisselle et les ustensiles et retourna dans la salle principale.

De plus en plus agitée, A-Qing voulut le suivre discrètement, mais Xue Yang l'interpella.

— A-Qing.

Le cœur de celle-ci fit un bond et sa gorge se serra, laissant à Wei Wuxian tout le loisir de ressentir à quel point son sang se glaça.

— Pourquoi m'appelles-tu par mon nom, tout à coup ? sursauta-t-elle.

— N'as-tu pas dit que tu n'aimais pas que je t'appelle « P'tite aveugle » ?

— Mmpf, souffla A-Qing. Il y a toujours quelque chose de louche quand les gens se montrent soudain gentils sans raison ! Qu'est-ce que tu veux ?

— Rien, ricana Xue Yang. Je veux juste t'apprendre quoi faire la prochaine fois qu'on t'insultera.

— Ah oui ? Quoi ?

— Si une personne te traite de moche, il suffit que tu la rendes encore plus moche, expliqua-t-il. Taillade son visage quelques dizaines de fois avec un couteau et fais en sorte qu'elle ait trop honte pour sortir à nouveau de chez elle. Elle te traite d'aveugle, aiguise une extrémité de ta perche en bambou et crève ses deux yeux. Fais d'elle une aveugle aussi. On verra s'il lui prend encore l'envie de dire de la merde après ça !

A-Qing était troublée par ses paroles, mais parvint tout de même à prétendre qu'elle pensait qu'il faisait exprès de l'effrayer.

— Tu te moques encore de moi !

Xue Yang pouffa, visiblement offusqué, puis lui tendit une assiette de morceaux de pommes découpés en forme de lapins par ses soins.

— Prends-le comme tu veux, conclut-il. Et tiens.

Quand elle porta son regard sur les adorables petites tranches de pommes en forme de lapinous – blanches comme le jade, à la peau rouge et à la chair dorée – des vagues successives de profond dégoût s'emparèrent du cœur d'A-Qing et de Wei Wuxian.

Le jour suivant, A-Qing se mit à pleurnicher de bon matin pour que Xiao Xingchen l'emmène acheter de jolis vêtements et autres produits de beauté. Xue Yang n'en fut guère ravi.

— Si vous partez, cela ne veut-il pas dire que c'est encore à moi de m'occuper des provisions ?

— Et alors ? s'emporta A-Qing. Daozhang l'a déjà fait tellement de fois ! C'est toi qui lui joues de sales tours, qui triches et qui l'embêtes !

— Oui, d'accord, c'est bon. Je m'en occupe. J'y vais de ce pas, céda Xue Yang.

Quand il eut passé la porte, Xiao Xingchen demanda :

— A-Qing, n'es-tu pas encore prête ? Pouvons-nous y aller ?

A-Qing s'assura que Xue Yang s'était suffisamment éloigné avant de retourner à l'intérieur et de fermer la porte. D'une voix tremblante, elle prit la parole :

— Daozhang, connais-tu quelqu'un du nom de Xue Yang ?

Le sourire de Xiao Xingchen se figea aussitôt.

Les mots « Xue Yang » étaient un coup dur pour lui. Il n'avait jamais eu beaucoup de couleur à son teint, mais lorsqu'il entendit ce nom, le peu qu'il avait se dissipa en un instant et même ses lèvres prirent l'apparence de la craie.

Sa voix ne s'éleva plus que dans un quasi-chuchotement, comme s'il n'était pas sûr d'avoir bien entendu.

— Xue Yang ? demanda-t-il, avant de reprendre ses esprits. A-Qing, comment connais-tu ce nom ?

— Ce Xue Yang, c'est celui qui vit ici avec nous ! C'est ce méchant homme !

Xiao Xingchen restait décontenancé.

— Celui qui vit avec nous ? Celui qui vit avec nous..., répéta-t-il.

Puis il secoua la tête, comme s'il avait été étourdi.

— Comment as-tu découvert ça ?

— Je l'ai entendu tuer quelqu'un ! déclara A-Qing.

— Il a tué ? Qui ?

— Une femme ! mentit A-Qing. Sa voix était jeune, et elle portait probablement une épée. Ce Xue Yang en avait lui aussi une cachée sur lui, car je les ai entendus commencer à se battre et à faire un vacarme épouvantable. Cette femme l'a appelé «Xue Yang» et a dit qu'il avait «massacré un temple» et «commis des crimes atroces». Elle a dit «tout le monde a le droit de t'exécuter». Bon sang, ce type est un meurtrier ! Qui sait ce qu'il prépare, à se terrer à côté de nous depuis si longtemps ?

A-Qing n'avait pas dormi, mais était restée debout toute la nuit pour inventer ces mensonges. Premièrement, elle ne devait pas laisser daozhang apprendre qu'il avait pris des humains bien vivants pour des cadavres ambulants et les avait massacrés. Ensuite, il ne devait pas découvrir qu'il avait tué Song Lan de ses propres mains. Ainsi, aussi injuste que cela puisse être pour Song-daozhang, elle ne devrait jamais, au grand jamais, avouer les circonstances de sa mort. Le meilleur scénario était que Xiao Xingchen se dépêche de fuir sitôt après avoir découvert l'identité de Xue Yang; qu'il s'enfuie le plus loin possible et, surtout, le plus tôt possible !

Hélas, sa révélation était difficile à avaler, et, dans un premier temps, elle lui parut terriblement absurde. Xiao Xingchen avait du mal à y croire aussi facilement.

— Sa voix est différente. Et puis…

A-Qing était si anxieuse qu'elle ne cessait d'abattre sa canne en bambou contre le sol au fil de la conversation.

— Il a modifié sa voix ! Parce qu'il ne veut pas que tu le découvres !

Puis, d'un coup, un détail lui revint. Elle prit une grande inspiration et s'exclama :

— Oh, c'est vrai ! Il a neuf doigts ! Daozhang, tu le savais ? Xue Yang n'a-t-il lui aussi que neuf doigts ? Tu as dû le voir auparavant, non ?

Xiao Xingchen perdit aussitôt l'équilibre.

A-Qing le rattrapa dans l'instant, et l'aida lentement à s'asseoir à la table. Il fallut un bon moment avant qu'il ne retrouve sa voix.

— A-Qing, comment sais-tu qu'il n'a que neuf doigts ? As-tu touché sa main ? S'il est vraiment Xue Yang, pourquoi t'aurait-il permis de toucher sa main gauche et de découvrir son handicap ?

A-Qing contracta fermement la mâchoire et prit une décision.

— Daozhang… Laisse-moi te dire la vérité ! Je ne suis pas aveugle, je peux voir ! Je n'ai pas touché sa main, je l'ai vue !

Chapitre 8

Le brin d'herbe

— Partie 5 —

Chaque nouveau coup de tonnerre se révéla plus puissant que le précédent. Xiao Xingchen était abasourdi par tout ce bruit.

— Qu'est-ce que tu as dit ? Tu peux voir ?

A-Qing était effrayée, mais cela ne pouvait pas rester secret plus longtemps. Elle s'excusa encore et encore.

— Je suis vraiment désolée, daozhang, je n'essayais pas délibérément de te tromper ! J'avais peur qu'après avoir appris que je n'étais pas vraiment aveugle, tu ne me laisses plus rester avec toi. J'avais peur que tu me chasses ! Mais s'il te plaît, ne me jette pas la pierre tout de suite. Fuyons ensemble. Il va revenir dès qu'il aura fini de faire les courses.

Puis elle se tut brusquement.

Le bandage qui entourait les yeux de Xiao Xingchen était habituellement immaculé, blanc comme neige, mais deux taches de sang naquirent en son centre. Le liquide carmin l'imbiba de plus en plus, jusqu'à progressivement traverser le tissu et rouler le long de ses joues depuis ses orbites vides.

— Daozhang, tu saignes ! s'écria A-Qing.

Ce fut comme si Xiao Xingchen venait tout juste de le remarquer. Il laissa échapper un doux «*Ah !*» et toucha son visage. Ses mains en ressortirent trempées. A-Qing l'aida à s'essuyer de ses doigts tremblants, mais plus elle épongeait et plus le sang coulait. Xiao Xingchen leva la main.

— Je vais bien… Je vais bien…

Au début, ses yeux blessés saignaient lorsqu'il réfléchissait bien trop à quelque chose ou devenait trop émotif, mais ses plaies ne s'étaient pas rouvertes depuis longtemps. Wei Wuxian avait cru qu'elles étaient guéries depuis le temps, mais il se tenait là, en état de choc et en pleine rechute, recommençant à saigner.

— Mais... Mais s'il s'agit vraiment de Xue Yang, pourquoi se serait-il comporté comme ça ? marmonna Xiao Xingchen. Pourquoi ne m'a-t-il pas tué dès le début ? Pourquoi est-il resté à mes côtés pendant tant d'années ? Comment cela pourrait-il être lui ?

— Bien sûr qu'il voulait te tuer dès le début ! confirma A-Qing. J'ai vu ses yeux, ils étaient méchants et effrayants ! Mais il était blessé et ne pouvait pas bouger. Il avait besoin de quelqu'un pour s'occuper de lui ! Je ne savais pas qui il était, mais si j'avais su que c'était un fou meurtrier, je l'aurais poignardé à mort avec ma perche de bambou quand il était encore étendu dans l'herbe ! Daozhang, enfuyons-nous, d'accord ?

Wei Wuxian soupira intérieurement. *Ce n'est plus possible. Si tu ne lui avais rien dit, il aurait continué à vivre avec Xue Yang. Mais maintenant que tu lui as parlé, il ne s'enfuira jamais aussi simplement. Il se sent désormais obligé d'interroger Xue Yang en face-à-face. C'est inévitable.*

En effet, dès que Xiao Xingchen parvint à se calmer au prix d'un effort considérable, il ordonna, la voix légèrement rauque :

— Pars devant, A-Qing.

— Partir devant ? répéta-t-elle. Non, partons ensemble, daozhang !

— Je ne peux pas, répondit-il en secouant la tête. Je dois découvrir ce qu'il a derrière la tête. Il doit avoir un objectif, et c'est très probablement dans la poursuite de celui-ci qu'il est resté à mes côtés toutes ces années. Si je pars... S'il reste seul ici, il massacrera les habitants de la ville de Yi. C'est le genre de personne que Xue Yang a toujours été.

Cette fois-ci, les larmes d'A-Qing ne furent plus qu'une simple comédie. Elle jeta sa perche de bambou de côté et s'accrocha à la jambe de Xiao Xingchen.

— Daozhang, comment pourrais-je m'en aller seule ? Je veux partir avec toi. Si tu ne viens pas, je n'y vais pas non plus ! Laissons-le nous tuer tous les deux. Si j'avais été seule, j'aurais erré dans la misère et serais morte dans la solitude, de toute façon. Si tu ne veux pas que les choses se terminent ainsi pour moi, nous devons nous enfuir tous les deux !

Malheureusement, le secret de sa vue était désormais révélé. Aussi, susciter la pitié ne fonctionnait plus. Xiao Xingchen tenta de la réconforter :

— A-Qing, tu peux voir et tu es une fille intelligente. Je crois que tu peux très bien vivre ta vie. Tu ne saisis pas à quel point ce Xue Yang est terrifiant. Tu ne peux pas rester, et tu ne dois plus jamais t'approcher de lui.

Wei Wuxian entendit les hurlements intérieurs d'A-Qing.

« Je sais ! Je sais à quel point il est terrifiant ! » voulait-elle s'écrier.

Mais il lui était tout bonnement impossible de lui révéler l'entière vérité !

Soudain, des bruits de pas rapides s'élevèrent. Xue Yang était de retour !

Xiao Xingchen releva la tête. Aussi vif et alerte que s'il était au beau milieu d'une chasse nocturne, il rapprocha A-Qing pour lui chuchoter :

— Quand il entrera, je m'occuperai de lui. Saisis cette chance et enfuis-toi. Sois sage !

Effrayée jusqu'aux larmes, A-Qing hocha la tête avec confusion. Xue Yang, de son côté, impatient, asséna quelques coups de pied dans la porte.

— Qu'est-ce que vous faites ? Je suis déjà de retour, mais vous n'êtes pas encore partis ? Si vous êtes encore là, défaites le loquet et laissez-moi entrer. Je suis épuisé.

Ses paroles et son ton étaient exactement ceux d'un bon petit voisin ou d'un petit frère martial plein d'en-train ! Personne n'aurait jamais pu deviner qu'un monstre inhumain se tenait derrière la porte. Un monstre dénué de raison, qui avait revêtu sa plus belle peau humaine et marchait et parlait comme un homme !

La porte n'était pas verrouillée, mais elle était bloquée de l'intérieur. S'ils ne l'ouvraient pas rapidement, Xue Yang ne tarderait sûrement pas à se montrer méfiant ; et quand il entrerait enfin, il serait déjà sur ses gardes.

A-Qing s'essuya le visage et s'écria en réponse :

— Épuisé, mes fesses ! Le marché est à deux pas d'ici, et tu es fatigué pour si peu ? Ta grande sœur ici présente s'est laissé absorber dans ses essayages, ça te pose un problème ?

— Et combien de tenues différentes possèdes-tu ? rétorqua Xue Yang avec mépris. Ce sont toutes les mêmes, peu importe ce que tu décides de porter. Allez, ouvre, maintenant.

Quand bien même les jambes d'A-Qing tremblaient de façon incontrôlable, sa voix paraissait toujours vigoureuse et confiante.

— Bah ! Puisque c'est comme ça, je ne t'ouvrirai pas. Ouvre-la toi-même à coups de pied si tu es si extraordinaire !

— C'est toi qui l'auras cherché, répliqua Xue Yang dans un rire bruyant. Daozhang, ne m'en veux pas si tu dois réparer la porte plus tard.

Fidèle à sa parole, il ouvrit la porte en bois d'un seul coup de pied. Il franchit le grand seuil et entra, une main tenant le panier rempli de légumes et l'autre, une pomme d'un rouge éclatant. Il venait à peine de croquer dedans lorsqu'il baissa les yeux et vit la pointe de Shuanghua enfoncée dans son ventre.

Le panier de provisions lui échappa. Les légumes verts, les radis, les pommes, les brioches, tout roula sur le sol.

— Cours, A-Qing ! s'écria Xiao Xingchen sur un ton grave.

A-Qing se précipita vers la porte d'entrée. Elle courut à perdre haleine pendant un petit moment, puis changea de direction et fit demi-tour pour contourner furtivement la morgue. Elle rampa ensuite pour se terrer dans la petite planque qu'elle connaissait bien et qui lui avait si souvent permis d'écouter discrètement certaines conversations. Mais cette fois-ci, elle sortit un tant soit peu la tête pour jeter également un coup d'œil à l'intérieur de la maison.

— Cela t'a-t-il amusé ? demanda froidement Xiao Xingchen.

Xue Yang croqua de plus belle dans la pomme qu'il n'avait pas lâchée et mâcha calmement quelques instants avant d'avaler.

— En effet. Aurait-il dû en être autrement ? se moqua-t-il, usant à nouveau de sa véritable voix.

— Qu'avais-tu en tête, exactement, en restant à mes côtés toutes ces années ?

— Qui sait ! pouffa Xue Yang. Peut-être que je m'ennuyais, tout simplement.

Xiao Xingchen rappela Shuanghua avec la ferme intention d'attaquer à nouveau.

— Xiao Xingchen-daozhang, cette histoire que je n'ai jamais terminée, reprit Xue Yang. J'imagine que tu ne veux plus entendre la suite, n'est-ce pas ?

— Non.

Cependant, malgré ce rejet catégorique, Xiao Xingchen inclina tout de même légèrement la tête et mit un terme à la course de son épée.

— Eh bien ! Je vais quand même te la raconter, déclara Xue Yang. Si tu penses toujours que je suis en faute quand j'aurai terminé, libre à toi de faire ce qu'il te plaira.

Il frotta sans grande conviction la blessure sur son ventre, exerçant dessus une légère pression pour contenir l'hémorragie.

— Lorsque l'enfant vit l'homme qui l'avait amadoué afin qu'il délivre ce message, il se sentit à la fois blessé et heureux. Il se jeta sur lui, débordant de larmes, et lui dit : «J'ai livré le message, mais le dessert a disparu, et je me suis aussi fait frapper. Pourriez-vous me donner une autre assiette ?» Seulement, le visage de cet individu était également meurtri. L'homme musclé avait dû le retrouver et le battre à son tour. Lorsqu'il vit ce petit garçon crasseux s'accrocher à sa jambe, il en fut très irrité et le chassa à coups de pied. Puis il monta dans un char à bœufs et intima au conducteur de démarrer sur-le-champ. L'enfant puisa dans ses dernières forces pour se relever et le poursuivit inlassablement. Il voulait tellement goûter à cette assiette garnie des plus succulents desserts sucrés ! Quand il la rattrapa enfin, il fit signe à la charrette dans l'espoir qu'elle s'arrête, mais l'homme était trop agacé par toutes ses jérémiades. Alors, il arracha le fouet de la main du conducteur et fouetta la tête du garçon, l'envoyant au sol.

Xue Yang marqua une courte pause, et reprit en appuyant bien chaque sonorité de chacun des mots qu'il prononça ensuite :

— Et ce fut alors qu'une par une, les roues du chariot roulèrent sur chacun des doigts de la main de cet enfant !

Sans se soucier de savoir si Xiao Xingchen pouvait le voir ou non, il leva sa propre main gauche afin d'illustrer ses propos.

— Sept ans ! Les os de sa main gauche furent complètement brisés, et l'un de ses doigts fut réduit en bouillie sur le coup ! Cet homme était le père de Chang Ping.

«Xiao Xingchen-daozhang, comme tu t'es montré strict et vertueux lorsque tu m'as traîné jusqu'à la Tour de la Carpe d'Or ! Vous m'avez condamné, exigeant que j'explique les raisons pour lesquelles j'avais massacré tout un clan pour une vulgaire rancune. Est-ce parce que ce doigt n'était pas le vôtre qu'aucun de vous n'a compati à ma douleur ? Vous ne savez pas ce que c'est que d'entendre de tels cris d'agonie sortir de votre propre bouche ! Pourquoi ai-je tué toute sa famille ? Pourquoi ne pas lui demander plutôt à *lui* pourquoi il s'est servi de *moi* ? Pourquoi il s'est joué de moi sans raison ? Le Xue Yang d'aujourd'hui peut remercier Chang Ci'an de lui avoir donné naissance ! Le clan Chang de Yueyang a simplement récolté ce qu'il a semé !

Xiao Xingchen resta bouche bée, complètement incrédule.

— Lorsque Chang Ci'an t'a cassé le doigt, si tu voulais te venger, pourquoi ne pas lui avoir cassé l'un des siens ? Quand bien même tu n'arrivais véritablement pas à te débarrasser de cette rancune, tu aurais pu lui en briser deux. Ou dix ! Même un bras entier aurait fait l'affaire ! Pourquoi a-t-il fallu que tu extermines toute sa famille ? Un seul de tes doigts devait-il être compensé par plus de cinquante vies ?

Xue Yang prit un court instant pour considérer la chose sérieusement, puis répondit comme s'il s'agissait d'une bien étrange question :

— Bien sûr. Ce doigt était le mien, mais ces vies appartenaient à d'autres. Nulle quantité de vies sacrifiées n'aurait été suffisante. Il n'y avait qu'une cinquantaine de personnes, comment cela aurait-il pu suffire à payer pour mon doigt ?

Plus la conversation avançait, plus le visage de Xiao Xingchen perdait ses couleurs. Rendu furieux par cette évidence irréfutable qui imprégnait le ton de Xue Yang, il s'écria :

— Et les témoins, alors ? Pourquoi as-tu massacré le temple Baixue ? Pourquoi a-t-il fallu que tu crèves les yeux de Song Zichen-daozhang ?

— Et pourquoi m'as-tu arrêté ? rétorqua Xue Yang. Pourquoi t'es-tu immiscé dans mes affaires ? Pourquoi t'es-tu érigé en protecteur de ces moins-que-rien de Chang ? Est-ce Chang Ci'an que tu voulais aider ? Ou bien Chang Ping ? Ha ! Ha ! Ha ! Ha ! Te souviens-tu comment Chang Ping a versé des larmes de gratitude au début ? Et comment il t'a *supplié* d'arrêter de l'aider, par la suite ?

Xiao Xingchen-daozhang, tu étais dans l'erreur depuis le début. Tu n'aurais pas dû te mêler des querelles des autres. Qui avait raison ; qui avait tort ? Y avait-il plus de gratitude ou plus d'amertume ? Est-ce quelque chose qu'une personne extérieure est en mesure de déterminer ? Peut-être que tu n'aurais pas dû descendre de cette montagne en premier lieu. Ta professeure, Baoshan-sanren, était vraiment intelligente, n'est-ce pas ? Pourquoi ne pas l'avoir écoutée et être resté sur ta montagne pour cultiver ta voie ? Si tu ne comprends pas comment ce monde fonctionne, alors n'essaie pas de t'y intégrer !

Incapable de supporter ce discours plus longtemps, ce fut au prix de gros efforts que Xiao Xingchen parvint à rétorquer au travers de sa mâchoire fermement contractée :

— Xue Yang, tu es vraiment… répugnant.

À ces mots, la lueur meurtrière qui avait disparu des yeux de Xue Yang depuis si longtemps refit surface.

Il se mit à ricaner de manière sinistre.

— Xiao Xingchen, c'est pour ça que je te déteste. Ce que je déteste, déteste, *déteste* le plus, ce sont les gens bien-pensants comme toi. Vous vous croyez si moralement supérieurs. Vous imaginez qu'il suffit d'accomplir quelques bonnes actions pour que le monde devienne soudain un endroit meilleur. Pauvre fou ! Tu es naïf, idiot et débile ! Je te dégoûte ? La belle affaire ! Tu crois que j'ai peur de dégoûter les gens ? La vraie question, c'est plutôt… as-tu seulement le *droit* d'être dégoûté par moi ?

— Que veux-tu dire par là ? s'enquit Xiao Xingchen, décontenancé.

En comprenant où il voulait en venir, les cœurs d'A-Qing et de Wei Wuxian se montrèrent prêts à bondir hors de leurs poitrines.

— Nous ne sommes pas sortis exterminer de cadavres ambulants récemment, n'est-ce pas ? demanda gentiment Xue Yang en retour. Mais il y a deux ans, n'en avons-nous pas tué des groupes entiers assez régulièrement ?

— Pourquoi mentionner cela maintenant ? demanda le cultivateur aveugle, visiblement inquiet.

— Sans raison. C'est juste dommage que tu sois aveugle. Étant donné que tu t'es arraché les globes oculaires, tu n'as pas pu voir ces « cadavres ambulants » à l'époque. Oh, comme ils avaient peur, comme ils souffraient lorsque tu les poignardais de ton épée ! Il y en avait même qui s'agenouillaient et pleuraient, se prosternaient et te suppliaient d'épargner leurs familles. Si je ne leur avais pas coupé la langue au préalable, ils auraient très certainement gémi et crié « Daozhang, ayez pitié ! ».

Le corps de Xiao Xingchen se mit à trembler.

Il s'écoula un bon moment avant qu'il ne parvienne à répondre, péniblement :

— Tu mens ! Tu cherches à me tromper.

— Bien sûr que je te mens, je t'ai toujours menti, déclara Xue Yang. Qui l'aurait cru ? Tu as gobé jusqu'au dernier de mes mensonges, mais aujourd'hui que je dis la vérité, tu refuses d'y croire ?

Xiao Xingchen se jeta sur lui, titubant de fureur et de déni, et s'écria :

— Tais-toi ! Tais-toi ! Tais-toi !

En réponse, Xue Yang couvrit son ventre de sa main droite et claqua des doigts de sa main gauche tout en reculant tranquillement. L'expression de son visage ne pouvait plus être qualifiée d'humaine. Un éclat de folie luisait dans ses yeux, et lorsqu'il souriait, révélant ses minuscules canines, il ressemblait à un démon incarné.

— *Oui*, je vais me taire ! s'écria-t-il. Si tu ne me crois pas, échange donc quelques coups avec celui qui se trouve derrière toi et demande-lui de te dire si oui ou non je te mens !

Une rafale, née du mouvement de tranche d'une épée, passa près de Xiao Xingchen, qui se protégea par réflexe à l'aide de Shuanghua. Mais lorsque les deux épées s'entrechoquèrent, il en resta bouche bée.

Il n'était pas seulement stupéfait, il semblait s'être pétrifié sur place, telle une statue à l'air hagard.

Prudemment, très prudemment, il osa demander :

— C'est toi, Zichen ?

Aucune réponse.

Le cadavre de Song Lan était là, derrière lui. Il semblait fixer Xiao Xingchen, mais ses yeux n'avaient pas de pupilles. L'épée longue qu'il tenait à la main était celle que venait de croiser Shuanghua.

Par le passé, les deux hommes avaient étudié ensemble le maniement de l'épée. Ils avaient souvent croisé leurs lames dans ce but et pouvaient se reconnaître l'un l'autre à la seule sensation de l'impact. Pourtant, Xiao Xingchen paraissait encore en proie au doute.

Tremblant, il se retourna lentement et tenta de toucher l'arme de Song Lan.

Ce dernier ne bougea pas. Xiao Xingchen fit donc glisser ses mains le long de la lame jusqu'à ce que, petit à petit, il trace du bout des doigts les deux caractères gravés sur la poignée : *Fuxue*.

Son visage blêmissait de minute en minute.

Il caressa le tranchant de Fuxue, tellement accablé qu'il ne sembla pas se rendre compte du moment où celle-ci entailla sa paume. Il tremblait si fort que même ses mots semblaient s'être éparpillés sur le sol.

— Zichen… Song-daozhang… Song-daozhang… C'est toi ?

Song Lan l'observait tranquillement, sans un mot.

Le bandage autour des yeux de Xiao Xingchen, imbibé par le flot incessant de sang qui s'en écoulait, présentait l'empreinte de deux horribles cavités rouges et enfoncées. Il voulut tendre la main pour toucher l'homme à l'épée, mais n'osa rien en faire ; il étendit le bras, puis se ravisa.

Une douleur atroce écrasa la poitrine d'A-Qing par vagues. Une souffrance si intense qu'elle et Wei Wuxian en eurent du mal à respirer. Leurs larmes coulèrent comme une source intarissable.

Xiao Xingchen demeura sur place, confus et impuissant.

— Que se passe-t-il ? Dis quelque chose ! l'implora-t-il, anéanti. Que quelqu'un dise quelque chose !

Se pliant à sa demande, Xue Yang prit la parole :

— Dois-je prendre la peine de te dire qui était le cadavre ambulant que tu as tué hier ?

Clang !

Shuanghua s'écrasa au sol.

Xue Yang éclata de rire tandis que Xiao Xingchen s'agenouillait devant Song Lan, debout et immobile. Il versa des larmes d'agonie et enserra sa tête de ses deux mains.

Xue Yang riait si fort qu'il en avait les yeux humides.

— Qu'est-ce qui ne va pas ? aboya-t-il sans pitié. Cette réunion de deux bons amis t'aurait-elle ému jusqu'aux larmes ? Tu vas lui faire un gros câlin ? Hein ?

A-Qing couvrit fermement sa bouche, refusant de laisser ne serait-ce qu'un seul sanglot s'échapper. À l'intérieur de la morgue caritative, Xue Yang faisait les cent pas et crachait son venin sur un ton effrayant, empli à la fois d'une fureur folle et d'une joie sauvage.

— Sauver le monde ? Quelle vaste blague ! Tu ne peux même pas te sauver toi-même !

Une nouvelle vague de douleur, plus douloureuse que jamais, submergea l'esprit de Wei Wuxian. Toutefois, cette souffrance ne provenait pas de l'âme d'A-Qing.

Xiao Xingchen demeurait agenouillé sur le sol, défait, prostré aux pieds de Song Lan. Il se recroquevilla en boule, au point de paraître soudain très, très petit et fragile ; comme s'il souhaitait désespérément disparaître de ce monde. Sa robe taoïste, autrefois d'une propreté et d'une blancheur irréprochables, était à présent tachée de sang et de crasse.

— Tu n'as rien accompli ! lui hurla Xue Yang. Tu as complètement échoué ! Tu es le seul à blâmer ! Tu récoltes ce que tu as semé !

À cet instant, Wei Wuxian se vit dans la peau de Xiao Xingchen.

Le *lui* qui avait subi une défaite écrasante, baigné de sang. Celui qui n'avait rien accompli, avait été critiqué par tous, réprimandé furieusement par le monde entier et abandonné, impuissant face à sa situation désespérée. Celui qui ne pouvait rien faire d'autre que de se lamenter !

Le bandage blanc était désormais complètement teinté de rouge. Le visage de Xiao Xingchen était couvert de sang. Sans yeux, les seules larmes qu'il pouvait verser étaient écarlates. Il avait été trompé pendant des années, avait pris un ennemi pour un bon ami, avait vu sa gentillesse abusée et écrasée tel un insecte. Alors que durant tout ce temps il pensait exorciser le mal, ses mains étaient au contraire souillées du sang d'innocents ; et avec ces deux mêmes mains, il avait tué son propre ami !

— S'il te plaît, aie pitié de moi, gémit-il dans son agonie.

— N'étais-tu pas sur le point de me poignarder de ton épée ? se moqua Xue Yang. Et voilà que tu te retournes soudain et implores ma pitié ?

Il était pertinemment conscient qu'avec la protection du cadavre féroce de Song Lan, il était devenu impossible pour Xiao Xingchen de poursuivre le combat.

Il avait encore gagné. Une victoire totale.

Soudain, Xiao Xingchen se saisit de Shuanghua, qui gisait sur le sol. Il tourna l'épée et plaça la lame contre son propre cou. Une lueur argentée, claire et nette, se refléta dans les profonds yeux noirs et sans lumière de Xue Yang. La prise de Xiao Xingchen se relâcha, et des gouttes d'un rouge écarlate perlèrent le long de la lame de Shuanghua.

Au son perçant de l'épée longue s'abattant sur le sol, les rires et les mouvements de Xue Yang s'arrêtèrent brusquement.

Pendant un moment, il demeura silencieux. Puis il s'approcha du cadavre immobile de Xiao Xingchen. Il baissa la tête. La courbe de désespoir dessinée par les lèvres de celui-ci s'affaissa lentement et du sang s'écoula de ses yeux béants. Peut-être Wei Wuxian se trompait-il, mais il lui sembla voir le bord des yeux de Xue Yang rougir légèrement.

Ce dernier serra ensuite les dents, visiblement furieux.

— C'est toi qui m'as forcé la main ! s'écria-t-il avant de ricaner et de marmonner. C'est mieux que tu sois mort ! Tu es désormais plus obéissant maintenant que tu l'es !

Il tenta ensuite de capter la respiration de Xiao Xingchen, de percevoir son pouls en attrapant son poignet. Comme s'il trouvait que l'intéressé n'était pas assez mort, que son corps n'était pas assez raide, Xue Yang se redressa, pénétra dans la chambre à coucher et en ressortit avec une bassine d'eau. À l'aide d'un chiffon propre, il débarrassa le visage de Xiao Xingchen de son sang et enroula même soigneusement un bandage propre autour de ses yeux.

Il traça un cercle magique sur le sol, mit en place les matériaux nécessaires, puis transporta le corps de Xiao Xingchen à l'intérieur avant de l'arranger correctement. Ce ne fut qu'après avoir fait tout cela qu'il se souvint qu'il lui fallait encore panser sa propre blessure au ventre.

Probablement convaincu qu'ils allaient se revoir sous peu, son humeur s'égayait de minute en minute. Il ramassa tous les légumes et les fruits qui avaient été éparpillés sur le sol et les remit soigneusement dans le panier. Dans un élan de diligence, il nettoya en prime la maison et déposa même une nouvelle couche de paille assez épaisse dans le cercueil où A-Qing dormait habituellement.

Après en avoir terminé, il sortit de sa manche le bonbon que Xiao Xingchen lui avait donné la veille.

Au moment où il allait pour le mettre dans sa bouche, il s'arrêta et plongea temporairement dans une intense réflexion, au terme de laquelle il finit par ranger le bonbon. Il s'assit à côté de la table, une main soutenant sa joue, et attendit, envahi d'un ennui maussade, que Xiao Xingchen se relève.

Mais Xiao Xingchen ne se releva jamais.

Le ciel s'assombrit, tout comme l'expression de Xue Yang. Du bout des doigts, il commença à tapoter sur le plateau du meuble avec impatience.

Lorsque le crépuscule fut complètement tombé, il asséna un violent coup de pied dans la table, poussa un juron et repoussa l'ourlet de sa robe en se levant. Il s'agenouilla à moitié près du cadavre de Xiao Xingchen pour inspecter le cercle et les symboles qu'il avait dessinés. Il les vérifia à plusieurs reprises, mais il ne semblait pas y avoir de problème. Alors, il se plongea dans la réflexion, sourcils froncés, et finit par tout effacer et redessiner.

Cette fois, Xue Yang s'assit directement sur le sol et fixa Xiao Xingchen avec une grande patience. Une nouvelle longue période d'attente s'ensuivit. Les pieds d'A-Qing s'étaient déjà engourdis à trois reprises. Ils lui paraissaient douloureux et la démangeaient, comme grignotés par des millions de fourmis. Ses yeux étaient également gonflés à force de pleurer, sa vue légèrement floue.

Ils attendirent deux heures de plus avant que Xue Yang ne se rende compte que la situation était devenue incontrôlable.

Il plaça sa main sur le front de Xiao Xingchen, puis ferma les yeux pour réfléchir. Un instant plus tard, ses yeux s'ouvrirent brusquement. Wei Wuxian savait que ce qu'il avait probablement trouvé se résumait aux quelques fragments fébriles qui restaient d'une âme brisée.

Et une âme aussi fragmentée ne pouvait être utilisée pour donner naissance à un cadavre féroce.

Xue Yang n'avait manifestement jamais envisagé un tel accident. Pour la toute première fois, ce visage toujours souriant s'affichait vide de toute émotion.

Sans réfléchir, il utilisa ses mains pour tenter de couvrir l'entaille sur le cou de Xiao Xingchen. Hélas, le sang s'était déjà écoulé. Son visage était aussi blanc qu'un linge, et de larges taches de sang séché et noirci s'étendaient autour de sa nuque. Il était dorénavant complètement inutile de comprimer la blessure.

Xiao Xingchen était déjà mort. Complètement et irrémédiablement. Même son âme était brisée.

La différence entre le Xue Yang du présent et celui de son histoire, pleurant simplement parce qu'il n'avait pas pu goûter à ces desserts, rendait très difficile le rapprochement entre les deux. Mais en cet instant, Wei Wuxian réussit enfin à voir l'ombre de cet enfant confus.

En un clin d'œil, les yeux de Xue Yang se retrouvèrent injectés de sang, et il se leva brusquement, ses doigts fermement repliés en deux poings contractés. Il se déchaîna ensuite à l'intérieur de la morgue caritative, brisant et jetant nombre de choses, engendrant ainsi un énorme vacarme tandis qu'il détruisait la maison qu'il venait à peine de ranger lui-même.

Son expression et les sons qu'il émettait témoignaient d'une folie que tous ses comportements abominables précédents n'égalaient guère.

Ce ne fut qu'après avoir détruit la maison qu'il se calma à nouveau pour revenir s'accroupir au même endroit.

— Xiao Xingchen, l'interpella-t-il dans un murmure. Si tu ne te lèves pas, je vais demander à ton ami Song Lan d'aller tuer des gens. Je vais tuer tous les habitants de la ville de Yi et les transformer en cadavres vivants. Tu vis ici depuis si longtemps. Est-ce vraiment normal que cela te soit égal ? Je vais étrangler cette petite aveugle d'A-Qing jusqu'à la mort. Je laisserai son corps dehors et les chiens sauvages réduiront son cadavre en lambeaux.

A-Qing frissonna violemment sans toutefois émettre le moindre son. Nul ne répondit à ses menaces.

— Xiao Xingchen ! s'écria-t-il, furieux.

Il attrapa le col de la robe de taoïste du défunt et le secoua sans jamais cesser de fixer son visage.

Puis, il tira sur ses bras et le souleva.

Le cadavre sur son dos, Xue Yang sortit par la porte, marmonnant à voix basse comme un fou.

— Une poche piégeuse d'esprits… Une poche piégeuse d'esprits… C'est ça, une poche piégeuse d'esprits ! J'ai besoin d'une poche piégeuse d'esprits. Une poche piégeuse d'esprits... Une poche piégeuse d'esprits...

Il était déjà parti depuis un bon moment lorsque A-Qing osa recommencer à bouger.

Elle peinait à se tenir debout et finit par s'écrouler sur le sol. Elle se tortilla de douleur un moment avant de parvenir à se remettre sur ses pieds à grand-peine. Elle fit quelques pas ardus, tremblant de tous ses os et de tous ses muscles, puis se mit à marcher de plus en plus vite, toujours plus rapidement, jusqu'à ce qu'elle parvienne enfin à courir.

Elle courut longtemps. Si longtemps qu'elle laissa la ville de Yi loin, très loin derrière elle. Ce ne fut qu'après cela qu'elle s'autorisa à libérer les gémissements étouffés prisonniers au fond de sa poitrine.

— Daozhang ! Daozhang ! sanglota-t-elle. Daozhang…

Puis le décor changea. D'un seul coup, ils se retrouvèrent en un endroit différent.

Cela semblait faire un certain temps qu'A-Qing avait pris la fuite. Elle marchait désormais dans une ville étrange, feignant d'être aveugle, sa perche en bambou à la main. Chaque fois qu'elle croisait quelqu'un, elle lui demandait *« Excusez-moi, y a-t-il des clans importants dans cette région ? »*, ou bien *« Excusez-moi, y a-t-il des maîtres vraiment forts dans cette région ? Des maîtres en matière de cultivation, je veux dire »*.

Elle cherche quelqu'un qui puisse venger Xiao Xingchen, soupira Wei Wuxian.

Hélas, personne ne prenait ses questions au sérieux. La plupart se contentèrent de partir après quelques mots d'encouragement. Toutefois, A-Qing ne se laissa pas abattre. Elle questionna inlassablement une personne après l'autre, quand bien même elle ne cessa de se faire éconduire et chasser. Voyant que sa recherche ne portait aucun fruit en ce lieu, elle s'en retourna pour emprunter un petit chemin.

Au terme de la journée, après avoir marché et questionné les passants sans discontinuer, elle se retrouva épuisée au-delà de toute mesure. Traînant ses pieds alourdis par la fatigue, elle arriva à un petit ruisseau. Les mains en coupe, elle puisa en son sein quelques gorgées d'eau, humidifiant ainsi sa gorge, qui, à force de parler, était désormais tellement à vif qu'elle la faisait souffrir.

Le reflet de l'épingle à cheveux en bois dans ses cheveux attira son attention, et elle tendit une main pour l'enlever.

À l'origine, cette épingle en bois avait été fabriquée de manière particulièrement grossière. Elle ressemblait davantage à une baguette inégale, pleine de bosses et de trous. Xiao Xingchen l'avait aidée à l'aplanir et avait même sculpté un petit renard à son extrémité. L'animal avait un visage très pointu avec une paire de grands yeux, et il souriait. Lorsque A-Qing avait reçu l'épingle à cheveux de sa part, elle s'était empressée d'en tracer les contours du doigt avant de s'exclamer de joie : *«Ah ! Il me ressemble !»*

Ses yeux rivés sur cette épingle, A-Qing se pinça les lèvres, peinant à refréner son envie de pleurer. Son estomac fut pris de gargouillis et elle sortit de sa robe une petite bourse blanche ; celle-là même qu'elle avait volée à Xiao Xingchen, il y avait désormais si longtemps. Elle en tira un petit bonbon et le lécha précautionneusement. Quand le goût sucré de la confiserie se répandit sur le bout de sa langue, elle la replongea au fond de la bourse.

C'était le dernier bonbon que Xiao Xingchen lui avait laissé.

Mais alors qu'A-Qing avait baissé la tête pour ranger sa bourse dans sa tunique, elle remarqua soudain d'un coup d'œil une autre silhouette qui se tenait aux côtés de son propre reflet dans l'eau.

Cette nouvelle réflexion appartenait à Xue Yang, qui la regardait en souriant.

A-Qing poussa un cri de frayeur et se traîna sur le sol pour lui échapper.

Mais, sans qu'elle sache comment, il se retrouva derrière elle. Shuanghua dans les mains, il ouvrit grand les bras comme pour l'étreindre et demanda joyeusement :

— A-Qing, pourquoi t'enfuis-tu ? Nous ne nous sommes pas vus depuis si longtemps. Ne t'ai-je pas manqué ?

— Au secours ! s'écria-t-elle.

Hélas, ce petit chemin sauvage et montagneux était très isolé. Il n'y avait personne autour pour lui venir en aide.

— Je revenais de terminer quelques affaires à Yueyang quand, contre toute attente, je suis tombé sur toi en ville alors que tu interrogeais les passants, expliqua Xue Yang, les sourcils arqués. Quel incroyable coup du sort ! Tu ne trouves pas ? D'ailleurs, quelle excellente petite menteuse tu fais ! Je n'arrive pas à croire que tu sois parvenue à me tromper pendant si longtemps. C'est incroyable !

A-Qing savait qu'elle ne pouvait pas s'échapper. La mort était inévitable. Après la vague de terreur qui s'était initialement emparée d'elle, un sentiment de calme l'envahit. Sachant pertinemment qu'elle mourrait quoi qu'il advienne, elle se dit qu'elle pouvait aussi bien le maudire de tout son cœur. En conséquence, toute son énergie et son caractère acariâtre ressurgirent, puis elle se leva d'un bond et cracha :

— Espèce d'animal ! Traître ! Salaud ! Tu es pire qu'un chien ! Ton père et ta mère ont dû forniquer dans une porcherie pour avoir conçu un clébard tel que toi ! Sale connard pourri bouffeur de merde !

Après avoir erré dans les rues pendant tant d'années, elle avait entendu nombre d'injures obscènes. En cet instant, elle ne faisait qu'en cracher à Xue Yang, qui l'écoutait avec un grand sourire.

— Tu es tellement douée dans ce domaine ! Comment se fait-il que je ne t'aie jamais entendue être aussi sauvage devant Xiao Xingchen ? Tu en as d'autres ?

— Va te faire foutre, espèce de salaud sans vergogne ! jura-t-elle encore. Tu oses mentionner daozhang ? C'est son épée ! Tu penses en être digne ? Tu salis ses affaires !

— Oh ? Tu parles de ça ? demanda Xue Yang, levant Shuanghua qui reposait dans sa main gauche. Elle est à moi, maintenant. À quel point pensais-tu ton daozhang pur ? Enfin bref, de toute façon, à partir de maintenant, il s'agit de ma possession.

— La tienne, mon cul ! s'emporta A-Qing. Tu peux toujours rêver ! D'où crois-tu avoir le droit de juger si daozhang était pur ou non ? Tu n'es rien d'autre qu'un gros tas de morve ! Daozhang a dû accumuler l'équivalent d'au moins huit vies de malchance pour avoir eu le malheur de se faire souiller par toi ! Tu es le seul à être impur ! Toi ! Sale morve répugnante !

Le visage de Xue Yang s'assombrit finalement.

Durant tout le temps qu'avait duré sa fuite perpétuelle, A-Qing avait été sur les nerfs, mais ce moment tant redouté étant enfin arrivé, son cœur lui paraissait étrangement léger.

— Puisque tu aimes tant faire semblant d'être aveugle, commença Xue Yang, ricanant de manière sinistre, pourquoi ne t'aiderais-je pas à en faire une réalité ?

Il leva la main brusquement et une étrange poudre assaillit le visage d'A-Qing, lui explosant aux yeux. En un instant, sa vision ne fut plus rien d'autre qu'un océan rouge sang, avant que tout ne devienne, en fin de compte, noir comme la nuit. Une douleur lancinante s'empara de ses globes oculaires, et A-Qing poussa un cri à glacer le sang.

Puis la voix de Xue Yang résonna à nouveau.

— Tu as la langue si bien pendue ! Je ne pense pas non plus que tu en auras à nouveau besoin.

Un objet pointu d'un froid mordant s'enfonça dans la bouche d'A-Qing. Au moment où Wei Wuxian éprouva cette douleur au bout de sa propre langue, il fut comme tiré de force en arrière.

Le tintement sec de la cloche d'argent n'était qu'à quelques centimètres de lui, mais Wei Wuxian était toujours submergé par les émotions d'A-Qing, incapable d'en revenir depuis déjà bien longtemps. Son environnement lui parut tourner autour de lui.

Lan Jingyi agita la main devant ses yeux.

— Pas de réaction ? Il n'est pas devenu stupide, hein ?

— Je vous avais dit que le rituel d'« Empathie » était super dangereux ! rétorqua Jin Ling.

— N'est-ce pas *toi* qui n'as pas sonné la cloche à temps ? répliqua Lan Jingyi. Qu'est-ce qui t'est passé par la tête ?

— Je…, balbutia le principal intéressé, le visage figé.

Heureusement, Wei Wuxian parvint à se ressaisir. Il se leva, s'appuyant sur le cercueil. A-Qing s'était extirpée de son corps et s'inclina également sur le côté de la bière. Les garçons s'agitèrent autour de lui comme une portée de porcelets, pressés les uns contre les autres et parlant à l'unisson.

— Il s'est levé, il s'est levé !

— Fort heureusement, il n'est pas devenu stupide.

— Ne l'était-il pas déjà ?

— Ne dis pas de bêtises !

Ce brouhaha incessant dans ses oreilles insupportait Wei Wuxian. D'un geste de la main, il les calma sans perdre de temps.

— Silence, j'ai la tête qui tourne.

Ils se turent aussitôt. Wei Wuxian baissa les yeux et passa la main dans le cercueil, écartant le col propre et finement ajusté de la robe taoïste de Xiao Xingchen. Comme il s'y attendait, une fine blessure mortelle se trouvait au niveau de sa gorge.

Wei Wuxian soupira. Il se tourna ensuite vers A-Qing.

— Tu as fait du bon travail.

La raison pour laquelle A-Qing était aujourd'hui un fantôme aveugle, mais ne se déplaçait ni lentement ni prudemment, comme quelqu'un qui aurait été aveugle toute sa vie durant, était qu'elle n'avait véritablement perdu la vue que juste avant sa mort. Avant cela, elle avait toujours été agile et énergique, une jeune fille filant comme le vent.

Au cours des années qui avaient suivi, elle s'était cachée seule dans la ville de Yi étouffée par les miasmes maléfiques. Elle n'avait cessé de rôder et de s'opposer à Xue Yang. Elle effrayait les vivants qui pénétraient dans la ville, les mettant en garde et les faisant fuir. Comme son courage et son dévouement devaient être grands !

A-Qing était penchée sur le côté du cercueil. Elle joignit ses mains en un mouvement de prière, comme si elle suppliait quelqu'un ou quelque chose. Puis, prenant sa perche de bambou pour une épée, elle l'agita comme pour signifier « tuer, tuer, tuer », de la même façon qu'elle le faisait lorsqu'elle jouait de son vivant.

— Ne t'inquiète pas, lui assura Wei Wuxian.

Il se tourna vers les cadets et reprit :

— Vous, vous restez ici. Les cadavres ambulants de la ville n'entreront pas dans cette morgue caritative. Je reviens immédiatement.

— Qu'as-tu vu exactement au cours de l'empathie ? l'interrogea Lan Jingyi.

— C'est une histoire bien trop longue à raconter ; je vous ferai un résumé complet plus tard, répondit Wei Wuxian.

— Tu ne peux pas nous faire la version courte ? Ne nous tiens pas en haleine ! s'écria Jin Ling.

— Je peux, admit Wei Wuxian. En bref, Xue Yang doit mourir.

Au milieu des miasmes maléfiques étouffants qui emplissaient l'air, le *tac-tac* de la perche de bambou d'A-Qing ouvrait la voie. Un homme et un fantôme se déplaçaient rapidement, et ils arrivèrent bientôt à vive allure là où le combat faisait toujours rage.

La bataille de Lan Wangji et Xue Yang s'était déplacée à l'extérieur. Les traînées de lumière laissées par les lames de Bichen et Jiangzai s'entrecroisaient ; il était clairement arrivé au moment critique de la bataille. Bichen, calme et recueillie, avait progressivement pris le dessus. Jiangzai, quant à elle, sauvage comme un chien enragé, avait du mal à suivre le rythme.

Toutefois, l'épouvantable brouillard blanc empêchait Lan Wangji de voir clairement, tandis que Xue Yang vivait dans la ville de Yi depuis de nombreuses années. Comme A-Qing, il connaissait les routes comme sa poche. Telle était la cause de l'impasse dans laquelle ils se trouvaient.

De temps à autre, les cris de colère du guqin fendaient la brume afin d'expulser les hordes de cadavres ambulants qui les encerclaient sans relâche. Wei Wuxian venait à peine de sortir sa flûte que deux masses noires s'écrasèrent lourdement devant lui telles des pagodes de fer.

Wen Ning tenait Song Lan cloué au sol. Les deux cadavres féroces s'étranglaient l'un l'autre, au point que leurs articulations craquaient sous leur propre force.

— Maintiens-le à terre ! ordonna Wei Wuxian.

Il se baissa et découvrit rapidement les extrémités des clous qui transperçaient le crâne de Song Lan. Il se détendit aussitôt.

Ces clous sont beaucoup plus fins que ceux de Wen Ning, et le matériau utilisé est également différent. Il ne devrait pas être difficile pour Song Lan de revenir à lui.

Il attrapa immédiatement les extrémités pointues et tira délicatement. Sentant les étranges objets insérés dans son cerveau se mouvoir, Song Lan ouvrit grand les yeux, cracha et grogna sur un ton particulièrement grave. Wen Ning fut contraint de renforcer sa prise pour l'empêcher de se débattre. Lorsque les clous qui transperçaient son crâne furent enfin retirés, Song Lan s'affala instantanément sur le sol, à l'instar d'une marionnette dont on aurait coupé les fils, et cessa de bouger.

Au même moment, un rugissement de rage s'éleva depuis les lieux du combat.

— Rendez-moi ça !

L'épée de Lan Wangji était parvenue à entailler le torse de Xue Yang. Toutefois, la pointe de Bichen n'avait pas seulement fait couler son sang, elle avait aussi arraché la poche piégeuse d'esprits dissimulée dans sa robe.

Wei Wuxian, qui n'arrivait pas à voir clairement ce qu'il se passait, hurla en réponse :

— Xue Yang ! Que veux-tu qu'il te rende ? Shuanghua ? Cette épée ne t'appartient pas, comment oses-tu lui demander de te la rendre ? Es-tu effronté à ce point ?

Xue Yang éclata de rire.

— Eh bien ! Wei-qianbei, n'êtes-vous pas complètement insensible ?

— Vas-y, rigole ! Tu peux bien mourir de rire, ce n'est pas pour autant que tu réussiras à recoller les morceaux de l'âme de Xiao Xingchen. Il te trouve repoussant, et pourtant, il a quand même fallu que tu essaies de le ramener pour qu'il fasse joujou avec toi.

En une seconde, Xue Yang passa d'un rire hilare à un hurlement de haine.

— Qui voudrait s'amuser avec lui ?

— Alors, pourquoi t'être agenouillé si pitoyablement devant moi afin de me supplier de restaurer son âme ?

Xue Yang était très malin. Il devait avoir parfaitement compris que Wei Wuxian essayait de le perturber intentionnellement, d'abord en l'énervant pour le distraire, puis en le poussant à crier, afin que Lan Wangji puisse déterminer sa position exacte et attaquer en conséquence. Pourtant, il ne pouvait s'empêcher de répondre encore et encore.

— Pourquoi ? Mmpf ! Comme si vous ne le saviez pas ? cracha-t-il, furieux. Je vais le transformer en un cadavre féroce, un esprit maléfique que je pourrai commander ! Il voulait devenir une sorte de cultivateur vertueux et plein de morale, n'est-ce pas ? Je vais le pousser à tuer à tour de bras, jour après jour, sans jamais s'arrêter.

— Hein ? Tu le détestes à ce point ? demanda Wei Wuxian. Dans ce cas, pourquoi avoir tué Chang Ping ?

Xue Yang éclata d'un rire plein de dérision.

— Pourquoi j'ai tué Chang Ping ? Avez-vous vraiment besoin de le demander, patriarche de Yiling ? Ne vous l'ai-je pas déjà dit ? Que si je comptais exterminer le clan Chang de Yueyang, alors même le chien ne serait pas épargné ?

Chaque fois qu'il ouvrait la bouche, il donnait sa propre position. Le son d'une lame perçant la chair n'en finissait plus de résonner dans l'air. Xue Yang devait être pratiquement insensible à la douleur. Wei Wuxian en avait déjà été témoin lors de sa séance d'empathie : le jeune homme pouvait être poignardé en plein ventre et continuer à plaisanter comme si de rien n'était.

— C'est assurément une belle excuse, mais la chronologie ne correspond pas, reprit Wei Wuxian en l'aiguillant. Quelqu'un comme toi, qui s'emparerait d'un millier d'yeux pour compenser la perte d'un seul œil, qui agit avec autant de méchanceté et d'efficacité... Pourquoi avoir attendu autant d'années, si tu avais vraiment l'intention de décimer toute la famille ? Tu sais très bien pour qui tu es allé tuer Chang Ping.

— Pourquoi ne me le dites-vous pas, alors ? Qu'est-ce que je suis supposé savoir parfaitement, hein ? cracha Xue Yang, avant de se mettre à hurler. *Qu'est-ce que je devrais savoir ?*

— Si tu voulais simplement le tuer, pourquoi as-tu recouru au lingchi ? insista Wei Wuxian. C'est une forme de torture destinée à punir les pécheurs. Si tu ne faisais que te venger, pourquoi as-tu utilisé Shuanghua plutôt que Jiangzai ? Pourquoi a-t-il fallu que tu arraches les yeux de Chang Ping, tout comme Xiao Xingchen ?

Xue Yang hurla sa réponse de toutes ses forces :

— *Conneries* ! Ce ne sont que des *foutaises* ! Quoi, j'aurais dû le laisser avoir une mort douce alors que je voulais me venger, c'est ça ?

— Eh bien, j'admets qu'il s'agissait d'une vengeance ! lui assura Wei Wuxian. Mais qui, exactement, étais-tu en train de venger ? Quelle vaste blague ! Si tu avais vraiment voulu la vengeance, c'est toi qui aurais dû subir les mille coups du lingchi !

Deux sifflements particulièrement aigus fendirent l'air, se dirigeant vers lui. Wei Wuxian ne bougea pas d'un pouce, mais Wen Ning se précipita devant lui pour intercepter les deux clous noirs luisants et vicieux perceurs de crânes. Xue Yang laissa échapper un drôle de rire, pareil à celui d'un hibou fou, puis s'arrêta brusquement. Il se tut, refusant de répondre davantage, et reprit son combat contre Lan Wangji sous la couverture de cet épais brouillard.

La force vitale de ce petit voyou est trop grande. On dirait qu'il ne ressent pas du tout la douleur, qu'importe l'endroit où on le blesse, songea Wei Wuxian. *S'il avait continué de japper, Lan Zhan aurait pu le transpercer encore un peu. Je refuse de croire qu'il arriverait encore à sauter dans tous les sens avec ses membres découpés. Dommage qu'il refuse de mordre à l'hameçon plus longtemps !*

À cet instant, une série de claquements familiers, clairs et nets – *tac-tac* – résonna depuis l'intérieur du brouillard.

Wei Wuxian comprit bien rapidement le contenu du message.

— Lan Zhan ! Attaque dans la direction d'où provient le son de cette perche de bambou ! indiqua-t-il.

Lan Wangji s'exécuta aussitôt, et Xue Yang poussa un grognement. Un instant plus tard, la perche de bambou retentit à nouveau depuis un tout autre endroit, à des dizaines de mètres de là !

Lan Wangji continua à frapper aveuglément dans la direction indiquée par le son.

— Tu me suis vraiment de très près, P'tite aveugle ! N'as-tu pas peur que je t'écrase entre mes doigts ? menaça Xue Yang d'un ton sinistre.

Depuis qu'elle avait été assassinée par Xue Yang, A-Qing n'avait cessé de parcourir la ville de Yi, se cachant afin qu'il ne la retrouve jamais. Pour une raison ou une autre, Xue Yang avait semblé ignorer son fantôme errant. Peut-être avait-il pensé qu'elle était trop insignifiante pour s'en préoccuper ? Mais A-Qing le suivait désormais comme une ombre dans l'épais brouillard, et abattait sa perche de bambou contre le sol afin de dévoiler sa position et guider les attaques de Lan Wangji !

Xue Yang était extrêmement rapide. Il était capable de disparaître à un endroit et de réapparaître presque instantanément à un autre. Toutefois, A-Qing l'était tout autant. Non, elle l'était même encore plus que de son vivant depuis qu'elle était un fantôme. Elle le traquait telle une malédiction, toujours sur ses talons, et frappait sauvagement le sol sans discontinuer à l'aide de sa perche de bambou. Les échos de ces *tac-tac, paf-paf* étaient un coup relativement éloignés, puis particulièrement proches. Ils résonnaient à gauche l'espace d'un instant, puis à droite au suivant. Ils semblaient provenir tantôt de devant, tantôt de derrière. Xue Yang ne pouvait pas s'en défaire. Et à l'instant même où ces sons retentissaient, la traînée de Bichen était sûre de suivre !

Jusque-là, Xue Yang s'était révélé être comme un poisson dans l'eau au milieu de tout ce brouillard, capable de se cacher et de tendre une embuscade avec aisance. Mais, désormais, il devait scinder sa concentration afin de s'occuper également d'A-Qing. Il jura à voix basse et déploya un talisman dans son dos, mais dans cette fraction de seconde de distraction, guidée cette fois par le son de l'horrible cri d'A-Qing, Bichen lui transperça la poitrine !

Le fantôme d'A-Qing venait d'être détruit par le talisman de Xue Yang. Elle ne pouvait plus révéler sa position en tapant de sa perche de bambou, mais Bichen était finalement parvenue à porter un coup fatal. Xue Yang n'arrivait plus à se déplacer aussi furtivement, il n'était plus aussi difficile à attraper !

Les échos d'une toux épaisse et sanglante s'élevèrent depuis le brouillard. Wei Wuxian jeta une poche piégeuse d'esprits vide afin de porter secours à l'âme endommagée d'A-Qing. Au prix d'un grand effort, Xue Yang traîna les pieds et fit quelques pas pour se jeter subitement en avant, en hurlant, les mains tendues.

— *Rends-moi ça !*

La lumière bleue de Bichen scintilla. Lan Wangji avait proprement coupé l'un des bras de Xue Yang.

Le sang gicla. Devant Wei Wuxian, une grande partie de la brume blanche prit d'un coup une teinte écarlate. La puanteur de l'hémoglobine était écrasante. C'était une odeur humide de rouille qui envahissait les sens, mais Wei Wuxian n'avait pas le temps de s'en soucier. Il était occupé à se concentrer sur la localisation et le sauvetage des morceaux de l'âme brisée d'A-Qing.

Même si Xue Yang contenait toujours ses gémissements de douleur, ses genoux heurtèrent lourdement le sol dans un bruit distinct. Il avait perdu trop de sang. Aussi s'effondra-t-il, incapable de faire un pas de plus.

Lan Wangji ajusta une nouvelle fois la position de Bichen, sa lame prête à faire rouler la tête de Xue Yang. Mais, contre toute attente, une rafale de flammes bleues creva soudain le miasme blanc.

Il s'agissait du feu magique d'un talisman de téléportation !

Wei Wuxian savait que le désastre était imminent. Il se précipita, n'ayant guère le temps de s'inquiéter des périls qui pouvaient l'attendre dans le brouillard. Dans sa hâte, il faillit glisser et tomber. Là où le parfum nauséabond du sang était le plus fort s'étendait une véritable rivière pourpre, assurément déversée par le bras sectionné de Xue Yang.

Mais ce dernier lui-même avait disparu.

Lan Wangji s'approcha, et Wei Wuxian lui demanda :

— Le fossoyeur ?

Xue Yang avait reçu un coup fatal de Bichen *et* perdu un bras.

À en juger par la quantité de sang, il était sans aucun doute mort. Il ne pouvait pas lui être resté assez d'énergie ou de puissance spirituelle pour utiliser un talisman de téléportation. Lan Wangji inclina sa tête.

— Je l'ai frappé à trois reprises. Sa capture était imminente, mais un essaim de cadavres ambulants l'a aidé à s'échapper.

Wei Wuxian fronça les sourcils et se mit à réfléchir à haute voix.

— Alors, il était déjà blessé, mais n'a pas hésité à dépenser une immense quantité de puissance spirituelle rien que pour emporter le cadavre de Xue Yang. Ce qui signifie qu'il le connaissait probablement, lui et son histoire. En récupérant son corps... il espérait trouver le Sceau du Tigre Yin sur lui.

La rumeur disait que le Sceau du Tigre Yin avait été perdu après que Jin Guangyao s'était « occupé » de Xue Yang. Cependant, à en juger par ce qu'il venait de se passer, cet objet était probablement toujours en sa possession.

La ville de Yi était devenue une ruche remplie de millions de cadavres vivants, de cadavres ambulants, et même de cadavres féroces. La toxine cadavérique et les clous perceurs de crânes ne pouvaient guère aider à contrôler un si grand nombre d'entre eux.

Seule la présence du Sceau du Tigre Yin pouvait expliquer comment Xue Yang était parvenu à inspirer une obéissance aussi absolue aux cadavres, au point de pouvoir leur ordonner d'avancer et d'attaquer vague après vague.

Quelqu'un d'aussi paranoïaque et rusé que Xue Yang n'aurait jamais laissé le Sceau du Tigre Yin hors de vue. Il l'aurait gardé sur lui, afin que pouvoir le sentir à chaque instant lui procure un sentiment de sécurité. En emportant sa dépouille, le fossoyeur s'était pour ainsi dire emparé du Sceau du Tigre Yin lui-même.

— En l'état actuel, nous ne pouvons qu'espérer qu'il y ait une limite aux capacités de ce Sceau du Tigre Yin restauré, remarqua Wei Wuxian sur un ton grave.

Au même moment, Lan Wangji jeta doucement quelque chose dans sa direction. Wei Wuxian l'attrapa avec aisance et demanda :

— Qu'est-ce que c'est ?

— Le bras droit, répondit Lan Wangji.

Ce qu'il lui avait donné n'était autre qu'un tout nouveau sac qiankun de confinement du mal. D'un coup, Wei Wuxian se souvint de l'objectif initial de leur venue dans la ville de Yi. Il s'illumina.

— Le bras droit de notre camarade ?

— Mmh.

Lan Wangji était parvenu à trouver le temps de localiser avec succès le bras droit fantôme tout en surmontant d'innombrables obstacles : le fossoyeur, les cadavres ambulants, le miasme maléfique. Vraiment, Wei Wuxian ne pouvait que lui tirer son chapeau.

— Comme on pouvait s'y attendre de la part de Hanguang-jun ! le loua-t-il vigoureusement. Nous avons repris la tête de cette course. Dommage que ce ne soit pas littéralement la tête du cadavre. J'ai vraiment envie de découvrir le visage de notre camarade, tu sais ! Mais on y arrivera bien assez tôt… Où est Song Lan ?

Une fois le corps de Xue Yang disparu, le brouillard blanc avait tourbillonné de plus en plus vite et commencé à s'amincir rapidement. La visibilité s'améliorait, et ce fut précisément grâce à cela que Wei Wuxian comprit que Song Lan avait disparu. Seul Wen Ning demeurait accroupi à l'endroit où il était auparavant étendu, regardant dans la direction de Wei Wuxian comme frappé de stupeur.

Lan Wangji posa sa main sur la poignée de Bichen, qu'il venait juste de rengainer, mais Wei Wuxian le rassura :

— C'est bon, pas besoin de s'alarmer. Song Lan, ou plutôt le cadavre féroce qui se trouvait là, ne devrait plus avoir l'intention d'attaquer, sinon Wen Ning nous aurait prévenus. Il a probablement retrouvé ses esprits et est parti de lui-même.

Wei Wuxian siffla tout doucement. En entendant ce son, Wen Ning se leva et recula, tête baissée, et sa silhouette disparut bientôt au milieu d'un océan de brume blanche. Tandis que le bruit des chaînes s'estompait progressivement, Lan Wangji se garda du moindre commentaire sinon d'un calme «*Allons-y*».

Sur le point de partir, Wei Wuxian le coupa néanmoins dans son élan :

— Attends.

Au centre de la mare de sang, il venait de repérer une forme isolée.

C'était le bras gauche sectionné de Xue Yang. Il manquait un petit doigt à la main, et les quatre restants étaient fermement contractés, de sorte à former un poing particulièrement crispé.

Wei Wuxian, accroupi à proximité, dut tirer de toutes ses forces dessus avant que chacun d'entre eux ne se relâche enfin. Au creux de cette main fraîchement ouverte, reposant au centre de sa paume, il découvrit un minuscule bonbon.

Celui-ci avait légèrement noirci. Il n'était assurément plus comestible et avait été légèrement écrasé par la force de la poigne.

Après cela, Wei Wuxian et Lan Wangji retournèrent ensemble à la morgue caritative. Les portes étaient grandes ouvertes. Song Lan se tenait à côté du cercueil où reposait Xiao Xingchen. La tête baissée, il regardait à l'intérieur.

Les jeunes cultivateurs, leurs épées brandies, étaient serrés les uns contre les autres et regroupés sur le côté. Ils fixaient d'un air alarmé ce cadavre féroce qui les avait attaqués plus tôt. À la vue du retour de Wei Wuxian et de Lan Wangji, ils dégagèrent l'impression que quelqu'un venait d'épargner leur vie. Ils n'osèrent malgré tout pas crier, de peur de sortir Song Lan de sa stupeur ou de provoquer sa colère.

De son côté, Wei Wuxian se contenta de franchir le seuil et présenta Lan Wangji.

— Song Lan, Song Zichen-daozhang.

Toujours debout près du cercueil, Song Lan releva la tête et tourna son regard vers eux. Lan Wangji souleva légèrement sa robe pour franchir élégamment le seuil surélevé de la morgue et inclina la tête en signe de salutation.

L'esprit de Song Lan était revenu dans son corps et ses pupilles s'étaient remises en place. Les yeux qui les regardaient désormais étaient clairs et noirs.

Et ces yeux, autrefois ceux de Xiao Xingchen, étaient remplis d'une tristesse indescriptible.

Nulle autre interrogation n'était nécessaire. Wei Wuxian avait déjà ses réponses. Song Lan n'avait rien manqué de toute la période durant laquelle il était resté sous le contrôle de Xue Yang en tant que cadavre féroce, et se souvenait de tout. Poser d'autres questions, ou même dire quoi que ce soit d'autre n'aurait fait qu'ajouter à son impuissance et à sa douleur.

Après un long moment de silence, Wei Wuxian sortit deux petites poches piégeuses d'esprits à l'apparence identique et les lui tendit.

— Xiao Xingchen-daozhang et Mademoiselle A-Qing, respectivement.

Quand bien même A-Qing était terrifiée par Xue Yang, elle n'avait eu de cesse de poursuivre le meurtrier qui l'avait tuée de ses propres mains. C'était elle qui l'avait empêché de se cacher et qui avait guidé la lame de Bichen pour s'assurer qu'il récolte enfin ce qu'il avait semé. L'assaut du vicieux talisman dégainé par Xue Yang avait presque dissipé son âme. Wei Wuxian avait fait le maximum pour en récupérer les morceaux qu'il pouvait, mais elle était désormais fragmentée et éparpillée, un peu comme celle de Xiao Xingchen.

Leurs deux âmes fébriles étaient comme recroquevillées dans les poches piégeuses d'esprits jumelles, si fragiles qu'il semblait que le moindre choc pouvait les faire se disperser à l'intérieur. Les mains de Song Lan furent prises d'un léger tremblement lorsqu'il les accepta. Il les berça dans ses paumes, n'osant pas même les suspendre par les cordons de peur que le balancement ne les endommage.

— Song-daozhang, que comptez-vous faire du corps de Xiao Xingchen-daozhang ? demanda Wei Wuxian.

Les deux poches piégeuses d'esprits précautionneusement tenues dans sa main, Song Lan dégaina Fuxue de l'autre et écrivit sur le sol : «*Incinérer le corps, nourrir l'âme*».

Considérant à quel point l'âme de Xiao Xingchen était fragmentée, elle ne retournerait certainement jamais dans son corps. L'incinération n'était pas une mauvaise idée. Si le corps était réduit en cendres et que seule son âme pure demeurait, un jour, peut-être, avec de la patience et de l'attention, elle pourrait revenir en ce bas monde.

Wei Wuxian hocha la tête.

— Quels sont vos projets pour l'avenir ?

Song Lan écrivit : «*Garder Shuanghua. Arpenter le monde. Exorciser le mal avec Xingchen*».

Il marqua une courte pause, puis écrivit encore : «*Quand il se réveillera, je lui dirai que... je suis désolé et que... ce n'était pas sa faute*».

Il s'agissait des mots qu'il n'était pas parvenu à transmettre à Xiao Xingchen de son vivant.

Les miasmes maléfiques de la ville de Yi se dispersèrent progressivement. Ils pouvaient déjà voir les longues rues et les carrefours. Lan Wangji et Wei Wuxian conduisirent le groupe de jeunes cultivateurs hors de la ville fantôme stérile.

Song Lan leur fit ses adieux aux portes de la ville. Il était toujours vêtu de la même robe taoïste noir d'encre. Seul, il portait deux épées – Shuanghua et Fuxue – et deux âmes – Xiao Xingchen et A-Qing. Et ce fut ainsi qu'il emprunta un chemin différent.

Ce n'était pas celui qu'ils avaient pris pour arriver dans la ville de Yi.

Lan Sizhui laissa son regard se poser et se perdre un instant dans la contemplation de cette forme qui s'éloignait vers l'horizon.

— *Xiao Xingchen, lune scintillante, brise fraîche, toujours lointaine ; Song Zichen, méprisant avec courage la neige et le gel...*, récita-t-il poétiquement. Je me demande si les retrouvailles viendront un jour pour eux.

Tandis que Wei Wuxian marchait le long de cette route envahie par les mauvaises herbes, il remarqua un champ. *C'est ici que Xiao Xingchen et A-Qing ont sauvé Xue Yang à l'époque*, se rappela-t-il.

— Maintenant, peux-tu enfin nous dire ce que tu as vu, exactement, durant l'empathie ? demanda Lan Jingyi. Comment se fait-il que ce type se soit avéré être Xue Yang ? Pourquoi se faisait-il passer pour Xiao Xingchen ?

— Et... Et... c'était vraiment le Général Fantôme ? Où est-il passé ? Pourquoi n'est-il plus là ? Il est toujours dans la ville de Yi ? D'ailleurs, pourquoi est-il apparu si soudainement ?

Feignant de ne pas avoir entendu la deuxième série de questions, Wei Wuxian répondit :

— Eh bien, c'est une histoire compliquée...

Lorsqu'il eut fini de raconter l'histoire, alors qu'ils erraient sur ce long chemin, il ne resta guère plus que des nuages lugubres de mélancolie autour de lui. Tout le monde avait oublié le Général Fantôme.

Lan Jingyi fut le premier à se mettre à pleurer.

— Comment une telle chose a-t-elle pu se produire en ce bas monde ?

Jin Ling, quant à lui, s'emporta.

— Ce Xue Yang… Quel salaud ! Ordure ! Cette fin aura été trop douce pour quelqu'un comme lui ! Si Fée avait été là, je l'aurais envoyé le mordre jusqu'à la mort !

Wei Wuxian était horrifié : si Fée avait été présent, il serait probablement lui-même mort de peur avant que le chien n'ait eu le temps de dévorer Xue Yang.

Le garçon qui avait complimenté la beauté d'A-Qing, après leur séance d'observation à travers la porte, se frappa la poitrine de chagrin et de regret.

— Oh, Mademoiselle A-Qing ! Mademoiselle A-Qing !

Mais c'était sans aucun doute Lan Jingyi qui pleurait le plus fort. Il avait complètement perdu le contrôle de lui-même. Il n'y eut toutefois personne pour lui rappeler les règles sur la clameur, car Lan Sizhui lui-même avait les yeux rougis par les émotions. Heureusement, Lan Wangji ne le fit pas taire non plus.

— Allons brûler un peu de monnaie funéraire en l'honneur de Xiao Xingchen-daozhang et de Mademoiselle A-Qing, suggéra Lan Jingyi, le visage noyé de larmes et de morve. Qu'en pensez-vous ? N'y a-t-il pas un village à l'intersection un peu plus loin ? Allons acheter quelques trucs pour leur rendre hommage.

L'ensemble du petit groupe accepta à l'unisson :

— Oui, oui, oui !

À peine eurent-ils fini de parler qu'ils atteignirent ledit village. Lan Jingyi et Lan Sizhui se précipitèrent avec impatience pour acheter tout un lot de bâtons d'encens et de bougies, ainsi que des billets funéraires rouge et jaune. Ils marchèrent jusqu'au bord de la route et utilisèrent quelques blocs de terre et de boue afin de construire quelque chose qui ressemblait à un petit poêle résistant au vent. Les garçons s'accroupirent ensemble autour de celui-ci et commencèrent à brûler les billets tout en marmonnant. En chemin, Wei Wuxian n'avait pas eu le cœur à faire beaucoup de plaisanteries, mais à les regarder faire, il parvint à se ressaisir légèrement.

Il se tourna vers Lan Wangji et prit la parole :

— Hanguang-jun, regarde ce que les enfants ont fait, sur le pas de la porte des autres. Pourquoi ne les as-tu pas arrêtés ?

Lan Wangji répondit platement :

— Pourquoi *toi*, tu ne les as pas arrêtés ?

— Soit. Je vais t'aider à les gérer.

Wei Wuxian s'approcha des cadets.

— Vous vous moquez de moi ? Vous êtes tous de jeunes cultivateurs issus de clans de grande renommée. Vos papas, mamans, shushus ou bobos[4] ne vous ont-ils jamais appris que les morts ne peuvent pas recevoir de billets ? Pourquoi ces derniers auraient-ils besoin de monnaie, de toute façon ? Ils ne recevront rien de tout ça. Qui plus est, brûler des billets ici, devant les maisons des autres…

Lan Jingyi lui adressa un signe dédaigneux du revers de la main.

— Ouste, ouste, tu bloques le vent ! Le feu ne prendra pas si tu restes dans le passage. Et puis, ce n'est pas comme si tu étais déjà mort. Comment pourrais-tu savoir si les défunts reçoivent ou non les billets, hein ?

L'autre garçon, le visage maculé de larmes et de morve, releva à son tour les yeux et approuva ces déclarations.

— Oui, comment pourrais-tu le savoir ? Et si c'était possible ?

— Comment *je* pourrais le savoir ? marmonna Wei Wuxian.

4 Alors que « shushu » correspond à l'oncle, frère cadet du père, « bobo » est une version plus courte et informelle pour « bofu », utilisé pour désigner l'oncle, frère aîné du père. Les deux termes renvoient donc à « oncles/tontons ».

Bien sûr qu'il le savait ! Parce que, pendant les quelque treize années qu'avait duré sa mort, il n'avait pas reçu le moindre billet.

Lan Jingyi en profita pour remuer encore un peu le couteau dans la plaie de son cœur :

— Même si c'était le cas, et que tu étais mort une fois, peut-être que si tu n'as rien reçu, c'est simplement parce que personne n'en a brûlé en ton nom !

Comment cela se pourrait-il ? se demanda Wei Wuxian. *Aurais-je pu être un raté au point que personne n'ait voulu brûler de billets en mon honneur ? Se peut-il vraiment que je n'aie rien reçu parce que personne n'a brûlé quoi que ce soit pour moi ?*

Plus il y pensait, plus il était convaincu que c'était impossible. Il tourna la tête vers Lan Wangji et chuchota :

— Hanguang-jun, as-tu brûlé des billets pour moi ? *Toi*, au moins, tu l'as fait, pas vrai ?

Lan Wangji lui jeta un regard, puis baissa la tête et brossa le peu de cendre qui entachait le bout de sa manche. Il regarda tranquillement au loin, sans faire le moindre commentaire.

Face à son profil tout à fait serein, Wei Wuxian manqua de s'étrangler intérieurement. *Pour de vrai ? Il ne l'a vraiment pas fait ?*

Au même moment, un villageois avec un arc attaché dans le dos s'approcha d'eux, visiblement énervé.

— Pourquoi diable brûlez-vous tout ça ici ? C'est juste en face de ma maison ! Ça porte malheur !

— Vous voyez, vous vous êtes fait gronder. Ne vous avais-je pas prévenus ? se moqua Wei Wuxian.

Les garçons, qui n'avaient jamais fait quelque chose de ce genre, ignoraient que brûler des billets funéraires devant la porte de quelqu'un d'autre était considéré comme porteur de malchance. Ils s'excusèrent à profusion.

— Est-ce votre maison, monsieur ? demanda Lan Sizhui, après s'être essuyé le visage.

— Ah ! Qu'est-ce que tu racontes, petit ? rétorqua le villageois. Ma famille vit ici depuis trois générations. À qui est cette maison, sinon à moi ? À toi, peut-être ?

Jin Ling s'énerva à cause de son ton et se leva d'un bond :

— Surveillez votre ton, monsieur !

Mais Wei Wuxian le fit se rasseoir de force en appuyant d'une main sur sa tête.

— Je vois, reprit Lan Sizhui. Je m'excuse, je n'impliquais rien de particulier par cette question. C'est juste que la dernière fois que nous sommes passés par cette maison, c'est un chasseur différent que nous avons rencontré, d'où ma question.

Le villageois le regarda d'un air absent.

— Un autre chasseur ? Qui donc ?

Il leva ensuite trois doigts et enchaîna :

— Ma famille n'a eu qu'un fils par génération ! Je vis seul. Je n'ai pas de frères ! Mon père est mort il y a longtemps, je n'ai pas de femme et je n'ai engendré aucun enfant. Alors, quel autre chasseur peut-il y avoir eu ?

— C'est la vérité ! insista Lan Jingyi, se levant à son tour. Il était bien emmitouflé, portait un grand chapeau et était assis dans votre cour à réparer son arc et ses flèches comme s'il se préparait à partir à la chasse. Quand nous sommes arrivés, nous lui avons même demandé notre chemin. C'est lui qui nous a indiqué la ville de Yi.

Ce villageois fit la moue.

— Foutaises ! Tu es sûr de l'avoir vu assis dans mon jardin ? Il n'y a personne qui ressemble à ça dans ma maison ! Ce petit trou perdu qu'est la ville de Yi… Même les fantômes qui s'y trouvent te tueraient. C'est le chemin qu'il t'a indiqué ? Je crois bien qu'il voulait se débarrasser de toi ! Je pense que ce que tu as vu était un fantôme !

Il cracha un certain nombre de fois pour contrer la malchance, puis se détourna en secouant la tête avec exaspération. Les garçons se regardèrent les uns les autres avec consternation.

Lan Jingyi, lui, n'en avait toujours pas terminé avec leur interlocuteur.

— Mais il était vraiment assis dans cette cour ! insista-t-il d'une voix pleine de lamentation contre cette injustice. Je m'en souviens parfaitement…

Wei Wuxian adressa à Lan Wangji un bref compte rendu, puis se tourna vers eux.

— Vous comprenez, maintenant ? Vous avez tous été poussés jusqu'à la ville de Yi. Ce chasseur qui vous a dirigés là-bas n'était pas du tout un habitant local. C'était quelqu'un de déguisé, avec de sombres intentions.

— Quelqu'un nous a intentionnellement conduits ici avec cette affaire de massacre de chats ? C'est ce faux chasseur le coupable ? demanda Jin Ling.

— Très probablement, affirma Wei Wuxian.

Lan Sizhui était perplexe, peu convaincu.

— Pourquoi se serait-il donné tout ce mal pour nous conduire jusqu'à la ville de Yi ?

— Nous l'ignorons ; du moins, pour l'instant. Mais soyez très prudents à partir de maintenant, leur conseilla Wei Wuxian. Si vous rencontrez ce genre d'événements étranges, n'enquêtez pas vous-mêmes, sous aucun prétexte. Contactez d'abord vos familles, demandez-leur d'envoyer de l'aide, et travaillez de concert. Si Hanguang-jun n'avait pas été dans la ville de Yi, vos petites vies auraient pu vous être arrachées.

Des sueurs froides coulèrent le long du dos des jeunes cultivateurs lorsqu'ils imaginèrent la façon dont les choses auraient pu se terminer s'ils étaient tombés dans la ville de Yi. Qu'il s'agisse d'une mort atroce, entourés de cadavres ambulants, ou d'être tués de la main de ce diable personnifié de Xue Yang, les deux scénarios étaient terrifiants.

Lan Wangji et Wei Wuxian continuèrent à avancer durant un moment, entraînant le groupe de jeunes cultivateurs derrière eux. Alors que le ciel s'assombrissait rapidement, ils arrivèrent dans la ville où ils avaient laissé le chien et l'âne un peu plus tôt. Les lumières scintillaient de mille feux, et l'air était saturé de voix humaines. Devant ce spectacle, tous les membres du petit groupe furent envahis d'un sentiment commun : « *C'est ici que les vivants devraient demeurer* ».

Wei Wuxian écarta grand les bras à la vue de l'âne tacheté et s'exclama joyeusement :

— Petite Pomme !

Petite Pomme se mit à braire furieusement dans sa direction. Puis Wei Wuxian entendit l'aboiement d'un chien et se cacha immédiatement derrière Lan Wangji. Fée était également venu les accueillir, et le chien et l'âne s'immobilisèrent pour se faire face, se montrant mutuellement les crocs.

— Attachez-les correctement, déclara Lan Wangji. C'est l'heure du repas.

Entraînant Wei Wuxian à sa suite, qui resta pratiquement collé contre son dos, Lan Wangji emboîta le pas au serveur et monta au deuxième étage. Jin Ling et compagnie étaient sur le point d'en faire de même, mais Lan Wangji jeta un coup d'œil en arrière et les balaya d'un regard lourd de sens.

— Les aînés et les cadets ne doivent pas se mélanger, indiqua immédiatement Lan Sizhui aux autres. Restons au premier étage.

Lan Wangji répondit par un léger signe de tête, puis reprit son ascension des escaliers avec une expression glaciale. Jin Ling demeura sur place avec hésitation, sur le pas des marches, ne sachant s'il devait monter ou descendre. Wei Wuxian se retourna et ricana.

— Les adultes et les enfants doivent rester séparés, plaisanta-t-il. Il y a certaines choses que vous feriez mieux de ne pas voir.

— Qui aurait envie de voir, de toute façon ? répliqua Jin Ling, avec une moue boudeuse.

Lan Wangji réserva une table pour les jeunes cultivateurs du premier étage, tandis que Wei Wuxian et lui s'assirent face à face dans une pièce privée du deuxième étage.

— Hanguang-jun, écoute mon unique conseil, commença Wei Wuxian. Tu ne dois définitivement pas laisser ta famille assumer seule l'entièreté du nettoyage de la ville de Yi. Purger une ville géante comme celle-là représente une dépense considérable, et cela promet de s'avérer incroyablement délicat, qui plus est. Shudong n'a jamais été sous la juridiction du clan Lan de Gusu. Fais le compte des cadets un peu plus bas. Vois de quelles familles ils sont issus et implique chacune d'entre elles. C'est leur devoir de contribuer.

— Cela vaut le coup d'être envisagé, en convint Lan Wangji.

— Envisage-le *vraiment*, tu veux ? insista Wei Wuxian. Tout le monde aime se jeter dans la bataille lorsqu'il y a de la gloire à en tirer, mais ils fuient tous la tâche dès qu'il y a des responsabilités à assumer. Si vous tenez votre langue et que vous vous occupez de tout tout seuls, vous finirez par pourrir les autres clans. Et ils risquent de ne pas apprécier à sa juste valeur votre générosité, ou de ne pas comprendre les difficultés que vous aurez rencontrées. Si vous faites cela trop souvent, les gens commenceront à croire qu'ils peuvent tout vous laisser assumer lorsqu'il se passe quelque chose. C'est comme ça que le monde fonctionne.

Cela dit, il marqua une courte pause, puis ajouta :

— Quoi qu'il en soit, c'est vraiment un sacré coup de malchance. La ville de Yi est très éloignée, et comme un fait exprès, il n'y a pas non plus de tour de guet dans la région. S'il y en avait une, Jin Ling et les garçons ne s'y seraient pas perdus par erreur, et il n'aurait pas fallu tant d'années pour que les âmes de Mademoiselle A-Qing et de Xiao Xingchen-daozhang soient libérées.

Qu'ils soient grands ou petits, il existait probablement autant de clans de cultivation qu'il y avait d'étoiles, et tous étaient dispersés à travers le pays. La plupart résidaient dans des villes prospères accessibles de toutes les directions ou sur des terres spirituelles aux paysages luxuriants et de bon augure. Aucun clan ne souhaitait s'installer dans des zones reculées et appauvries. Même les cultivateurs solitaires les plus qualifiés s'aventuraient rarement aussi loin dans leurs voyages ascétiques. Ainsi, lorsque des hantises maléfiques se produisaient, les habitants de ces terres reculées souffraient souvent d'une misère indicible et ne pouvaient aller chercher de l'aide nulle part.

Lorsque l'ancien chef de famille du clan Jin de Lanling, Jin Guangshan, était encore de faction, Jin Guangyao avait émis l'idée d'installer des tours de guet. Mais Jin Guangshan n'avait montré aucun enthousiasme pour ce projet, qui se serait avéré monstrueusement coûteux. De plus, le clan Jin de Lanling n'avait pas le pouvoir de rallier suffisamment de personnes derrière lui à l'époque. Ce plan n'avait donc pas retenu l'attention du plus grand nombre, et rien n'en était ressorti.

Quand Jin Guangyao avait officiellement succédé au chef de famille et accédé au poste de Chef de la Cultivation, il avait commencé à rassembler et à allouer des ressources humaines et claniques, déterminé à mettre en œuvre l'idée qu'il avait eue par le passé. Au début, les voix dissidentes s'étaient montrées les plus fortes. Beaucoup avaient soupçonné le clan Jin de Lanling de profiter de cette occasion et de ne chercher qu'à se remplir les poches. Mais Jin Guangyao, le sourire aux lèvres, avait persisté sans relâche pendant cinq années entières. Au cours de celles-ci, il avait formé des alliances avec d'innombrables personnes et s'était heurté à autant d'autres. Usant à la fois de tactiques sévères et douces, et de tous les petits tours qu'il avait à sa disposition, il avait finalement persévéré assez longtemps pour voir son plan se concrétiser, et était ainsi parvenu à construire plus de mille deux cents tours de guet.

Ces tours de guet étaient réparties dans des terres éloignées et appauvries, et chacune d'entre elles se voyait attribuer un certain nombre de disciples sectaires issus de différents clans. En cas d'activité anormale, ces disciples agissaient immédiatement. Si le problème dépassait leurs capacités, ils faisaient rapidement un rapport et demandaient l'aide d'autres clans ou de cultivateurs itinérants. Si les cultivateurs qui avaient apporté leur aide venaient à demander une compensation et que les habitants ne pouvaient assumer ce fardeau financier, le clan Jin de Lanling était en mesure de récolter suffisamment d'argent chaque année pour mettre en place un fond participatif.

Tout cela s'était produit après l'époque du patriarche de Yiling. Ce n'était qu'après être passé devant un certain nombre de tours de guet que Wei Wuxian avait entendu parler de leurs origines par Lan Wangji. La rumeur disait que la Tour de la Carpe d'Or collectait actuellement des fonds pour lancer la construction d'un second lot de tours de guet, afin de porter ainsi leur nombre à trois mille et couvrir une zone encore plus étendue. Et puisqu'elles s'avéraient déjà manifestement très efficaces, la deuxième série serait sans aucun doute bien accueillie dès sa mise en place.

Ceci étant, les doutes et les moqueries n'avaient jamais complètement cessé. Lorsque le moment serait venu, de nouvelles voix s'élèveraient contre, inévitablement.

Il ne fallut pas longtemps pour que la nourriture soit servie, et l'alcool avec elle.

Wei Wuxian jeta nonchalamment un coup d'œil sur la table. La plupart des plats étaient rendus rouges par les épices. Il prêta attention à ce que prenait Lan Wangji et remarqua que la plupart des plats dans lesquels il piochait étaient tout à fait ordinaires et fades. Il optait rarement pour les plats d'un rouge écarlate, et même lorsque c'était le cas, son visage restait impassible. Ce fut alors qu'une idée surgit dans l'esprit de Wei Wuxian.

Lan Wangji ne tarda pas à remarquer son regard fixe et demanda :

— Qu'y a-t-il ?

Wei Wuxian commença tout d'abord par verser langoureusement un peu d'alcool dans sa tasse, puis répondit :

— J'apprécierais assez que quelqu'un boive avec moi.

Chapitre 9

L'attrait

Loin de s'attendre à ce que son partenaire l'accompagne, Wei Wuxian vida d'un coup sa boisson. Lan Wangji le regarda faire. Après un moment de silence, il releva ses manches avec précaution et tendit inopinément la main pour se servir. Il se tint brièvement droit, puis leva sa coupelle et but lentement.

Wei Wuxian en fut stupéfait.

— Quelle considération, Hanguang-jun ! Tu vas vraiment te joindre à moi ce soir ?

La dernière fois qu'ils avaient bu ensemble, il n'avait pas prêté beaucoup d'attention à l'expression de son compagnon. Cette fois, il s'assura de ne rien manquer.

Lan Wangji ferma les yeux lorsqu'il avala. Il fronça les sourcils, termina en une gorgée et pinça imperceptiblement les lèvres avant de rouvrir ses paupières. Le regard qu'il adressa ensuite à Wei Wuxian s'avéra légèrement voilé.

La joue en appui sur sa main, ce dernier commença à compter mentalement. Sans surprise, lorsqu'il arriva à huit, Lan Wangji posa sa coupelle, plaça son front entre ses mains, ferma les yeux et s'endormit ainsi.

Wei Wuxian devait l'admettre : son camarade était véritablement du genre à s'endormir d'abord et à se révéler ivre plus tard !

Pour l'occasion, une impatience inexplicable le gagna. Il avala d'un trait ce qui lui restait de liqueur, se leva et fit les cent pas dans le salon privé, les mains croisées dans son dos. Au bout d'un moment, il déambula près de Lan Wangji et se baissa pour chuchoter à son oreille.

— Lan Zhan ?

Aucune réponse.

— Wangji-xiong ? tenta-t-il à nouveau.

Lan Wangji se soutenait le front de sa main droite, sa respiration régulière. Son visage et cette même main impliquée étaient tous deux clairs et sans défaut, pareils à du jade pur. Une légère odeur de bois de santal imprégnait l'air autour de lui. C'était une senteur sombre et froide, mais elle était désormais mélangée à la richesse de l'alcool, couvrant ce parfum frais de notes plus chaleureuses rappelant cette douceur de l'esprit qui envahissait les gens légèrement saouls. C'était étonnamment enivrant.

Lorsque Wei Wuxian s'avança plus près, cet effluve se mêla à son souffle. Inconsciemment, il se pencha davantage et se rapprocha. Ses pensées étaient floues.

C'est bizarre… Pourquoi fait-il un peu chaud ici ?

Captivé par ce mélange capiteux de bois de santal, il se rapprocha encore, sans pour autant s'en rendre compte. Sa voix se changea en un faible murmure et prit une intonation volage et taquine.

— Lan-er…ge…

Soudain, une voix indistincte l'appela.

— Gongzi…

Le visage de Wei Wuxian n'était plus qu'à quelques centimètres de celui de Lan Wangji, et le « gege » sur sa langue avait failli franchir ses lèvres. Mais cette voix le tira de ses songes et le fit presque trébucher en arrière.

Il se mit immédiatement en protection devant Lan Wangji et se tourna en direction de la fenêtre d'où provenait la voix. Un coup prudent frappa dessus, et la petite voix flotta de plus belle à travers les lattes en bois.

— Gongzi…

Ce ne fut qu'à cet instant que Wei Wuxian remarqua que son cœur battait un peu plus vite qu'avant. Il marmonna un commentaire sur l'étrangeté de la situation, se remit correctement sur ses jambes et se dirigea vers la fenêtre pour l'ouvrir.

Un homme vêtu de noir était suspendu la tête en bas, les pieds accrochés à l'avant-toit. Il s'apprêtait à frapper de plus belle quand Wei Wuxian ouvrit et heurta sa tête dans la manœuvre. Il laissa alors échapper un léger « Ah ! » et attrapa le volet, se retrouvant face à face avec Wei Wuxian.

La brise glaciale de la nuit s'engouffra à l'intérieur. Wen Ning avait les yeux ouverts, mais ils n'étaient plus d'un blanc mortel. Au lieu de cela, il regardait Wei Wuxian de ses iris noirs tranquilles.

Tous deux s'observèrent ainsi un long moment, l'un debout et l'autre suspendu.

— Descends de là, demanda finalement Wei Wuxian.

Les pieds de Wen Ning glissèrent de l'avant-toit et il tomba, s'écrasant lourdement sur le sol à l'extérieur du bâtiment. Wei Wuxian essuya une sueur froide imaginaire sur son front.

Nous avons choisi l'endroit parfait où manger ! pensa-t-il avec soulagement.

Heureusement qu'ils avaient opté pour cette auberge. Afin de contribuer à une atmosphère tranquille, la fenêtre de cette chambre privée donnait sur une petite zone boisée et non sur les rues. Wei Wuxian prit une perche et ouvrit complètement la fenêtre avant de se pencher à moitié pour regarder en bas. Wen Ning était un poids mort, et sa lourde chute avait créé un trou de la forme d'un homme. Même étendu sur place, ses yeux demeuraient fixés sur lui.

Wei Wuxian l'appela à voix basse :

— Je t'ai dit de descendre, pas de te laisser tomber ! Comprends-tu ce mot ?

Wen Ning étira son cou pour lever le nez dans sa direction, puis s'extirpa du trou et se débarrassa de la boue qui maculait ses vêtements.

— Oh ! J'arrive, répondit-il prestement.

Il s'accrocha à l'une des poutres de l'auberge, prêt à grimper à nouveau jusqu'à la fenêtre.

— Arrête ! Ne bouge pas, j'arrive, s'exclama Wei Wuxian.

Il retourna auprès de Lan Wangji et se pencha pour chuchoter à son oreille :

— Lan Zhan, oh, Lan Zhan ! S'il te plaît, ne te réveille pas tout de suite. Je reviens. Sois sage, d'accord ?

Une fois qu'il eut terminé, il sentit sa main le démanger. Il ne put s'empêcher d'effleurer les cils de Lan Wangji du bout du doigt. Ceux-ci étaient longs, et tremblèrent légèrement sous ce contact taquin. Cela sembla troubler leur propriétaire, car il fronça les sourcils.

Wei Wuxian rétracta ses griffes et sauta par la fenêtre, passant par-dessus les avant-toits, les branches et les feuilles pour finalement atterrir sur le sol. À peine se retourna-t-il que Wen Ning s'agenouilla devant lui.

— Qu'est-ce que tu fais ? demanda Wei Wuxian.

Wen Ning ne prononça pas un mot et se contenta de garder la tête basse.

— Es-tu obligé de me parler dans cette position ? soupira Wei Wuxian.

— Je suis désolé, gongzi, murmura Wen Ning.

— Bien.

Wei Wuxian s'agenouilla à son tour devant Wen Ning. Surpris, ce dernier s'empressa de s'incliner au sol, mais son interlocuteur en fit instantanément de même. En réaction, il sauta sur ses pieds, alarmé, et ce ne fut qu'à ce moment que Wei Wuxian se releva et épousseta ses vêtements.

— Tu aurais dû te tenir droit comme ça pour parler dès le début. Ce n'est pas si mal, n'est-ce pas ?

Wen Ning gardait la tête baissée et avait clairement peur de parler.

— Quand as-tu repris tes esprits ?

— Récemment, répondit Wen Ning.

— Te souviens-tu de quelque chose de la période où ces clous perforant le crâne étaient dans ton cerveau ?

— Certaines choses, oui… d'autres, non.

— De quoi te souviens-tu ? demanda Wei Wuxian.

— Je me souviens d'avoir été enchaîné dans un endroit aussi noir que la nuit. Je crois que quelqu'un venait me voir régulièrement.

— Te souviens-tu de qui il s'agissait ?

— Non. Je me rappelle seulement que quelqu'un m'a cloué quelque chose dans la tête.

— Il s'agissait probablement de Xue Yang. Il utilisait également des clous enfoncés dans le crâne pour contrôler Song Lan. C'était un cultivateur invité par le clan Jin de Lanling, mais nul ne sait s'il a agi sur leurs ordres ou pour son propre compte.

Wei Wuxian réfléchit un instant, puis ajouta :

— C'était probablement sur leurs ordres. À l'époque, ils ont annoncé publiquement que tu avais été réduit en cendres. Si le clan Jin de Lanling n'était pas impliqué, il n'aurait pas pu te cacher tout seul. Et ensuite ? Comment as-tu fini par trouver le chemin du mont Dafan ?

— Plus tard… je ne sais pas combien de temps après… j'ai soudain entendu des claquements de mains, expliqua Wen Ning. J'ai entendu gongzi dire « Réveillez-vous », alors j'ai… brisé mes chaînes et je me suis enfui…

C'était l'ordre que Wei Wuxian avait donné aux trois cadavres féroces au manoir Mo.

Le patriarche de Yiling avait autrefois donné d'innombrables ordres de ce genre au Général Fantôme.

Donc, évidemment, ce dernier avait lui aussi entendu et obéi au tout premier ordre qu'il avait donné lors de son retour en ce monde. Dans sa confusion, Wen Ning avait commencé à le chercher, guidé par le commandement de Wei Wuxian et les indications des autres morts-vivants qui l'avaient croisé.

Quant au clan Jin de Lanling, ils savaient que le fait qu'ils avaient caché le Général Fantôme ne pouvait pas être divulgué. Si la nouvelle s'était répandue, cela n'aurait pas seulement nui à leur réputation, mais aussi provoqué la panique. Par conséquent, même si Wen Ning s'était enfui, ils n'avaient pas osé le poursuivre en fanfare ou donner l'ordre de l'arrêter. Ils avaient les mains liées.

Wen Ning, arpentant le pays, avait finalement atteint le mont Dafan à temps pour percevoir l'appel à la flûte de Wei Wuxian. Et c'est ainsi que tous deux avaient été réunis avec succès.

Wei Wuxian poussa un soupir.

— Ce «je ne sais combien de temps après» représente plus d'une douzaine d'années.

Il marqua une courte pause, et reprit :

— Mais c'est à peu près la même chose pour moi. Veux-tu que je te raconte certaines des choses qui se sont passées au cours de ces années-là ?

— J'ai entendu certaines choses.

— De quel genre ?

— Que le Tertre du Charnier n'était plus. Que tous ceux qui s'y trouvaient… sont morts.

Wei Wuxian voulait lui raconter des anecdotes futiles et amusantes, comme le fait que les préceptes de la famille Lan étaient passés de trois à quatre mille, ou d'autres choses de ce genre. Il ne s'était pas attendu à ce que Wen Ning aborde d'emblée un sujet aussi lourd, si bien qu'il ne trouva rien à dire.

Mais aussi sombre que soit le sujet, le ton de Wen Ning n'était pas celui d'un profond chagrin. Au lieu de cela, il sonna comme s'il savait depuis le début qu'il devait en être ainsi... et c'était certainement le cas. Une douzaine d'années plus tôt, ils avaient déjà prédit ce scénario catastrophe à de nombreuses reprises.

Après un moment de silence, Wei Wuxian demanda :

— Qu'as-tu entendu d'autre ?

— Que le chef de secte Jiang, Jiang Cheng, a mené des troupes pour assiéger le Tertre du Charnier, déclara doucement Wen Ning. Et qu'il vous a tué, monsieur.

— Je dois clarifier ce point, indiqua Wei Wuxian. Il ne m'a pas tué. Je suis mort d'un contrecoup spirituel.

Wen Ning releva finalement la tête pour le regarder dans les yeux.

— Mais le chef de secte Jiang était clairement…

— Nul ne peut marcher sur un pont composé d'une seule planche toute sa vie sans jamais tomber, expliqua Wei Wuxian. On ne peut rien y faire.

Wen Ning semblait vouloir soupirer, mais il n'avait pas d'air à expirer.

— Très bien, ce sujet est clos, conclut Wei Wuxian. As-tu eu vent d'autre chose ?

— Oui.

Wen Ning le fixa du regard et poursuivit :

— La façon horrible dont vous êtes mort… Wei-gongzi.

Face à l'expression endeuillée qui s'épanouissait sur son visage, Wei Wuxian soupira.

— N'as-tu pas entendu une seule bonne nouvelle ?

Wen Ning fronça les sourcils.

— Non… Pas vraiment.

Wei Wuxian resta sans voix.

Pile au même moment, un grand fracas résultant du bris de quelque chose en porcelaine s'éleva en provenance de la salle principale. La voix de Lan Sizhui suivit de près.

— Ne parlions-nous pas de Xue Yang ? Comment la dispute en est-elle arrivée là ?

— Oui, nous discutions de Xue Yang, mais n'avais-je pas raison ? demanda Jin Ling, furieux. Qu'a-t-il donc fait ?

C'est une ordure inhumaine, mais Wei Ying était encore plus répugnant ! Que veux-tu dire par « on ne peut pas les mettre dans le même panier » ? Ces démons déviants sont une plaie pour le monde ! Ils *méritent* tous d'être tués ! De mourir ! De disparaître !

Wen Ning amorça un geste, mais Wei Wuxian lui fit signe de s'arrêter.

Puis ils entendirent Lan Jingyi s'en mêler et se plaindre bruyamment :

— Pourquoi es-tu si en colère ? Sizhui n'a pas dit que Wei Wuxian ne méritait pas de mourir, il a juste dit que ceux qui pratiquent la voie hérétique ne sont peut-être pas tous comme Xue Yang. Tu avais besoin de balancer des assiettes ? Je n'ai même pas pu goûter à ça…

— N'a-t-il pas aussi dit que le fondateur de la voie n'avait peut-être pas l'intention de l'utiliser pour nuire ? ricana Jin Ling. Rappelle-moi qui est ce « fondateur » ? Pourquoi ne me le dis-tu pas ? Qui cela pourrait-il être d'autre, si ce n'est Wei Ying ? Quelle perplexité ! Vous, les Lan de Gusu, êtes également un clan de cultivation distingué. N'avez-vous pas perdu beaucoup des vôtres à cause de lui ? N'était-ce pas une plaie de tuer ces cadavres ambulants et tous ces serviteurs ? Lan Yuan, pourquoi prends-tu une posture aussi bizarre ? Écoutez-vous donc… Essayez-vous de disculper Wei Ying ?

Lan Yuan était le nom de naissance de Lan Sizhui. Il se défendit :

— Je n'essayais pas de le disculper. Je suggérais seulement de ne pas tirer de conclusions hâtives sans connaître toute l'histoire. Rappelez-vous qu'avant notre arrivée dans la ville de Yi, beaucoup de gens prétendaient que Xiao Xingchen-daozhang avait tué Chang Ping du clan Chang de Yueyang par vengeance. Était-ce vrai ?

— Personne n'a réellement vu Xiao Xingchen-daozhang tuer Chang Ping, argumenta Jin Ling. Ils ne « prétendaient » rien, ils ne faisaient que spéculer. Mais combien de cultivateurs sont morts des mains de Wei Wuxian et de Wen

Ning, sans parler des effets du Sceau du Tigre Yin lors de l'embuscade du Chemin de Qiongqi et du massacre de la Cité Sans Nuit ? C'est une vérité de laquelle d'innombrables personnes ont été témoins. Une vérité irréfutable, indéniable ! Et je n'oublierai jamais le fait qu'il a demandé à Wen Ning de tuer mon père, et que c'est lui qui a causé la mort de ma mère !

Si le visage de Wen Ning avait originellement arboré quelques couleurs, il les aurait toutes perdues. À voix basse, il demanda :

— C'est le fils de Mademoiselle Jiang ?

Wei Wuxian demeura immobile.

Jin Ling continua son discours furieux.

— Mon oncle a grandi avec lui, mon grand-père le considérait comme son propre fils et ma grand-mère ne le traitait pas si mal que ça. Mais qu'en est-il de lui ? C'est par sa faute que le Quai des Lotus a été infesté par la populace Wen, réduit à devenir leur nid diabolique. Il a brisé le clan Jiang de Yunmeng et a causé la mort de mes grands-parents *et* de mes parents. Seul mon oncle a survécu ! Wei Wuxian a provoqué sa propre mort par les crimes qu'il a commis, alors pour tout cet enfer qu'il a déclenché, son destin était de mourir sans laisser de corps derrière lui ! L'histoire complète est juste là. Qu'y a-t-il à considérer ? Qu'y a-t-il à disculper ?

Son retour fut si agressif que Lan Sizhui ne répondit pas. Un bon moment plus tard, un autre garçon prit la parole.

— Pourquoi nous battons-nous sans raison sur ce sujet ? Changeons simplement de sujet, d'accord ? Nous sommes en plein repas et la nourriture est en train de refroidir.

À en juger par la voix, le garçon qui venait de parler était celui que Wei Wuxian taquinait en le qualifiant de « romantique ». Un autre garçon approuva à voix haute.

— Zizhen a raison, arrêtez de vous disputer. Sizhui n'a pas fait attention à ses mots, c'est tout. Comment aurait-il pu mettre autant de réflexion dans un commentaire banal ? Assieds-toi, Jin-gongzi, mangeons.

— Ouais ! Nous venons de fuir la ville de Yi… Nous avons forgé un lien indéfectible en échappant ensemble aux mâchoires de la mort ! Pourquoi entamer une dispute pour quelques mots malheureux ? Allez !

Jin Ling renifla. Lan Sizhui reprit la parole, aussi poli que d'ordinaire :

— Pardonne-moi. Je me suis mal exprimé et j'ai parlé sans réfléchir. Assieds-toi, s'il te plaît, Jin-gongzi. Si nous continuons, Hanguang-jun pourrait descendre, et ce ne serait pas bon.

La mention de Hanguang-jun fut miraculeusement efficace. Jin Ling cessa immédiatement de faire le moindre bruit. Il n'osa même plus souffler.

Un bruit de table et de bancs déplacés s'ensuivit, suggérant qu'ils s'étaient rassis. L'animation reprit dans la salle principale, et les voix des jeunes furent rapidement noyées sous le cliquetis des coupes, des assiettes et des baguettes.

Cependant, Wei Wuxian et Wen Ning se tenaient toujours tranquillement sur place dans les bois, le visage sombre.

Alors que le silence s'étendait, Wen Ning s'agenouilla à nouveau sans bruit. Il fallut un moment avant que Wei Wuxian ne remarque son mouvement et qu'il secoue mollement la main.

— Ça n'a rien à voir avec toi.

Wen Ning était sur le point de parler quand ses yeux glissèrent soudain vers un point situé derrière Wei Wuxian. Il avait l'air interloqué. Wei Wuxian commençait à se retourner lorsqu'il vit de façon floue une robe blanche passer devant lui, lever une jambe et donner un coup de pied dans l'épaule de Wen Ning.

Ce dernier fut projeté en arrière et s'écrasa, créant un second trou en forme d'homme.

Lan Wangji était sur le point de recommencer lorsque Wei Wuxian le tira précipitamment pour l'arrêter, suppliant en boucle :

— Hanguang-jun, Hanguang-jun ! Du calme !

Il semblait que la phase de «sommeil» s'était achevée, et que l'intéressé venait d'entrer dans celle de «l'ivresse».

Et qu'il était venu le chercher.

Cette situation était étrangement familière. C'était vraiment choquant de voir comment l'histoire se répétait. Toutefois, Lan Wangji avait l'air plus normal que lors du précédent incident. Il ne portait pas ses bottes aux mauvais pieds, et même alors qu'il frappait grossièrement Wen Ning avec ces dernières, son visage était resté sévère, droit et d'une perfection sans défaut.

Après avoir été arrêté dans son élan, il ajusta ses manches et hocha la tête.

Il demeura là, l'air fier, et, à la demande de Wei Wuxian, cessa ses coups de pied.

Wei Wuxian saisit ce moment de paix pour s'occuper de Wen Ning.

— Tu vas bien ?

— Oui.

— Dans ce cas, lève-toi ! Pourquoi es-tu encore à genoux ? le réprimanda Wei Wuxian.

Wen Ning se remit péniblement sur ses pieds, hésita brièvement, et offrit un salut.

— Lan-gongzi.

Lan Wangji fronça les sourcils, puis se boucha les oreilles et tourna le dos à Wen Ning pour faire plutôt face à Wei Wuxian. Il utilisa son propre corps pour bloquer le champ de vision de celui-ci.

Wen Ning en resta coi.

— Tu ferais mieux de ne pas rester là, lui indiqua Wei Wuxian. Lan Zhan, mmh, n'aime pas beaucoup te voir.

— Quel est le problème avec Lan-gongzi ? s'enquit Wen Ning.

— Rien. Il est juste saoul.

— Hein ?

Wen Ning en perdit la voix, comme si c'était impossible à croire. Après un bon moment, il demanda finalement :

— Alors… que devons-nous faire ?

— Quoi d'autre ? répondit Wei Wuxian en haussant les épaules. Je vais le ramener à l'intérieur et le jeter dans son lit.

— D'accord, approuva Lan Wangji.

— Hein ? Ne t'étais-tu pas couvert les oreilles ? releva Wei Wuxian. Pourquoi peux-tu m'entendre parfaitement, subitement, mmh ?

Cette fois, Lan Wangji ne répondit pas, mais se boucha une fois de plus fermement les oreilles, comme s'il n'était jamais intervenu. Pris entre le rire et les pleurs, Wei Wuxian se tourna vers Wen Ning.

— Fais attention à toi.

Wen Ning acquiesça, mais ne put s'empêcher de jeter un dernier regard à Lan Wangji. Pile quand il s'apprêtait à se retirer, Wei Wuxian l'interpella de plus belle.

— Wen Ning. Tu... Pourquoi ne commencerais-tu pas par trouver un endroit où te cacher ?

Wen Ning eut l'air décontenancé.

— Tu es techniquement mort deux fois maintenant, poursuivit Wei Wuxian. Prends un peu de repos.

Une fois Wen Ning parti, Wei Wuxian décolla les mains de Lan Wangji de ses oreilles.

— Très bien, il est parti. Tu ne l'entendras plus, et tu ne le verras plus non plus.

Ce ne fut qu'après cette confirmation que Lan Wangji baissa ses mains. Ses yeux clairs fixaient Wei Wuxian d'un air absent, son regard trop ouvert, trop franc. Le désir de le taquiner refit violemment surface chez Wei Wuxian, comme si quelque chose en lui venait de s'enflammer. Il esquissa un sourire narquois.

— Lan Zhan, vas-tu encore répondre à toutes les questions que je te poserai ? Faire tout ce que je te demanderai ?

— Mmh, répondit-il.

— Enlève ton ruban frontal, lui ordonna Wei Wuxian.

Comme attendu, Lan Wangji passa la main derrière sa tête et défit lentement le nœud pour retirer ledit ruban frontal blanc brodé de nuages.

Une fois celui-ci entre ses mains, Wei Wuxian l'examina de près et le retourna dans tous les sens.

— Eh bien, zut ! Il n'a rien de particulièrement spécial. Et moi qui pensais qu'il cachait un grand secret scandaleux. Pourquoi t'es-tu mis en colère quand je l'ai pris par le passé ?

Était-il possible qu'à l'époque, Lan Wangji ne l'aimait simplement pas et détestait tout ce qu'il faisait ?

Soudain, il sentit quelque chose s'enrouler autour de ses poignets et les lui serrer. Lan Wangji venait d'utiliser le ruban frontal pour lier ses mains ensemble et s'activait sans se hâter à faire un nœud.

— Que fais-tu ? s'étonna Wei Wuxian.

Mais comme il souhaitait voir ce qu'allait faire Lan Wangji, exactement, il le laissa poursuivre. Ce dernier attacha ses mains en serrant fort et commença par faire un nœud coulant. Cependant, à la réflexion, il sembla conclure que cela ne convenait pas. Il défit donc les liens et changea pour un nœud plat. Il considéra une nouvelle fois la situation, puis conclut que ce n'était toujours pas suffisant. Alors, il fit un autre nœud par-dessus le premier.

Les extrémités pendantes des rubans frontaux du clan Lan de Gusu étaient destinées à dériver magnifiquement dans le vent, à flotter en toute liberté. Pour cela, il fallait qu'ils soient assez longs. Lan Wangji fit sept à huit nœuds morts à la suite, les enchaînant tous en une série de petites bosses hideuses avant de s'arrêter, apparemment satisfait.

— Hé, tu ne veux plus de ce ruban frontal ? demanda Wei Wuxian.

Le froncement de sourcils de Lan Wangji s'était adouci. Après avoir attrapé l'autre extrémité du ruban frontal, il souleva les mains de Wei Wuxian et les porta à ses yeux, comme pour admirer son grand chef-d'œuvre.

Les mains ainsi suspendues, l'intéressé songea : *J'ai l'air d'un criminel… Attends ! Pourquoi est-ce que je joue le jeu avec lui ? Ne devrais-je pas être celui qui se joue de lui ?*

Reprenant ses esprits, Wei Wuxian ordonna :

— Détache-moi.

Lan Wangji répéta son petit tour du malentendu délibéré et tendit joyeusement les mains en direction du col et de la ceinture de Wei Wuxian.

— Non, pas ça ! s'exclama ce dernier. Détache le lien de mes mains ! Ce truc avec lequel tu m'as ligoté, ce ruban frontal.

Si Lan Wangji le déshabillait complètement avec les mains toujours attachées… Non, c'était horrible à imaginer !

Face à sa requête, les sourcils de Lan Wangji se froncèrent de plus belle, et il resta un long moment immobile. Wei Wuxian leva les mains devant lui et tenta de l'amadouer :

— N'as-tu pas dit que tu m'écouterais ? Mmh ? Détache ça pour gege. Sois gentil !

Lan Wangji lui jeta un regard, puis se détourna calmement, comme s'il ne comprenait pas ce qu'il disait. Comme si ses paroles nécessitaient un examen minutieux et prolongé.

— Oh, j'ai saisi ! se plaignit bruyamment Wei Wuxian. Tu sautes sur l'occasion pour m'attacher, mais quand je te demande de me libérer, tu ne comprends subitement plus, hein ?

Les rubans frontaux de la famille Lan étaient faits de la même matière que leurs tenues. Ils semblaient légers et aériens, mais étaient en vérité d'une solidité incomparable. Lan Wangji lui avait attaché les mains de façon serrée, et noué en prime le tout par une série de nœuds morts. Wei Wuxian était incapable de se libérer, peu importe comment il se tordait et se contorsionnait.

Eh bien, je me suis vraiment tiré une flèche dans le pied, pensa-t-il. *Heureusement que ce n'est qu'un ruban frontal et non quelque chose d'infernal comme une corde de capture d'immortels, sinon il m'aurait en effet solidement attaché.*

Lan Wangji regardait au loin tandis qu'il entraînait le ruban qui pendait dans sa main. Il paraissait véritablement s'amuser, tirant dessus et balançant son bras.

— Détache-moi, d'accord ? supplia pitoyablement Wei Wuxian. Hanguang-jun, tu es une âme si gracieuse et transcendante. Comment peux-tu faire quelque chose comme ça, hein ? Pourquoi as-tu besoin de m'attacher ? Ce n'est pas beau à voir, tu sais ? Et si d'autres personnes voyaient cela ? Mmh ?

N'ayant pas manqué la dernière partie de son discours, Lan Wangji le conduisit hors des bois. Tout en se faisant entraîner au risque de trébucher sur le chemin, Wei Wuxian s'exclama :

— Attends, attends ! Attends une seconde ! Je voulais dire que ce ne serait pas bon si les gens nous voyaient ainsi ! Je ne te disais pas de montrer cela à d'autres personnes ! Hé ! Tu fais encore semblant de ne pas comprendre ? Tu le fais exprès, n'est-ce pas ? Tu ne comprends que ce que tu veux comprendre, je me trompe ? Lan Zhan. Lan Wangji !

Mais alors qu'il parlait, Lan Wangji l'avait déjà tiré hors des bois et avait fait le tour de la rue pour entrer dans la salle principale de la taverne au rez-de-chaussée.

Les juniors étaient encore en train de manger, de boire et de passer un bon moment.

Bien qu'il y ait eu un léger désaccord plus tôt, les jeunes gens étaient doués pour oublier rapidement ce genre de choses. Ils étaient désormais immergés dans les affres joyeuses des jeux de boisson. Quelques-uns des cadets les plus courageux du clan Lan souhaitaient boire en cachette. Par conséquent, quelqu'un surveillait les escaliers du deuxième étage pour éviter que leur complot ne soit découvert par Lan Wangji.

Aucun d'entre eux n'aurait pu imaginer que Lan Wangji traînerait subitement Wei Wuxian par les portes d'entrée, qui n'étaient pas gardées. Quand ils tournèrent la tête pour voir, chacun d'eux afficha un air stupéfait.

Cling, clang !

Lan Jingyi se jeta sur la table pour cacher les coupelles de vin. Il renversa plusieurs assiettes et bols dans la foulée, rendant la dissimulation complètement inefficace et les objets, d'autant plus visibles.

Lan Sizhui se leva.

— Han… Hanguang-jun, comment se fait-il que vous passiez une nouvelle fois par les portes ?

Wei Wuxian s'esclaffa.

— Ha ! Ha ! Votre Hanguang-jun avait un peu chaud, alors nous sommes sortis pour prendre une bouffée d'air frais. Nous avons ensuite pensé vous tendre une embuscade sur un coup de tête. Vous voyez ? Nous vous avons surpris en train de boire en cachette.

S'il vous plaît, laissez Lan Zhan me traîner à l'étage, pria-t-il intérieurement.

Pitié, ne dis rien ou ne fais rien qui ne soit pas nécessaire !

Tant qu'il maintiendrait cette façade froide et rigide sans dire un mot, personne ne saurait que quelque chose ne tournait pas rond chez lui.

Mais pile au moment où Wei Wuxian pensa cela, Lan Wangji l'entraîna droit vers la table à laquelle les cadets étaient installés.

Lan Sizhui se montra on ne peut plus choqué.

— Hanguang-jun, votre ruban frontal…

Il n'avait pas terminé sa phrase que ses yeux tombèrent sur les poignets de Wei Wuxian, précisément liés avec ledit ruban frontal de Hanguang-jun.

Comme fâché que trop peu de gens l'aient remarqué, Lan Wangji souleva celui-ci, levant les bras de Wei Wuxian pour montrer son œuvre à tous ceux présents.

Lan Jingyi en perdit l'aile de poulet qu'il avait portée à sa bouche. Elle atterrit dans son bol, et la sauce éclaboussa partout, tachant ses robes.

Une seule pensée traversa l'esprit de Wei Wuxian : *Lorsque Lan Wangji aura dessaoulé, il aura définitivement perdu la face.*

— Que fait-il ? demanda Jin Ling, l'air incertain.

— Il vous montre une façon unique d'utiliser le ruban frontal du clan Lan, s'empressa d'expliquer Wei Wuxian.

— Quelle utilisation unique..., commença Lan Sizhui, avant de s'interrompre.

— Si vous rencontrez un cadavre ambulant très étrange et que vous voulez le ramener pour l'examiner de plus près, vous pouvez retirer le ruban frontal et l'appréhender ainsi, déclara Wei Wuxian.

— C'est faux ! protesta Lan Jingyi. Nos rubans frontaux sont…

Lan Sizhui enfonça rapidement l'aile de poulet tombée dans la bouche de Lan Jingyi et se hâta de répondre :

— Je vois. J'ignorais qu'il existait un usage aussi merveilleux !

Ignorant les regards étranges des curieux, Lan Wangji entraîna Wei Wuxian directement à l'étage.

Il entra dans la pièce, se retourna, ferma la porte et la verrouilla. Son dernier mouvement fut de pousser la table contre la porte, comme pour bloquer un ennemi à l'extérieur. Wei Wuxian l'observa s'affairer, impuissant.

— As-tu l'intention de dépecer quelqu'un ici ?

La chambre privée renfermait un paravent en bois peint qui divisait l'espace en deux. Un côté était aménagé avec une table et des sièges pour manger et converser, tandis que l'autre présentait un long divan drapé de rideaux pour se reposer. Lan Wangji le traîna vers ce dernier côté et le poussa sur le lit.

Wei Wuxian se heurta légèrement le crâne contre la tête en bois de ce dernier. Il poussa un « Oh ! » en guise de glapissement symbolique, mais ses pensées véritables furent plutôt : « *Est-ce qu'il va me forcer à dormir à nouveau avec lui ? Ce n'est pas encore l'heure de hai, n'est-ce pas ?* »

Entendant son cri douloureux, Lan Wangji repoussa les ourlets de sa robe blanche et s'assit le plus gracieusement du monde sur le côté du divan. Il tendit la main et caressa la tête de Wei Wuxian. Son expression avait beau être stoïque, son contact fut doux, comme s'il demandait « Est-ce que ça fait mal ? ».

Sous ses caresses, les coins des lèvres de Wei Wuxian tressaillirent.

— Ahou ! Oh, oh, oh !

Face à ses plaintes incessantes, une pointe d'inquiétude commença à colorer le visage de Lan Wangji et ses gestes se firent d'autant plus délicats. Il lui tapota même l'épaule en guise de consolation, mais Wei Wuxian leva ses mains et les lui présenta.

— Libère-moi, maintenant. Hanguang-jun, tu m'as attaché si fort que je vais saigner, ça fait mal. Défais le ruban frontal et relâche-moi ! D'accord ?

Lan Wangji lui couvrit la bouche dans l'instant.

— Mffmffmffffff ? Mffmffmffffffffff ?

Quand il s'agit de choses que tu refuses de faire, tu fais semblant de ne pas comprendre. Et quand tu ne peux pas faire semblant de ne pas comprendre, tu ne me laisses tout simplement pas parler ? C'est si méprisable ! pensa Wei Wuxian. *Eh bien, ne me blâme pas pour ce qui va suivre !*

Lan Wangji lui couvrait fermement la bouche d'une main, alors Wei Wuxian entrouvrit ses lèvres. Le bout de sa langue effleura ensuite légèrement et rapidement sa paume. Ce fut un contact des plus légers, pareil à une libellule effleurant la surface de l'eau, mais Lan Wangji rétracta sa main comme si celle-ci avait plutôt été léchée par une flamme.

Wei Wuxian prit une profonde inspiration. Il eut brièvement la sensation d'avoir satisfait ses griefs. Cependant, il vit Lan Wangji se retourner et étreindre ses genoux. Assis sur le divan, lui tournant le dos, ce dernier berça sa main légèrement léchée près de son cœur et demeura immobile.

— Que se passe-t-il ? l'interrogea Wei Wuxian. Que fais-tu ?

Lan Wangji donnait l'impression d'avoir perdu toute envie de vivre après avoir été violé par un pervers. Ceux qui ne connaissaient pas la situation auraient supposé que Wei Wuxian lui avait fait quelque chose d'horrible.

Voyant qu'il semblait avoir subi un coup dur, Wei Wuxian commenta :

— Tu n'as pas aimé ça ? Eh bien, c'est dommage ! C'est ta faute. À ne pas me laisser parler, tu t'es conduit comme une brute. Pourquoi ne viendrais-tu pas me voir pour que je t'essuie les mains ?

Il tendit ses mains liées pour toucher l'épaule de Lan Wangji, mais l'intéressé esquiva en s'éloignant. Toutefois, à voir la façon dont Lan Wangji serrait ses genoux et s'était silencieusement recroquevillé au coin du lit, Wei Wuxian sentit une nouvelle vague de désir de le malmener surgir de sa poitrine.

Il s'agenouilla sur le lit et se rapprocha peu à peu de Lan Wangji. Sur le ton le plus séduisant qu'il était capable de prendre, il gloussa :

— Effrayé ?

Lan Wangji sauta d'un coup du lit. Il garda ses distances, tournant toujours le dos à Wei Wuxian comme s'il avait peur de lui.

C'était maintenant que Wei Wuxian allait vraiment se lâcher. Il glissa langoureusement du divan et rigola.

— Bon sang, pourquoi te caches-tu ? Ne t'enfuis pas ! J'ai toujours les mains liées par tes soins ! Je n'en suis pas effrayé, alors de quoi, toi, tu as peur ? Viens, viens, viens. Viens ici !

Il rit en se rapprochant. Lan Wangji se précipita de l'autre côté du paravent peint et heurta la table qu'il avait lui-même poussée contre la porte pour bloquer l'entrée. Wei Wuxian contourna la séparation artificielle pour le poursuivre, tournant en rond de l'autre côté. Tous deux se poursuivirent ainsi sept à huit fois. Mais Wei Wuxian commençait tout juste à s'amuser quand la réalité le rattrapa finalement.

Que suis-je en train de faire ? Je joue au chat et à la souris ? Mais qu'est-ce qui se passe, les portes se sont fermées sur mon cerveau ? Lan Zhan est ivre, mais pourquoi suis-je en train de jouer avec lui ?

Quand Lan Wangji remarqua que son poursuivant s'était arrêté, il s'immobilisa à son tour.

Il se cacha derrière et ne laissa entrevoir qu'une partie de son visage blanc comme neige pour espionner Wei Wuxian.

Ce dernier le détailla attentivement. Il semblait totalement sérieux et droit, comme s'il s'agissait d'une personne complètement différente qui se comportait tel un enfant de six ans, courant autour du paravent avec lui.

— Tu veux continuer ? demanda Wei Wuxian.

Lan Wangji hocha la tête sans expression.

Wei Wuxian se retenait tellement de rire qu'il était sur le point de se faire mal.

Ha, ha, ha, ha ! Bon sang ! Quand Lan Zhan est ivre, il veut jouer à chat ! Ha, ha, ha, ha !

Son rire réprimé le secoua comme une tempête écrasante. Se retenir lui demandait beaucoup d'efforts. Son corps entier en trembla.

Ce clan Lan de Gusu. Pas de clameur autorisée, pas de bêtises autorisées, pas de marche rapide autorisée. Lan Zhan n'a pas dû pouvoir se lâcher de cette façon quand il était plus jeune. Tss, tss, tss. C'est tellement triste ! Quoi qu'il en soit, il ne se souviendra de rien quand il retrouvera sa sobriété, ce n'est donc pas grave si je m'amuse un peu avec lui.

Il reprit sa course après Lan Wangji durant quelques pas, feignant de le poursuivre. Sans surprise, ce dernier recommença à son tour à fuir. Wei Wuxian décida de traiter cela comme s'il jouait avec un enfant et fit de son mieux pour faire plaisir à Lan Wangji. Il le poursuivit ainsi durant quelques tours de plus.

— Cours, cours, cours ! Cours plus vite, ne me laisse pas t'attraper ! Chaque fois que je t'attraperai, je te lécherai ! Tu as peur ?

Ses propos auraient dû sonner comme une menace, mais, contre toute attente, Lan Wangji contourna le paravent et le percuta délibérément. Wei Wuxian essayait de l'attraper, alors pourquoi se livrait-il à lui ?

L'espace d'une seconde, il resta sans voix, au point d'oublier de tendre la main. Voyant qu'il ne bougeait pas, Lan Wangji attrapa ses mains liées et passa ses bras autour de son propre cou, comme pour enfoncer volontairement sa tête dans un nœud coulant indestructible.

— Tu m'as attrapé.

Wei Wuxian était confus.

— Euh ? Mmh, oui, je t'ai attrapé.

Lan Wangji semblait attendre quelque chose. Après un bon moment, et puisque rien ne se produisit, il répéta ces trois mots avec, cette fois-ci, plus d'emphase. Comme s'il le pressait impatiemment.

— Tu m'as attrapé.

— Oui, je t'ai attrapé, en convint Wei Wuxian.

Il l'avait effectivement attrapé. Et ensuite ?

Qu'avait-il dit déjà ? Que chaque fois qu'il l'attraperait, il ferait… quoi ?

Impossible…

— Cette fois ne compte pas, indiqua-t-il. Tu t'es rendu de ton propre chef…

Mais il s'interrompit quand il vit le visage de Lan Wangji se décomposer. Son expression se figea, et il parut incroyablement malheureux.

Impossible, songea Wei Wuxian. *Lan Zhan n'aimerait pas seulement jouer à chat quand il est ivre, il aimerait aussi être léché ?*

Il voulut retirer ses bras du cou de Lan Wangji, mais ce dernier refusa de les libérer. Il les maintint au contraire fermement avec les siens. Wei Wuxian remarqua qu'une de ses mains était placée sur le haut de son bras. Après un moment de réflexion, il inclina la tête, approcha timidement sa bouche et laissa ses lèvres effleurer le dos de la main de Lan Wangji en un baiser spectral. Le bout de sa langue balaya légèrement cette peau de jade fraîche.

Ce fut un contact très, très léger.

Lan Wangji recula aussi vite que l'éclair. Il se défit des bras de Wei Wuxian, puis se précipita face au mur, dos à lui. La tête baissée et les lèvres closes, il serra alors la main qui avait été léchée contre son propre torse.

Eh bien ? Il a peur ou il aime ça ? s'interrogea Wei Wuxian. *Ou est-ce les deux ?*

Tandis qu'il considérait la question, Lan Wangji se retourna. Son visage à nouveau calme, il demanda :

— Encore.

— Encore ? répéta Wei Wuxian. Encore, quoi ?

Lan Wangji s'esquiva une nouvelle fois derrière le paravent et ne laissa dépasser qu'une moitié de son visage pour l'épier.

Cette signification était plus qu'évidente. « *Jouons encore. Tu me poursuis, je cours.* »

Wei Wuxian demeura brièvement sans voix. Toutefois, il suivit le mouvement et recommença.

Cette fois, il ne le poursuivit que sur deux pas avant que Lan Wangji ne se heurte de plus belle volontairement à lui.

— Tu le fais vraiment exprès, s'emporta Wei Wuxian.

Lan Wangji passa à nouveau ses bras autour de son propre cou, comme s'il n'avait rien compris à ce qui venait d'être dit, et attendit encore que celui-ci tienne sa promesse.

Je laisse Lan Zhan s'amuser tout seul, pensa Wei Wuxian. *Ça ne va pas le faire. De toute façon, il oubliera tout ce que je lui fais dès qu'il sera sobre, alors augmentons les enjeux.*

Il continua de comploter contre Lan Wangji pendant qu'ils gagnaient tous deux le divan en bois afin de s'y asseoir.

— Tu aimes te faire lécher, hein ? s'enquit Wei Wuxian. Ne détourne pas la tête. Dis-moi. Est-ce que tu aimes ça ? Si c'est le cas, nous n'avons pas forcément besoin de courir à chaque fois. Je le ferai autant que tu le souhaiteras.

Il leva une des mains de Lan Wangji, puis baissa la tête et déposa un baiser entre ses doigts clairs particulièrement longs et fins.

Lan Wangji esquissa un énième mouvement de recul, mais Wei Wuxian retint fermement sa main, sans lui permettre de se retirer. Puis il pressa ses lèvres contre ses articulations marquées, son souffle aussi léger qu'une plume. Ses lèvres parcoururent ensuite les doigts de Lan Wangji jusqu'à ce qu'elles trouvent le dos de sa main, où il déposa un autre baiser.

En dépit de ses efforts, Lan Wangji ne put récupérer sa main. Il referma ses doigts jusqu'à serrer le poing.

Wei Wuxian remonta légèrement sa manche et révéla son poignet blanc comme neige. Il y déposa également un baiser. Après cela, il ne bougea pas la tête. Il se contenta de lever les yeux.

— Est-ce suffisant ?

Les lèvres de Lan Wangji étaient fermement closes, silencieuses. Wei Wuxian se redressa langoureusement.

— As-tu brûlé de la monnaie funéraire pour moi ? demanda-t-il.

Aucune réponse. Wei Wuxian lâcha un rire, puis se rapprocha de lui. Il déposa un autre baiser sur son cœur, contre sa robe.

— Si tu ne parles pas, alors je ne te donnerai plus rien. Dis-moi, comment m'as-tu reconnu ?

Lan Wangji ferma les yeux. Ses lèvres tremblaient. Il avait l'air d'être sur le point de se confesser.

Cependant, Wei Wuxian avait porté ses yeux sur ses lèvres pâles et douces. Comme s'il était ensorcelé, il y déposa un baiser. Sa langue suivit le mouvement et les lécha, comme s'il n'était pas rassasié.

Leurs yeux s'écarquillèrent en même temps.

Un bon moment plus tard, Lan Wangji leva soudainement la main. Wei Wuxian reprit ses esprits, le corps baigné de sueur froide. Persuadé que Lan Wangji allait le gifler sur place, il roula prestement hors du divan. Néanmoins, quand il se retourna, il le vit se frapper le front, ce qui lui fit perdre connaissance et l'amena à s'effondrer sur le lit en bois.

Wei Wuxian demeura assis par terre, dans cette chambre privée, tandis que Lan Wangji était affalé sur le divan. Une rafale de vent froid souffla à travers la fenêtre ouverte et provoqua des frissons dans le dos de Wei Wuxian ; mais cela l'aida à éclaircir quelque peu ses esprits. Il se leva, remit la table en place et s'assit à côté d'elle.

Il resta ainsi hébété pendant un moment. Puis il baissa la tête et mordit péniblement le ruban frontal noué autour de ses poignets, jusqu'à ce que le tas de nœuds morts se desserre enfin.

Une fois ses mains libres, il se servit naturellement une coupelle d'alcool pour se remettre de son choc. Mais lorsqu'il la porta à ses lèvres, il s'avéra qu'il n'y avait pas une seule goutte à boire. Il baissa alors les yeux pour la trouver vide. Il avait en vérité bu l'intégralité du pichet bien plus tôt, mais n'avait pas remarqué que rien ne s'était écoulé lorsqu'il l'avait versé.

Il reposa sa coupelle vide sur la table. *Tant pis ! C'est assez d'alcool pour aujourd'hui.*

Quand il tourna la tête, la position du paravent fut suffisante pour lui permettre d'apercevoir Lan Wangji couché tranquillement sur le divan. *J'ai vraiment trop bu aujourd'hui, j'ai dépassé les limites. Même si Lan Zhan est ivre et ne se souviendra probablement de rien à son réveil, je n'aurais pas dû taquiner aussi outrageusement un homme aussi bon et correct que lui... C'était bien trop irrespectueux.*

Mais quand il se rappela exactement en quelle mesure il s'était montré «outrageant», il ne put s'empêcher de lever la main et de toucher doucement ses propres lèvres.

Il caressa le ruban frontal dans sa main, puis finit par se redresser pour se diriger du côté du divan et le placer à côté de l'oreiller.

Il s'efforça ensuite de ne pas jeter ne serait-ce qu'un regard à la dérobée en direction du visage de Lan Wangji pendant qu'il s'accroupissait pour lui ôter ses bottes et l'arrangeait dans la posture habituelle de sommeil du clan Lan.

Après avoir terminé sa tâche, Wei Wuxian s'assit sur le sol et s'appuya contre le divan. Son esprit était en plein désarroi, mais une chose était absolument claire.

Il ne pouvait pas laisser Lan Zhan boire à nouveau. S'il agissait de la sorte avec tout le monde quand il était ivre, ce ne serait pas bon du tout.

Pour une étrange raison, Wei Wuxian se sentait indescriptiblement coupable ce soir. Par conséquent, il n'osa pas se glisser dans le même lit que Lan Wangji comme il le faisait habituellement et passa plutôt la nuit sur le plancher, s'assoupissant contre le divan un certain temps après y avoir accolé sa tête.

Le matin arriva de façon confuse. Il sentit quelqu'un le soulever doucement et l'allonger sur le divan. Il ouvrit ses yeux troubles, et le visage éternellement tranquille de Lan Wangji entra dans son champ de vision.

Il en fut immédiatement à moitié réveillé.

— Lan Zhan.

Lan Wangji lui répondit par un « Mmh ».

— Es-tu sobre ou bien encore ivre ?

— Sobre.

— Oh ! C'est l'heure de mao ? demanda Wei Wuxian.

Lan Wangji se réveillait ponctuellement tous les jours à l'heure de mao, ce qui permettait à Wei Wuxian de déterminer l'heure sans regarder le ciel. Lan Wangji souleva les poignets de Wei Wuxian, sur lesquels figuraient d'innombrables zébrures rouges. Il récupéra un petit flacon de porcelaine vert clair et inclina la tête tandis qu'il appliquait une fine crème médicinale sur les marques. Cela les soulagea instantanément. Wei Wuxian plissa les yeux.

— Aïe... Hanguang-jun, tu es vraiment un ivrogne brutal.

— Tu subis les conséquences de tes propres actions, lui retourna Lan Wangji sans lever les yeux.

Le cœur de Wei Wuxian s'emballa.

— Lan Zhan, tu ne te souviens vraiment pas de ce que tu fais quand tu es saoul, hein ?

— Non.

C'est probablement vrai, songea Wei Wuxian. *Autrement, il aurait été si furieusement embarrassé qu'il m'aurait déjà massacré.*

Il était heureux que Lan Wangji ne se souvienne de rien, mais aussi quelque peu désappointé.

C'était comme avoir secrètement fait quelque chose de mal ou mangé une friandise interdite en cachette. Vous vous cachiez dans un coin en ricanant, intérieurement ravi que nul ne vous ait découvert, mais déçu de n'avoir personne avec qui partager cette joie inavouable. Inconsciemment, ses yeux glissèrent une nouvelle fois vers les lèvres de Lan Wangji.

Bien que ces dernières n'esquissent jamais un sourire, elles apparaissaient toujours très douces. Et elles l'étaient véritablement.

Wei Wuxian mordit inconsciemment les siennes tandis que son esprit commençait à s'égarer dans le vaste univers. *Le clan Lan de Gusu est tellement strict, et Lan Zhan est complètement immunisé à toute romance, il n'a donc jamais dû embrasser une fille auparavant. Que dois-je faire ? Dois-je lui dire que je lui ai dérobé son premier baiser ? S'il le découvrait, serait-il tellement en colère qu'il en pleurerait ? Hé ! Cela aurait pu quand il était jeune, mais je doute que ce soit le cas maintenant. En plus, il est pareil à un moine de bois. Peut-être n'a-t-il jamais pensé à ce genre de choses… Attends ! La dernière fois qu'il était saoul, je lui ai demandé s'il aimait quelqu'un et il m'a répondu « oui ». Dans ce cas, peut-être a-t-il déjà embrassé quelqu'un ? Cela dit, avec la retenue maladive de Lan Zhan, cet amour a dû s'en tenir à de la vertu. Non, ils ne se sont probablement jamais embrassés ni même tenu la main. Peut-être n'a-t-il d'ailleurs jamais compris de quel type « d'amour » je parlais…*

À peine Lan Wangji eut-il terminé d'appliquer la pommade que trois coups légers retentirent contre la porte. La voix de Lan Sizhui suivit.

— Hanguang-jun, êtes-vous tous les deux réveillés ? Partons-nous bientôt ?

— Attendez en bas, répondit Lan Wangji.

Dès que le groupe quitterait la ville, chacun s'en irait de son propre côté. À l'origine, les cadets ne se connaissaient que de vue. Ils s'étaient tout au plus croisés lors des colloques organisés par l'un ou l'autre de leurs clans. Mais ces derniers temps, ils avaient enquêté sur l'affaire du tueur de chats et passé un jour et une nuit terrifiants dans une ville fantôme brumeuse. Ils avaient brûlé de la monnaie funéraire ensemble, bu des verres en cachette, s'étaient disputés collectivement et avec d'autres personnes. Désormais, ils se connaissaient bien ; cela les rendait réticents à se dire au revoir.

Ils traînèrent les pieds jusqu'aux portes de la ville en se promettant de se retrouver à l'occasion d'une conférence organisée par une famille ou de se rendre dans le domaine d'une autre pour une chasse nocturne. Lan Wangji ne les pressa pas. Il se tenait sous un arbre, grand et silencieux, les laissant bavarder. Il gardait également un œil sur Fée, qui n'osait ni aboyer ni courir en tous sens. L'animal ne pouvait que se recroqueviller sous l'arbre et regarder pitoyablement dans la direction de Jin Ling tout en remuant rapidement la queue.

Profitant du fait que Lan Wangji surveillait le chien, Wei Wuxian passa son bras autour de Jin Ling et s'éloigna.

Mo Xuanyu était l'un des fils illégitimes de Jin Guangshan. Il était le demi-frère cadet de Jin Zixuan et Jin Guangyao, né du même père, mais d'une mère différente de chacun d'eux. En termes de lignée, il était aussi techniquement le petit oncle de Jin Ling, ce qui signifiait qu'il pouvait l'exhorter avec le ton d'un aîné.

— Ne te dispute plus avec ton oncle quand tu rentreras, lui conseilla-t-il en marchant. Écoute-le, et sois plus prudent à partir de maintenant. Ne te précipite pas tout seul en chasse nocturne.

Bien que Jin Ling soit issu d'une secte distinguée, les commérages n'épargnaient personne. En tant qu'orphelin, nul ne pouvait s'empêcher de penser qu'il était impatient d'obtenir des accomplissements et de faire ses preuves.

— Tu n'es encore qu'un adolescent, ajouta Wei Wuxian. Aucun des cadets du clan de ton âge n'a terrassé de redoutables créatures maléfiques, alors pourquoi te montres-tu aussi impatient d'abattre ta première ?

— Mon oncle et mon petit oncle étaient adolescents lorsqu'ils ont remporté leurs premières louanges, marmonna Jin Ling.

Est-ce seulement comparable ? s'interrogea silencieusement Wei Wuxian. *À cause de la tyrannie du clan Wen de Qishan, tout le monde était à cran à l'époque. Si vous ne vous entraîniez pas de votre mieux, si vous n'étiez pas prêt à tuer à tout moment, qui savait quand votre chance pouvait tourner ? Tout le monde a été enrôlé dans la bataille pendant la campagne de la Chute du Soleil. Personne ne se souciait de savoir si vous étiez un adolescent, ou quel âge vous aviez. Mais nous vivons désormais une période de paix. Tous les clans sont stables. L'atmosphère n'est pas aussi tendue, et les gens ont arrêté de se tuer eux-mêmes en cultivant parce qu'il n'y a plus besoin de le faire.*

— Même ce maudit chien de Wei Ying n'était qu'un adolescent quand il a massacré la bête Xuanwu, ajouta Jin Ling. S'il a pu faire ça, pourquoi pas moi ?

Lorsqu'il entendit son nom précédé de *ce mot*, Wei Wuxian frissonna. Il tenta péniblement de se débarrasser de sa chair de poule.

— A-t-il tué cette chose ? N'était-ce pas Hanguang-jun ?

À la mention de ce dernier, Jin Ling lui lança un regard indéfinissable, comme s'il voulait dire quelque chose, mais s'efforçait de se retenir.

— Hanguang-jun et toi... Peu importe. C'est entre vous deux, et je ne veux de toute façon pas me préoccuper de toi. Tu n'as qu'à être une manche-coupée, si tu aimes tant ça. C'est une maladie incurable.

Wei Wuxian s'esclaffa.

— Comment cela peut il être une maladie ?

Intérieurement, il se tordait de rire. *Il pense encore que je harcèle éhontément Lan Zhan ?*

— Je connais désormais la signification du ruban frontal du clan Lan de Gusu, déclara Jin Ling. Puisqu'il en est ainsi, tiens-toi correctement aux côtés de Hanguang-jun. Si tu dois être une manche-coupée, sois-le de façon chaste et honnête ! Arrête de courtiser d'autres hommes, surtout ceux de nos familles ! Autrement, ne m'en veux pas si je viens te trouver.

Ses « familles » auxquelles il faisait référence comprenaient le clan Jin de Lanling ainsi que le clan Jiang de Yunmeng. Sa tolérance pour les manches-coupées semblait avoir augmenté. Tant que Wei Wuxian ne convoitait personne de ces familles, il pouvait fermer les yeux.

— Quel sale gosse ! s'exclama l'intéressé. Qu'entends-tu par « courtiser d'autres hommes » ? Tu dis ça comme si je faisais ce genre de choses. Et le ruban frontal ? Il possède une signification ?

— Ne joue pas à ça ! s'emporta Jin Ling. Tu as eu ce que tu voulais, alors ne t'emporte pas. Je ne veux plus en parler. Es-tu Wei Ying ?

Sa question directe soudainement lancée à la fin prit Wei Wuxian au dépourvu.

— Tu trouves que je lui ressemble ? répondit ce dernier, avec malgré tout une certaine décontraction.

Jin Ling demeura un moment silencieux, puis siffla un petit coup.

— Fée !

Appelé par son maître, Fée s'élança, la langue pendante et battant au vent. Wei Wuxian détala.

— Parle-moi correctement, pourquoi lâcher le chien ?

Jin Ling renifla.

— Au revoir !

Après avoir fait ses adieux, il partit galamment en direction de Lanling, la tête haute. À l'évidence, il n'osait toujours pas retourner voir Jiang Cheng au Quai des Lotus à Yunmeng. Les autres cadets partirent dans différentes directions, par groupes de deux ou trois, en route pour rentrer.

Finalement, seuls restèrent Wei Wuxian, Lan Wangji et les cadets Lan.

Ces derniers ne cessaient de regarder en arrière tandis qu'ils marchaient, incapables de se contrôler. Même si Lan Jingyi n'en avait rien dit, il semblait quelque peu désespéré et réticent face à cette séparation.

— Où allons-nous ensuite ? demanda-t-il.

— Zewu-jun participe actuellement à une chasse nocturne dans la région de la préfecture de Tan, s'en mêla Lan Sizhui. Rentrons-nous directement au Repaire des Nuages, ou bien devons-nous le rejoindre là-bas ?

— Nous le rejoindrons dans la préfecture de Tan, déclara Lan Wangji.

— Bien, bien, répondit Wei Wuxian. Peut-être pourrons-nous l'aider, ou quelque chose dans ce genre. Nous ignorons où est passée la tête de notre bon camarade de toute façon.

Lan Wangji et lui marchèrent devant tandis que les garçons suivaient loin derrière.

Après avoir voyagé un certain temps, Lan Wangji prit la parole.

— Jiang Cheng sait qui tu es.

Wei Wuxian chevauchait Petite Pomme, laissant l'âne tacheté marcher d'un pas tranquille.

— Oui, en effet. Et alors, quoi ? Il n'a aucune preuve.

Contrairement à la possession, un sacrifice spirituel ne laissait aucune preuve qui puisse être tracée. Jiang Cheng ne basait ses conclusions que sur la réaction de Wei Wuxian à la vue d'un chien. Cependant, il n'avait jamais dit à personne que celui-ci avait peur des chiens, et seuls les gens proches les uns des autres pouvaient lire les réactions et les expressions faciales ainsi. De telles choses ne servaient guère de preuves concrètes. Même si Jiang Cheng affichait partout des bulletins publics annonçant que le patriarche de Yiling, Wei Wuxian, se prostrait dans un coin à la vue d'un chien, les gens n'y verraient qu'un signe que Sandu Shengshou avait finalement perdu la tête après ses années de poursuite infructueuse à l'encontre du patriarche de Yiling.

— C'est pourquoi je suis si curieux, reprit Wei Wuxian. Comment diable m'as-tu reconnu ?

— Et moi, je suis curieux de savoir pourquoi ta mémoire est aussi mauvaise.

***

Il ne restait plus que quelques jours jusqu'à l'arrivée du groupe dans la préfecture de Tan.

Avant leur rencontre avec Lan Xichen, ils passèrent par un jardin massif extraordinairement beau, bien que plutôt négligé. Incapables de contrôler leur curiosité, les cadets entrèrent pour jeter un coup d'œil. Tant que cela n'allait pas contre les préceptes et les règles de la famille, Lan Wangji n'intervenait jamais pour les arrêter. Ils purent donc explorer à loisir.

À l'intérieur du jardin se trouvaient des pavillons et des rampes en pierre, des tables et des chaises en pierre, le tout prévu par commodité pour les visiteurs venus observer les fleurs et la lune. Mais, après de nombreuses années d'exposition aux éléments, le pavillon était endommagé et deux des chaises en pierre s'étaient renversées. Il n'y avait aucune fleur ou végétation visible dans le jardin, rien que des branches et des feuilles fanées. Il avait manifestement été abandonné depuis très longtemps.

Les cadets s'y promenèrent avec bonne humeur et en parcoururent la moitié avant que Lan Sizhui ne demande :

— C'est le jardin qui appartient à la Demoiselle de la Floraison Annuelle, n'est-ce pas ?

— La Demoiselle de la Floraison Annuelle ? Qui est-ce ? s'enquit Lan Jingyi, stupéfait. Ce jardin a un propriétaire ? Comment se fait-il qu'il soit si délabré ? On dirait qu'il n'a pas été entretenu depuis longtemps.

Les périodes de floraison étaient courtes, et les fleurs qui s'épanouissaient de façon saisonnière étaient donc appelées annuelles. Il existait une abondance de variétés, chacune avec ses propres couleurs. Lorsqu'elles fleurissaient, les jardins étaient inondés de leur parfum.

Quand il entendit ce nom, un souvenir se raviva dans l'esprit de Wei Wuxian.

Lan Sizhui caressa les colonnes du pavillon et réfléchit un moment, puis il déclara :

— Si je me souviens bien, ce doit bel et bien être ce jardin. Il est célèbre, je l'ai lu dans des livres. Le chapitre « L'âme fleurie de la Demoiselle Annuelle » raconte que : « Dans la préfecture de Tan s'épanouit un parterre de fleurs, et en ce lieu se trouve une demoiselle. Récitez des poèmes au clair de lune. Si le vôtre est excellent, vous recevrez une fleur annuelle dont la floraison se maintiendra pendant trois ans, et dont le parfum persistera. Si le poème est indésirable, ou s'il présente des erreurs dans sa récitation, la demoiselle apparaîtra, jettera des fleurs au visage de l'homme et disparaîtra ensuite. »

— Récitez mal un poème et elle vous lancera des fleurs au visage ? s'étrangla Lan Jingyi. J'espère que ces dernières n'ont pas d'épines, auquel cas je serais certainement tout égratigné si je tentais ma chance. Quel genre de monstre est-ce ?

— Il ne s'agit pas vraiment d'un monstre, mais d'un esprit, corrigea Lan Sizhui. Il est dit que le premier propriétaire du parterre était un poète, et qu'il a planté ces fleurs de ses propres mains, considérant les fleurs comme ses amies. Il récitait des poèmes ici tous les jours, et le parfum savant et l'affection qui s'attardait dans ses vers se déversaient sur les fleurs et les plantes de ce jardin. En fin de compte, le souffle d'un esprit a pris forme. C'était la Demoiselle de la Floraison Annuelle. Si des étrangers lui rendent visite et parviennent à la rendre heureuse en lui récitant des poèmes agréables et en lui rappelant celui qui l'a nourrie, ils ne recevront qu'une seule fleur. En revanche, s'ils récitent mal ou incorrectement, elle sortira des buissons fleuris et utilisera ces mêmes fleurs pour les frapper au visage. Ceux qui sont touchés perdent connaissance et, à leur réveil, ils se retrouvent jetés hors du jardin. Il y a une douzaine d'années, on disait que la foule n'en finissait pas de visiter ce jardin.

— Élégant. Tout simplement élégant, commenta Wei Wuxian. Mais il n'y a aucune chance que les livres du pavillon de la Bibliothèque Lan aient quelque chose de tel dans leurs archives. Avoue, Sizhui. Qu'as-tu lu, et qui t'a permis de lire cela ?

Lan Sizhui rougit et jeta un regard furtif à Lan Wangji, de peur d'être puni.

— La Demoiselle de la Floraison est-elle vraiment très belle ? demanda Lan Jingyi. Est-ce la raison pour laquelle tant de gens désiraient venir ?

Voyant que Lan Wangji n'avait pas l'intention de le gronder, Lan Sizhui poussa secrètement un soupir de soulagement avant de répondre avec un sourire :

— C'est sûrement le cas. Elle est un esprit de grande élégance, après tout, mêlée de choses merveilleuses. Mais, en vérité, personne n'a jamais vu son visage. Quand bien même il ne vous est pas possible de composer vous-même un poème, est-il difficile d'en réciter un ou deux ? Non, évidemment. Pour cette raison, la plupart des visiteurs recevaient une fleur en cadeau de la part de la Demoiselle. Et même s'il y en avait occasionnellement qui s'en faisaient jeter au visage à cause d'une récitation incorrecte, ils perdaient immédiatement conscience et n'avaient aucune chance d'obtenir une audience par la suite. Cependant... il y a eu une exception.

— De qui s'agissait-il ? s'enquit un autre garçon.

Wei Wuxian s'éclaircit tranquillement la gorge.

— Le patriarche de Yiling, Wei Wuxian, répondit Lan Sizhui.

Nouveau raclement de gorge pour Wei Wuxian.

— Mmh, pourquoi encore lui ? Ne pouvons-nous pas parler d'autre chose ?

Personne ne lui prêta attention. Lan Jingyi le rembarra anxieusement d'un geste de la main.

— Tais-toi ! Wei Wuxian, quoi ? Ce grand seigneur maléfique ? Qu'a-t-il fait ? A-t-il traîné de force la Demoiselle de la Floraison Annuelle hors de sa cachette ?

— Non, ce n'est pas ça, contra Lan Sizhui. Il est venu de Yunmeng dans la préfecture de Tan pour se rendre dans ce jardin afin d'essayer expressément de voir son visage. Il a récité plusieurs fois des poèmes de manière incorrecte afin de provoquer la Demoiselle de la Floraison Annuelle et l'inciter à le frapper avec des fleurs avant de le jeter dehors. Chaque fois qu'il s'est réveillé, il est retourné à l'intérieur pour recommencer, et cela à vingt reprises. Au bout du compte, il est bel et bien parvenu à voir son visage et est reparti pour vanter son apparence au monde entier. Toutefois, la Demoiselle de la Floraison Annuelle était tellement en colère contre lui qu'elle n'est plus réapparue pendant un très long moment. Par la suite, chaque fois qu'il revenait, une tempête se déclenchait pour souffler des rafales de fleurs sur les gens. C'était un spectacle plus extraordinaire que ce que vous pouvez imaginer...

Les garçons se mirent tous à rire.

— Wei Wuxian est un personnage si ennuyeux !

— Pourquoi est-il si frivole ?

Wei Wuxian se frotta le menton.

— Que voulez-vous dire ? Qui n'a pas fait une ou deux choses comme ça dans sa jeunesse ? En parlant de ça, pourquoi les gens savent-ils quelque chose d'aussi insignifiant que ça ? Pour qu'un livre sérieux consigne une telle anecdote, c'est son auteur qui doit être frivole.

Lan Wangji le regarda. Son visage avait beau être resté stoïque, il y avait un étrange scintillement dans ses yeux, comme s'il se moquait de lui.

Hé ! Lan Zhan, tu oses te moquer de moi ? pensa Wei Wuxian. *Je connais au moins huit histoires embarrassantes concernant tes jeunes années, si ce n'est pas dix. Tôt ou tard, je les raconterai toutes à ces enfants et détruirai ainsi la noble et incorruptible image sainte qu'ils ont de leur Hanguang-jun. Attends un peu pour voir !*

— Vous, les enfants, n'avez pas le cœur tranquille et avez l'esprit impur, commenta Wei Wuxian à voix haute. Lire des livres aussi futiles tous les jours au lieu de vous concentrer sur votre cultivation ! Quand vous rentrerez chez vous, dites à Hanguang-jun de vous punir en vous faisant retranscrire les préceptes familiaux. Dix fois !

Les garçons perdirent toutes leurs couleurs.

— Dix fois tout en faisant l'équilibre sur les mains ?

Wei Wuxian se montra tout aussi choqué. Il se tourna vers Lan Wangji.

— Ta famille condamne les gens à retranscrire des textes en guise de punition… en faisant l'équilibre sur les mains ? Comme c'est brutal !

— Il y aura toujours ceux qui n'apprennent pas leur leçon par la seule retranscription, répondit sèchement Lan Wangji. Cela renforce la mémoire et sert en même temps d'entraînement.

Wei Wuxian était, bien sûr, la personne qui n'apprenait pas ses leçons.

Il fit semblant de ne pas saisir le sous-entendu, puis fit demi-tour et s'éloigna, bien content de ne pas avoir eu à faire l'équilibre pendant ses retranscriptions à l'époque.

Après avoir écouté cette histoire, les cadets se sentirent de bonne humeur, si bien qu'ils décidèrent de rester dans le jardin des fleurs annuelles pour la nuit. Il était courant de dormir à la belle étoile pendant les chasses nocturnes, le groupe savait donc qu'il fallait chercher du bois d'allumage et rassembla rapidement un tas de branches et de feuilles mortes pour faire un feu de camp. De son côté, Lan Wangji partit en repérage pour s'assurer que la zone était sûre et dresser un sort de protection afin de prévenir toute attaque surprise au milieu de la nuit. Wei Wuxian s'allongea près du feu et, profitant de l'absence de Lan Wangji, décida que c'était sa chance de clarifier une certaine confusion.

— Ah oui, j'ai une question ! Quelle est la signification exacte derrière le ruban frontal de votre famille ?

Face à cette question, les visages des garçons changèrent radicalement. Ils commencèrent à se montrer hésitants. Le cœur de Wei Wuxian s'arrêta, puis s'emballa.

— Vous ne savez donc pas, qianbei ? demanda Lan Sizhui, avec prudence.

— Aurais-je demandé si c'était le cas ? répliqua Wei Wuxian. Ai-je vraiment l'air si frivole ?

— Oui, grogna Lan Jingyi. Tu es allé jusqu'à nous tromper afin de nous faire faire la queue pour observer cette chose…

Wei Wuxian arrangea le feu avec une branche, faisant voler des étincelles.

— N'était-ce pas parce que je vous aidais à vous entraîner correctement, à vous dépasser ? C'était clairement très utile. Souvenez-vous de mes paroles et vous récolterez des bénéfices infinis à l'avenir.

Lan Sizhui semblait réfléchir à quoi dire ensuite. Il délibéra pendant un certain temps avant de commencer à expliquer :

— C'est ainsi. Le ruban frontal du clan Lan de Gusu symbolise la retenue. Vous le savez, n'est-ce pas, qianbei ?

— Oui. Et alors ?

— Selon les mots du père fondateur du clan Lan de Gusu, Lan An : « Ce n'est qu'en présence de votre personne destinée, en présence de la personne à laquelle votre cœur appartient, que vous pourrez vous permettre d'être libre de toute contrainte », reprit Lan Sizhui. Les enseignements transmis à travers les générations ont toujours établi que le ruban frontal de notre famille est… mmh… un objet très, très personnel. Très sensible et précieux. Personne d'autre que vous n'est autorisé à le toucher. Il ne peut être enlevé facilement, encore moins être attaché à quelqu'un d'autre. C'est interdit. Mmh, sauf... sauf...

Il n'y avait pas besoin d'apporter de détails à ce « sauf ». Les visages jeunes et tendres près du feu de camp étaient devenus tout rouges. Même Lan Sizhui ne pouvait plus continuer.

Wei Wuxian sentit au moins la moitié de son sang lui monter à la tête. Ce ruban frontal… Ce ruban frontal… Ce… Ce… Ce…

La signification de ce ruban frontal était assez importante, hein ?

Il éprouva soudain le besoin de prendre de l'air frais. Il se leva d'un bond pour partir en courant, et ne parvint à se rétablir qu'en s'accrochant à un vieil arbre. *Bon sang ! Qu'est-ce que j'ai fait ? Qu'est-ce qu'*IL *a fait ?*

Par le passé, à Qishan, le clan Wen avait une fois organisé un Grand Colloque qui s'étendait sur sept jours. Il proposait un événement récréatif différent chaque jour, et l'un d'entre eux était une compétition de tir à l'arc.

Les règles de la compétition étaient les suivantes : les cadets de chaque clan qui n'avaient pas encore atteint l'âge du couronnement devaient entrer sur le terrain pour se disputer des cibles. Il y avait plus d'un millier de poupées en papier grandeur nature qui couraient à toute vitesse dans l'arène. Cependant, seulement cent d'entre elles renfermaient un esprit féroce scellé à l'intérieur. Si quelqu'un tirait sur la mauvaise cible, il devait immédiatement se retirer. Seuls ceux qui touchaient sans faillir celles contenant les esprits féroces pouvaient rester. À terme, un classement était calculé en conséquence afin de départager les candidats qui avaient abattu le plus grand nombre de cibles et le plus précisément possible.

En de telles occasions, la participation de Wei Wuxian en tant que l'un des concurrents du clan Jiang de Yunmeng était évidente. Avant la compétition, il avait déjà passé une matinée entière à écouter des débats. Il en avait plein la tête, si bien que ce ne fut que lorsqu'il enfila son arc et son carquois qu'il retrouva enfin un peu d'énergie. Un bâillement lui échappa tandis qu'il se rendait vers le terrain de chasse.

En chemin, il jeta un regard désinvolte sur le côté et remarqua la présence d'un jeune homme dont le visage était clair comme la poudre et froid comme la glace. Il était vêtu d'une robe rouge, à col rond et à manches étroites, attachée par une ceinture à neuf anneaux. C'était la tenue standard pour les cadets participant à ce Grand Colloque de Qishan, et elle lui allait particulièrement bien : cinquante pour cent de raffinement, cinquante autres de galanterie, mais beau en tout point. Il attirait l'ensemble des regards.

Ce jeune homme portait un carquois de flèches rempli de plumes blanches comme la neige attaché dans son dos. Sa tête était baissée tandis qu'il testait l'arc. Ses doigts étaient longs, et lorsqu'il pinçait la corde, le son ressemblait à celui d'un guqin gratté ; agréable à l'oreille, audacieux et vigoureux.

Il semblait aussi un peu familier… Après une brève réflexion, Wei Wuxian se frappa la cuisse et le salua avec enthousiasme.

— Eh bien ! Si ce n'est pas Wangji-xiong !

Plus d'un an s'était écoulé depuis qu'il avait été renvoyé à Yunmeng après avoir étudié au sein du Repaire des Nuages. À son retour, il avait raconté aux autres les choses qu'il avait vues à Gusu, et ces histoires comprenaient un grand nombre de digressions sur le fait que même si le visage de Lan Wangji était beau, il était trop, trop rigide, trop, trop ennuyeux, et plein d'autres choses dans ce goût-là. Pourtant, il n'avait pas mis longtemps à laisser ces jours derrière lui et à retourner soulever des vagues sur les lacs ou se déchaîner dans les montagnes.

Jusqu'à ce jour, il n'avait jamais vu Lan Wangji porter autre chose que les simples « vêtements funéraires » du clan Lan de Gusu, encore moins quelque chose d'aussi vibrant et voyant. Cela combiné à son beau visage et à la soudaineté de ces retrouvailles, il en avait été si ébloui qu'il ne l'avait pas immédiatement reconnu.

Quant à Lan Wangji, qui avait terminé de tester son arc, il détourna la tête et partit. Ayant été snobé, Wei Wuxian se tourna vers Jiang Cheng.

— Il m'a encore ignoré. Pff !

Jiang Cheng lui lança un regard froid, prévoyant d'en faire de même.

Il y avait plus de vingt entrées vers le champ de tir, et chaque clan commençait à une différente. Lan Wangji s'approcha de celle des Lan de Gusu, mais Wei Wuxian s'y faufila le premier. Lan Wangji se déplaça sur le côté, et Wei Wuxian l'imita. Lan Wangji s'éloigna alors, et il le suivit. Finalement, Lan Wangji s'arrêta et leva la tête.

— Pardon, lâcha-t-il, sur un ton sévère.

— Tu vas arrêter de m'ignorer à présent ? demanda Wei Wuxian. Faisais-tu semblant de ne pas me connaître tout à l'heure, ou bien de ne pas m'entendre ?

Non loin de là, les garçons des autres clans regardaient tous dans leur direction, curieux et amusés. Jiang Cheng se frappa la bouche avec irritation et attacha son carquois avant de se diriger vers l'autre entrée.

Lan Wangji leva les yeux et répéta froidement :

— Pardon.

Un sourire se dessina sur les lèvres de Wei Wuxian. Il remua les sourcils avant de se décaler sur le côté pour lui permettre de passer. L'entrée était étroite, et Lan Wangji dut se serrer contre lui pour passer.

Une fois qu'il fut entré sur le terrain, Wei Wuxian l'interpella :

— Lan Zhan, ton ruban frontal est de travers.

Les cadets des clans éminents étaient très attentifs à leur tenue et à leur prestance, surtout ceux du clan Lan de Gusu. En l'entendant, Lan Wangji leva la main sans réfléchir pour réajuster son ruban, mais ce dernier était clairement attaché correctement. Il lança un regard irrité à Wei Wuxian, mais celui-ci avait déjà fait demi-tour pour se rendre vers l'entrée du clan Jiang de Yunmeng, riant sur le chemin.

Lorsque la compétition commença officiellement, le nombre de participants ne manqua pas de diminuer à mesure qu'ils tiraient par erreur sur des poupées en papier ordinaires. Wei Wuxian en abattait une à chaque flèche tirée. Il tirait lentement, mais ne manquait jamais sa cible. Il ne fallut malgré tout pas longtemps pour que dix-sept ou dix-huit des flèches de son carquois disparaissent. Mais pile au moment où il envisageait de tirer plutôt de sa mauvaise main, quelque chose voleta dans son visage.

C'était léger, doux et cela chatouillait comme un fil de soie ou des chatons de saule. Il regarda en arrière pour découvrir que Lan Wangji s'était involontairement aventuré près de lui. Lui tournant le dos, il visait une poupée de papier.

Les pans de son ruban étaient emportés par le vent et dansaient doucement en effleurant la peau de Wei Wuxian.

Ce dernier plissa les yeux dans un sourire.

— Wangji-xiong !

L'arc de Lan Wangji était si tendu qu'il était rond comme la pleine lune. Après une pause momentanée, il répondit malgré tout :

— Qu'y a-t-il ?

— Ton ruban frontal est de travers, indiqua Wei Wuxian.

Cependant, Lan Wangji ne le crut pas. Sa flèche s'envola. Sans un regard en arrière, il ne lui adressa qu'un mot.

— Frivole.

— C'est vrai, cette fois ! insista Wei Wuxian. Il est vraiment de travers. Regarde donc si tu ne me crois pas. Je vais le réajuster pour toi.

Sa main se leva tandis qu'il parlait et attrapa les extrémités du ruban qui voletaient devant lui.

Le plus terrible était qu'il ne pouvait tout simplement pas garder ses mains tranquilles. Il avait pris l'habitude de tirer sur les tresses des filles de Yunmeng, et dès que ses mains trouvaient quelque chose de long et flottant dans l'air, il ne pouvait s'empêcher de vouloir tirer dessus. Cette fois n'y fit donc pas exception.

Mais puisque ce ruban frontal était déjà quelque peu de travers et légèrement relâché, il glissa complètement du front de Lan Wangji.

La main du concerné trembla instantanément sur son arc.

Il fallut un bon moment avant qu'il ne tourne la tête avec raideur. Ses yeux se tournèrent très, très lentement vers Wei Wuxian.

— Désolé pour ça, je ne voulais pas, s'excusa Wei Wuxian d'un air penaud, tenant toujours ce ruban frontal soyeux. Tiens, tu peux le renouer.

Lan Wangji semblait extrêmement bouleversé. Son visage s'était assombri, les veines ressortaient sur le dos de cette main qui tenait l'arc et son corps était si tendu par la colère qu'il semblait sur le point de se mettre à trembler. À la vue de ses yeux qui rougissaient, Wei Wuxian ne put s'empêcher de serrer ce qu'il tenait. *Cette chose sur laquelle j'ai tiré n'est qu'un ruban frontal, pas une partie de son corps, si ?*

Constatant qu'il osait en prime serrer ce qui lui appartenait, Lan Wangji le lui arracha brutalement. Wei Wuxian lâcha dès qu'il l'attrapa.

Les autres cadets de la famille Lan cessèrent eux aussi de tirer et vinrent les encercler. Lan Xichen passa son bras autour des épaules de son petit frère profondément silencieux et lui chuchota quelque chose. Les autres avaient l'air sérieux, comme s'ils étaient sur le point d'affronter un ennemi redoutable. Ils parlaient et secouaient la tête tout en accordant des regards étranges et indescriptibles à Wei Wuxian.

Ce dernier entendit vaguement les mots «accident», «pas besoin d'être en colère», «n'y prête pas attention», «un homme», «règles de la famille» et d'autres choses du genre. Il en devint de plus en plus confus.

Lan Wangji lui jeta un regard furieux, se détourna et se retira en agitant ses manches, puis se rendit directement vers la sortie du terrain.

Jiang Cheng s'approcha.

— Qu'as-tu fait, cette fois ? Ne t'ai-je pas dit de ne pas le taquiner ? Tu n'es pas satisfait si tu ne cherches pas la mort au moins une fois par jour, hein ?

Wei Wuxian haussa les épaules.

— Je lui ai dit que son ruban frontal était de travers. La première fois, c'était un mensonge, mais la deuxième, c'était vrai. Il ne m'a pas cru, il était même en colère contre moi. Je n'ai pas fait exprès d'arracher son ruban frontal, pourquoi crois-tu qu'il soit si furieux ? Il l'est assez pour abandonner la compétition.

— As-tu besoin que je te l'épelle ? se moqua Jiang Cheng. C'est parce qu'il te trouve particulièrement abominable, bien sûr !

Le carquois dans son dos était presque vide. À cette vision, Wei Wuxian se reconcentra sur le jeu.

Durant toutes ces années, ce souvenir n'avait pas effleuré une seule fois sa mémoire. Ce n'était pas qu'il n'avait jamais soupçonné que le ruban frontal des Lan possédait quelque chose de particulier, mais, après la compétition, il avait relégué ce mystère dans un coin de son esprit. Maintenant qu'il y repensait, les regards que les autres cadets Lan présents sur les lieux lui avaient lancés...

Que son ruban frontal ait été arraché de force par un petit bâtard comme lui... Et dire que Lan Zhan avait effectivement réussi à ne pas le tuer sur place ! Quelle maîtrise de soi terrifiante ! Comme attendu de la part de Hanguang-jun !

Cela étant, en y repensant vraiment, il avait touché cet objet à plus d'une occasion depuis son retour !

— Pourquoi fait-il les cent pas ? demanda Lan Jingyi, dubitatif. Serait-il agité après s'être rempli la panse ?

— Son visage ne cesse de changer de couleur aussi, ajouta un autre garçon. Aurait-il mangé quelque chose de mauvais ?

— Mais nous n'avons rien mangé de bizarre… Est-ce à cause de la signification du ruban ? Il n'y a pas besoin de s'exciter autant pour ça, si ? Il doit vraiment s'être entiché de Hanguang-jun. Regardez comme il est heureux…

Wei Wuxian venait de faire plus d'une cinquantaine de fois le tour d'un buisson fané afin de parvenir à enfin se calmer. Lorsqu'il entendit ce dernier commentaire, il ne sut pas s'il devait en rire ou en pleurer.

Au même moment, un craquement de feuilles mortes s'éleva derrière lui.

Les pas étaient lourds, ce qui indiquait qu'il ne s'agissait pas de ceux d'un enfant. Pensant que c'était Lan Wangji qui rentrait au camp, Wei Wuxian ajusta rapidement son expression et fit volte-face pour découvrir la présence d'une silhouette noire, debout non loin, dans l'ombre d'un arbre flétri.

Cette dernière était très grande et se tenait parfaitement droite. Il émanait d'elle une véritable puissance.

Cependant, il lui manquait une tête.

Comme si l'on venait de lui jeter un seau d'eau froide en plein visage, le sourire de Wei Wuxian se figea.

La silhouette géante était tournée dans sa direction. Si elle avait eu une tête au sommet de son cou, elle l'aurait tranquillement fixé.

Du côté du feu de camp, les cadets Lan n'avaient pas manqué de remarquer eux aussi l'ombre.

Ils avaient les cheveux dressés sur le crâne, les yeux écarquillés, et se tenaient prêts à dégainer leurs épées. Wei Wuxian plaça son doigt sur ses lèvres pour leur indiquer doucement de se taire.

Il secoua la tête et leur adressa un regard pour leur signifier de ne pas bouger. Face à cela, Lan Sizhui repoussa sans bruit dans son fourreau l'épée que Lan Jingyi avait à demi tirée.

L'homme sans tête tendit la main et l'apposa contre le tronc de l'arbre à côté de lui. Il tâta ce qu'il touchait comme s'il réfléchissait à quelque chose ; ou peut-être essayait-il de confirmer ce qu'il avait sous les doigts.

Il fit un petit pas en avant, et Wei Wuxian distingua enfin clairement la majeure partie de son corps.

L'homme sans tête portait des robes funéraires légèrement en lambeaux. Il s'agissait de la même tenue que celle qu'ils avaient déterrée du cimetière de Chang et utilisée pour habiller le torse fantôme.

En outre, le sol à ses pieds était parsemé de morceaux de tissu déchiré. Wei Wuxian les identifia à peine comme étant les restes des sacs qiankun de confinement du mal.

Nous avons été négligents. Notre bon copain s'est reconstitué !

Depuis le moment où ils étaient entrés dans la ville de Yi jusqu'à cet instant, Lan Wangji et lui n'avaient pas cessé de se retrouver pris dans l'action. Par conséquent, cela faisait plus de deux jours qu'ils n'avaient pas joué « Repos ». Ils avaient fait de leur mieux pour garder les parties du corps séparées pendant leurs voyages, bien qu'ils soient à peine parvenus à les réprimer. Mais, désormais, les quatre membres du cadavre étaient réunis, et l'attraction entre eux s'en trouvait grandement accrue. Peut-être avaient-ils ressenti le ressentiment qui émanait de chacun d'eux et cela avait-il conduit leur désir de se rassembler à devenir trop puissant. Ils avaient alors profité du départ en patrouille de Lan Wangji pour rouler tous impatiemment hors de leurs sacs de confinement du mal, briser leurs liens et se réunir afin de reformer un corps.

Malheureusement, il manquait encore une partie particulière à ce cadavre. La plus importante.

L'homme sans tête passa ses mains sur son cou et palpa la plaie écarlate qui s'y trouvait. Il tâtonna un petit moment, mais ne parvint pas à trouver ce qui aurait dû être à cet endroit. Comme si cette vérité l'avait mis en colère, il frappa tout à coup l'arbre qui se tenait à côté de lui ! Le tronc craqua sous l'impact.

Quel caractère !

Lan Jingyi brandit son épée devant lui, la voix tremblante.

— Qu'est-ce… Qu'est-ce que c'est que ce monstre ?

— Rien qu'avec ça, je peux dire que tu ne fais pas tes devoirs, le réprimanda Wei Wuxian. Qu'est-ce qu'un yao ? Qu'est-ce qu'un monstre ? Il s'agit manifestement d'un cadavre, de la catégorie des fantômes. Comment pourrait-il être classé comme un monstre ?

— Qianbei, vous… êtes trop bruyant, indiqua Lan Sizhui à voix basse. N'avez-vous pas peur qu'il vous remarque ?

— C'est bon, assura Wei Wuxian. Je viens de réaliser qu'en vérité, il importe peu que nous soyons bruyants, car il n'a pas de tête. Donc, pas d'yeux ni d'oreilles. En d'autres termes, il ne peut ni voir ni entendre. Si vous ne me croyez pas, essayez de lui crier dessus.

— Vraiment ? demanda Lan Jingyi, stupéfait. Laissez-moi essayer.

Il cria aussitôt deux fois. Juste au même moment, cependant, l'homme sans tête se tourna et marcha en direction des cadets Lan.

Les garçons prirent peur.

— N'as-tu pas dit que c'était bon ? hurla Lan Jingyi.

Wei Wuxian plaça ses mains en porte-voix autour de sa bouche et cria à pleins poumons :

— C'est vraiment bon, regarde ! Même si je fais du bruit, il ne se dirige pas par ici ! Le problème n'est pas que tu sois bruyant, mais le feu ! C'est chaud ! Avec beaucoup d'humains vivants autour ! Et rien que des hommes, en plus de ça ! Un endroit empli d'énergie yang ! Il ne peut ni voir ni entendre, mais il peut se rendre là où il perçoit l'agitation de la vie. Éteignez immédiatement le feu et dispersez-vous ! Vite !

Lan Sizhui effectua un mouvement de balayage avec sa main et une rafale souffla les flammes. Les garçons se dispersèrent dans le jardin abandonné avec précipitation.

Comme envisagé, une fois le feu de camp éteint et les gens éparpillés, l'homme sans tête perdit son sens de l'orientation. Il demeura un certain temps sur place, mais pile au moment où les autres poussèrent un soupir de soulagement, il recommença soudain à bouger pour se diriger infailliblement vers l'un des garçons !

— N'as-tu pas dit que tout irait bien une fois le feu éteint et tout le monde séparé ? hurla à nouveau Lan Jingyi.

Wei Wuxian n'eut pas le temps de lui répondre.

— Ne bouge pas ! aboya-t-il plutôt à l'intention de l'autre garçon.

Il ramassa une pierre à ses pieds, ramena son poignet en arrière, puis la lança vers l'homme sans tête. Le projectile frappa ce dernier en plein dans le dos, si bien qu'il s'arrêta aussitôt dans son élan. Il se retourna, étudia ses options et, semblant penser que le côté de Wei Wuxian était plus suspect, se mit à marcher dans sa direction.

Wei Wuxian se décala très, très lentement de deux pas. Juste à temps. Il frôla l'homme sans tête, qui piétinait à pas de plomb.

— Je vous ai dit de vous disperser, pas de courir partout. Et ne vous déplacez pas trop vite. Le niveau de cultivation de ce fantôme sans tête est très élevé. Si vous bougez trop rapidement et soulevez du vent avec vos mouvements, il le remarquera.

— Il semble chercher quelque chose, remarqua Lan Sizhui. Serait-ce… sa tête ?

— En effet, confirma Wei Wuxian. Il est à sa recherche. Il y a beaucoup de têtes ici, mais il ne sait pas laquelle lui appartient. Il prévoit donc de les arracher à chacun des cous présents et de les essayer pour voir si l'une d'elles lui convient. Si c'est le cas, il l'utilisera un certain temps. Dans le cas contraire, il la jettera. Vous devez donc marcher et esquiver très lentement, et ne pas vous faire prendre.

Les garçons frissonnèrent violemment en imaginant leur tête arrachée par ce cadavre féroce décapité et portée de façon si horrible sur son cou. Ils couvrirent alors leurs gorges de leurs mains pour les protéger tandis qu'ils commençaient à « fuir » lentement et prudemment dans le jardin. C'était comme s'ils jouaient périlleusement à chat, et que celui qui se ferait attraper devrait lui remettre sa tête. Chaque fois que l'homme sans tête sentait la trace d'un garçon, Wei Wuxian lançait une pierre pour détourner son attention et l'attirer vers sa position.

Il se déplaçait d'un pas tranquille, les mains jointes derrière le dos, et observait dans la foulée les mouvements du cadavre. *Il y a quelque chose d'étrange dans la posture de notre ami, non ? Il n'arrête pas de balancer son bras, son poing relâché. Cette action…*

Il était en train de réfléchir quand Lan Jingyi reprit la parole, lassé.

— Combien de temps allons-nous poursuivre ce petit jeu ? Allons-nous continuer à tourner en rond ?

Wei Wuxian étudia un moment la question et répondit :

— Bien sûr que non.

Il éleva ensuite la voix et cria :

— Hanguang-jun ! Hanguang-juuun ! Hanguang-jun, es-tu de retour ? À l'aide !

Devant son exemple, les autres se mirent à crier à leur tour. Sans sa tête, ce cadavre féroce était sourd. Par conséquent, ils crièrent tous plus fort que le précédent, chacun sur un ton plus tragique que les autres.

Soudain, le murmure gémissant d'un xiao suivi de près par le grattage vif d'un guqin s'éleva dans l'obscurité de la nuit.

Après avoir entendu les deux instruments, le groupe de cadets se montra sur le point de pleurer de joie.

— Hanguang-jun ! Zewu-jun ! sanglotèrent-ils.

En un éclair, deux grandes et fines silhouettes apparurent devant l'entrée du jardin délabré. Elles étaient de même taille, minces et gracieuses, et des mêmes couleurs que la glace et la neige. L'une tenait un xiao, tandis que l'autre portait un guqin. Toutes deux marchaient l'une à côté de l'autre. Lorsqu'elles aperçurent l'homme sans tête, elles marquèrent leur surprise.

L'expression de Lan Xichen était particulièrement claire. Il semblait presque avoir été frappé par la foudre. Son xiao, Liebing, s'était tu, mais Bichen était déjà dégainée.

L'homme sans tête sentit l'approche précipitée et l'incroyable puissance de cette épée au froid mordant et leva son bras, avant de le rabattre vers le bas.

Encore ce mouvement ! pensa Wei Wuxian.

L'homme sans tête était en prime remarquablement rapide et agile. Il fit un bond et esquiva de peu le tranchant de Bichen, qui passait à côté de lui. Puis, étonnamment, d'un mouvement de poignet, il parvint à en saisir la poignée comme si de rien n'était !

Il brandit ensuite l'épée dans les airs, semblant vouloir inspecter l'objet qu'il tenait dans sa main. Hélas, il n'avait pas d'yeux. Mais rien qu'à voir de quelle façon il avait arrêté la Bichen de Hanguang-jun à mains nues, les cadets pâlirent à l'unisson. Lan Wangji, en revanche, ne parut pas le moins du monde affecté. Il sortit son guqin, baissa la tête et pinça une corde. La note grattée hurla et fila droit vers le cadavre féroce, telle une flèche acérée, mais intangible.

L'homme sans tête agita Bichen et frappa la note de toutes ses forces. Lan Wangji esquissa un geste de balayage vers le bas avec sa main, et les sept cordes du guqin vibrèrent en chœur pour émettre une note aiguë et intense.

Au même moment, Wei Wuxian sortit sa flûte en bambou. Sur une tonalité inhabituellement aiguë, il s'harmonisa avec le guqin, et, en un instant, ce fut comme si une pluie de lames s'abattait du ciel !

Le cadavre féroce sans tête brandit de plus belle Bichen et leur rendit la pareille, mais Lan Xichen avait repris ses esprits. Il porta une nouvelle fois Liebing à ses lèvres et, les sourcils froncés, se remit à jouer. Peut-être n'était-ce qu'un effet de l'imagination, mais quand le son élégant et paisible du xiao chanta dans l'air de la nuit, les mouvements du cadavre semblèrent s'affaiblir. Il resta figé sur place un moment pour écouter, puis se retourna. Il semblait vouloir voir qui était le musicien. Mais c'était impossible, évidemment. Il n'avait pas de tête ni d'yeux pour cela.

Il avait dans un premier temps été assailli par le guqin et la flûte, mais il se retrouvait désormais attaqué par trois sons à la fois. Le corps féroce décapité tituba finalement et s'effondra, comme si ses forces l'avaient quitté. Enfin... Techniquement parlant, il ne s'effondra pas. Il était plus juste de dire qu'il s'écroula. Les bras, les jambes et le torse se séparèrent et s'étalèrent sur le sol couvert de feuilles mortes.

D'un geste de la main, Lan Wangji rangea son guqin et rappela son épée dans son fourreau, puis se rapprocha des morceaux de corps sectionnés avec Wei Wuxian. Il jeta un coup d'œil dessus et sortit cinq sacs qiankun de confinement du mal flambant neufs. Le groupe de cadets se réunit autour d'eux, encore secoué. Ils s'inclinèrent tout d'abord devant Zewu-jun, néanmoins, avant qu'ils n'aient eu l'occasion de parler, Lan Wangji formula un ordre.

— Allez vous reposer.

Lan Jingyi le regarda, confus.

— Hein ? Mais Hanguang-jun, ce n'est pas encore l'heure de hai !

Lan Sizhui le tira à lui et répondit respectueusement :

— Oui, monsieur.

Il ne posa pas d'autres questions et entraîna les autres cadets pour allumer un nouveau feu de camp dans une autre partie du jardin et se reposer.

Seuls les trois adultes restèrent aux côtés des morceaux du cadavre. Wei Wuxian adressa un signe de tête à Lan

Xichen en signe de respect et s'accroupit, prêt à sceller une nouvelle fois ces différentes parties dans les sacs. Il prit dans un premier temps le bras fantôme gauche et commença à le ranger dans le sac qiankun, mais Lan Xichen l'interrompit au beau milieu de son geste.

— Un instant, s'il vous plaît.

Wei Wuxian avait déjà remarqué qu'il se passait quelque chose lorsqu'il avait vu l'expression de Lan Xichen, un peu plus tôt. Le visage de celui-ci était mortellement pâle.

— S'il vous plaît... attendez, répéta-t-il. Permettez-moi de regarder le cadavre.

Wei Wuxian arrêta ce qu'il était en train de faire.

— Vous connaissez l'identité de cet homme, Zewu-jun ?

Lan Xichen ne répondit pas immédiatement, comme s'il n'était pas sûr de lui. Mais Lan Wangji répondit à Wei Wuxian par un lent hochement de tête.

— Très bien. Je sais désormais moi aussi de qui il s'agit, remarqua Wei Wuxian.

Il baissa la voix et poursuivit :

— C'est Chifeng-zun, non ?

Pendant leur jeu de «chat», le cadavre sans tête n'avait cessé de répéter les mêmes actions : former un poing creux, balancer le bras, trancher horizontalement, fendre verticalement. On aurait vraiment dit qu'il feignait d'agiter une sorte d'arme.

La première chose à laquelle Wei Wuxian avait pensé était une épée. Mais il maniait lui-même cette arme, et avait croisé le fer avec beaucoup d'autres épéistes distingués par le passé sans jamais voir un maître en faire usage ainsi. L'épée était considérée comme la «reine des armes», et ceux qui pratiquaient son art s'efforçaient toujours d'avoir une allure noble ou une grâce légère dans leur style. Même l'épée vicieuse et sinistre d'un assassin pouvait se vanter d'être agile. Dans l'ensemble, cet art comportait plus d'attaques en piqué et de mouvements amples que de tranches et de coupes.

La façon dont l'homme sans tête se déplaçait pour utiliser une épée était trop lourde. Ses mouvements possédaient une sorte d'énergie impitoyable, une intention ardente de massacrer. En outre, ses coups de taille et ses mouvements de coupe n'étaient ni élégants ni nobles.

Mais si ce qu'il tenait n'était pas une épée, mais un sabre ? Un sabre puissant, meurtrier et lourd ? Dans ce cas, tout serait logique.

Le tempérament et le style martial des sabres et des épées étaient très différents. L'arme que cet homme décapité utilisait de son vivant était probablement un sabre. Son art était féroce. Cela ne requérait que de la puissance, sans aucune prétention à l'élégance. Le cadavre ne cherchait donc pas seulement sa tête, mais son arme aussi. C'était pourquoi il avait répété le même mouvement de balancement de sabre en boucle, et même attrapé Bichen pour l'utiliser comme le sien.

Le cadavre ne présentait aucune marque distinctive telle que des marques de naissance, et le fait d'être découpé en tant de morceaux rendait impossible de déterminer facilement son identité. Peu importait que Nie Huaisang n'ait pas reconnu la jambe dans la salle d'offrandes aux sabres ; même Wei Wuxian ne se serait pas présumé capable de reconnaître la sienne s'il se la coupait et la jetait quelque part. Ce n'était finalement qu'avec le rassemblement temporaire des quatre membres et du torse par le ressentiment et sa reconstitution en un corps mouvant que Lan Xichen et Lan Wangji avaient pu le reconnaître.

— Zewu-jun, Hanguang-jun vous a parlé des choses que nous avons vues pendant nos voyages, n'est-ce pas ? demanda Wei Wuxian. Le domaine Mo, le fossoyeur, la ville de Yi et tout le reste.

Lan Xichen hocha la tête.

— Dans ce cas, Hanguang-jun a dû vous dire que l'homme au masque de fumée qui s'est battu pour prendre le torse connaissait parfaitement les techniques d'épée du clan Lan, poursuivit Wei Wuxian. Il y a deux possibilités. Soit il appartient à la famille Lan et pratique les techniques du clan depuis son plus jeune âge, soit il n'en fait pas partie, mais s'avère très familier avec ces dernières. Cela voudrait dire qu'il s'est fréquemment entraîné avec ses membres, ou qu'il est exceptionnellement intelligent et peut se souvenir de chaque mouvement et approche.

Lan Xichen ne disait pas un mot. Wei Wuxian ajouta :

— Pour qu'il se batte à ce point pour récupérer le corps, c'est qu'il ne veut pas que les autres remarquent que Chifeng-zun a été démembré. Une fois le corps de celui-ci assemblé, il serait désavantagé. C'est donc quelqu'un qui connaissait le secret de la salle d'offrandes aux sabres du clan Nie de Qinghe, qui pourrait être très proche du clan Lan de Gusu, et qui serait... significativement lié... à Chifeng-zun.

Il n'y avait nul besoin de dire à haute voix qui pouvait bien être une telle personne exactement.

Tout le monde savait.

La mine de Lan Xichen demeurait sombre, mais après le résumé de Wei Wuxian, il répliqua immédiatement :

— Il ne ferait jamais ça.

— Zewu-jun ? l'appela Wei Wuxian, avec curiosité.

— Au cours de ce mois, vous avez tous deux enquêté sur l'affaire de ce cadavre démembré et avez rencontré le fossoyeur. Quant à *lui*, il a passé pratiquement toutes ses nuits en profonde conversation avec moi, expliqua fermement Lan Xichen. Il y a quelques jours, nous étions encore en train de planifier le Grand Colloque qui sera organisé par le clan Jin de Lanling le mois prochain. Il n'a guère eu le temps de s'éclipser. Il ne peut pas être le fossoyeur.

— Et en utilisant un talisman de téléportation ? demanda Wei Wuxian.

Lan Xichen secoua la tête. Bien que son ton soit doux, il était résolu.

— Un talisman de téléportation nécessite l'étude de la magie de téléportation. C'est exceptionnellement difficile à apprendre, et il ne portait aucune trace persistante de magie sur lui pouvant indiquer qu'il y avait eu recours. De plus, cela consomme une énorme quantité de puissance spirituelle ; or, nous avons participé ensemble à une chasse nocturne il y a peu, et il a fait des merveilles. Je peux certifier qu'il n'a absolument pas utilisé de talisman de téléportation.

— Il n'avait pas besoin de s'y rendre lui-même, souligna Lan Wangji.

Lan Xichen secoua une nouvelle fois lentement la tête.

— Chef de secte Lan, vous avez bien conscience de l'identité de la personne la plus suspecte, déclara Wei Wuxian. Vous refusez simplement de l'admettre.

Le feu de camp vacillant projetait des lumières et des ombres erratiques et imprévisibles sur leurs visages. Un silence complet régnait dans le jardin abandonné et délabré.

Après un certain temps, Lan Xichen reprit la parole :

— Je sais que, pour diverses raisons, les gens se font beaucoup de fausses idées sur lui et sur ses actions. Mais... je ne crois que ce que j'ai vu de mes propres yeux durant toutes ces années. Je suis convaincu qu'il n'est pas une telle personne.

Il n'était pas difficile de comprendre l'envie de Lan Xichen de défendre le concerné.

Pour être honnête, Wei Wuxian n'avait lui-même pas une mauvaise impression de leur suspect. Peut-être ses origines en étaient-elles la cause, mais cet homme avait toujours traité ceux qu'il avait rencontrés avec beaucoup d'humilité et d'amabilité. Il n'offensait personne et mettait à l'aise les gens avec qui il interagissait. Sans parler de l'amitié qu'il partageait avec Zewu-jun depuis de nombreuses années.

Le clan Nie de Qinghe avait été sous le contrôle de Nie Mingjue de son vivant. Il avait été au sommet de sa puissance et de son influence, au point de représenter la menace la plus directe pour le clan Jin de Lanling. En ces conditions, à qui aurait le plus bénéficié la mort de Nie Mingjue ?

Une déviation de qi qui avait ensuite conduit ce dernier à mourir en public de cette folie... Cela ne semblait être rien de plus qu'une tragédie malheureuse, sans personne à blâmer. Mais la vérité était-elle vraiment aussi simple ?

Chapitre 10

Le séduisant garçon

— Partie 1 —

Le Grand Colloque organisé à la Tour de la Carpe d'Or approchait à grands pas.

La plupart des éminents clans de cultivation construisaient leurs résidences dans des zones ouvertes aux paysages luxuriants et de bon augure, mais la Tour de la Carpe d'Or des Jin était située au cœur de la ville prospère de Lanling.

La route principale dédiée aux visiteurs était un chemin de carrosse en pente d'environ un kilomètre de long. Elle n'était toutefois ouverte au public qu'à l'occasion des banquets, des colloques et autres événements majeurs. Selon les règles, il était interdit de courir et de se presser sur cette avenue qui avait été richement décorée de peintures murales et de bas-reliefs des deux côtés. Chaque œuvre d'art racontait les récits héroïques d'anciens chefs de famille et autres cultivateurs distingués de la famille Jin. Les disciples de la secte de ce clan conduisaient les carrosses qui transportaient les invités et leur relataient au passage ces histoires.

L'actuel chef de famille, Jin Guangyao, était le sujet de quatre des œuvres d'art les plus frappantes. Elles s'intitulaient « Espionnage », « Assassinat », « Serment » et « Pouvoir miséricordieux », et représentaient respectivement ces quatre scènes : le rôle de Jin Guangyao en tant qu'espion à Qishan, livrant aux forces du bien des renseignements sur le clan Wen ; l'assassinat du chef du clan Wen, Wen Ruohan, par ses soins ; le serment de fraternité des Trois Zun ; et l'accession de Jin Guangyao au poste de Chef de la Cultivation, responsable de la transmission de ses ordres. L'artiste s'était montré habile pour capturer l'essence du sujet. Les pièces semblaient polies quoique à première vue ordinaires, mais à y regarder de plus près, il s'avérait que même lorsque le relief du mur spirituel poignardait une personne dans le dos, le visage éclaboussé de sang, ses yeux restaient plissés par un doux sourire. C'était un spectacle étrange.

Tout de suite après les représentations de Jin Guangyao figuraient les peintures murales de Jin Zixuan.

D'ordinaire, et cela afin de souligner leur autorité absolue et s'assurer qu'ils ne soient pas éclipsés, les chefs de famille affichaient délibérément moins de peintures murales mettant en avant les cultivateurs distingués de leur propre génération ou employaient un artiste moins bon pour les réaliser. De façon tacite, tout le monde considérait qu'un tel comportement était compréhensible.

Cependant, Jin Zixuan faisait lui aussi l'objet de quatre scènes, ce qui lui conférait une position égale à celle de l'actuel chef de famille, Jin Guangyao. Le bel homme dépeint dans ces tableaux apparaissait fougueux et fier.

Lorsque Wei Wuxian descendit du carrosse, il se planta devant les peintures murales et les observa un long moment. Lan Wangji s'arrêta également et attendit tranquillement après lui.

Non loin d'eux, un disciple de la secte leur adressa un signe.

— *Clan Lan de Gusu, veuillez entrer de ce côté.*

— Allons-y, dit Lan Wangji.

Wei Wuxian garda le silence et le suivit.

Au sommet de l'escalier de la Tour de la Carpe d'Or, la vue s'ouvrait sur une grande place finement pavée de briques. Celle-ci était animée, les gens allaient et venaient. Au cours de ces dernières années, le clan Jin de Lanling avait probablement été agrandi et rénové plusieurs fois. L'endroit était indubitablement beaucoup plus extravagant que ce que Wei Wuxian avait vu par le passé.

À l'autre bout de la place se trouvait la base d'un palais sculptée à la manière d'un trône de lotus – rappelant la forme d'un sablier – faite de marbre blanc et surélevée par neuf larges marches en pierre. Le palais lui-même était de style Han avec un toit en croupe et à pignon à double avant-toit, magnifique dans sa splendeur, et contemplant une vaste mer de pivoines Étoiles d'Or sur Lit de Neige.

C'était la fleur qui figurait sur l'insigne familial du clan Jin de Lanling, un cultivar de pivoine blanche d'une beauté exceptionnelle. Elle était aussi merveilleuse que son nom le suggérait, et possédait deux couches de pétales : celle du dessus, constituée de pétales géants, tourbillonnant sur eux-mêmes pli sur pli, telles des vagues de neige renversées ; celle d'en dessous, faite de pétales plus petits, plus minces et plus beaux, mêlés d'étamines filiformes qui brillaient comme de l'or. Une seule de ce genre s'avérait déjà somptueuse au-delà de toute comparaison, alors imaginez ce que pouvaient rendre des milliers de fleurs à l'unisson. Comment pouvait-il être possible de décrire un paysage aussi majestueux avec de simples mots ?

L'entrée de la place était divisée en un certain nombre de longues files d'attente.

Des clans entraient sans interruption, mais tout était ordonné et organisé.

— Clan Su de Moling, veuillez entrer de ce côté. Clan Nie de Qinghe, veuillez entrer par là. Clan Jiang de Yunmeng, par ici, s'il vous plaît.

Dès que Jiang Cheng se montra, il leur lança un regard aussi acéré qu'une lame de couteau et s'avança.

— Zewu-jun, Hanguang-jun, les salua-t-il d'un ton tiède.

Lan Xichen hocha la tête.

— Chef de secte Jiang.

Ils échangèrent ensuite distraitement quelques civilités.

— Hanguang-jun n'a jamais assisté aux colloques de la Tour de la Carpe d'Or auparavant, commenta Jiang Cheng. Qu'est-ce qui l'amène ici cette fois ?

Ni Lan Xichen ni Lan Wangji ne répondirent, mais ce n'était pas grave, car il ne s'agissait pas de la question que Jiang Cheng désirait véritablement poser. Son regard se porta sur Wei Wuxian. Sur un ton qui aurait pu cracher une épée volante et le tuer sur place, il reprit :

— Je pensais que vous n'étiez pas du genre à amener des individus sans rapport lors des visites officielles, c'est donc sans précédent. Que se passe-t-il ? Qui est ce cultivateur tout-puissant et distingué ? Pourriez-vous me présenter ?

Pile au même moment, une voix souriante se fit entendre.

— Er-ge, pourquoi ne m'as-tu pas prévenu que Wangji venait aussi ?

Le maître de la Tour de la Carpe d'Or, Lianfang-zun, Jin Guangyao, était personnellement venu les accueillir.

Lan Xichen lui rendit son sourire, et Lan Wangji le salua d'un signe de tête. Wei Wuxian, de son côté, examina attentivement ce Chef de la Cultivation, l'homme qui dirigeait le monde de la cultivation.

Jin Guangyao avait un visage très avantageux. Il avait une peau pâle et un point de cinabre rouge entre les sourcils. Ses yeux étaient clairs, pleins d'esprit, mais sans frivolité, et ses traits étaient nets et futés. Soixante-dix pour cent de beauté, trente pour cent d'ingéniosité. Un léger sourire flottait toujours sur ses lèvres et étirait ses traits. Il était l'image même de l'homme ingénieux et perspicace.

Un visage comme le sien pouvait charmer les femmes sans pour autant susciter l'aversion des hommes ou leur hostilité. Les aînés le trouvaient adorable, les jeunes, accessible. Même si les gens ne l'aimaient pas, ils ne le détestaient pas non plus ; d'où la nature « avantageuse » de son visage. Bien qu'il soit un peu petit, il compensait cela par son comportement calme et posé. Il portait un chapeau de gaze noire souple et était vêtu de la tenue de cérémonie du clan Jin de Lanling : une robe à col rond au centre de laquelle figurait l'insigne de la famille, l'Étoile d'Or sur Lit de Neige, assortie d'une ceinture à neuf anneaux et d'une paire de bottes hautes. Sa main droite lourdement posée sur l'épée qu'il portait à sa taille, il dégageait un air surprenant d'autorité inviolable.

Jin Ling avait suivi Jin Guangyao et n'osait toujours pas affronter Jiang Cheng seul. Caché derrière le premier, il marmonna ses salutations.

— *Jiujiu.*

— *Tu n'as pas oublié comment t'adresser à moi ? le réprimanda sèchement Jiang Cheng.*

Jin Ling tira avec empressement sur le dos de la veste de Jin Guangyao. Celui-ci semblait né pour résoudre les conflits. Il apaisa ainsi Jiang Cheng.

— *Aiyah, chef de secte Jiang, A-Ling sait déjà qu'il a eu tort. Il s'inquiétait tellement que vous le punissiez qu'il n'a rien mangé ces derniers jours. Les enfants sont espiègles. Et c'est vous qu'il adore le plus. Alors, ne soyez pas si dur avec lui, d'accord ?*

Jin Ling s'empressa d'ajouter :

— Oui, oui, c'est vrai ! Xiao-shushu peut en témoigner, mon appétit a été terrible !

— *Terrible ? se moqua Jiang Cheng. Tu as pourtant l'air de te porter assez bien ; je doute que tu aies manqué un seul repas !*

Jin Ling était sur le point de répondre à nouveau lorsqu'il remarqua la présence de Wei Wuxian derrière Lan Wangji. Il se montra aussitôt stupéfait.

— *Pourquoi es-tu là ? s'écria-t-il.*

— *Pour la nourriture gratuite, déclara Wei Wuxian.*

— *Je n'arrive pas à croire que tu oses encore venir ! s'emporta-t-il. Ne t'ai-je pas prévenu…*

Jin Guangyao ébouriffa les cheveux de Jin Ling et lui fit signe de retourner derrière lui. Puis il sourit.

— Comme c'est charmant ! Quiconque participe au colloque est le bienvenu. La Tour de la Carpe d'Or n'aurait pas de quoi se vanter s'il n'y avait pas assez de nourriture pour tout le monde.

Il se tourna vers Lan Xichen et ajouta :

— *Er-ge, allez donc vous asseoir un peu. Je dois superviser les choses par là et demander que des dispositions soient prises pour Wangji.*

Lan Xichen acquiesça et répondit :

— *Ne te donne pas trop de mal, je te prie.*

— *Comment cela pourrait-il être considéré comme se donner du mal ? se défendit Jin Guangyao. Vraiment, je tiens à ce que vous soyez à l'aise chez moi, er-ge.*

Il suffisait d'une seule rencontre pour que Jin Guangyao se souvienne du visage, du nom, du titre et de l'âge de quelqu'un. Peu importait le nombre d'années écoulées, il restait capable d'identifier avec précision cette personne et de l'aborder chaleureusement pour s'enquérir de son bien-être. S'il la rencontrait plus de deux fois, il mémorisait tout ce qu'elle appréciait et ce qu'elle aimait le moins, même ce qui paraissait insignifiant, et satisfaisait ses caprices tout en évitant ses aversions. La venue de Lan Wangji à la Tour de la Carpe d'Or étant inattendue, Jin Guangyao n'avait pas spécifiquement préparé de siège pour lui, aussi se retira-t-il immédiatement pour corriger cela.

Ils entrèrent dans la salle d'Apparat et remontèrent le tapis d'un rouge vibrant. De part et d'autre du mur, près des petites tables en bois de santal, se tenaient de superbes servantes, chacune parée de bagues et d'accessoires en jade vert émeraude, toutes souriant gracieusement et à profusion. Leurs poitrines étaient aussi opulentes que leurs tailles étaient douces et délicates, et la similitude de leurs silhouettes offrait un spectacle à la fois harmonieux et agréable à l'œil.

Wei Wuxian ne pouvait jamais s'empêcher d'y regarder à deux fois lorsqu'il rencontrait de belles filles. Dès qu'ils furent assis et qu'une servante approcha pour lui servir du vin, il lui glissa un sourire.

— Merci.

Cependant, contre toute attente, la fille sembla prendre peur. Elle lui jeta un regard avant de détourner rapidement les yeux. Sur le moment, Wei Wuxian en ressortit quelque peu perplexe, mais, après un tour d'horizon, il se rendit vite compte qu'elle n'était pas la seule à le regarder étrangement. Presque la moitié des disciples de la secte du clan Jin l'observaient avec curiosité.

L'espace d'un instant, il avait oublié qu'il se trouvait à la Tour de la Carpe d'Or, l'endroit d'où Mo Xuanyu avait été expulsé après avoir harcelé ses pairs. Qui aurait cru qu'il y reviendrait éhontément, en suivant les Jumeaux de Jade du clan Lan de Gusu ? Et il avait même obtenu un siège de première classe…

Wei Wuxian se rapprocha de Lan Wangji et chuchota :

— Hanguang-jun, Hanguang-jun.

— *Qu'y a-t-il ? s'enquit Lan Wangji.*

— *Tu ne dois pas t'éloigner de moi, d'accord ? l'implora Wei Wuxian. Il y a sûrement beaucoup de gens ici qui connaissent Mo Xuanyu. Si quelqu'un souhaite prendre de mes nouvelles, je n'aurai d'autre choix que de continuer à jouer le fou. Si cela se produit, ne te fâche pas si je te mets dans l'embarras.*

Lan Wangji lui jeta un regard, puis répondit avec impassibilité :

— *À condition que tu ne provoques personne.*

Juste à ce moment-là, Jin Guangyao pénétra dans la salle, une femme vêtue de façon extravagante à son bras. Elle était posée, mais son expression dégageait un sentiment d'innocence simple et de grâce enfantine. C'était la femme de Jin Guangyao, la maîtresse de la Tour de la Carpe d'Or, Qin Su.

Pendant de nombreuses années, tous deux avaient été l'exemple même du couple marié aimant dans le monde de la cultivation. Ils se traitaient mutuellement avec respect et courtoisie. Tout le monde savait que Qin Su venait du clan Qin de Laoling, un clan affilié au clan Jin de Lanling. Le chef de famille de ce clan, Qin Cangye, était un ancien subordonné de Jin Guangshan et l'avait suivi pendant des années. Bien que Jin Guangyao soit le fils de ce dernier, les origines de sa mère signifiaient que Qin Su et lui n'avaient pas le même statut social.

Cependant, Qin Su avait été secourue par Jin Guangyao pendant la campagne de la Chute du Soleil et était tombée amoureuse de lui. Elle avait alors refusé d'abandonner, persuadée qu'elle épouserait cet homme, jusqu'à ce que cette belle histoire d'amour les conduise à se marier. Jin Guangyao n'avait jamais été infidèle non plus. Il avait beau occuper le même poste important de Chef de la Cultivation, son approche était complètement différente de celle de son père. Il n'avait jamais pris de concubines, pas plus qu'il n'avait eu d'aventures avec d'autres femmes. Cela avait rendu jalouses de nombreuses épouses d'autres chefs de secte.

En regardant Jin Guangyao tenir la main de sa femme pour la guider, l'image même de la douceur et de la considération, qui prenait garde à ce qu'elle ne trébuche pas sur les marches de jade en marchant, Wei Wuxian songea que les rumeurs étaient vraies.

Une fois ces deux-là assis, le banquet put officiellement commencer. La tête haute et le torse bombé, Jin Ling était installé directement en dessous d'eux. Quand ses yeux croisèrent Wei Wuxian, il lui lança un regard véhément. Mais ce dernier, habitué à se donner en spectacle, n'en fut pas le moins du monde affecté. Entre le tintement joyeux des coupelles de vin et le bruit des conversations, il mangea et but comme il se devait, et, pendant qu'il y était, écouta les louanges chantées à travers la salle d'Apparat. C'était, en effet, un excellent événement.

Le banquet ne se termina finalement qu'au soir venu. Le colloque ne débutait officiellement que le lendemain, aussi la foule quitta-t-elle la salle d'Apparat par groupes de deux ou trois, les chefs de clan et les cultivateurs distingués guidés par les disciples de la secte jusqu'à leurs maisons d'hôtes.

Lan Xichen semblait toujours accablé par ses pensées, et Jin Guangyao semblait vouloir lui demander ce qui n'allait pas. Il s'approcha de lui, mais eut à peine le temps de dire «Er-ge» qu'une autre personne déboula en trombe dans un cri déchirant.

— *San-ge !*

Jin Guangyao se fit si bien plaquer qu'il manqua de trébucher en arrière. Saisissant vivement son chapeau pour le maintenir sur sa tête, il demanda :

— *Que se passe-t-il, Huaisang ? Exprime-toi avec des mots, si quelque chose ne va pas.*

Un chef de famille aussi indigne ne pouvait être que cette Tête Branlante du clan Nie de Qinghe. Mieux, une Tête Branlante ivre. Le visage de Nie Huaisang était rouge vif et il refusait de lâcher Jin Guangyao.

— *Oh, san-ge ! Qu'est-ce que je dois faire ? Ne peux-tu pas m'aider une dernière fois ? Je te promets que ce sera la toute dernière !*

— N'ai-je pas déjà fait le nécessaire pour que ce dernier incident soit résolu ? demanda Jin Guangyao.

— *Le dernier incident a été résolu, mais de nouveaux problèmes sont apparus ! se lamenta Nie Huaisang. San-ge, que dois-je faire ? Je ne veux plus vivre !*

Face à tant d'incohérence de sa part, Jin Guangyao ne put que dire :

— *A-Su, pourquoi ne te retirerais-tu pas la première ? Huaisang, viens par là. Trouvons un endroit pour nous asseoir et discuter. Ne sois donc pas si anxieux...*

Il aida Nie Huaisang à sortir par la porte. Lan Xichen, qui était également venu voir ce qui se passait, fut par conséquent saisi dans son élan par l'état d'ivresse désastreux dans lequel le nouveau venu se trouvait.

Qin Su s'inclina courtoisement devant Lan Wangji.

— Hanguang-jun, il semble que vous n'ayez pas assisté aux colloques de Lanling depuis de nombreuses années. Veuillez nous excuser en cas de manquements dans notre hospitalité.

Sa voix était douce et humble. Elle était vraiment une beauté qui inspirait la plus tendre des affections. Lan Wangji hocha la tête pour lui retourner sa courtoisie. Les yeux de Qin Su se posèrent ensuite sur Wei Wuxian.

Après un moment d'hésitation, elle termina doucement :

— *Bien*, veuillez m'excuser.

Puis elle se retira avec ses servantes.

Wei Wuxian était confus.

— *Tout le monde à la Tour de la Carpe d'Or me regarde de façon tellement bizarre. Qu'a bien pu faire Mo Xuanyu exactement ? Aurait-il confessé son amour en étant tout nu ? Qu'y a-t-il de si spécial à cela ? Les gens du clan Jin ont vu bien trop peu des étrangetés de ce monde.*

Lan Wangji l'écouta bavarder, déblatérer ses absurdités, et secoua la tête.

— *Je vais chercher quelqu'un à qui soutirer des informations, continua Wei Wuxian. Hanguang-jun, surveille Jiang Cheng pour moi. S'il ne vient pas me trouver, tant mieux. S'il le fait, aide-moi à l'arrêter.*

— *Ne pars pas trop loin.*

Ce fut tout ce que lui demanda Lan Wangji.

— *Oui, répondit Wei Wuxian. Si je m'éloigne trop, nous nous retrouverons cette nuit dans la chambre.*

Ses yeux scrutèrent à l'intérieur et à l'extérieur de la salle d'Apparat, mais il ne repéra pas celui qu'il cherchait. C'est étrange, pensa-t-il. Après avoir quitté Lan Wangji, il fouilla le domaine. Tandis qu'il passait devant un pavillon, quelqu'un émergea soudain de l'une des formations rocheuses du jardin.

— *Hé !*

Ah ! Je t'ai trouvé ! songea Wei Wuxian en se retournant. Il poussa alors un léger gémissement et, avec une pétulance délibérée, demanda :

— Qu'est-ce que c'est que ce «Hé !» ? C'est tellement impoli ! N'étions-nous pas bons copains la dernière fois que nous nous sommes quittés ? Nous voilà réunis et tu te montres cruel. J'ai le cœur brisé.

Une chair de poule s'empara du corps de Jin Ling.

— Tais-toi immédiatement ! Qui était bon copain avec toi ? Ne t'ai-je pas prévenu de ne pas déranger nos familles ? Pourquoi reviens-tu ici ?

— Que le Ciel m'en soit témoin, j'ai suivi comme il se doit Hanguang-jun, sans dépasser la ligne d'un orteil. Il était à deux doigts de m'attacher physiquement à lui. Lequel de tes yeux m'a vu importuner ta famille ? Ou bien ennuyer ton oncle ? C'est clairement lui qui m'embête, d'accord ?

— Va-t'en de là ! s'emporta Jin Ling. C'était mon oncle qui se méfiait de toi ! Arrête tes bêtises. Ne crois pas que j'ignore que tu n'as toujours pas renoncé à…

Des cris l'interrompirent, s'élevant de toutes parts. Sept ou huit garçons vêtus de l'uniforme du clan Jin bondirent soudain du jardin. Jin Ling se figea brusquement.

Les nouveaux venus les encerclèrent lentement. Celui qui les menait avait à peu près l'âge de Jin Ling, mais s'avérait beaucoup plus costaud.

— Et moi qui pensais m'être trompé. C'est vraiment lui.

Wei Wuxian se désigna du doigt.

— Moi ?

— Qui d'autre ? cracha le garçon. Mo Xuanyu, je n'arrive pas à croire que tu aies eu l'audace de revenir !

Jin Ling fronça les sourcils.

— Qu'est-ce que tu fais, Jin Chan ? Tu n'as rien à faire ici.

Oh, je vois ! C'est probablement un gamin de la même génération que Jin Ling, pensa Wei Wuxian. Et de ce que je vois, ils ne s'entendent pas.

— Je n'ai rien à faire ici ? Parce que *toi*, oui ? Qu'est-ce que ça peut te faire ce que je fais ?

Plusieurs garçons s'agitaient déjà en parlant et semblaient vouloir clouer Wei Wuxian au sol. Jin Ling se déplaça et se positionna devant lui.

— Arrête de faire l'imbécile !

— Qu'est-ce que tu veux dire par «faire l'imbécile» ? répliqua Jin Chan. Et si je voulais donner une petite leçon à notre disciple de secte qui s'est mal conduit ?

Jin Ling renifla.

— Réveillez-vous ! Il a déjà été mis à la porte ! Il ne fait plus partie des disciples de la secte de notre clan.

— Et alors ? demanda Jin Chan.

Ce «Et alors ?» avait été prononcé avec tant d'assurance que Wei Wuxian en resta bouche bée.

— Et alors ? répéta Jin Ling. As-tu oublié avec qui il est venu aujourd'hui ? Si tu as l'intention de lui donner une leçon, pourquoi ne vas-tu pas demander la permission à Hanguang-jun ?

Dès que le nom de «Hanguang-jun» fut lâché, tous les garçons éprouvèrent une bouffée d'appréhension. Même si Lan Wangji n'était pas présent, aucun d'entre eux n'était assez arrogant pour proclamer «Je n'ai pas peur de Hanguang-jun». Ils se retinrent un moment, puis Jin Chan ricana.

— Jin Ling, n'avais-tu pas pour habitude de le détester ? Pourquoi ce changement d'attitude ?

— Pourquoi parles-tu autant ? Qu'est-ce que ça peut bien te faire ? rétorqua Jin Ling.

— Ce type a harcelé sans vergogne Lianfang-zun, mais tu te ranges malgré tout de son côté ?

Ce fut comme si Wei Wuxian avait été frappé par la foudre. Qui avait-il harcelé ? Lianfang-zun ? Quel Lianfang-zun ? Jin Guangyao ?

Jamais il n'avait imaginé que celui que Mo Xuanyu harcelait était... Lianfang-zun, Jin Guangyao ?

Tandis que son esprit peinait à se faire à cette idée, Jin Chan et Jin Ling échangèrent des paroles emportées qui les conduisirent à lever les poings, prêts à se battre.

Aucun d'eux ne pouvait supporter l'autre, il n'en fallait pas plus pour qu'ils s'enflamment.

— Si tu veux te battre, allons-y ! cria Jin Ling. Comme si j'avais peur de toi !

— Viens donc ! renchérit un autre garçon. La seule chose qu'il sait faire dans un combat, c'est appeler son chien à l'aide !

Jin Ling était sur le point de siffler, mais à ces mots, il se mordit volontairement la langue.

— Je peux tous vous battre à mains nues, même sans appeler Fée ! rugit-il.

Malgré l'enthousiasme avec lequel il se défendit, il était en infériorité numérique. Son habileté ne semblait pas non plus à la hauteur, car il ne fallut pas longtemps avant qu'il ne soit repoussé de force aux côtés de Wei Wuxian. Jin Ling se montra furieux de constater qu'il n'était pas parti.

— Qu'est-ce que tu fais encore là ?

Wei Wuxian lui attrapa soudain la main. Jin Ling n'eut pas le temps de crier qu'il sentit une force surpuissante sur son poignet. Il ne put s'empêcher de s'effondrer à genoux.

— Tu cherches à mourir ? s'écria-t-il avec colère.

Jin Chan et ses petits camarades sursautèrent tous et s'immobilisèrent lorsqu'ils virent Wei Wuxian, que Jin Ling avait pourtant protégé, mettre celui-ci à terre.

Cependant, Wei Wuxian lui demanda simplement :

— Tu as compris ?

Jin Ling fut tout aussi surpris.

— Quoi ?

Wei Wuxian lui tordit à nouveau le poignet.

— Tu as compris ?

Jin Ling sentit une vague de douleur engourdissante parcourir son corps depuis son poignet. Il hurla à nouveau, mais ce geste aussi incroyablement rapide que mineur resta dans son esprit.

— Encore une fois, reprit Wei Wuxian. Regarde bien.

Par un heureux hasard, un autre garçon se précipita sur eux au même moment. Une main derrière son dos, Wei Wuxian attrapa le poignet du garçon avec une précision mortelle. En un battement de cils, il l'allongea sur le sol. Cette fois-ci, rien n'échappa à Jin Ling, et l'endroit vaguement palpitant sur son poignet lui indiqua dans quel point d'acupuncture il devait forcer une poussée d'énergie spirituelle. Par conséquent, il se leva d'un bond, de bonne humeur.

— J'ai compris !

Les rôles s'inversèrent en un instant. En très peu de temps, les cris des garçons qui criaient et hurlaient de frustration et de colère emplirent le jardin.

— Tu ne perds rien pour attendre ! cria finalement Jin Chan.

Puis le groupe de garçons s'enfuit, vaincu, en jurant. Jin Ling partit d'un rire hystérique. Lorsqu'il sembla s'être calmé, Wei Wuxian reprit la parole.

— Regarde comme tu es heureux ! Est-ce la première fois que tu gagnes ?

— *Bah* ! pesta Jin Ling. Je remporte toujours mes combats en un contre un, mais ce Jin Chan rapplique toujours avec un groupe de renforts. C'est vraiment honteux !

Wei Wuxian était sur le point de lui signifier qu'il pourrait en faire de même. Il n'y avait pas de règles stipulant que ces bagarres devaient être en un contre un. Parfois, il s'agissait vraiment de savoir qui avait le plus de mains à sa disposition. Mais il se retint d'exprimer cette pensée. Les nombreuses fois où il avait vu Jin Ling en vadrouille, le jeune homme avait été seul, aucun cadet du clan du même âge à ses côtés. Il n'avait probablement personne à qui il *pouvait* faire appel.

— Hé ! Où as-tu appris ce mouvement ? demanda Jin Ling.

Wei Wuxian rejeta la faute directement sur le dos de Lan Wangji sans une once de culpabilité.

— C'est Hanguang-jun qui me l'a appris.

Jin Ling ne se posa pas la moindre question.

Du fait qu'il avait déjà vu le ruban frontal de Lan Wangji noué autour de ses poignets, il ne fit que grommeler.

— Il t'a aussi appris ce genre de choses ?

— Pourquoi pas ? Mais ce n'est qu'un petit tour. Cela s'est avéré efficace parce que c'était la première fois que tu l'utilisais, et qu'ils ne l'avaient jamais vu auparavant. Si tu l'emploies trop souvent, ils finiront par comprendre et ce ne sera plus aussi facile la fois d'après. Ça te dirait d'apprendre d'autres mouvements avec moi ? Que dirais-tu de ça ?

Jin Ling lui lança un regard et répondit malgré lui :

— Pourquoi es-tu comme ça ? Mon petit oncle a toujours essayé de me conseiller, mais toi, tu essaies de m'inciter.

— Te conseiller ? demanda Wei Wuxian. Te conseiller, quoi ? De ne pas te battre et de t'entendre avec les gens ?

— À peu près, admit Jin Ling.

— Ne l'écoute pas. Laisse-moi t'expliquer : lorsque tu seras plus âgé, tu découvriras qu'il y a énormément de gens au-dehors que tu auras toujours envie de frapper, mais tu devras prendre sur toi pour t'entendre avec eux. Alors, tant que tu es encore jeune, frappe qui tu veux à ta guise. Si tu ne participes pas à au moins quelques bagarres spectaculaires, tu auras manqué quelque chose dans ta vie.

Le visage de Jin Ling reflétait une certaine envie, mais il n'avait rien perdu de son air dédaigneux.

— Quelles sont ces sottises que tu débites ? Mon petit oncle pense toujours à mes intérêts.

Soudain, Jin Ling se remémora que, par le passé, Mo Xuanyu considérait Jin Guangyao comme un dieu. Jamais il n'aurait prétendu que ce dernier avait tort sur quoi que cc soit ; pourtant, il venait de lui conseiller de ne pas l'écouter. Pouvait-il véritablement avoir dépassé son désir présomptueux pour Jin Guangyao ?

Wei Wuxian pouvait à peu près deviner les pensées de Jin Ling à son regard.

— On dirait que je ne peux plus te tromper, proclama-t-il directement. C'est vrai, je suis déjà passé à autre chose.

— …

— Ces derniers jours, j'y ai réfléchi intensément et avec le plus grand sérieux, continua Wei Wuxian, profondément ému. J'ai finalement découvert qu'en fait, Lianfang-zun n'est pas mon genre. Et il ne me convient pas non plus.

Jin Ling recula de quelques pas.

— Par le passé, je ne connaissais pas mon propre cœur. Mais après avoir rencontré Hanguang-jun, j'en suis désormais certain.

Wei Wuxian inspira profondément et poursuivit :

— Je ne peux plus le quitter. Je ne veux personne d'autre que Hanguang-jun… Attends, où est-ce que tu t'enfuis, je n'ai pas terminé ! Jin Ling. Jin Ling !

Jin Ling avait fait demi-tour et s'était enfui. Wei Wuxian l'appela plusieurs fois, mais le garçon ne se retourna pas une seule fois pour le regarder.

Dorénavant, il ne soupçonnera plus que j'ai toujours une sorte de flamme indicible pour Jin Guangyao, pensa-t-il, fier de lui.

Cependant, lorsqu'il tourna la tête, il découvrit que des robes blanches comme du givre et un homme pareil à la neige se tenaient à moins d'une douzaine de mètres. Lan Wangji le regardait, calme et tranquille, sous le clair de lune.

Wei Wuxian plongea dans un profond mutisme.

Durant les jours qui avaient suivi sa résurrection, il aurait dit des choses dix fois plus scandaleuses à Lan Wangji. Pourtant, en cet instant et sous ce regard, il fut choqué d'éprouver – pour la première fois – un sentiment subtil de honte comme il n'en avait jamais connu en deux vies.

Il réprima rapidement cette émotion rare et s'approcha, complètement à l'aise.

— Te voilà, Hanguang-jun ! Savais-tu que Mo Xuanyu avait été chassé de la Tour de la Carpe d'Or parce qu'il harcelait Jin Guangyao ? Pas étonnant que tout le monde me jetait des regards compliqués !

Lan Wangji ne répondit rien. Il tourna les talons et repartit, Wei Wuxian marchant à ses côtés.

— Zewu-jun et toi ne saviez rien de tout cela, et vous ne connaissiez pas du tout Mo Xuanyu, continua ce dernier. Il semble que le clan Jin de Lanling ait gardé l'affaire secrète du début à la fin. C'est logique, le sang du chef de secte coule dans Mo Xuanyu, après tout ! Jin Guangshan voulait de son fils, ou bien il ne l'aurait pas ramené. S'il n'avait fait que harceler ses pairs, Mo Xuanyu aurait dû être discipliné, tout au plus. Cela n'aurait pas justifié une expulsion. En revanche, si sa cible s'avérait être Jin Guangyao, alors c'était différent. Ce n'était pas seulement Lianfang-zun. C'était aussi le frère de Mo Xuanyu, né d'une autre mère. Vraiment, quel…

Vraiment, quelle affaire tout à fait inconvenante ! Une affaire qui devait tout simplement être coupée à la racine. Et puisque Lianfang-zun n'aurait jamais été celui qu'on aurait coupé, Mo Xuanyu avait évidemment dû partir.

Wei Wuxian se remémora le fait que Jin Guangyao n'avait pas donné l'impression d'éprouver un quelconque souci lorsqu'ils s'étaient retrouvés face à face sur la place, ainsi que la façon dont il avait ri et plaisanté, comme s'il ne l'avait pas du tout reconnu. *Cet homme est vraiment quelque chose.*

Jin Ling, cependant, était incapable de cacher ce qu'il ressentait. Il détestait particulièrement Mo Xuanyu, non seulement parce qu'il détestait les manches-coupées, mais aussi parce que c'était son propre petit oncle qui avait été harcelé.

Penser à Jin Ling fit pousser un soupir discret à Wei Wuxian.

— *Que se passe-t-il ? demanda Lan Wangji.*

— *Hanguang-jun, as-tu remarqué que, chaque fois que Jin Ling part en chasse nocturne, il est toujours seul ? Ne me dis pas que Jiang Cheng l'accompagne, son oncle ne compte pas. C'est un adolescent, mais je n'arrive pas à croire qu'il n'a personne de son âge pour l'assister, aucune suite qui l'escorte. Quand nous étions plus jeunes…*

Lan Wangji arqua très légèrement les sourcils. En voyant cela, Wei Wuxian se ravisa.

— *Très bien, très bien. Moi. Quand j'étais plus jeune. Ce n'était pas comme ça pour moi quand j'étais plus jeune.*

— *C'était toi, répondit impassiblement Lan Wangji. C'était toi. Tout le monde n'est pas tel que tu l'étais.*

— *Mais tous les enfants aiment l'excitation. Ils aiment les foules, tu sais. Hanguang-jun, qu'en penses-tu ? Jin Ling serait-il particulièrement asocial ? N'a-t-il pas un seul ami dans le clan ? J'ignore ce qu'il en est pour le clan Jiang de Yunmeng, mais je ne pense pas que les cadets du clan Jin s'entendent avec lui. Ils se sont même disputés tout à l'heure. Jin Guangyao n'a-t-il pas un fils ou une fille de son âge qui soit proche de lui ?*

— *Jin Guangyao avait autrefois un fils, lui apprit Lan Wangji. Il a été assassiné très jeune.*

Wei Wuxian en fut stupéfait.

— C'était le petit maître de la Tour de la Carpe d'Or ! Qui aurait pu lui faire du mal ?

— C'était dû aux tours de guet, expliqua Lan Wangji.

— Que veux-tu dire ?

Il s'avérait que lorsque Jin Guangyao avait commencé à construire les tours de guet, il avait rencontré une très forte opposition. Dans l'entreprise, il avait également offensé certains clans, dont un chef qui avait perdu à la fois une dispute et sa raison, ce qui l'avait conduit à tuer le fils unique de Jin Guangyao et de sa femme, Qin Su. L'enfant avait un caractère facile et était très aimé de ses parents. Dans son chagrin et sa fureur, Jin Guangyao avait déraciné tout le clan pour le venger. Mais Qin Su avait le cœur brisé, et depuis lors, elle n'avait pas pu retomber enceinte.

Ils restèrent silencieux pendant un moment. Puis Wei Wuxian reprit la parole :

— Le caractère de Jin Ling… Dès qu'il ouvre la bouche, il offense les gens. Chacune de ses actions revient à donner un coup de pied dans un nid de frelons. Si toi et moi ne l'avions pas protégé pendant les dernières occasions, comment aurait-il survécu ? Jiang Cheng ne sait pas du tout comment élever des enfants. Quant à Jin Guangyao…

Au souvenir de la raison pour laquelle ils étaient venus à la Tour de la Carpe d'Or, il sentit sa tête palpiter et se frotta les tempes. À côté de lui, Lan Wangji n'avait pas cessé de le regarder tranquillement. Il ne lui avait offert aucun mot de réconfort, mais il l'avait écouté tout du long et répondu à chacune de ses questions.

— Arrêtons de parler de ça, décida Wei Wuxian. Retournons d'abord dans notre chambre.

Tous deux regagnèrent la maison d'hôtes que le clan Jin de Lanling avait aménagée pour eux. La chambre était exceptionnellement spacieuse et somptueuse, et possédait même un ensemble exquis de coupelles à vin en porcelaine blanche. Wei Wuxian s'assit et les admira. Il les caressa et joua avec elles un moment. Ce ne fut qu'au milieu de la nuit qu'il passa à l'action.

Il fouilla dans les coffres et les tiroirs, trouva une pile de papier blanc et une paire de ciseaux, puis, en un rien de temps, découpa un bonhomme. Sa taille ne dépassait pas celle du doigt d'un adulte. Il possédait une tête ronde et des manches taillées pour être anormalement grandes, ce qui les faisait ressembler aux ailes d'un papillon. Wei Wuxian prit un pinceau sur la table et dessina quelque chose dessus avant de jeter son outil. Il l'échangea contre une coupelle de vin, en but une grande gorgée, puis mit sa tête en arrière et s'allongea sur le lit.

Le bonhomme en papier fit soudain un mouvement brusque et s'agita à plusieurs reprises. Ses deux manches expansives, semblables à des ailes, se mirent à battre et entraînèrent avec elles le corps léger qui voltigea jusqu'à se poser sur l'épaule de Lan Wangji.

Ce dernier tourna la tête de côté pour l'observer, et le bonhomme en papier se jeta aussitôt sur sa joue afin d'escalader les contours de son visage jusqu'à atteindre son ruban frontal. Il tira dessus comme s'il l'aimait trop pour le lâcher. Lan Wangji le laissa se tortiller un peu, puis leva la main pour le cueillir. Quand il vit cela, le bonhomme en papier se laissa précipitamment glisser dans un froissement. Mais, que ce soit intentionnel ou non, sa tête se heurta à ses lèvres.

Le geste de Lan Wangji se suspendit un instant, mais il l'attrapa finalement entre deux doigts.

— *Arrête de t'amuser.*

Le bonhomme enroula son corps dépourvu d'os autour de son doigt long et fin.

— *Fais extrêmement attention, s'il te plaît, demanda Lan Wangji.*

Le bonhomme en papier hocha la tête. Il battit des ailes, puis se plaqua au sol pour se glisser sous la porte et sortir furtivement de la maison d'hôtes.

La sécurité de la Tour de la Carpe d'Or était élevée. Une personne vivante de taille normale ne pouvait évidemment pas circuler comme elle le souhaitait. Heureusement, Wei Wuxian avait étudié un type particulier de magie noire connu sous le nom de «Incarnation de l'Effigie de Papier».

Ce sort était certes utile, mais il comportait également un certain nombre de restrictions. Non seulement il était assorti d'une limite de temps stricte, mais une fois l'effigie de papier envoyée, elle devait revenir dans le même état, sans le moindre dommage. Si elle était déchirée ou endommagée de quelque manière que ce soit, l'âme du lanceur de sort subissait le même degré de blessure. La conséquence la plus légère s'avérait être une perte de conscience pendant six mois, voire une année entière. Les plus graves pouvaient aller jusqu'à plonger à vie le lanceur de sort dans un état de stupeur. De fait, son usage appelait à la plus grande prudence.

Incarné dans ce bonhomme découpé, tantôt Wei Wuxian se colla à l'ourlet de la robe d'un cultivateur, tantôt il s'aplatit pour se faufiler entre les portes, tantôt il ouvrit ses manches et dansa dans la nuit tel un papillon, se faisant passer pour un simple morceau de papier. Mais soudain, un faible bruit de pleurs parvint jusqu'à lui tandis qu'il était toujours dans les airs. Il regarda vers le bas pour voir l'une des maisons d'hôtes de Jin Guangyao, le Jardin Florissant.

Wei Wuxian vola sous l'avant-toit et vit trois personnes assises dans la salle de réception. Nie Huaisang avait une main agrippée à Lan Xichen, l'autre à Jin Guangyao, et, toujours dans un état de stupeur alcoolique, se plaignait en pleurant. Derrière la salle de réception se trouvait un bureau. Wei Wuxian profita du fait qu'il était vide pour entrer y jeter un coup d'œil.

La table à l'intérieur était couverte de dessins annotés en rouge, et sur les murs étaient accrochés quatre tableaux qui représentaient les quatre saisons. Il n'avait originellement pas l'intention de les examiner, mais lorsque ses yeux les balayèrent, il ne put s'empêcher de vouloir exprimer son admiration pour un tel talent artistique. L'utilisation de la couleur était infiniment douce, néanmoins, les sujets étaient toujours aussi vastes ; il s'agissait clairement d'un paysage unique illustré sur papier, pourtant, il semblait s'étendre sur des milliers de montagnes et de rivières. Wei Wuxian songea qu'une telle habileté au pinceau pouvait rivaliser avec celle de Lan Xichen. Il y dédia malgré lui quelques regards de plus, et ce fut ce qui lui permit de découvrir que l'artiste de ces quatre œuvres n'était autre que ce dernier.

Après avoir quitté le Jardin Florissant en volant, Wei Wuxian aperçut au loin un grand palais à cinq arêtes. Le toit était recouvert de tuiles vernissées dorées lumineuses, et à l'extérieur se dressaient trente-deux piliers dorés. C'était une structure magnifique à contempler. Ce devait être l'un des bâtiments les plus surveillés de la Tour de la Carpe d'Or ; l'endroit où, de génération en génération, dormaient tous les chefs de famille du clan Jin de Lanling. Le Palais Parfumé.

En plus des gardes cultivateurs qui portaient l'uniforme estampillé de l'Étoile d'Or sur Lit de Neige, Wei Wuxian pouvait sentir que le Palais Parfumé était couvert par un puissant champ de force magique s'étendant du sol aux cieux. Il vola jusqu'à un piédestal sculpté de hauts-reliefs d'Étoiles d'Or sur Lit de Neige pour se reposer un moment, puis rassembla ses forces pour se faufiler par la fente de la porte, en se gondolant tout du long.

Contrairement au Jardin Florissant, le Palais Parfumé était la quintessence de la structure de la Tour de la Carpe d'Or : un édifice majestueux et somptueux aux poutres gravées et aux colonnes sculptées. À l'intérieur du palais de repos s'étendaient de très nombreux rideaux de gaze qui descendaient jusqu'au sol. Un brûleur d'encens sculpté en forme de bête de bon augure trônait sur la table dédiée et diffusait une douce fumée aux senteurs d'orchidée. Et au milieu de cette extravagance flottait un sentiment de décadence paresseuse et trop douce.

Jin Guangyao s'entretenait avec Lan Xichen et Nie Huaisang dans le Jardin Florissant. Il n'y avait personne dans le Palais Parfumé, ce qui facilita l'enquête de Wei Wuxian. Le bonhomme en papier voleta de-ci de-là, à la recherche de quelque chose de suspect. Soudain, sur la table, il repéra une lettre coincée sous un presse-papiers en agate.

Cette lettre avait déjà été ouverte. Aucun nom ne figurait sur l'enveloppe, pas plus de cachet. À en juger par l'épaisseur, elle n'était clairement pas vide. Wei Wuxian battit des manches et atterrit près de la table, curieux de connaître son contenu exact. Toutefois, lorsque ses « mains » attrapèrent les bords du courrier et tentèrent de le tirer, il ne bougea pas d'un cheveu en dépit de ses efforts. Son corps actuel n'était qu'un mince morceau de papier, il n'avait aucun moyen de déplacer ce lourd presse-papiers en agate.

Le bonhomme en papier Wei fit plusieurs fois le tour de cet objet. Il le poussa et lui donna des coups de pied tout en sautant et sautillant. Malheureusement, le presse-papiers demeura immobile. Il n'eut d'autre choix que de le laisser en place et de voir s'il pouvait trouver d'autres choses suspectes.

Juste à ce moment-là, l'une des portes latérales du palais de repos s'entrouvrit. Wei Wuxian fondit en piqué et se terra contre un pied de table, où il s'immobilisa complètement.

La personne qui entra s'avéra être Qin Su. À l'évidence, ce n'était pas que le Palais Parfumé était vide, mais plutôt que cette dernière se trouvait dans une chambre intérieure, silencieuse.

Il était parfaitement normal que la maîtresse de la Tour de la Carpe d'Or apparaisse dans le Palais Parfumé. Cependant, son apparence ne l'était pas le moins du monde. Son visage était livide, et elle chancelait comme si elle avait subi un coup violent et venait à peine de reprendre connaissance. Elle semblait même sur le point de s'évanouir de plus belle à tout moment.

Que se passe-t-il ? Elle avait pourtant l'air de bien se porter tout à l'heure, dans la salle de banquet.

Qin Su était appuyée contre la porte, perdue dans ses pensées. Il s'écoula un moment avant qu'elle ne se dirige lentement vers la table, s'aidant du mur. Elle fixa la lettre sous le presse-papiers en agate et tendit la main. Elle parut vouloir la ramasser, mais se ravisa finalement. À la lumière de la lampe, Wei Wuxian pouvait voir ses lèvres trembler de façon incontrôlable. Ce qui avait été un beau visage digne apparaissait désormais pratiquement déformé.

Elle se mit soudain à hurler. Tremblante, elle attrapa la lettre et la jeta au sol, son autre main crispée sur le tissu qui couvrait sa poitrine. Wei Wuxian s'illumina en voyant le courrier, mais réprima l'envie de voler aussitôt dans sa direction. Il pouvait gérer le fait que seule Qin Su le découvre, mais si elle criait et appelait les autres… son âme serait affectée par tous les dégâts que le papier subirait.

Tout à coup, une voix retentit depuis l'intérieur du palais de repos.

— *A-Su, que fais-tu ?*

Qin Su tourna la tête et vit une silhouette familière qui se tenait à quelques pas derrière elle. Ce visage bien connu lui souriait, comme il le faisait toujours.

Elle se jeta immédiatement à terre et attrapa la lettre. Tout ce que Wei Wuxian put faire fut de demeurer fermement plaqué contre le pied de la table et regarder, impuissant, le courrier s'échapper de son champ de vision.

Jin Guangyao semblait s'être encore rapproché.

— *Qu'est-ce que tu as dans la main ?*

Sa voix était douce et aimable, comme s'il n'avait rien remarqué d'anormal – ni la lettre étrange dans les mains de Qin Su ni son visage déformé –, mais qu'il s'interrogeait simplement sur quelque chose d'aussi trivial que le fait de lui demander d'enfiler une robe plus chaude ou de se resservir d'un plat. Qin Su serra la lettre sans répondre.

— *Tu n'as pas l'air bien, qu'est-ce qui ne va pas ? insista-t-il.*

Sa voix était pleine d'inquiétude. Qin Su leva la lettre et répondit enfin, la voix tremblante :

— *J'ai… rencontré quelqu'un.*

— *Qui ? s'enquit Jin Guangyao.*

Qin Su continua comme si elle ne l'avait pas entendu :

— *Cette personne m'a raconté des choses et remis ce courrier.*

Jin Guangyao se mit à rire malgré lui.

— *Qui as-tu vu, au juste ? Es-tu prête à croire tout ce que cette personne t'a raconté ?*

— *… ne m'aurait pas menti, insista Qin Su. Pas le moins du monde.*

Qui ? se demanda Wei Wuxian. Il n'avait pas bien saisi le pronom utilisé, aussi ne pouvait-il dire s'il était question d'un homme ou d'une femme.

— *Est-ce que tout ce qui est écrit ici est vrai ? demanda Qin Su.*

— A-Su, si tu ne me montres pas la lettre, comment pourrais-je savoir ce qui est écrit dedans ? la raisonna Jin Guangyao.

— Très bien, jette donc un coup d'œil !

Qin Su lui montra la lettre qu'elle tenait dans ses mains. Jin Guangyao s'avança encore d'un pas pour la lire. Ses yeux survolèrent les lignes et achevèrent de la parcourir en un éclair. Il n'y eut nul changement dans son expression, pas même l'ombre d'un froncement de sourcils.

Qin Su, en revanche, était pratiquement en train de hurler.

— *Dis quelque chose, parle ! Dis-moi que ce n'est pas vrai ! Que ce ne sont que des mensonges !*

— *Ce n'est pas vrai, lui assura Jin Guangyao avec force. Ce ne sont que des mensonges. Des accusations absurdes et fausses.*

Qin Su éclata en sanglots.

— Tu mens ! Même maintenant, tu essaies encore de me mentir. Je ne te crois pas !

— *A-Su, c'est toi qui m'as dit de prononcer ces mots, soupira Jin Guangyao. Mais tu refuses tout de même de me croire. Cela rend les choses vraiment difficiles pour moi.*

Qin Su lui jeta la lettre, puis se couvrit le visage.

— *Ciel ! Ciel, ciel, ciel ! Tu… Tu es vraiment… Tu es vraiment terrifiant ! Comment as-tu pu… Comment as-tu pu ?*

Elle ne put continuer davantage. Le visage toujours entre ses mains, elle recula sur le côté. Puis, une main en soutien contre une colonne, elle se mit soudain à vomir. Elle rendit d'une façon si déchirante qu'il lui sembla qu'elle allait régurgiter ses entrailles.

Wei Wuxian fut choqué par la violence de sa réaction. *Elle a probablement déjà vomi aussi dans la chambre intérieure tout à l'heure. Qu'est-ce que cette lettre peut bien contenir ? Des histoires de Jin Guangyao tuant et démembrant des gens ? Mais il a tué un nombre incalculable de personnes durant la campagne de la Chute du*

Soleil. Tout le monde le sait, et il n'y a pas moins de sang sur les mains du père de Qin Su. Cela pourrait-il concerner Mo Xuanyu ? Non, impossible que Jin Guangyao et Mo Xuanyu aient eu une relation. En vérité, c'est même probablement Jin Guangyao qui a fait expulser Mo Xuanyu de la Tour de la Carpe d'Or. Peu importe ce que dit ce courrier, sa réaction ne devrait pas être extrême au point de la faire vomir de dégoût.

Même s'il ne connaissait pas bien Qin Su, ils s'étaient rencontrés à plusieurs reprises, tous deux étant issus de clans éminents. Qin Su était la fille bien-aimée de Qin Cangye. C'était une femme naïve et innocente, mais elle avait été élevée dans le privilège et avait reçu une excellente éducation. Elle n'avait jamais fait preuve d'une folie aussi déchirante auparavant. Rien de tout cela ne semblait normal.

Au son de ses haut-le-cœur, Jin Guangyao s'accroupit silencieusement et ramassa les papiers éparpillés sur le sol. Il les porta négligemment jusqu'à une lampe en forme de lotus composée de neuf rangs de pétales et les offrit à la flamme pour les faire brûler.

Les yeux rivés sur les cendres qui tombaient petit à petit sur le sol, il reprit la parole d'un air attristé :

— *A-Su, toi et moi sommes mari et femme depuis de nombreuses années. Nous avons toujours eu une relation harmonieuse et respectueuse. Je t'ai très bien traitée en tant qu'époux, alors ton comportement me blesse sincèrement.*

Qin Su n'avait plus rien à expulser dans son estomac. Elle s'accroupit à quatre pattes sur le sol et sanglota.

— *C'est vrai, tu m'as bien traitée… Mais je… j'aurais préféré ne jamais te connaître ! Pas étonnant que, depuis… que depuis, il n'y ait jamais… Plutôt que de faire cela, tu aurais dû me tuer !*

— A-Su, ne nous débrouillions-nous pas très bien avant que tu n'apprennes tout cela ? Tu n'as jamais éprouvé une telle nausée avant aujourd'hui, le jour de cette découverte, et c'est uniquement parce que cette prise de connaissance te trouble. Ce qui montre bien que cela n'a pas vraiment d'importance. Cela ne t'a jamais vraiment affectée d'une autre manière. La cause de ton chagrin réside dans ton propre esprit.

Qin Su secoua la tête, le visage cendré.

— *Dis-moi la vérité. A-Song… Comment A-Song est-il mort ?*

Qui est A-Song ?

Jin Guangyao se montra décontenancé.

— *A-Song ? Pourquoi me demandes-tu cela ? Ne le sais-tu pas déjà ? A-Song a été assassiné, et j'ai depuis longtemps éliminé son meurtrier pour le venger. Pourquoi en parles-tu tout à coup ?*

— *Je le savais, déclara Qin Su. Mais, désormais, je commence à me demander si tout ce que je sais est vrai ou non.*

Jin Guangyao semblait fatigué.

— A-Su, à quoi penses-tu ? A-Song était mon fils. Que penses-tu que j'aurais pu lui faire ? Tu préfères faire confiance à quelqu'un qui se cache, à une lettre d'origine inconnue, plutôt qu'à moi ?

Qin Su était en train de s'effondrer. Elle s'arracha les cheveux et cria :

— *C'est précisément parce que c'était ton fils que ça me terrifie ! Qu'est-ce que je pense que tu aurais pu lui faire ? Si tu peux faire cela, que ne ferais-tu pas ? Et tu veux que je continue à te faire confiance ? Ciel !*

— *Arrête de laisser ton esprit s'emballer. Dis-moi, qui as-tu vu aujourd'hui ? Et qui t'a donné cette lettre ?*

Qin Su s'arracha de plus belle les cheveux.

— *Que… vas-tu faire ?*

— *Si cette personne te l'a dit, elle peut le raconter aux autres. Si elle a pu écrire une lettre, elle peut en rédiger une deuxième, puis une troisième. Que vas-tu faire, toi ? Laisser cela être exposé ? A-Su, je t'en supplie, peu importe les circonstances, peu importe les raisons, dis-moi juste où se trouve l'auteur de cette lettre. Qui t'a dit de revenir ici et de la lire ?*

Qui est-ce ? Wei Wuxian voulait aussi vraiment entendre Qin Su prononcer ce nom. Il s'agissait de quelqu'un qui pouvait approcher la femme du Chef de la Cultivation.

Quelqu'un en qui elle aurait confiance. Quelqu'un qui avait découvert un secret inavouable concernant Jin Guangyao. Ce que contenait ce courrier ne dénonçait certainement pas un simple meurtre ou un incendie criminel ; cela avait dégoûté ou horrifié Qin Su au point de lui soulever le cœur. Même s'ils n'étaient que tous les deux, elle ne pouvait se résoudre à en parler à voix haute. Leur discussion demeurait vague et décousue, sans qu'un seul mot clair passe entre eux.

Cependant, si Qin Su en venait à donner véritablement le nom de l'expéditeur, elle se montrerait tout à fait stupide. Non seulement Jin Guangyao se débarrasserait de cette personne, mais il ferait en sorte de sceller à tout prix la bouche de Qin Su.

Heureusement, même si Qin Su était restée naïve et ignorante du monde depuis son enfance, et même parfois un peu idiote, elle ne faisait plus confiance à Jin Guangyao. Ce dernier était assis bien droit à la table tandis qu'elle le fixait avec des yeux vides. Ce Chef de la Cultivation qui se tenait au-dessus de millions de personnes, son mari… apparaissait toujours aussi calme et posé à la lumière des bougies, son visage pareil à un portrait. Il se leva pour l'aider à se relever, mais Qin Su repoussa violemment sa main, puis retomba sur le sol, prise d'une nouvelle crise de haut-le-cœur.

Jin Guangyao fronça les sourcils.

— Suis-je vraiment si dégoûtant ?

— Tu n'es pas un homme… Tu es un fou ! hurla Qin Su.

Les yeux de son mari étaient remplis de tendresse et de chagrin.

— A-Su, je n'avais vraiment pas d'autre choix. Je voulais te mentir jusqu'à la fin de ta vie, te garder dans l'ignorance, mais cet espoir a été anéanti par celui qui t'a raconté cela. Tu me trouves sale ? Dégoûtant ? Très bien. Mais si cela se sait… Tu es ma femme, que diraient les autres ? Que penseraient-ils de toi ?

Qin Su prit sa tête entre ses mains.

— Tais-toi ! N'en dis pas plus, arrête de me le rappeler ! J'aimerais ne jamais t'avoir connu ! J'aimerais n'avoir rien à faire avec toi ! Pourquoi étais-tu si proche de moi à l'époque ?

Après un certain silence, Jin Guangyao répondit :

— Je sais que tu n'en croiras dorénavant plus rien, mais mon cœur était sincère.

Qin Su sanglota.

— Tu essaies encore de m'abuser !

— Je t'ai dit la vérité, déclara Jin Guangyao. Je me souviendrai toujours du fait que tu n'as jamais prononcé un seul mauvais mot sur mes origines ou sur ma mère. Je t'en suis reconnaissant, je ne cesserai jamais de l'être. Je voulais te respecter, te chérir et t'aimer. Mais tu dois savoir que… même si personne n'a assassiné A-Song, il fallait tout de même qu'il meure. C'était son seul avenir. Si nous l'avions laissé grandir, toi et moi…

Le sujet de son fils abordé, Qin Su n'y tint plus. Elle leva la main pour lui asséner une gifle retentissante.

— Dans ce cas, qui a causé tout cela ? Que ne ferais-tu pas pour le bien de ta position ?

Jin Guangyao n'esquiva pas, il accepta la claque. Une empreinte rouge vif apparut sur sa joue claire. Il ferma les yeux. Après un moment, il demanda une nouvelle fois :

— Ne vas-tu vraiment pas me le dire, A-Su ?

Qin Su secoua la tête.

— Te le dire ? Pour que tu ailles tuer cette personne et la contraindre ainsi au silence ?

— Que dis-tu ? Il semblerait que ta soudaine maladie t'ait embrouillé l'esprit, rétorqua Jin Guangyao. Beau-papa s'est retiré en retraite méditative. Je vais t'envoyer le rejoindre quelque temps afin que tu puisses récupérer et profiter de la compagnie de ta famille. Mais finissons-en rapidement, il y a encore beaucoup d'invités ici, sans parler du colloque de demain.

Même en cet instant, les invités et le colloque du lendemain lui restaient à l'esprit !

Alors même que sa bouche disait qu'il enverrait Qin Su se reposer et récupérer, ses mains ignoraient ses poussées, ses coups et son refus tandis qu'il l'aidait à se relever. Il fit assurément quelque chose, car Qin Su s'effondra instantanément, le corps mou. Puis, calmement et sans hâte, il transporta sa femme derrière les rideaux de gaze.

Le bonhomme de papier Wei sortit sur la pointe des pieds de sous la table et les suivit. Il vit Jin Guangyao poser sa paume sur un miroir géant en bronze. Un instant plus tard, ses doigts plongèrent à travers sa surface comme s'il s'agissait d'eau. Qin Su écarquilla grand les yeux. Toujours en larmes, et rendue impuissante, incapable de parler ou de crier, elle regarda son mari la traîner à l'intérieur.

Wei Wuxian savait que seul Jin Guangyao en personne pouvait activer cet objet. Ne laissant jamais passer une occasion, il calcula grossièrement le moment et se lança à leur poursuite.

Derrière le miroir de bronze se trouvait une chambre secrète. Dès que Jin Guangyao entra, les lampes sur le mur s'allumèrent toutes seules et éclairèrent faiblement les nombreuses étagères en treillis sur lesquelles s'empilaient des trésors. Dessus s'entassaient des piles de livres, de rouleaux, de pierres précieuses, d'armes, et même plusieurs instruments de torture, dont des anneaux de fer noir, des ardillons acérés et des crochets d'argent de fabrication particulière. Cette seule vision était morbide.

Wei Wuxian savait que la plupart de ces objets avaient été conçus par Jin Guangyao. Le chef du clan Wen de Qishan, Wen Ruohan, avait un caractère imprévisible et était assoiffé de sang. Il aimait torturer les gens par plaisir, et Jin Guangyao avait autrefois répondu à cet intérêt en fabriquant toutes sortes de dispositifs de torture cruels et intéressants. C'était ainsi qu'il avait réussi à gagner les faveurs de cet homme et à monter progressivement en grade jusqu'à devenir un assistant de confiance.

Chaque clan avait deux ou trois salles de trésor secrètes. Ce n'était pas une singularité que le Palais Parfumé possède une telle chambre. Outre un bureau, la pièce comportait également une longue table en fer noire, froide et suffisamment grande pour qu'une personne puisse s'y allonger. Sa surface présentait des résidus de taches noires séchées. *Cette table serait parfaite pour dépecer quelqu'un*, pensa Wei Wuxian.

Jin Guangyao aida doucement Qin Su à s'étendre dessus. Le visage de cette dernière était vidé de toute vie. Jin Guangyao arrangea ses cheveux légèrement ébouriffés.

— *N'aie crainte, la réconforta-t-il. Tu ne devrais pas te promener dans un tel état. La foule ne fera qu'augmenter dans les prochains jours, alors repose-toi ici pour l'instant. Tu pourras nous rejoindre dès que tu m'auras révélé l'identité de cette personne. Hoche la tête si tu consens à parler à ton mari. Tu peux toujours le faire, car je n'ai pas scellé entièrement tes méridiens.*

Les yeux de Qin Su se tournèrent vers son mari toujours aussi doux et attentionné.

Son regard était rempli de terreur, de douleur et de désespoir.

Au même instant, Wei Wuxian remarqua soudain une étagère en treillis dissimulée sous un drap. Celui-ci la recouvrait entièrement, et des symboles magiques rouge sang à l'aspect sauvage étaient dessinés dessus. Il s'agissait d'un sortilège incroyablement puissant et dominateur destiné à sceller quelque chose.

Le bonhomme de papier s'accrocha au pied du mur et escalada lentement à un rythme angoissant, centimètre par centimètre. À l'autre bout de la pièce, Jin Guangyao continuait d'implorer doucement Qin Su. Tout à coup, comme s'il avait senti quelque chose, il tourna la tête en arrière, alarmé.

Il n'y avait personne d'autre que Qin Su et lui dans cette chambre secrète. Il se leva, scruta soigneusement les environs, et ne revint sur ses pas que lorsqu'il eut l'assurance que rien n'avait été déplacé.

Bien sûr, lorsqu'il tourna la tête, il ne remarqua pas que Wei Wuxian venait d'atteindre une étagère de livres. Ce dernier glissa rapidement son corps fin entre les pages d'un livre dès qu'il détecta un mouvement de Jin Guangyao, et se plaqua entre elles tel un marque-page, ses yeux fermement collés au papier. Heureusement, Jin Guangyao était anormalement vigilant, mais pas au point de feuilleter les livres pour voir si quelqu'un s'y cachait.

Tout à coup, Wei Wuxian songea que les mots qu'il regardait lui semblaient familiers. Il les fixa attentivement pendant un long moment, puis jura à voix basse. Comment cela pouvait-il ne pas lui être familier ? C'était sa propre écriture !

Les commentaires de Jiang Fengmian sur son écriture étaient : « frivole et gribouillée, mais avec une certaine élégance de caractère ». C'était indubitablement son écriture. Wei Wuxian l'examina davantage et, entre les taches et les barbouillages, parvint à déchiffrer quelques morceaux. « *… différent de possession…* », « *…vengeance…* », « *…contrat forcé…* »

Il en était désormais certain. Ce livre dans lequel il s'était réfugié n'était autre qu'un de ses propres manuscrits. Un essai sur la magie interdite qu'était la possession. Il avait cherché des informations partout et organisé ses découvertes en une dissertation, auxquelles il avait ajouté ses propres extrapolations. Il avait écrit beaucoup de manuscrits de ce genre à l'époque, tous rédigés sur un coup de tête et jetés tout aussi facilement, éparpillés au beau milieu de la grotte où il dormait dans le Tertre du Charnier de Yiling. Certains d'entre eux avaient été détruits dans les incendies du siège, tandis que d'autres avaient été traités de la même façon que son épée, à savoir pris comme butin de victoire et cachés.

Il s'était demandé où Mo Xuanyu avait appris cette magie interdite.

Il le savait désormais. Jamais, en un million d'années, Jin Guangyao n'aurait permis à des personnes sans importance d'entrevoir les restes d'un manuscrit dans ce domaine. Il semblait en définitive que même si Jin Guangyao et Mo Xuanyu n'avaient pas *ce* genre de relation, ce qu'ils partageaient n'était assurément pas très différent.

Tandis qu'il réfléchissait à cela, la voix de Jin Guangyao s'éleva :

— *A-Su, mon temps est écoulé. Je dois m'occuper d'organiser l'événement, à présent. Je viendrai te voir après.*

Wei Wuxian avait déjà commencé à s'extirper peu à peu de cette pile composée de ses propres manuscrits. Au son de la voix de Jin Guangyao, il s'y glissa de plus belle rapidement. Cette fois, ce qu'il découvrit ne fut pas un manuscrit, mais… un acte de propriété et un acte foncier ?

Il trouva cela très étrange. Qu'y avait-il de si spécial dans ces documents pour qu'ils soient rangés à côté des manuscrits du patriarche de Yiling ? Pourtant, peu importait la façon dont il étudiait cela, il s'agissait bien de deux actes tout à fait ordinaires, écrits correctement, sans code ni chiffre. Les feuilles étaient jaunies sur les bords, et même tachées d'encre. Mais il refusait toujours de croire que Jin Guangyao les avait placées là par hasard. Il commença donc à mémoriser l'adresse, qui se situait dans la ville de Yunping à Yunmeng. S'il avait l'occasion de s'y rendre à l'avenir, peut-être y trouverait-il quelque chose.

Ce ne fut qu'après ne plus avoir entendu le moindre bruit à l'extérieur pendant un certain temps que Wei Wuxian poursuivit son escalade, toujours accroché au mur. Il atteignit enfin l'étagère en treillis scellée derrière le drap, mais avant qu'il n'ait pu voir ce qui se cachait précisément derrière, il fut submergé par la lumière.

Jin Guangyao s'était approché et avait soulevé le tissu.

À cet instant, Wei Wuxian se pensa découvert. Cependant, lorsque la faible lumière des flammes s'éleva, il se découvrit enveloppé par une ombre. Quelque chose de rond se trouvait en face de lui et le protégeait justement de tout regard.

Jin Guangyao se tenait debout, enraciné sur place, et semblait fixer quelque chose placé sur cette étagère.

Il s'écoula un bon moment avant qu'il ne demande :

— *C'est toi qui me regardais, tout à l'heure ?*

Bien sûr, il n'obtint nulle réponse. Après un long silence, Jin Guangyao baissa le drap.

Wei Wuxian s'accrocha sans bruit à l'objet, qui était aussi froid et dur qu'un casque. Lorsqu'il le contourna par l'avant, il découvrit un visage d'une pâleur effroyable. Exactement comme il s'y attendait. Celui qui avait placé le sceau sur cette tête voulait la rendre invisible, inaudible et muette. Ainsi, la peau de ce visage pâle et effroyable était couverte de sorts, qui scellaient fermement ses yeux, ses oreilles et sa bouche.

J'ai beaucoup entendu parler de vous, Chifeng-zun, le salua solennellement Wei Wuxian dans sa tête.

Comme il l'avait suspecté, la dernière partie du corps de Nie Mingjue – sa tête – était ici, avec Jin Guangyao.

Nie Mingjue, le Chifeng-zun au tempérament de feu, qui semblait tellement invincible lors de la campagne de la Chute du Soleil, était dorénavant lourdement scellé dans cette chambre secrète sombre, lugubre et exiguë, et privé de toute lumière du jour.

Pendant un moment, Wei Wuxian examina le sceau sur le casque. Il n'avait qu'à le briser pour que le reste du cadavre de Chifeng-zun le sente et vienne le chercher de lui-même. Mais au moment où il réfléchissait à la façon de l'ôter, une force inhabituellement puissante l'aspira en avant et attira son corps de papier léger contre le front de Nie Mingjue.

Chapitre 10

Le séduisant garçon

— Partie 2 —

À l'autre bout de la Tour de la Carpe d'Or, Lan Wangji était assis auprès de Wei Wuxian et l'observait. Il resta ainsi un certain temps, puis ses doigts tressaillirent et, les cils baissés, il leva une main pour toucher légèrement ses propres lèvres.

De façon très, très légère ; exactement comme le bonhomme de papier les avait heurtées plus tôt.

Tout à coup, les mains de Wei Wuxian se crispèrent et ses poings se serrèrent. Lan Wangji concentra son attention. Il le prit dans ses bras et releva son visage. Les yeux de Wei Wuxian étaient toujours clos, mais des plis profonds commençaient à se former entre ses sourcils.

Dans la chambre secrète, ce dernier n'eut pas du tout le temps de réagir. Les cadavres de ceux qui mouraient remplis d'un intense ressentiment ne cessaient d'irradier ce même sentiment ainsi que de la haine, au point d'infecter les autres d'énergie négative pour apaiser leur rage. Ce phénomène était à l'origine de nombreuses hantises. À dire vrai, c'était aussi sur ce principe que fonctionnait la technique de l'empathie.

Le corps physique était une ligne de défense pour l'âme. Si Wei Wuxian avait été dans le sien, rien de cela n'aurait pu l'infecter contre sa volonté. Mais puisqu'il ne possédait qu'un simple morceau de papier, ses défenses étaient grandement et inévitablement diminuées. Qui plus est, il se tenait trop proche de Nie Mingjue, et la force de son ressentiment était trop puissante pour résister. À peine un moment d'inattention et celle-ci l'avait affecté.

Cela faisait des années qu'il n'avait pas été entouré par une telle puanteur. Quelque chose se réveilla dans ses os, cria, commença à bouillir. Quand il ouvrit les yeux, ce fut pour voir l'éclair d'une lame, une éclaboussure de sang, une tête qui volait dans les airs et la vue d'un corps qui s'effondrait.

Dans le dos de l'uniforme familial de cet homme décapité, le symbole d'un soleil ardent. Wei Wuxian se vit « lui-même » rengainer sa lame alors qu'une voix grave sortait de sa bouche.

— Ramassez la tête et accrochez-la où les chiens Wen pourront la voir.

— *Oui, oui ! répondit quelqu'un derrière lui.*

Wei Wuxian savait dorénavant qui était l'homme décapité. C'était Wen Xu, le fils aîné de Wen Ruohan, le chef du clan Wen de Qishan. Il avait été pris en embuscade et tué par Nie Mingjue à Hejian. Tranchée d'un seul coup de sabre, sa tête avait été exposée devant la formation de cultivateurs du clan Wen en guise de démonstration de force. Quant à son corps, il avait été coupé en morceaux et réduit en viande hachée, cette pâte sanglante finalement utilisée par les cultivateurs enragés du clan Nie pour peindre le sol du champ de bataille en rouge.

Nie Mingjue balaya du regard le cadavre sur le sol et le repoussa d'un coup de pied. La main posée sur la poignée de sa lame, il scruta lentement les alentours.

Chifeng-zun était un homme très grand. Lorsque Wei Wuxian avait réalisé sa séance d'empathie avec A-Qing, son champ de vision avait été assez bas. En cet instant, celui-ci s'avérait beaucoup plus élevé que d'ordinaire. Ce balayage visuel de la zone lui permit d'attester de la présence d'innombrables victimes. Certaines portaient les robes du clan Wen estampillées d'un soleil ardent, tandis que d'autres arboraient l'insigne familial à tête de bête du clan Nie de Qinghe sur le dos. Il y en avait aussi qui n'affichaient aucun emblème familial. Chacune de ces catégories représentait environ trente pour cent du total sanglant.

C'était une scène tragique à voir, et la puanteur du sang empestait jusqu'aux cieux. Il s'avança comme pour vérifier si des cultivateurs du clan Wen étaient encore en vie.

Soudain, un étrange «clang» retentit depuis une maison voisine au toit de tuiles.

Nie Mingjue brandit son sabre, et le vent que sa lame créa traversa rapidement le terrain pour fendre la porte simple de la maison, exposant une mère et sa fille terrifiées qui se cachaient à l'intérieur.

La maison était délabrée et vide. Sans aucun autre endroit où se cacher, ces deux-là s'étaient blotties sous la table, dans les bras l'une de l'autre, sans oser respirer trop fort. Les grands yeux ronds de la jeune mère reflétaient l'apparence meurtrière et maculée de sang de Nie Mingjue, et ses larmes commencèrent à couler. Dans ses bras, sa fille se figea de peur, la bouche ouverte.

Les sourcils froncés de Nie Mingjue se détendirent en constatant qu'il s'agissait de gens ordinaires, probablement des roturiers qui n'avaient pas fui à temps lorsque la bataille avait éclaté. Un subordonné arriva derrière lui. Ne sachant pas ce qui se passait, il s'adressa à lui :

— Chef de secte ?

Tout ce que la mère et la fille savaient, c'était qu'un tas de factions de cultivateurs avaient déferlé de nulle part et commencé à s'entre-tuer, tout cela alors qu'elles essayaient simplement de vivre leur vie. Elles ignoraient qui étaient les gentils et qui étaient les méchants. La seule vue des sabres et des épées était suffisante pour les terrifier et leur faire croire qu'elles allaient sûrement mourir. Elles avaient l'air de plus en plus terrifiées à chaque instant qui passait.

Nie Mingjue leur jeta un regard et refréna son aura meurtrière.

— Tout va bien, répondit-il.

Il abaissa la main qui tenait sa lame et se dirigea vers le côté du champ de bataille à pas réguliers. La jeune femme s'affaissa instantanément sur le sol sans lâcher sa fille. Après un moment, elle ne put s'empêcher de pleurer d'une petite voix désespérée.

Quelques pas plus loin, Nie Mingjue s'arrêta soudain pour s'adresser au subordonné qui le suivait :

— Qui était le dernier personnel de garde à partir lors du précédent nettoyage du champ de bataille ?

Le subordonné sursauta légèrement et répondit :

— Le dernier à partir ? Je… ne me souviens pas vraiment…

— Dis-le-moi quand tu le sauras, exigea Nie Mingjue, les sourcils froncés.

Il poursuivit son chemin tandis que son subordonné se hâtait d'interroger ceux qui s'activaient dans les parages. Peu de temps après, il rattrapa Nie Mingjue.

— Chef de secte ! J'ai demandé autour de moi, et le dernier membre du personnel de garde à avoir quitté le nettoyage du champ de bataille précédent est connu sous le nom de Meng Yao.

En entendant ce nom, Nie Mingjue leva les sourcils, comme étonné.

Wei Wuxian en connaissait la raison. Avant que Jin Guangyao ne soit reconnu par le clan Jin, il utilisait le nom de famille de sa mère, soit Meng Yao. Ce n'était pas un secret. En fait, ce nom était autrefois tout aussi célèbre.

Bien que peu de gens aient été personnellement témoins de la première ascension de la Tour de la Carpe d'Or par Jin Guangyao – cette même tour qu'il escaladerait un jour jusqu'au sommet, en tant que tout-puissant Lianfang-zun – les rumeurs autour de cet événement étaient extrêmement détaillées. La mère de Jin Guangyao était une célèbre courtisane de Yunmeng, réputée pour son talent dans les beaux-arts. Il se disait qu'elle était douée pour le guqin et la calligraphie, qu'elle était bien éduquée et qu'elle avait la tête sur les épaules. Quand bien même elle n'était pas issue d'une famille renommée, elle surpassait de loin les dames de ces familles.

Malgré cela, dans la bouche des autres, une prostituée restait une prostituée. Jin Guangshan passait de temps en temps par Yunmeng, et naturellement, il n'avait pas pu manquer cette femme célèbre au centre des conversations de la ville à l'époque. Après plusieurs jours passés à batifoler avec elle, il lui avait donné un gage d'amour et s'en était allé, repu et satisfait. Sauf qu'évidemment, comme d'innombrables fois auparavant, une fois rentré chez lui, il avait tout oublié de cette personne avec laquelle il avait passé un bon moment.

En comparaison, Mo Xuanyu et sa mère pouvaient être considérés comme ayant été favorisés. Au moins Jin Guangshan s'était-il rappelé à un moment donné qu'il avait engendré un fils et l'avait-il convoqué à la Tour de la Carpe d'Or. Meng Yao n'avait pas été aussi chanceux. Le fils d'une prostituée pouvait difficilement être comparé au descendant d'une famille décente. Par conséquent, Dame Meng avait assumé seule ce fils de Jin Guangshan. Et comme la deuxième Dame Mo, elle avait attendu encore et encore, désirant et espérant que ce Chef de la Cultivation reviendrait et les emmènerait, leur enfant et elle. Elle avait consacré son cœur et son âme à préparer Meng Yao à un avenir dans une secte de cultivateurs.

Mais même lorsque ce garçon était devenu un jeune homme, son père n'avait jamais donné de nouvelles. Dame Meng, cependant, était tombée gravement malade. Avant de rendre son dernier souffle, elle avait donné à son fils le gage d'amour que Jin Guangshan lui avait laissé, et lui avait dit de se rendre à la Tour de la Carpe d'Or afin de chercher un moyen d'échapper à cette vie.

Ainsi, Meng Yao avait fait ses bagages et quitté Yunmeng. Il avait traversé des montagnes et des rivières avant d'arriver à Lanling, au pied de la Tour de la Carpe d'Or. Mais il avait été arrêté à l'entrée et avait alors sorti le gage d'amour pour demander qu'on prévienne Jin Guangshan de son arrivée.

Ce fameux gage était un bouton en perle, qui n'avait rien de spécial pour le clan Jin de Lanling.

En vérité, il y avait tant de ce genre d'objets qu'on pouvait en trouver partout. Leur usage le plus courant était d'être offerts en cadeau par Jin Guangshan aux belles femmes qu'il courtisait lorsqu'il n'était pas chez lui. Il faisait passer ces jolies petites babioles pour des trésors rares et les complétait par une promesse d'amour éternel. Il les distribuait à sa guise et les oubliait après coup.

Meng Yao était vraiment arrivé au mauvais moment. C'était l'anniversaire de Jin Zixuan, et Jin Guangshan et Madame Jin avaient organisé un banquet pour célébrer la fête de leur précieux fils, en présence de nombreux membres de la famille.

Six heures plus tard, à la nuit tombée, ils s'étaient retirés ensemble pour relâcher quelques lanternes accompagnées de leurs prières de bénédiction. C'était alors que le serviteur y avait vu une ouverture et s'était avancé pour les informer.

À la vue du bouton en perle, Madame Jin s'était remémoré toutes les erreurs de jeunesse de Jin Guangshan. Son visage s'était immédiatement assombri.

Son mari s'était empressé de réduire le bouton en poussière et avait réprimandé le serviteur d'une voix forte, lui ordonnant de chasser la personne en question afin qu'ils ne la rencontrent pas lorsqu'ils sortiraient pour libérer les lanternes.

C'était ainsi que Meng Yao avait été expulsé de la Tour de la Carpe d'Or et avait dévalé l'escalier de la marche la plus haute à la plus basse.

Selon l'histoire, il n'avait rien dit après s'être relevé. Il avait simplement essuyé le sang de son front, épousseté la poussière sur son corps et était parti avec son sac sur le dos.

Après le début de la campagne de la Chute du Soleil, Meng Yao avait rejoint une secte sous la bannière du clan Nie de Qinghe.

Les cultivateurs du clan Nie sous le commandement de Nie Mingjue, ainsi que les cultivateurs itinérants recrutés, étaient stationnés dans plusieurs endroits, dont l'un était situé dans une chaîne de montagnes sans nom à Hejian. Nie

Mingjue gravit la montagne à pied, mais avant qu'il ne puisse atteindre le camp, il aperçut un jeune en robe de tissu quittant la forêt émeraude, un tube de bambou à la main.

Le jeune homme semblait revenir d'une corvée d'eau. Son pas légèrement fatigué, il était sur le point d'entrer dans la grotte quand il s'arrêta soudain devant et écouta attentivement pendant un moment. Il semblait se demander s'il devait entrer ou non. Finalement, il s'éloigna en silence dans une autre direction, juste avec son bambou.

Après avoir parcouru une certaine distance, il trouva un endroit au bord de la route et s'accroupit. Il tira un petit morceau de rations sèches et blanches du pli de ses robes et mangea lentement, son repas accompagné d'eau plate.

Nie Mingjue s'approcha de lui. Le jeune homme mangeait la tête basse, mais il réagit aussitôt à cette grande ombre qui l'enveloppa soudain. Il leva les yeux et rangea hâtivement ses rations, puis se leva pour le saluer.

— Chef de secte Nie.

La stature de ce jeune homme était relativement petite. Il avait un visage clair, avec des sourcils délicats ; le même visage aimable que Jin Guangyao. À cette époque, il n'avait pas encore été accepté par la Tour de la Carpe d'Or, aussi ne possédait-il pas la marque de cinabre sur son front.

Nie Mingjue se souvenait manifestement de ce visage.

— *Meng Yao ? demanda-t-il.*

— *C'est moi, répondit respectueusement ce dernier.*

— *Pourquoi ne te reposes-tu pas à l'intérieur de la grotte avec les autres ?*

Meng Yao ouvrit la bouche, mais il ne put qu'esquisser un sourire légèrement maladroit, comme s'il ne savait pas quoi dire. Face à cela, Nie Mingjue passa devant lui et se dirigea vers la grotte. Meng Yao sembla vouloir l'arrêter, mais n'osa pas.

Nie Mingjue étouffa le bruit de son approche, de sorte que nul ne remarqua sa présence quand bien même il se tenait juste à l'extérieur des lieux. À l'intérieur, les gens passaient un agréable moment à discuter et à se livrer à quelques commérages.

— *... exact, c'est lui.*

— *Pas possible ! Le fils de Jin Guangshan ? Comment le fils de Jin Guangshan peut-il s'encanailler avec des gens comme nous ? Pourquoi ne retourne-t-il pas chercher son père ? Il suffirait d'un mot de celui-ci pour qu'il n'ait plus à travailler comme un chien.*

— *Tu crois que ce n'est pas ce qu'il veut ? N'a-t-il pas voyagé depuis Yunmeng jusqu'à Lanling avec ce petit gage, rien que* pour essayer de convaincre son père de l'accueillir ?

— Mauvaise décision. La femme de Jin Guangshan est redoutable.

— Je ne veux pas remuer le couteau dans la plaie, mais Jin Guangshan a engendré tellement d'enfants. Il a au moins une douzaine de fils et filles bâtards, mais l'avez-vous déjà vu reconnaître rien qu'un seul d'entre eux ? Faire une scène pareille, c'est juste un coup à se déshonorer soi-même.

— *Tu vois, c'est pour ça que les gens ne devraient pas rêver à ce qu'ils ne pourront jamais atteindre. Qui peut-il blâmer si ce n'est lui-même pour s'être retrouvé en sang après avoir dégringolé l'escalier ? Personne. Il l'a cherché.*

— Quel idiot ! Pourquoi Jin Guangshan se soucierait-il d'autres fils alors qu'il a Jin Zixuan ? Sans compter que sa mère n'était rien d'autre qu'une putain qui s'est fait baiser par des milliers d'hommes. Seul l'enfer sait de qui il est vraiment le bâtard. De mon point de vue, Jin Guangshan n'a probablement pas osé le reconnaître parce qu'il avait lui-même des doutes ! Ha ! Ha ! Ha ! Ha !

— *Pitié ! Je ne pense même pas qu'il se souvienne d'avoir rencontré cette femme.*

— *Maintenant que j'y pense, j'aime bien l'idée que le fils de Jin Guangshan se résigne à son sort et aille chercher de l'eau pour nous. Ha ! Ha ! Ha !*

— *Se résigner ? Mon cul ! Il fait de son mieux pour être performant. Ne voyez-vous pas comme il travaille dur, à courir toute la journée pour faire ceci et cela ? Il a envie de plaire, et il espère ardemment se faire un nom pour que son père soit prêt à le reconnaître et à le reprendre.*

La fureur s'embrasa dans la poitrine de Nie Mingjue, si brûlante qu'elle se fraya un chemin dans celle de Wei Wuxian. Sa main pressa la poignée de son sabre.

Meng Yao se précipita pour l'arrêter, mais n'y parvint pas. Le sabre était déjà dégainé.

Un rocher devant la grotte s'écrasa au sol dans un bruit de tonnerre. Les cultivateurs assis par dizaines à l'intérieur de la grotte pour prendre une pause furent tant surpris par cet effondrement qu'ils se levèrent et dégainèrent leurs épées à l'unisson.

Les tubes en bambou destinés à boire qu'ils tenaient dans leurs mains tombèrent au sol dans un chœur de claquements.

Sans attendre, Nie Mingjue s'écria :

— *Vous buvez l'eau que d'autres sont allés chercher pour vous tout en crachant des paroles si malveillantes sur leur compte ! Vous êtes-vous tous engagés sous mes ordres non pas pour tuer ces chiens de Wen, mais pour déblatérer des commérages ?*

Une vague d'agitation éclata à l'intérieur de la grotte. Tout le monde connaissait le tempérament de Chifeng-zun. Plus ils essaieraient de s'expliquer, plus il deviendrait furieux. Aucun d'entre eux n'était susceptible d'échapper à la punition. La seule chose qu'ils pouvaient faire était d'admettre leur faute sans opposer de résistance. Pour cette raison, personne n'osa parler.

Nie Mingjue ricana, mais n'entra pas dans la grotte. Il s'adressa à Meng Yao :

— Viens avec moi.

Il fit demi-tour et descendit la montagne. Meng Yao le suivit, bien entendu. Ils arpentèrent tous deux une certaine distance, mais la tête de ce dernier se mit à pendre de plus en plus bas à mesure qu'ils avançaient, ses pas de plus en plus lourds. Il fallut un long moment avant qu'il ne parvienne à parler.

— *Merci, chef de secte Nie.*

— *Un homme se conduit avec droiture et agit avec des principes. Ne prends pas ces commérages idiots à cœur.*

Meng Yao hocha la tête et répondit :

— Oui, monsieur.

Mais en dépit de ses paroles, son visage continuait d'afficher une pointe d'inquiétude. En ayant pris sa défense aujourd'hui, Nie Mingjue garderait ces cultivateurs sous contrôle pendant un moment, cependant ces hommes reporteraient certainement leurs frustrations sur lui au centuple à l'avenir. Comment pouvait-il ne pas s'en soucier ?

Nie Mingjue, cependant, lui indiqua :

— Plus ces idiots parleront dans ton dos, plus tu devras faire tes preuves pour les faire taire. Je t'ai déjà vu au combat. À chaque fois, tu étais en première ligne ; et à chaque fois, tu es resté jusqu'à la fin pour guider et t'occuper des gens du peuple. C'est très bien. Continue comme ça.

Meng Yao se figea en entendant ses louanges. Il leva légèrement la tête.

— Ton jeu d'épée est très agile, mais pas assez décisif, poursuivit Nie Mingjue. Tu as encore besoin d'entraînement.

Il s'agissait déjà d'un encouragement explicite.

— Merci pour vos conseils, chef de secte Nie, répondit-il avec empressement.

Mais Wei Wuxian comprit que peu importait la quantité d'entraînement qu'il fournirait, cela resterait inutile. Jin Guangyao n'était pas comme les autres cadets du clan. Sa base de cultivation était trop pauvre pour qu'il puisse atteindre de nouveaux sommets. Il ne pourrait rechercher que l'étendue des connaissances dans sa cultivation, pas la profondeur ni la compétence. C'était également pour cette raison qu'il avait cherché à consolider les forces des différents clans et à apprendre les talents uniques de chacun, ce qui lui avait valu d'être un jour pointé du doigt en tant que « voleur de compétences ».

Hejian était une place clé dans la campagne de la Chute du Soleil. C'était également le principal champ de bataille de Nie Mingjue, un bastion de fer à Qishan qui chevauchait la frontière ouest du territoire du clan Wen, ne leur laissant d'autre choix que d'envahir l'est et de marcher vers le sud. Le clan Nie de Qinghe et le clan Wen de

Qishan entretenaient déjà de vieilles rancunes à la base, qu'ils avaient auparavant réussi à contenir. Mais lorsque la guerre avait éclaté, les deux camps s'étaient lancés dans l'action et avaient mené jusqu'au bout des dizaines de batailles de différentes ampleurs, quitte à subir à chaque fois de lourdes pertes. En résultat, c'était le peuple de Hejian qui en souffrait, et tandis que le clan Wen de Qishan, sans scrupule, ne reculait devant rien pour gagner, le clan Nie de Qinghe ne pouvait se permettre d'en faire autant.

Dans ces circonstances, Meng Yao, qui faisait toujours des pieds et des mains pour nettoyer le champ de bataille et s'occuper des gens, avait commencé à attirer de plus en plus l'attention de Nie Mingjue. Après quelques engagements supplémentaires de ce genre, Nie Mingjue le promut directement à ses côtés en tant qu'aide de camp. Meng Yao sut parfaitement saisir cette occasion, et exécuta à chaque fois de manière fiable les tâches qui lui étaient confiées. Ainsi, le Jin Guangyao de cette période n'était pas durement sermonné par Nie Mingjue, mais plutôt apprécié et bien considéré. Wei Wuxian avait entendu tellement de plaisanteries du genre «Lianfang-zun s'enfuyait chaque fois qu'il entendait Chifeng-zun approcher», qu'il trouvait surréaliste de voir Meng Yao s'entendre si facilement et harmonieusement avec Nie Mingjue.

Ce jour-là, le champ de bataille de Hejian accueillit un invité.

Tandis que prenait place la campagne de la Chute du Soleil, les récits des actes héroïques des Trois Zun étaient racontés à travers tout le pays. Chifeng-zun – Nie Mingjue – était l'invincible, celui qui purgeait les terres qu'il traversait et anéantissait tous ces chiens de Wen sur son passage. Zewu-jun – Lan Xichen – était différent. Depuis que la situation était stabilisée à Gusu, et que Lan Qiren en avait repris la défense, Lan Xichen en profitait souvent pour s'aventurer à offrir de l'aide et à délivrer le peuple du désespoir et de la misère, ainsi qu'à récupérer le territoire perdu. Il avait arraché d'innombrables vies des mâchoires de la mort à un nombre incalculable d'occasions. Ainsi, les gens se réjouissaient au son de son nom, comme si son existence même était une lueur d'espoir, une garantie de leur survie.

Chaque fois que Lan Xichen escortait des cultivateurs d'autres clans à travers Hejian, il s'arrêtait dans ce camp pour se reposer, l'utilisant comme une sorte de station de transit.

Cette fois-ci n'était pas différente. Nie Mingjue le conduisit personnellement dans une salle spacieuse et lumineuse à l'avant de laquelle plusieurs autres cultivateurs étaient déjà installés.

Bien que l'apparence de Lan Xichen soit presque identique à celle de Lan Wangji, Wei Wuxian pouvait les différencier d'un seul regard. Mais quand il vit son visage, son cœur ne put s'empêcher de manquer un battement. Je me demande comment mon corps tient le coup ? pensa-t-il. Avec tout ce ressentiment qui a assailli le papier, mon corps physique va-t-il en être affecté ? Lan Zhan remarquera-t-il que quelque chose ne va pas ?

Après quelques plaisanteries, Meng Yao, qui était resté debout au garde-à-vous derrière Nie Mingjue, sortit pour préparer du thé à chacun des invités. Sur le champ de bataille, une personne accomplissait le travail de six ; il n'y avait tout simplement pas de place pour des coursiers ou des servantes dévoués. C'était donc le futur Jin Guangyao, le représentant adjoint, qui avait pris l'initiative d'assurer ces tâches quotidiennes.

Les cultivateurs furent interloqués lorsqu'ils portèrent une attention détaillée à son visage. Tous arborèrent des expressions différentes. Les anecdotes amoureuses de Jin Guangshan avaient toujours été un brûlant sujet de conversation, et puisque Meng Yao était resté un certain temps la risée de tous, quelques-uns ne manquèrent pas de le reconnaître. Pensant probablement que le fils d'une prostituée était peut-être lui aussi impur, ces cultivateurs ne burent pas le thé qu'il leur servit de ses deux mains. Ils acceptèrent, certes, les tasses, mais les mirent rapidement de côté, l'air malade, et sortirent leurs mouchoirs blancs comme neige pour essuyer à plusieurs reprises leurs doigts qui les avaient touchées.

Nie Mingjue n'était pas une personne attentive par nature, aussi ne remarqua-t-il pas leur réaction. Wei Wuxian, en revanche, s'en aperçut du coin de l'œil. Quant à Meng Yao, son sourire immuable, il poursuivit sa tâche comme s'il n'avait rien vu.

Lorsque Lan Xichen accepta le thé, il leva les yeux dans sa direction et lui adressa un sourire.

— Merci.

Il baissa ensuite promptement la tête pour prendre une gorgée, puis continua sa discussion avec Nie Mingjue. En voyant cela, les autres cultivateurs se sentirent quelque peu mal à l'aise.

Nie Mingjue était un homme sérieux et peu bavard, mais même son expression s'adoucissait lorsqu'il était en présence de Lan Xichen.

— Combien de temps comptes-tu rester ?

— Je vais passer la nuit chez Mingjue-xiong, et je repartirai demain pour retrouver Wangji, répondit Lan Xichen.

— Où vous rendrez-vous ?

— Jiangling.

Nie Mingjue fronça les sourcils.

— Jiangling n'est-elle pas encore aux mains des chiens Wen ?

— Plus depuis deux jours, annonça Lan Xichen. C'est maintenant détenu par le clan Jiang de Yunmeng.

Un des chefs de clan prit la parole :

— Le chef de secte Nie n'est peut-être pas au courant, mais l'influence du chef de secte Jiang de Yunmeng dans la région est désormais assez impressionnante.

— Et pourquoi ne serait-ce pas le cas ? intervint une autre personne. Wei Wuxian peut affronter une armée d'un million de personnes à lui tout seul. Qu'a-t-il à craindre ? Il n'a pas besoin de se tuer à courir partout comme nous le faisons, il a le contrôle total de cette zone. Quelle chance !

Sentant que son ton n'était pas tout à fait juste, un autre cultivateur s'empressa d'ajouter :

— Remercions le Ciel, Zewu-jun et Hanguang-jun ont apporté leur aide partout. Sans eux, qui sait combien de clans éminents et de roturiers innocents auraient péri aux mains de ces chiens de Wen ?

— Ton frère cadet s'y trouve ? s'enquit Nie Mingjue.

Lan Xichen hocha la tête.

— Il a escorté quelques hommes là-bas au début du mois.

— Il possède un haut niveau de cultivation, commenta Nie Mingjue. Sa présence à elle seule suffit, alors pour quelle raison t'y rendre ?

Pour une étrange raison, Wei Wuxian fut heureux de l'entendre louer Lan Wangji. Vous l'avez bien jugé, Chifeng-zun.

— C'est embarrassant d'en parler, soupira Lan Xichen. Après son arrivée, il semble que Wangji ait eu une rencontre désagréable avec Wei-gongzi du clan Jiang de Yunmeng. Je pense que je ferais mieux d'aller jeter un œil.

— Que s'est-il passé ? demanda Nie Mingjue.

— Il semble que ce soit parce que Wei Wuxian emploie des méthodes trop sombres et grotesques, s'en mêla quelqu'un. Ils se sont disputés. Apparemment, Lan Wangji a sévèrement réprimandé Wei Wuxian. Il lui aurait reproché d'avilir les cadavres, d'être cruel et assoiffé de sang, de perdre de vue sa nature, et d'autres choses de ce genre. Mais les rumeurs de la bataille de Jiangling qui se répandent tendent à faire de lui une légende. Il faudra que j'aille voir par moi-même, si l'occasion se présente.

Ce que cet homme racontait était en fait l'une des meilleures versions de l'histoire. Les plus exagérées rapportaient que Wei Wuxian s'était battu avec Lan Wangji en même temps qu'ils tuaient ces chiens de Wen sur le champ de bataille. Cependant, la vérité était qu'à l'époque, leur relation n'était pas aussi irréconciliable ou antagoniste que les rumeurs le laissaient entendre. Ils avaient simplement eu quelques désaccords mineurs et malheureux. Wei Wuxian sortait chaque jour pour profaner des tombes, et Lan Wangji n'avait pas caché ce qu'il en pensait, il avait même tenté activement de l'arrêter. Il avait argumenté que « nuire au corps et à l'esprit n'était pas la bonne voie », et ainsi de suite. Comme ils se heurtaient chaque jour à ces chiens de Wen, soit en organisant des embuscades, soit en les affrontant de face, les esprits s'échauffaient tout le temps et ils se séparaient souvent en mauvais termes. Pour Wei Wuxian qui écoutait les autres discuter, cela lui semblait remonter à une éternité.

Il se rappela soudain que ce n'était pas qu'une impression. *C'était véritablement dans une autre vie.*

— *Si vous voulez mon avis, Hanguang-jun n'a pas besoin de faire tant d'histoires, intervint un nouvel interlocuteur. Les vivants sont déjà au bord de la mort. Qui se soucie des corps des morts ?*

— *Oui, ce sont des temps désespérés, ajouta un autre. Le chef de secte Jiang a raison. Qui peut concurrencer ces chiens de Wen quand il s'agit de faire du mal ? De toute façon, il est de notre côté. Tant qu'il les tue, eux, c'est parfait.*

Ce n'est pas ce que vous avez dit par la suite, quand vous avez tous uni vos forces pour me tuer, pensa Wei Wuxian.

Peu de temps après, Lan Xichen se leva avec ses hommes et laissa Meng Yao les conduire à l'aire de repos tandis que Nie Mingjue retournait dans sa propre chambre. Il récupéra un sabre long et fin et l'emmena pour trouver Lan Xichen. Mais avant qu'il ne le rejoigne, il entendit deux voix converser à l'intérieur de l'aire de repos.

— *Quelle coïncidence ! s'exclama Lan Xichen. Qui aurait pu penser que tu rejoindrais le commandement de Mingjue-xiong et que tu deviendrais son représentant adjoint.*

— C'est grâce à l'appréciation de Chifeng-zun et à sa décision de me promouvoir, répondit Meng Yao.

— *Mingjue-xiong a une personnalité aussi flamboyante que le feu, reprit Lan Xichen avec un sourire. Cela n'a pas dû être facile pour toi d'en arriver là.*

Après une courte pause, il ajouta :

— *Récemment, le chef de secte Jin de Lanling a eu du mal à tenir la ligne de défense à Langye. Ils recrutent actuellement des talents de partout.*

Meng Yao se montra légèrement décontenancé.

— Zewu-jun, tu veux dire…

— *Pas besoin de paraître si prudent. Je me souviens que tu m'as dit espérer te faire une place au sein du clan Jin de Lanling et gagner l'approbation de ton père. Maintenant que tu t'es établi sous le commandement de Mingjue-xiong et que tu as eu l'occasion de mettre tes talents à profit ici, cet ancien souhait est-il toujours d'actualité ?*

Les sourcils froncés, Meng Yao semblait retenir son souffle. Au terme d'un long silence, il répondit :

— Oui.

— J'imagine.

— Mais je suis déjà l'aide de camp du chef de secte Nie, rappela Meng Yao. J'ai une dette de gratitude envers lui pour sa reconnaissance et son appréciation. Je ne peux quitter Hejian, que je le veuille ou non.

Lan Xichen réfléchit un moment.

— En effet. Même si tu désires partir, il pourrait être difficile d'aborder le sujet. Mais je crois que si tu le demandes, Mingjue-xiong respectera ton souhait. Dans le cas où il refuserait de te laisser partir, je pourrais t'aider un peu à le convaincre.

Nie Mingjue prit soudain la parole.

— Pourquoi refuserais-je ?

Il poussa la porte en grand et entra dans la pièce. Lan Xichen et Meng Yao, qui étaient assis face à face avec des expressions solennelles, furent surpris par son entrée inattendue. Meng Yao se leva dans un sursaut, mais avant qu'il ne puisse formuler le moindre mot, Nie Mingjue lui ordonna :

— Assieds-toi.

Meng Yao ne bougea pas.

— Je t'écrirai une lettre de recommandation demain, poursuivit Nie Mingjue.

— Chef de secte Nie ? s'étonna Meng Yao, avec hésitation.

— Tu pourras apporter cette lettre à Langye et aller trouver ton père.

Avec empressement, l'intéressé répondit :

— Chef de secte Nie, si vous avez tout entendu, alors vous devriez aussi m'avoir entendu dire…

— Je ne t'ai pas promu parce que je voulais que tu me retournes cette gentillesse, le coupa Nie Mingjue. Je pense simplement que tu es capable, et ton caractère me convient tout à fait, c'est pourquoi tu mérites cette position. Si tu tiens vraiment à me remercier, tue plus de ces chiens de Wen sur les champs de bataille !

Ces mots laissèrent le toujours éloquent Meng Yao perplexe. Lan Xichen esquissa un sourire.

— Tu vois ? Je t'avais dit que Mingjue-xiong respecterait ton choix.

Les yeux de Meng Yao rougirent.

— *Chef de secte Nie, Zewu-jun…*

Il inclina la tête.

— *Je ne sais vraiment pas quoi dire.*

Nie Mingjue s'assit.

— *Alors, ne dis rien.*

Il posa l'autre sabre qu'il tenait en main sur la table. En voyant cela, Lan Xichen sourit de plus belle.

— *Le sabre de Huaisang ?*

— *Bien qu'il soit en sécurité chez vous, il ne doit pas négliger ses études, reprit Nie Mingjue. Si tu as quelqu'un de disponible, demande qu'on le supervise. La prochaine fois que nous nous reverrons, je veux évaluer ses techniques de sabre et sa compréhension des textes traitant de cultivation.*

Lan Xichen rangea le sabre dans sa manche qiankun.

— *Huaisang était heureux d'être dispensé d'entraînement, prétextant qu'il avait laissé son sabre chez lui. Il n'a dorénavant plus de raison de se relâcher.*

— Maintenant que j'y pense, vous vous êtes déjà rencontrés tous les deux ? s'enquit Nie Mingjue.

— *Oui, j'ai déjà rencontré Zewu-jun.*

— *Où ? Quand ? les interrogea Nie Mingjue.*

Lan Xichen secoua la tête avec un sourire.

— *Ne parlons pas de cela. C'est la plus grande disgrâce de ma vie, alors je te prie de ne pas creuser davantage, Mingjue-xiong.*

— *Pourquoi t'inquiéter de perdre la face devant moi ? Dis-le-moi, Meng Yao.*

Mais Meng Yao répondit :

— *Si Zewu-jun ne veut pas en parler, je ne peux rien révéler.*

Puis tous trois bavardèrent, abordant les affaires à un moment avant d'enchaîner sur quelque conversation futile à un autre. Leurs manières s'avérèrent plus détendues et décontractées qu'elles ne l'avaient été plus tôt. Wei Wuxian, qui les écoutait, avait envie d'intervenir, mais puisque cela lui était impossible, il laissa ses pensées vagabonder.

Leur relation présente n'est pas mauvaise du tout. Pourquoi Lan Zhan est-il si mauvais pour faire la conversation alors que Zewu-jun est si bavard ? Mais tant pis. Ce n'est pas si mal s'il garde la bouche fermée. Étant donné que je parle déjà assez pour nous deux, il peut se contenter d'écouter et de me répondre par ses «Mmh». C'est bien aussi. Comment appelle-t-on ça déjà ?

Quelques jours plus tard, Meng Yao quitta Hejian pour Langye avec la lettre de recommandation de Nie Mingjue.

Après son départ, Nie Mingjue changea de représentant adjoint, mais Wei Wuxian eut la sensation que ce remplaçant se montrait toujours un peu plus lent. Meng Yao était un talent rare, plein de ressources et vif d'esprit, capable de comprendre les non-dits, d'accomplir une tâche dans son intégralité même si seule une fraction de celle-ci lui était décrite. Il était toujours efficace, jamais négligent. Il était difficile de ne pas comparer le travail des autres quand on s'était habitué à quelqu'un comme lui.

Au bout d'un certain temps, le clan Jin de Lanling – qui avait déjà lutté pour tenir les défenses à Langye – atteignit presque son point de rupture. Lan Xichen aidait déjà une autre région touchée, aussi Jin Guangshan demanda-t-il plutôt l'aide de Hejian, et Nie Mingjue répondit à l'appel.

Après la fin de la bataille, ce fut un Jin Guangshan épuisé qui vint exprimer sa gratitude. Nie Mingjue échangea quelques mots secs avec lui, avant de demander finalement des nouvelles de Meng Yao.

— Chef de secte Jin, quelle est désormais la position de Meng Yao ?

À ce nom, Jin Guangshan se montra confus.

— *Meng Yao ? Mmh... Sans vouloir offenser le chef de secte Nie, bien sûr, puis-je demander de qui il s'agit, déjà ?*

Nie Mingjue fronça immédiatement les sourcils. L'incident au cours duquel Meng Yao avait été jeté au bas de la Tour de la Carpe d'Or était une anecdote populaire depuis un certain temps. Même les simples passants n'ignoraient rien de la farce, ce qui signifiait qu'il était impossible que l'une des principales personnes impliquées dans cette affaire ne se souvienne pas de son nom. Même une personne moins soucieuse de sa réputation aurait été embarrassée de jouer les idiots, mais il s'avérait que Jin Guangshan ne connaissait pas la honte.

— Meng Yao est mon ancien représentant adjoint, expliqua froidement Nie Mingjue. Je lui ai écrit une lettre et lui ai demandé de vous l'apporter.

Jin Guangshan continua son petit manège.

— *C'est vrai ? Mais je n'ai jamais vu de lettre ni rencontré une telle personne. Hélas, si j'avais su que le chef de secte Nie avait envoyé son représentant adjoint, je lui aurais réservé un accueil digne de ce nom. Peut-être quelque chose a-t-il mal tourné en cours de route ?*

Face à ces excuses superficielles quant au fait que le chef de secte du clan Jin ne se souvenait pas ou n'avait jamais entendu parler d'une telle personne, l'expression de Nie Mingjue se fit de plus en plus froide. Persuadé qu'il y avait plus derrière cette situation, il prit congé sans cérémonie. Il interrogea les autres cultivateurs, sans rien trouver. Mais alors qu'il se promenait par hasard, il tomba sur une petite parcelle de bois.

Ces bois étaient très isolés. Une embuscade suivie d'un massacre venait de s'y produire, et le champ de bataille n'avait pas encore été nettoyé. Marchant entre les arbres, Nie Mingjue vit que le sol était jonché de cadavres de cultivateurs habillés de diverses tenues : certains appartenaient au clan Wen, d'autres au clan Jin, et d'autres encore à divers clans.

Soudain, un bruit de chair déchirée s'éleva dans les airs au-devant de lui.

Nie Mingjue porta la main sur la poignée de son sabre et se faufila furtivement. Il repoussa discrètement les feuilles, et aperçut Meng Yao debout parmi le tas de cadavres.

D'un tour de poignet, Meng Yao retira une longue épée de la poitrine d'un cultivateur. Il semblait extrêmement calme. Son coup avait été ferme, rapide, et si précautionneux qu'il n'y avait pas la moindre goutte de sang sur lui.

L'épée ne lui appartenait pas. Sa poignée était ornée d'un fer flamboyant. C'était celle d'un cultivateur du clan Wen. D'ailleurs, sa technique elle-même était celle d'un membre de ce clan.

Quant à l'homme qu'il avait tué, il portait une robe arborant la pivoine Étoile d'Or sur Lit de Neige. Il s'agissait d'un cultivateur du clan Jin de Lanling.

Nie Mingjue encaissa cette scène sans un mot. Son sabre quitta son fourreau d'un pouce dans un bruit sec et percutant. Le son familier d'une lame dégainée fit frissonner Meng Yao, et il tourna la tête en arrière, presque effrayé.

— *Chef de secte Nie ?*

Nie Mingjue sortit complètement son sabre de son fourreau. Son éclat scintillait, mais la lame elle-même était teintée de rouge sang. Wei Wuxian pouvait sentir la fureur monstrueuse qui bouillonnait en lui, ainsi que son amère déception.

Meng Yao, qui connaissait bien la personnalité de Nie Mingjue, jeta son épée avec un bruit sec.

— *Chef de secte Nie, chef de secte Nie ! Attendez, s'il vous plaît, attendez ! Laissez-moi vous expliquer !*

— *Qu'y a-t-il à expliquer ? hurla Nie Mingjue.*

Meng Yao se précipita vers lui.

— *Je n'avais pas le choix ! On m'a forcé à le faire !*

Nie Mingjue était furieux.

— *Que veux-tu dire par «pas le choix» ? Que t'ai-je dit lorsque je t'ai envoyé ici ?*

Meng Yao se prosterna aux pieds de Nie Mingjue.

— *Chef de secte Nie, chef de secte Nie, écoutez-moi ! J'ai rejoint le clan Jin de Lanling, et cet homme était mon supérieur. Il me rabaissait, m'humiliait toujours et me réprimandait de toutes les manières possibles…*

— *Alors, tu l'as tué ? demanda sèchement Nie Mingjue.*

— Non ! Ce n'était pas à cause de cela ! s'écria Meng Yao. Quelle humiliation y a-t-il que je ne puisse supporter ? Les coups et les insultes ne sont rien pour moi ! Mais à chaque place forte que nous avons conquise… Toutes les peines et tous les efforts que j'ai mis à élaborer des stratégies, à planifier notre approche… Il lui a suffi de prononcer quelques mots désinvoltes, de quelques coups de pinceau, pour s'en attribuer l'entier mérite, disant que je n'y étais pour rien !

« Ce n'était pas une première. Il le faisait à chaque fois. À chaque fois ! J'ai essayé de le raisonner, mais il s'en fichait complètement, et quand je suis allé voir les autres, personne n'était prêt à écouter. Il a même dit précédemment que ma mère… ma mère n'était qu'une… C'était vraiment plus que je ne pouvais supporter. Dans un moment de rage, j'ai perdu la tête. J'ai commis un faux pas !

Dans sa panique, Meng Yao parlait très vite, de crainte que Nie Mingjue n'abatte sa lame sur lui sans le laisser finir. Néanmoins, son récit était aussi clair et méthodique que jamais. Chacun de ses mots soulignait à quel point les autres étaient détestables et combien il était innocent.

Nie Mingjue l'attrapa par son col et le souleva.

— *Tu mens !*

Meng Yao frissonna. Nie Mingjue le fixa directement dans les yeux et énonça sa réponse mot par mot.

— Tu ne pouvais plus le supporter ? Tu as perdu la tête dans un moment de rage et tu as commis un faux pas ? Quelqu'un qui aurait perdu la tête dans un moment de rage aurait-il affiché le genre d'expression que tu arborais en tuant cet homme ? Aurait-il délibérément choisi une forêt isolée et cachée dans laquelle un massacre venait d'avoir lieu ? Aurait-il spécifiquement utilisé une épée Wen et des techniques Wen pour tuer ? Se serait-il déguisé en l'un de ces chiens de Wen pour lancer une attaque furtive, afin de les piéger ? Tu as clairement planifié cela il y a longtemps !

Meng Yao leva la main pour jurer.

— *Je dis la vérité ! Chaque mot est vrai !*

— *Quand bien même, tu n'avais simplement pas le droit de le tuer ! rugit Nie Mingjue. Ce n'était rien qu'un peu de mérite militaire ! Te soucies-tu tant que cela de ce petit fragment de gloire insignifiant ?*

— *Un petit fragment ? murmura Meng Yao.*

Il poursuivit d'une voix tremblante :

— *Qu'entendez-vous par, « rien qu'un peu de mérite militaire » ? Chifeng-zun, savez-vous quelle quantité d'efforts j'ai fournie pour gagner ce peu de mérite militaire ? Les épreuves que j'ai subies ? Vous appelez cela une gloire insignifiante ? Sans ce fragment de gloire insignifiant, je n'aurais rien !*

Nie Mingjue jaugea son visage en larmes et tremblant. Le contraste avec son acte meurtrier de sang-froid accompli plus tôt était bien trop intense. Son choc face à cela ne s'était pas encore dissipé de son esprit.

— Meng Yao, laisse-moi te poser une question. La première fois que je t'ai rencontré, as-tu délibérément joué ce rôle de personne faible et intimidée pour t'attirer mon soutien ? Cela simplement pour que je te défende ? Si je ne l'avais pas fait, aurais-tu tué ces gens comme tu l'as fait avec cet homme aujourd'hui ?

La gorge de Meng Yao se noua. Une goutte de sueur froide glissa sur son visage.

Il était sur le point de répondre quand Nie Mingjue lui hurla :

— *Ne me mens pas !*

Meng Yao sursauta et ravala ses paroles. Il s'agenouilla sur le sol, son corps pris de tremblements tandis que les doigts de sa main droite creusaient profondément la terre.

Au bout d'un moment, Nie Mingjue remit lentement son sabre dans son fourreau.

— Je ne poserai pas la main sur toi.

Meng Yao releva la tête.

— *Va confesser ton crime au clan Jin de Lanling et reçois ta punition, quelle qu'elle soit, poursuivit Nie Mingjue.*

Après un instant de stupéfaction, Meng Yao répondit :

— *Chifeng-zun, je ne peux pas mourir à cette étape…*

— *Avec cette étape, tu t'es éloigné du bon chemin, retourna Nie Mingjue.*

— *Vous me demandez de le payer de ma vie.*

— Un prix qui n'aura pas besoin d'être payé si tout ce que tu as dit est la vérité, répondit Nie Mingjue. Va. Repens-toi et tourne une nouvelle page.

— Mon père ne m'a pas encore remarqué, murmura Meng Yao.

Ce n'était pas que Jin Guangshan ne l'avait pas remarqué. Il faisait simplement semblant d'ignorer son existence.

Finalement, sous la pression de son interlocuteur, Meng Yao prononça laborieusement un « Oui, monsieur ». Au terme d'un moment de silence, Nie Mingjue ordonna :

— Lève-toi.

Meng Yao se releva du sol en transe, comme vidé, et tituba sur quelques pas. Voyant qu'il était sur le point de tomber, Nie Mingjue le rattrapa.

— Merci, chef de secte Nie, marmonna Meng Yao.

À la vue de son air découragé, Nie Mingjue se retourna. Cependant, il entendit soudain Meng Yao articuler :

— … ne peux toujours pas faire cela.

Nie Mingjue jeta vivement sa tête en arrière. Une épée longue venait comme d'apparaître dans la main du jeune homme, qui visait déjà son propre estomac.

Son expression était celle du désespoir.

— Chef de secte Nie, je me suis montré indigne de votre grande bonté.

Sur ces mots, il se transperça avec force. Les pupilles de Nie Mingjue se rétrécirent. Il s'empressa de saisir l'épée, mais il était déjà trop tard. La lame que Meng Yao tenait en main était passée à travers son abdomen et lui sortait dans le dos. Il s'effondra dans une mare de sang qui n'était pas le sien.

Nie Mingjue en resta momentanément stupéfait, avant de se précipiter et de poser un genou au sol pour retourner le corps de Meng Yao.

— Tu…

Le visage pâle, celui-ci le regarda faiblement et lâcha avec un sourire forcé :

— Chef de secte Nie, je…

Il n'avait pas achevé sa phrase que sa tête s'affaissa lentement. Nie Mingjue souleva son corps et, évitant la lame, pressa sa paume contre sa poitrine pour lui insuffler une décharge d'énergie spirituelle. Cependant, contre toute attente, son corps fut pris d'une légère secousse soudaine tandis qu'un flux froid et continu de courant spirituel se répandait dans son abdomen.

Wei Wuxian, qui s'attendait depuis longtemps à ce que l'intéressé ait encore quelques manigances en réserve, n'en fut pas surpris. En revanche, Nie Mingjue n'était pas préparé à être attaqué aussi vicieusement par Meng Yao. Ainsi, même lorsqu'il se retrouva incapable du moindre mouvement, son choc l'emporta de loin sur sa fureur, son regard posé sur Meng Yao qui se remettait tant bien que mal sur ses pieds.

Meng Yao avait probablement calculé à l'avance comment éviter ses organes vitaux. Il retira calmement et précautionneusement l'épée de son abdomen dans un petit jet de sang, puis il comprima la blessure et sembla considérer que le problème était réglé. En parallèle, Nie Mingjue était resté figé dans cette même position d'assistance. À moitié agenouillé, il leva légèrement la tête pour croiser ses yeux.

Aucun mot ne quitta sa bouche. Meng Yao garda lui aussi le silence. Il remit son épée dans son fourreau, s'inclina et s'enfuit sans un regard en arrière.

Quelques instants plus tôt, il avait docilement reconnu son erreur et accepté de recevoir sa punition. Mais en un clin d'œil, il était passé à la ruse et avait prétendu au suicide pour ensuite poignarder Nie Mingjue dans le dos. En définitive, il avait pris la fuite sans laisser de trace. Nie Mingjue n'avait probablement jamais rencontré un homme aussi éhonté. Pire, il l'avait lui-même promu à un rang d'aide de confiance.

La conséquence de cet épisode fut qu'il entra en rage et se montra particulièrement sauvage lorsqu'il retourna affronter les cultivateurs du clan Wen. Quand Lan Xichen trouva le temps de se rendre à Langye et d'assister à la bataille quelques jours plus tard, la fureur de Nie Mingjue ne s'était toujours pas apaisée.

À son arrivée, il s'adressa à Nie Mingjue avec un sourire :

— *Mingjue-xiong se trouve dans une sacrée colère ! Où est Meng Yao ? Pourquoi n'est-il pas ici pour éteindre tes flammes ?*

— *Ne mentionne pas ce nom ! aboya Nie Mingjue.*

Il relata à Lan Xichen l'incident durant lequel Meng Yao avait commis un meurtre, piégé autrui, feint la mort et s'était enfui dans son intégralité. Lan Xichen qui s'avéra lui-même stupéfait de l'entendre.

— Comment cela pourrait-il être possible ? Y aurait-il une sorte de malentendu ?

— *Je l'ai pris en flagrant délit, assura Nie Mingjue. Quel malentendu pourrait-il y avoir ?*

Lan Xichen prit un moment pour y réfléchir.

— *D'après ce qu'il a dit, l'homme qu'il a tué était effectivement en faute, mais il n'aurait vraiment pas dû agir de la sorte. Il est difficile de juger ce qui est correct dans des moments aussi désespérés. Je me demande où il se trouve, à présent.*

— *Il ferait mieux de ne pas me laisser l'attraper, ou je l'offrirai en sacrifice à ma lame ! s'exclama sèchement Nie Mingjue.*

***

Contre toute attente, cette remarque s'avéra prophétique. Durant les années qui suivirent, Meng Yao sembla avoir complètement disparu, comme une pierre engloutie par la mer. Nul ne le vit plus ou n'entendit plus parler de lui. Il n'avait pas laissé la moindre trace derrière lui.

Nie Mingjue s'était mis à détester Meng Yao avec la même ferveur qu'il l'avait initialement admiré et apprécié. Chaque fois que Meng Yao était mentionné, il entrait dans une rage folle sans même savoir pourquoi. Mais dès lors qu'il fut certain qu'il n'y avait plus de nouvelles de lui, il n'aborda plus jamais le sujet avec qui que ce soit.

Nie Mingjue ne se rapprochait jamais des autres, et il leur ouvrait rarement son cœur. Avoir enfin un subordonné compétent et digne de confiance dont il approuvait les capacités et le caractère, puis découvrir que les vraies couleurs de cette personne n'étaient pas du tout ce qu'il avait initialement pensé n'avait pas dû être facile pour lui. Il n'était, de fait, pas étonnant que sa réaction ait été si véhémente.

Au moment où Wei Wuxian pensait cela, un mal de tête foudroyant le frappa tout à coup. Chaque os de son corps lui sembla avoir été écrasé par un char de guerre. La moindre secousse faisait craquer ses os.

Il était immobile. Il ouvrit les yeux et sa vision se révéla si floue qu'il pouvait à peine distinguer les nombreuses silhouettes étalées sur le sol carrelé de jade noir glacé. Nie Mingjue semblait avoir subi une blessure à la tête. La plaie était engourdie, et du sang s'était coagulé sur ses yeux et son visage. Il se déplaça légèrement, et un sang chaud coula à nouveau sur son front.

Wei Wuxian était étonné. Nie Mingjue s'était montré presque invincible durant la campagne de la Chute du Soleil. Jusque-là, les ennemis n'avaient même pas pu s'approcher de lui, encore moins le blesser aussi sérieusement.

Que se passe-t-il ?

Un infime mouvement se fit sentir sur le côté. Wei Wuxian jeta un regard du coin de l'œil et aperçut quelques silhouettes floues. À grand-peine, il concentra sa vision et parvint à distinguer plusieurs cultivateurs vêtus de robes porteuses de l'emblème du soleil ardent. Ils étaient à genoux et se déplaçaient dans la pièce dans cette position.

Wei Wuxian s'abstint de tout commentaire.

Tout à coup, un sentiment oppressant envahit Nie Mingjue. Il se propagea à Wei Wuxian à travers ses membres et ses os, au point de lui faire dresser les cheveux sur la tête. Nie Mingjue leva légèrement le nez et vit un trône de jade géant à l'extrémité du carrelage de jade noir.

Un homme était assis dessus. À cette distance, et avec le sang qui obscurcissait sa vision, Nie Mingjue ne pouvait s'offrir une vue claire de sa personne. Néanmoins, même ainsi, il pouvait deviner de qui il s'agissait.

Les portes de la grande salle s'ouvrirent sur un homme.

Les disciples en présence demeurèrent au sol, ne se déplaçant qu'à quatre pattes. Mais cet homme, hormis une légère inclinaison et une tête baissée en guise de salut à l'entrée, était différent d'eux. Avec une parfaite nonchalance, il parcourut directement la longue ligne de dalles de jade, au bout de laquelle il parut se pencher pour écouter l'homme sur le trône de jade lui adresser quelques mots, avant de se retourner.

D'un pas lent, cet homme jaugea tranquillement Nie Mingjue, qui était baigné de sang, mais s'efforçait encore de se redresser. Il sembla sourire lorsqu'il le salua.

— Cela faisait longtemps, chef de secte Nie.

Cette voix… À qui d'autre aurait-elle pu appartenir si ce n'était à Meng Yao ? Wei Wuxian était enfin certain de ce qu'il voyait.

C'était l'année où Nie Mingjue avait reçu des renseignements qui l'avaient conduit à lancer une attaque surprise à Yangquan. Chaque fois qu'il prenait l'initiative de mener une offensive, Chifeng-zun s'assurait toujours la victoire. Mais cette fois-là, que ce soit à cause d'une faille dans leurs renseignements, d'une fuite de leurs plans ou d'un simple cas de « la volonté des Cieux est impénétrable », ils étaient tombés inopinément sur Wen Ruohan, le chef du clan Wen de Qishan. Leur estimation erronée de la force de l'ennemi avait permis à ces derniers de renverser la situation. En un tour de main, ils avaient rassemblé tous les cultivateurs à l'origine de l'attaque, puis les avaient ramenés à la Cité Sans Nuit en tant que prisonniers.

Meng Yao posa un genou au sol près de Nie Mingjue.

— Je n'aurais jamais pensé vous voir un jour dans un tel état.

— Va te faire voir, répondit simplement Nie Mingjue.

Le gloussement de Meng Yao fut empreint de pitié.

— Vous pensez-vous toujours le « Roi de Hejian » ? Regardez bien autour de vous. Vous êtes dans le Palais du Soleil Brûlant.

Sur le côté, un cultivateur cracha :

— Quel « Palais du Soleil Brûlant » ? Ce n'est qu'un repaire rempli de chiens Wen !

L'expression de Meng Yao changea. Il dégaina son épée longue.

En un instant, un filet de sang jaillit du cou du cultivateur, qui s'effondra sans même un grognement. Les autres membres de la secte crièrent et plongèrent en avant.

Nie Mingjue était furieux.

— *Espèce de… !*

— *Sale chien Wen ! rugit un autre cultivateur. Tue-moi aussi, si tu en es capable…*

Les sourcils de Meng Yao ne tressaillirent même pas. D'un coup à revers, sa lame trancha également la tête de l'intéressé, faisant gicler son sang.

— *Certainement, répondit-il avec un rictus.*

Son arme en main, il demeurait debout devant la mare écarlate, les corps des deux cultivateurs en blanc étendus à ses pieds. Son sourire s'agrandit.

— *Qui d'autre veut répéter ces trois petits mots ?*

Sur un ton froid, Nie Mingjue répondit :

— *Sale chien Wen !*

Il savait pertinemment que tomber entre les mains de Wen Ruohan signifiait une mort certaine, aussi ne ressentait-il aucune crainte. Si Wei Wuxian avait été à sa place, il aurait également juré à cœur joie. Au diable tout cela, il allait mourir dans tous les cas. Mais au lieu d'entrer dans une colère noire, Meng Yao esquissa simplement un nouveau sourire. Il claqua des doigts, et un cultivateur du clan Wen s'approcha de lui à genoux, les deux mains au-dessus de sa tête pour lui présenter une longue boîte. Meng Yao l'ouvrit.

— *Chef de secte Nie, pourquoi ne pas jeter un coup d'œil à ce dont il s'agit ?*

C'était son propre sabre, Baxia !

— *Hors de ma vue ! s'insurgea Nie Mingjue.*

Mais Meng Yao avait déjà sorti Baxia de la boîte.

— Chef de secte Nie, Baxia est déjà passé entre mes mains un certain nombre de fois. N'est-il pas un peu trop tard pour vous mettre en colère ?

Nie Mingjue énonça chaque mot un à un :

— *Ôte. Tes. Mains !*

Cependant, c'était comme si Meng Yao essayait délibérément de l'enrager. Il pesa le sabre dans sa main et commenta :

— *Chef de secte Nie, d'aucuns pourraient considérer à contrecœur que votre sabre est une arme spirituelle de premier ordre, non ? Cela dit, il reste légèrement inférieur à celui de votre père, l'ancien chef de secte Nie. Pourquoi ne pas parier sur le nombre de fois que le chef de secte Wen devra le frapper pour le briser cette fois-ci ?*

Dans l'instant, Nie Mingjue sentit chacune des gouttes de son sang lui monter à la tête. Sa soudaine explosion de rage donna des frissons à Wei Wuxian qui pensa : « Que c'est vicieux ! »

La chose que Nie Mingjue détestait plus que tout dans sa vie, la seule chose qu'il n'était pas parvenu à surmonter, était la mort de son père.

Cela s'était produit alors que Nie Mingjue n'était qu'un adolescent et que son père était encore le chef du clan Nie de Qinghe. Quelqu'un avait rendu hommage à Wen Ruohan avec un sabre précieux, ce qui l'avait ravi durant plusieurs jours. Il avait demandé aux cultivateurs invités qui se tenaient à ses côtés : *« Que pensez-vous de mon sabre ? »*

Il avait toujours été un homme imprévisible et capricieux, qui se montrait hostile et se disputait avec les gens sur un coup de tête. Par conséquent, les cultivateurs invités avaient naturellement été dans son sens et loué vivement le sabre comme n'ayant pas d'égal. Mais l'un d'entre eux, qu'il ait été question d'animosité envers l'ancien chef de secte Nie ou d'un désir de se démarquer par une réponse différente, répondit :

— Votre sabre est incomparable, c'est vrai. Mais j'ai bien peur qu'il y ait quelqu'un qui ne partage pas cet avis.

Cela avait rendu Wen Ruohan mécontent, et il avait demandé de qui il pouvait s'agir.

— Le chef du clan Nie de Qinghe, bien sûr, avait répondu le cultivateur invité.

Puis il avait précisé :

— Sa famille est célèbre à travers les âges pour sa cultivation au sabre. À la moindre occasion, il se vante que son propre sabre précieux est invincible et inégalé, que pas un seul autre forgé au cours de ces derniers siècles ne pourra jamais se comparer au sien. Son arrogance est sans limites. Peu importe la qualité du vôtre, il ne l'admettra jamais. Même s'il le fait à haute voix, il n'en sera pas de même au fond de son cœur.

Wen Ruohan avait rugi de rire et affirmé qu'il devait voir cela par lui-même. Ainsi, il avait immédiatement convoqué l'ancien chef de secte Nie de Qinghe. Assis sur son trône, il avait ensuite pris son sabre pour l'examiner. En fin de compte, il avait déclaré :

— Oui, comme je le pensais, c'est un bon sabre.

Puis il l'avait nonchalamment frappé à plusieurs reprises avant de laisser son interlocuteur s'en aller.

Rien n'avait paru étrange à ce moment-là. L'ancien chef de secte Nie était évidemment reparti perplexe, et aussi plutôt mécontent que cet homme ait eu l'audace de le convoquer et de le congédier sur un coup de tête. Mais pour son plus grand étonnement, plusieurs jours après son retour, son sabre s'était soudain brisé en multiples morceaux lorsqu'il l'avait abattu sur une bête démoniaque durant une chasse nocturne. La bête avait alors saisi l'occasion pour charger et l'avait sévèrement blessé de ses cornes.

Nie Mingjue, qui avait participé à la chasse nocturne avec son père, avait été témoin de cette scène de ses propres yeux.

Bien que l'ancien chef de secte Nie ait été sauvé d'une mort immédiate, l'injustice qui découlait de tout ceci avait été trop difficile à accepter pour lui. Ses blessures n'avaient jamais guéri, et il était resté en mauvaise santé pendant six mois avant de finalement mourir. Nul ne savait s'il avait été emporté par la colère ou la maladie. C'était la raison pour laquelle Nie Mingjue et tout le clan Nie de Qinghe détestaient le clan Wen de Qishan avec une telle intensité.

Et voilà que Meng Yao tenait son sabre en présence de Wen Ruohan et remuait les regrets de toute une vie concernant le sabre brisé et la mort de son père. Cet homme était tout simplement malveillant au plus haut point !

Nie Mingjue le frappa de la paume de sa main. Meng Yao trébucha en arrière et cracha une gorgée de sang. En réaction, la silhouette sur le trône de jade se pencha légèrement en avant, comme prête à bouger. Cependant, Meng Yao se redressa et fonça pour frapper Nie Mingjue à la poitrine. Ce dernier avait dépensé trop d'énergie sur sa seule offensive, aussi le coup de pied lui fit-il heurter lourdement le sol. Le sang qui brûlait dans ses veines avait fini par bouillir et s'échappa de sa bouche. Wei Wuxian, quant à lui, demeura muet.

Tellement de versions de cette histoire circulaient ! Jamais il n'aurait pu imaginer un détail aussi amusant que Lianfang-zun donnant un coup de pied sauté à Chifeng-zun !

Meng Yao piétina fermement la cage thoracique de Nie Mingjue et cria :

— *Vous osez vous comporter de façon si atroce devant le chef de secte Wen ?*

Il abattit ensuite son épée vers le bas, cependant Nie Mingjue la frappa de sa paume et la brisa en morceaux. Le coup renversa Meng Yao dans la foulée. Mais au moment où Nie Mingjue s'apprêtait à porter un second coup dirigé cette fois vers sa tête, une force étrange attira soudain son corps en direction du trône de jade de Wen Ruohan.

Nie Mingjue fut traîné sur les dalles de jade à une telle vitesse qu'il laissa derrière lui une traînée de sang de neuf mètres de long qui n'en finissait plus de s'étendre.

Il tendit le bras pour attraper un des disciples du clan Wen à genoux sur le sol, puis le jeta en direction du trône de jade. Un «*Bang*» retentit, et une gerbe de sang explosa dans les airs comme une pastèque éclatée, sa pulpe répandue sur le sol. Dire que Wen Ruohan n'avait fait que frapper l'air de sa paume, mais qu'il était tout de même parvenu à broyer en morceaux le crâne d'un disciple !

Quoi qu'il en soit, cela avait permis à Nie Mingjue de gagner du temps. La fureur l'anima d'une soudaine poussée de puissance inépuisable. Il se leva d'un bond et brandit sa main pour former un sceau. Baxia vola jusqu'à lui.

— Chef de secte, attention ! s'écria Meng Yao.

Une voix se mit à rire de façon hystérique.

— Il n'y a pas de mal !

Wei Wuxian ne fut pas le moins du monde surpris par la jeunesse de cette voix. Le niveau de cultivation de Wen Ruohan était élevé, par conséquent, son corps physique s'en trouvait naturellement maintenu dans la fleur de l'âge.

Dès que Nie Mingjue eut saisi la poignée de Baxia, il s'élança et découpa les dizaines de cultivateurs qui s'étaient élancés pour l'encercler.

Le chemin de jade noir se retrouva jonché de cadavres mutilés. Tout à coup, un frisson parcourut le dos de Wei Wuxian.

Une silhouette se matérialisa derrière lui. Nie Mingjue tenta un coup de taille à l'horizontale et son énergie spirituelle mit en pièces une longue bande du sol. Sa frappe manqua sa cible, et il reçut un gros coup de pied dans la poitrine pour sa peine, ce qui le conduisit à s'écraser contre l'un des piliers dorés de la salle. Il cracha une autre gorgée écarlate. Du sang frais coula de plus belle sur son front. En dépit de sa vision qui se brouillait progressivement, il sentit quelqu'un s'approcher. Il leva alors à nouveau son sabre et, cette fois, reçut un coup de poing en plein thorax. Sous l'impact, son corps entier s'enfonça de près d'un mètre dans le sol en jade !

Wei Wuxian, dont les cinq sens étaient connectés à ceux de Nie Mingjue, en resta hébété tandis que ce dernier se faisait battre brutalement.

La force de Wen Ruohan était vraiment terrifiante au-delà de l'imaginable !

N'ayant jamais affronté Nie Mingjue en duel, Wei Wuxian n'avait aucune idée de qui pourrait gagner ou perdre. Mais d'après ses observations, sur le plan de la puissance et des compétences, Nie Mingjue figurait parmi les trois meilleurs cultivateurs qu'il avait un jour rencontrés. Pourtant, même en considérant cela, le chef de secte du clan Nie se révélait complètement incapable de contre-attaquer face à Wen Ruohan ! En vérité, Wei Wuxian aurait eu du mal à prétendre qu'il aurait pu faire mieux s'il avait été à la place de Nie Mingjue.

Wen Ruohan piétina la poitrine de Nie Mingjue. La vision de Wei Wuxian s'obscurcit ; la puanteur du sang montait directement dans sa gorge.

La voix de Meng Yao s'approcha progressivement.

— *J'ai troublé le chef de secte en le poussant à faire une apparition personnelle ; je suis un subordonné incompétent.*

— *Déchet, lâcha Wen Ruohan en riant.*

Meng Yao gloussa également.

— *C'est lui qui a tué Wen Xu ? demanda Wen Ruohan.*

— *Oui, répondit Meng Yao. Celui-là même. Chef de secte, allez-vous le tuer de vos propres mains, ou bien le traîner au Palais Infernal ? Je pense personnellement qu'il serait parfait pour cette seconde option.*

Le Palais Infernal était le terrain de jeu de Wen Ruohan. C'était là qu'il conservait sa collection de milliers d'appareils de torture, avec la ferme intention de les employer sur les autres. Cela signifiait que Meng Yao n'était pas disposé à donner à Nie Mingjue une mort rapide et sans souffrance. Il souhaitait le traîner dans la chambre de torture de Wen Ruohan et utiliser les appareils qu'il avait personnellement fabriqués pour le broyer lentement et méthodiquement jusqu'à la tombe.

À écouter ces deux hommes discuter joyeusement de ce qu'ils allaient faire de lui, Nie Mingjue sentit sa fureur s'embraser et le sang dans sa poitrine, s'agiter.

— *Quel plaisir y a-t-il à jouer avec la vie d'une personne déjà à moitié morte ? demanda Wen Ruohan.*

— *Eh bien ! Étant donné le physique fort et sain du chef de secte Nie, qui sait s'il ne retrouvera pas son aspect impressionnant après quelques jours de récupération ? répondit Meng Yao.*

— *Fais comme tu veux.*

— *Oui, monsieur.*

Cependant, pile au moment où Meng Yao prononçait ces derniers mots, un éclair extrêmement fin de lumière froide balaya la vision de Wei Wuxian.

Wen Ruohan plongea soudain dans un profond silence.

Un sang chaud éclaboussa le visage de Nie Mingjue. Comme s'il sentait quelque chose, il s'efforça de lever la tête pour voir ce qui se passait, mais il était en définitive trop gravement blessé pour tenir plus longtemps. Sa tête tomba lourdement, et il ferma les yeux.

Un temps inconnu passa avant que Wei Wuxian perçoive une faible lueur devant lui. Nie Mingjue ouvrait progressivement les yeux.

Au moment où il revint à lui, il découvrit qu'il était soutenu par Meng Yao. L'un de ses bras autour de son cou, celui-ci s'efforçait d'avancer tout en le traînant, son corps à moitié sur son dos.

— *Chef de secte Nie ?*

— *Wen Ruohan est mort ? demanda Nie Mingjue.*

Meng Yao parut chanceler un instant, mais il répondit d'une voix tremblante :

— *Il… devrait l'être.*

Il tenait toujours quelque chose dans sa main.

— *Donne-moi le sabre, ordonna Nie Mingjue d'une voix sombre.*

Wei Wuxian était incapable de voir l'expression qu'affichait Meng Yao, mais il ne manqua pas le sourire ironique dans sa voix.

— *Chef de secte Nie, merci de ne pas penser à me découper dans un moment pareil…*

Nie Mingjue garda le silence un moment. Après avoir rassemblé assez d'énergie, il s'empara du sabre. Quand bien même Meng Yao était agile et vif d'esprit, la puissance brute et la force l'emportaient toujours dans de telles situations. Incapable de se défendre, il sauta vivement en arrière.

— *Chef de secte Nie, vous êtes toujours blessé.*

Le long sabre à la main, Nie Mingjue lâcha froidement :

— Tu les as tués.

Il faisait évidemment référence aux cultivateurs qui avaient été capturés en même temps que lui.

— Chef de secte Nie, vous devez savoir que dans les circonstances dans lesquelles je me trouvais… je n'avais pas le choix.

C'était exactement le genre d'excuses que Nie Mingjue détestait le plus. La colère brûlait dans sa poitrine tandis qu'il abattait son sabre vers le bas.

— Que veux-tu dire, pas le choix ? C'était à toi de décider si tu voulais le faire ou non !

Meng Yao esquiva le coup et se défendit :

— Était-ce vraiment à moi de décider ? Chef de secte Nie, si vous aviez été à ma place…

Nie Mingjue avait anticipé ce qu'il allait dire et le coupa :

— Je ne l'aurais pas fait !

S'il esquivait les coups de manière répétée, Meng Yao semblait complètement épuisé. Il haletait, semblant plutôt mal en point. Incapable de réagir à temps, il manqua de trébucher. Puis, tout à coup, pris de ce qui semblait être un accès de colère, il s'écria :

— Chifeng-zun ! Vous ne comprenez pas que si je ne les avais pas tués, c'est votre cadavre qui aurait fini étendu sur le sol ?

Cela revenait au même que de dire « Puisque je vous ai sauvé la vie, vous auriez tort de me tuer ». Mais le futur Jin Guangyao, étant celui qu'il était, savait manier les mots. Son plaidoyer était chargé d'un chagrin contenu et d'une sorte de grief implicite.

Forcément, Nie Mingjue suspendit son geste. Il s'immobilisa sur place avec une certaine rigidité, les veines gonflées sur son front. Saisissant la poignée de son sabre, il rugit :

— Bien ! Je vais donc te découper jusqu'à la mort, puis me suicider !

Au son de ses hurlements, Meng Yao se recroquevilla. Et quand Baxia s'abattit, la peur lui fit prendre ses jambes à son cou. Trempés de sang, les deux hommes titubaient et vacillaient, l'un assénant des coups de taille, l'autre fuyant. Wei Wuxian était à moitié mort de rire de voir Nie Mingjue s'acharner contre le futur Chef de la Cultivation. Il était persuadé que si Nie Mingjue n'avait pas souffert de sévères blessures et que son énergie spirituelle n'avait pas été épuisée, Meng Yao serait mort depuis longtemps.

Au milieu de cette démonstration ridicule, une voix étonnée retentit tout à coup.

— *Mingjue-xiong !*

En un éclair, une silhouette vêtue d'une robe d'un blanc éclatant jaillit de la forêt. C'était comme si Meng Yao avait posé les yeux sur un dieu. Il se précipita immédiatement derrière lui.

— *Zewu-jun ! Zewu-jun !*

Nie Mingjue était tellement submergé par la rage qu'il ne se demanda pas ce que faisait soudain Lan Xichen ici.

— *Xichen, dégage de là ! s'égosilla-t-il.*

Baxia fonça sur eux de façon si menaçante que Shuoyue n'eut d'autre choix que de quitter son fourreau. Lan Xichen se présenta à sa rencontre, à la fois pour le soutenir et pour l'arrêter.

— Mingjue-xiong, calme-toi ! Pourquoi te comporter de la sorte ?

— *Pourquoi ne pas lui demander ce qu'il a fait ? rétorqua Nie Mingjue.*

Lan Xichen jeta un regard en arrière à Meng Yao qui bégayait, l'air paniqué, trop effrayé pour parler.

— *Pas étonnant que je ne l'aie trouvé nulle part après sa fuite de Langye ! cracha Nie Mingjue. Il s'avère qu'il est parti servir ces chiens de Wen en tant que laquais et aider ce tyran à perpétuer son mal depuis la Cité Sans Nuit !*

— *Mingjue-xiong, l'interpella Lan Xichen.*

Il interrompait rarement les autres, si bien que Nie Mingjue en fut légèrement décontenancé.

— *Sais-tu qui nous a communiqué les cartes de déploiement tactique du clan Wen lors de ces derniers engagements ? poursuivit-il.*

— *Toi, répondit Nie Mingjue.*

— *Je n'ai fait que jouer les intermédiaires. Sais-tu qui était la véritable source de ces informations pendant tout ce temps ?*

Le sens de ses mots ne pouvait être plus évident. Nie Mingjue regarda Meng Yao, qui baissait la tête derrière Lan Xichen. Ses sourcils n'en finissaient plus de tressauter d'incrédulité.

— Nul besoin d'en douter, intervint encore Lan Xichen. La raison même pour laquelle je suis ici en cet instant est qu'il m'a envoyé un message me demandant de venir. Autrement, par quel hasard serais-je venu ?

Nie Mingjue en resta sans voix.

— A-Yao regrette l'incident à Langye, ajouta Lan Xichen. Mais il n'a pas osé t'affronter en face. La seule chose à laquelle il a pu penser a été d'infiltrer le clan Wen de Qishan et se rapprocher de Wen Ruohan afin de m'envoyer des lettres en secret. Au début, j'ignorais l'identité de l'expéditeur. Je l'ai découvert et reconnu par pure coïncidence.

Il se tourna vers Meng Yao et lui demanda à voix basse :

— Tu n'as pas parlé de cela à Mingjue-xiong ?

Meng Yao couvrit la blessure sur son bras et répondit avec un sourire amer :

— Tu l'as vu comme moi, Zewu-jun. Quand bien même je l'aurais fait, le chef de secte Nie ne m'aurait pas cru.

Nie Mingjue garda le silence. Baxia et Shuoyue étaient toujours dans une impasse. Meng Yao n'avait qu'à jeter un coup d'œil à l'éclat du sabre et de l'épée qui s'entrechoquaient pour que la terreur déborde dans ses yeux. Après un moment, cependant, il s'agenouilla devant Nie Mingjue.

— Meng Yao ? l'appela timidement Lan Xichen.

— Chef de secte Nie, reprit doucement Meng Yao. Bien que je l'aie fait pour gagner la confiance de Wen Ruohan, afin qu'il ne sente pas que quelque chose n'allait pas, je vous ai blessé au Palais du Soleil Brûlant. Je vous ai également parlé avec insolence. Je savais que ce qui est arrivé à l'ancien chef de secte Nie vous chagrine cruellement, mais j'ai malgré tout intentionnellement remué le couteau dans la plaie… Même si c'était peut-être un dernier recours, je suis vraiment désolé.

— Tu ne devrais pas t'agenouiller devant moi, mais plutôt devant tous ces cultivateurs que tu as tués de tes propres mains, répliqua Nie Mingjue.

— Wen Ruohan était un homme brutal qui devenait fou furieux au moindre soupçon de défiance, défendit Meng Yao. Je devais prétendre être

son aide de confiance. Comment pouvais-je rester sans rien faire quand les autres l'insultaient ? C'est la raison pour laquelle…

— *Bien, trancha* Nie Mingjue. *Mais il semblerait que tu aies fait ta part aussi bien avant ça.*

Meng Yao soupira.

— *J'étais* à Qishan…

Lan Xichen, qui maintenait toujours son épée en place, en fit de même.

— Mingjue-xiong… c'était inévitable qu'il ait à faire certaines choses en étant sous couverture à Qishan. Mais lorsqu'il agissait, il se sentait aussi…

Wei Wuxian secoua la tête. *Zewu-jun est vraiment trop pur et trop gentil.*

Pourtant, là encore, Wei Wuxian étant déjà profondément méfiant à l'égard de Meng Yao, il voyait donc clair à travers lui. Pour Lan Xichen, l'homme qui se tenait devant lui était un agent secret qui avait enduré d'interminables humiliations pour mener à bien sa mission seul, sans autre choix que de se mettre en danger. Comment leurs sentiments pouvaient-ils être comparés avec des perspectives si différentes ?

Après un long moment, Nie Mingjue leva brusquement son sabre.

— Mingjue-xiong ! s'écria Lan Xichen.

Meng Yao ferma les yeux. Lan Xichen resserra également sa prise sur Shuoyue et supplia :

— S'il te plaît, pardonne…

Avant qu'il ne puisse achever sa phrase, l'éclat d'argent du sabre frappa vers le bas et percuta un grand rocher près d'eux.

Au son du craquement de la roche, Meng Yao se recroquevilla. Puis il se retourna pour regarder et découvrit que la pierre massive avait été tranchée en deux.

En fin de compte, Nie Mingjue ne pouvait se résoudre à abattre son arme sur Meng Yao. Baxia de retour dans son fourreau, il tourna les talons et se retira sans un regard en arrière.

Wen Ruohan était mort. Même s'il restait des membres survivants du clan Wen de Qishan, leurs forces ne représentaient plus une menace. Leur défaite était déjà gravée dans la pierre.

Et Meng Yao, le courageux guerrier qui s'était infiltré dans la Cité Sans Nuit durant plusieurs années et s'était montré prêt à donner sa vie pour la cause, fut acclamé après une seule bataille.

Depuis que Meng Yao avait trahi et fait défection du clan Nie de Qinghe, sa relation avec Nie Mingjue n'avait plus jamais été la même. Aussi Wei Wuxian se demandait-il comment ils avaient pu devenir frères jurés par la suite.

D'après ses observations, et en excluant une possible initiative de Lan Xichen suggérant cela dans l'espoir qu'ils se réconcilient, il était à supposer que le facteur le plus important à prendre en compte dans cette affaire était la dette de gratitude de Nie Mingjue envers Meng Yao, pour lui avoir sauvé la vie et leur avoir fourni des renseignements. Les informations que Meng Yao leur avait transmises par le biais de Lan Xichen avaient été d'une aide cruciale dans toutes les batailles que Nie Mingjue avait menées. Qui plus est, le chef de secte Nie considérait toujours l'autre homme comme un talent rare, et avait à l'esprit de le ramener sur le droit chemin, mais l'intéressé n'était plus son subordonné. Ce n'était qu'en devenant frères jurés qu'il aurait pu retrouver le droit et le statut de le superviser, de la même façon qu'il le faisait avec son jeune frère, Nie Huaisang.

Après la fin de la campagne de la Chute du Soleil, le clan Jin de Lanling organisa un banquet de contemplation florale qui dura plusieurs jours, et invita d'innombrables cultivateurs et clans à célébrer cela avec eux. La foule allait et venait sur la place principale de la Tour de la Carpe d'Or, mais, lorsque Nie Mingjue circulait, les gens se séparaient autour de sa silhouette imposante. Et tous inclinaient la tête pour le saluer :

— *Chifeng-zun.*

Tout ce faste ! songea Wei Wuxian. *C'est comme s'il s'élevait vers les cieux. Ces gens craignent tout autant Nie Mingjue qu'ils le respectent. Beaucoup me craignaient aussi, mais peu étaient ceux qui me respectaient.*

Jin Guangyao se tenait sur le côté de la base du palais de style trône de lotus. Après être devenu frère juré avec Nie Mingjue et Lan Xichen, et avoir été reconnu par son clan, il avait dorénavant une marque de cinabre entre les sourcils. Vêtu d'une robe porteuse de l'emblème de l'Étoile d'Or sur Lit de Neige à la base blanche et aux décorations dorées, ainsi que d'un chapeau de gaze noire, il avait l'air complètement différent. Il émanait de lui quelque chose de radieux et de raffiné. Il était toujours aussi vif d'esprit, mais son attitude était calme et posée, bien loin de ce qu'il avait été par le passé.

Wei Wuxian fut surpris de voir une silhouette familière à ses côtés. Xue Yang.

Ce dernier était extrêmement jeune à ce moment-là. Son visage restait celui d'un garçonnet, pourtant, il était déjà grand. Lui aussi portait une robe estampillée de l'Étoile d'Or sur Lit de Neige. Aux côtés de Jin Guangyao, il figurait l'image même de la jeunesse insouciante, telle une brise de printemps caressant le saule.

Tous deux paraissaient discuter de choses intéressantes. Jin Guangyao esquissa un large sourire et agita la main. Ils échangèrent ensuite des œillades, puis Xue Yang éclata de rire. Avec une pointe de mépris et d'apathie, il balaya nonchalamment du regard les cultivateurs qui s'agitaient, comme si ceux-là n'étaient rien de plus qu'un tas de déchets ambulants. Et quand il vit Nie Mingjue, il ne montra aucune peur, contrairement aux autres. À la place, il arbora un grand sourire qui révéla ses canines.

Remarquant l'expression hostile de Nie Mingjue, Jin Guangyao s'empressa de refréner son expression et de baisser la voix pour glisser un mot à Xue Yang. Ce dernier agita à son tour la main et se retira avec une démarche arrogante.

Jin Guangyao s'approcha et présenta respectueusement ses salutations :

— *Da-ge.*

— *Qui est-ce ? demanda Nie Mingjue.*

Jin Guangyao hésita un instant, puis répondit très prudemment :

— *Xue Yang.*

Nie Mingjue fronça les sourcils.

— *Xue Yang de la préfecture de Kui ?*

Jin Guangyao hocha la tête. Malgré son jeune âge, Xue Yang était déjà tristement célèbre.

Wei Wuxian pouvait clairement sentir le froncement de sourcils de Nie Mingjue s'accentuer.

— *Que fais-tu ? Pourquoi te mêles-tu à des gens comme lui ? s'enquit-il.*

— *Le clan Jin de Lanling l'a recruté, répondit Jin Guangyao.*

Il n'osa pas s'expliquer davantage, mais s'enfuit précipitamment de l'autre côté de la place sous prétexte d'accueillir de nouveaux invités. Nie Mingjue secoua la tête et se retira. Les yeux de Wei Wuxian s'illuminèrent. Lan Xichen et Lan Wangji marchaient côte à côte tandis qu'ils s'avançaient. Les voir déambuler dans la salle, baignés par le clair de lune, était comme regarder le givre et la neige tombant des cieux.

Les Jumeaux de Jade du clan Lan s'immobilisèrent, l'un doux et raffiné avec son xiao et l'autre, froid et sombre avec son guqin. Ils possédaient tous deux une belle apparence et un comportement élégant, et étaient d'une couleur vraiment singulière, mais dotés chacun d'un genre de charme différent. Il n'était pas étonnant qu'ils attirent l'attention et une admiration sans fin partout où ils allaient.

Les traits du Lan Wangji de cette époque dégageaient encore une trace d'innocence juvénile, mais son expression restait réservée, de sorte à tenir les autres à distance. Wei Wuxian riva aussitôt ses yeux sur lui, incapable de détourner son attention. Sans se soucier de savoir si Lan Wangji pouvait l'entendre ou non, il céda à l'impulsion et brailla dans son esprit : « Lan Zhan ! Tu me manques tellement ! Ha ! Ha ! Ha ! Ha ! Ha ! Ha ! Ha ! »

Soudain, une voix s'éleva.

— Chef de secte Nie, chef de secte Lan.

Quand il reconnut ce timbre familier, le cœur de Wei Wuxian manqua un battement.

Nie Mingjue se retourna à nouveau pour jeter un coup d'œil. Jiang Cheng, tout de violet vêtu, s'avançait, la main posée sur son épée.

Et l'homme qui se tenait à côté de Jiang Cheng n'était autre que le Wei Wuxian de l'époque.

Celui du présent put ainsi se voir, habillé tout en noir, debout les mains jointes derrière le dos. Une flûte noire ornée d'une pampille rouge vif pendait à sa taille. Il ne portait pas son épée sur lui. Il se tenait près de Jiang Cheng et hocha la tête en guise de salut. Son langage corporel était arrogant ; son attitude, terriblement énigmatique et dédaigneuse envers toutes les personnes présentes. Rien qu'à voir cette apparence très embarrassante, Wei Wuxian éprouva l'envie soudaine de se jeter sur son lui plus jeune et de le rouer de coups.

Lan Wangji n'avait pas non plus manqué de le remarquer. Ses sourcils tressautèrent, mais il détourna rapidement ses yeux clairs pour fixer de plus belle droit devant lui, l'expression toujours digne. Jiang Cheng et Nie Mingjue se croisèrent du regard, la tête droite, et hochèrent la tête. Ils n'avaient rien de superflu à se dire, aussi se contentèrent-ils de se saluer brièvement avant de repartir chacun de leur côté.

Wei Wuxian vit son lui du passé vêtu de noir regarder à gauche et à droite jusqu'à ce que son attention se porte sur Lan Wangji. Il était sur le point de dire quelque chose quand Jiang Cheng s'approcha pour se poster à côté de lui. Les deux hommes inclinèrent la tête et échangèrent quelques mots avec des expressions solennelles. Wei Wuxian éclata de rire et se rendit de l'autre côté en marchant au coude-à-coude avec Jiang Cheng. Les gens qui circulaient autour d'eux s'écartaient automatiquement pour leur laisser un large espace.

Wei Wuxian y repensa attentivement. Il essaya de se remémorer de quoi ils avaient parlé à ce moment-là. Sur le coup, il ne parvint pas à s'en souvenir, mais il observa le mouvement de leurs lèvres à travers les yeux de Nie Mingjue et cela lui revint. Il avait dit : « Jiang Cheng, Chifeng-zun est tellement plus grand que toi. Ha ! Ha ! »

Et Jiang Cheng avait répondu : « Va te faire voir. Tu veux mourir ? »

L'attention de Nie Mingjue se tourna à nouveau vers les Lan.

— *Pourquoi Wei Ying n'a-t-il pas d'épée ? demanda-t-il.*

L'épée était partie intégrante de la tenue protocolaire. C'était le symbole nécessaire qui faisait partie de l'étiquette lors des grands rassemblements, et ceux nés de clans éminents y attachaient une grande importance.

— *Il a probablement oublié, répondit impassiblement Lan Wangji.*

Nie Mingjue arqua ses sourcils.

— *Il arrive à oublier quelque chose comme ça ?*

— *Cela n'a rien de surprenant.*

Eh bien, eh bien ! songea Wei Wuxian. *Tu me dénigres dans mon dos ! Je t'ai pris sur le fait.*

— *Le jeune maître Wei a dit qu'il ne voulait pas s'embarrasser de formalités aussi alambiquées, gloussa Lan Xichen. Ne prête pas attention à son oubli d'épée. Même s'il avait choisi de ne pas s'embêter à porter de vêtements, qu'aurions-nous pu faire pour l'y contraindre ? Ah, la jeunesse !*

C'était vraiment un sentiment indescriptible d'entendre ses propres mots arrogants répétés par un autre. Wei Wuxian se sentit quelque peu gêné, mais il ne pouvait rien y faire. Soudain, il entendit Lan Wangji marmonner à voix basse :

— … irrévérencieux.

Cela avait été prononcé très doucement, comme pour lui-même, pourtant, le mot tambourina dans les oreilles de Wei Wuxian, au point que son cœur manqua inexplicablement un battement.

Lan Xichen le regarda.

— *Mmh ? Que fais-tu encore ici ?*

L'air perplexe, quoique son visage toujours sérieux, Lan Wangji répondit :

— Xiongzhang est là, je le suis donc naturellement aussi.

— Pourquoi ne vas-tu pas lui parler ? s'enquit Lan Xichen, de façon plus directe. Ils s'en vont.

Wei Wuxian trouva cela curieux. *Pourquoi Zewu-jun a-t-il dit ça ? Ne me dites pas que Lan Zhan avait quelque chose à me dire ?*

Cependant, avant qu'il ne puisse détailler clairement la réaction de Lan Wangji, une agitation soudaine éclata à l'autre bout de la zone. Wei Wuxian entendit sa voix crier avec fureur :

— Jin Zixuan ! N'oublie jamais ce que tu as dit et fait ! Que veux-tu dire par là ?

Dorénavant, Wei Wuxian se souvenait.

Ah, c'était donc cet incident !

Face à lui, Jin Zixuan n'était pas moins furieux.

— C'est au chef de secte Jiang que je parle, pas à toi ! Et je demande des nouvelles de Mademoiselle Jiang. En quoi ça te concerne ?

— Bien dit ! répliqua Wei Wuxian. En quoi ma shijie te concerne ? Qui était si fier que ses yeux lui sortaient de la tête, et trop arrogant pour la voir en premier lieu ?

— Chef de secte Jiang, se plaignit Jin Zixuan. Il s'agit du banquet de contemplation florale de mon clan, et il appartient au vôtre ! Allez-vous faire quelque chose pour cela ?

— Pourquoi se disputent-ils, encore ? s'étonna Lan Xichen.

Lan Wangji regarda dans leur direction, cependant ses pieds ne décollèrent pas du sol. Après un moment, il amorça un pas, comme s'il avait pris sa décision et était sur le point de les rejoindre. Mais pile au même moment, la voix de Jiang Cheng retentit.

— Ferme-la, Wei Wuxian. Jin-gongzi, je suis désolé pour tout ça. Ma sœur aînée va bien, merci pour votre sollicitude. Nous pourrons en discuter la prochaine fois.

Wei Wuxian ricana.

— *La prochaine fois ? Il n'y aura pas de prochaine fois ! Il est inutile pour lui de se soucier de savoir si elle va bien ou pas ! Pour qui se prend-il ?*

Sur ces mots, il tourna les talons et s'éloigna.

— *Reviens ici ! lui cria Jiang Cheng. Où vas-tu ?*

Wei Wuxian secoua la main.

— N'importe où ! Mais ne me force pas à voir sa tête. Je ne voulais pas venir en premier lieu. Tu peux t'en occuper toi-même.

À se voir ainsi abandonné, l'expression de Jiang Cheng se fit de plus en plus orageuse.

Jusque-là, Jin Guangyao était resté affairé, arborant un sourire pour chacun de ses invités. En homme ayant toujours une solution au moindre problème, quand il vit cette perturbation, il réapparut et interpella celui qui partait :

— *Wei-gongzi, restez, s'il vous plaît !*

Wei Wuxian marchait d'un pas rapide, les mains jointes derrière le dos.

Son expression était maussade, et il ne prêtait attention à personne. Lan Wangji fit un pas dans sa direction, mais avant qu'il n'ait pu ouvrir la bouche, Wei Wuxian l'avait déjà dépassé.

Jin Guangyao, incapable de rattraper Wei Wuxian, donna un coup de pied au sol et soupira.

— *Eh bien, il est parti. Chef de secte Jiang, que… que devons-nous faire ?*

Jiang Cheng retrouva son expression morose.

— *Laissez-le. Il a l'habitude d'obtenir ce qu'il veut à la maison. Il n'a aucune manière.*

Puis il commença à converser avec Jin Zixuan.

En regardant cela, Wei Wuxian poussa intérieurement un long soupir. Heureusement, Nie Mingjue ne semblait pas intéressé. Il détourna rapidement son attention, et Wei Wuxian les perdit de vue.

***

Les Trois Zun étaient au Royaume Impur, résidence du clan Nie de Qinghe.

Nie Mingjue était assis sur son siège, tandis que Lan Xichen jouait d'un guqin posé horizontalement devant lui. L'air toucha à sa fin, et il plaça sa main sur les cordes pour calmer leurs vibrations.

Jin Guangyao sourit.

— *Très bien. Maintenant que j'ai entendu jouer er-ge, je ne manquerai pas de briser mon guqin dès que je rentrerai chez moi.*

— *Le jeu de san-di serait considéré comme très bon, en dehors de Gusu, lui assura Lan Xichen. C'est ta mère qui t'a appris ?*

— Non, je me suis débrouillé tout seul par l'observation. Elle ne m'a jamais enseigné ce genre de choses, seulement à lire et à écrire. Elle m'a également acheté quelques manuels coûteux sur le maniement de l'épée et sur la cultivation afin que je puisse étudier ces domaines.

Lan Xichen se montra étonné.

— *Des manuels sur le maniement de l'épée et sur la cultivation ?*

— *Tu n'en as jamais vu, er-ge, n'est-ce pas ? Ce sont de petits livrets vendus par des gens ordinaires, avec des dessins de figures quelconques et beaucoup de textes fantaisistes.*

Lan Xichen secoua la tête en souriant. Jin Guangyao en fit de même.

— *Rien qu'une escroquerie.* Des déchets frauduleux destinés spécifiquement à tromper les femmes comme ma mère et les enfants ignorants. La pratique de leurs «enseignements» n'est d'aucun mal, mais elle n'apporte aucun bénéfice non plus.

Puis il se lamenta :

— *Mais comment ma mère aurait-elle pu savoir cela ? Elle les a simplement tous achetés, peu importait le prix. Elle disait que lorsque je rentrerais voir mon père un jour, je devrais le rencontrer en étant un homme compétent et capable. Que je ne pouvais pas me permettre de prendre du retard. Par conséquent, tout notre argent est parti dans ce genre de choses.*

Lan Xichen pinça plusieurs fois les cordes.

— *Tu possèdes un grand talent, pour avoir appris tant de choses simplement par l'observation. Avec les conseils d'un maître renommé, tu t'améliorerais sans doute à pas de géant.*

Jin Guangyao s'esclaffa.

— *Un maître renommé se trouve juste devant moi, mais je n'oserais pas m'imposer à lui.*

— *Pourquoi pas ? Prends un siège, je te prie, gongzi.*

Jin Guangyao s'assit en face de lui, de façon guindée et sage, et s'assura d'écouter humblement.

— *Qu'est-ce que Lan-xiansheng souhaite m'enseigner ?*

— Que dirais-tu du « Son de Purification » ? proposa Lan Xichen.

Les yeux de Jin Guangyao s'illuminèrent. Mais avant qu'il ne puisse prononcer un mot, Nie Mingjue leva les siens.

— *Er-di, le « Son de Purification » est l'un des arts uniques du clan Lan de Gusu. Tu ne dois pas le divulguer aux étrangers.*

Lan Xichen ne parut pas considérer cela comme un problème. Avec un sourire, il répondit :

— *Le « Son de Purification » est différent du « Son d'Éradication ». Son but est de purifier le cœur et de calmer l'esprit. Pourquoi garder pour nous seuls un art de guérison aussi utile ? Qui plus est, comment l'enseigner à san-di pourrait-il être considéré comme une divulgation à un étranger ?*

Considérant qu'il savait ce qu'il faisait, Nie Mingjue n'argumenta plus sur le sujet.

Un jour, de retour au Royaume Impur, il entra dans la salle principale et vit une dizaine d'éventails à bordures dorées déployés et alignés devant Nie Huaisang. Ce dernier les caressait un par un tendrement, et marmonnait tout seul en comparant les inscriptions qui figuraient sur chacun d'eux. Aussitôt, des veines gonflèrent sur le front de Nie Mingjue.

— *Nie Huaisang !*

L'intéressé s'affala immédiatement sur le sol et s'agenouilla dans un sursaut. Il se redressa ensuite avec appréhension et bégaya ses salutations.

— Da-da-da-da-ge !

— Où est ton sabre ? demanda Nie Mingjue.

— Dans… Dans ma chambre, balbutia Nie Huaisang. Attends, non. Sur le terrain d'entraînement. Non, je… Laisse-moi réfléchir…

Wei Wuxian pouvait sentir l'envie de Nie Mingjue de le tailler sur place en pièces.

— Tu trimballes avec toi des dizaines d'éventails, mais tu ne sais même pas où se trouve ton propre sabre ?

— Je vais aller le chercher tout de suite ! répondit Nie Huaisang, avec empressement.

— Oublie ça ! aboya Nie Mingjue. Quand bien même tu le trouverais, tu es incapable d'apprendre quoi que ce soit avec. Brûle-moi tout ça !

Les couleurs quittèrent d'un coup le visage de Nie Huaisang. Il attrapa tous les éventails dans ses bras, paniqué, et s'écria :

— Da-ge, s'il te plaît, ne fais pas ça ! Ce sont des cadeaux de la part de quelqu'un !

Nie Mingjue abattit bruyamment la paume de sa main contre la table.

— De qui ? Dis à cette personne de se présenter ici tout de suite !

— C'était moi, répondit une voix.

Jin Guangyao pénétra dans la salle. Nie Huaisang poussa une exclamation joyeuse, comme s'il venait d'apercevoir son sauveur.

— San-ge, tu es venu !

Ce n'était pas que Jin Guangyao pouvait apaiser Nie Mingjue, mais plutôt que sa fureur lui était immédiatement renvoyée dès qu'il se présentait, ce qui occupait suffisamment ce dernier pour l'empêcher de gronder qui que ce soit d'autre. Par conséquent, il n'était pas complètement exagéré de le considérer comme le sauveur de Nie Huaisang. Fou de joie, celui-ci le salua à plusieurs reprises tout en récupérant à la hâte dans ses bras les éventails qui couvraient la table.

— Bonjour, san-ge !

Face à ce spectacle que lui proposait son jeune frère, Nie Mingjue fut tellement en colère qu'il trouva cela légèrement ridicule.

— Arrête de lui envoyer des babioles aussi absurdes ! grogna-t-il à l'intention de Jin Guangyao.

Dans sa précipitation, Nie Huaisang fit tomber deux éventails, mais Jin Guangyao l'aida à les ramasser et les remit dans ses bras.

— *Huaisang est passionné par les arts et étudie les peintures et la calligraphie avec ravissement. Ce ne sont pas de mauvaises habitudes. Comment peux-tu qualifier cela d'absurde ?*

Nie Huaisang hocha la tête avec enthousiasme.

— *Oui ! San-ge a raison !*

— *Ce n'est pas comme si ce genre de choses te servait en étant chef de clan ! répliqua Nie Mingjue.*

— *Je ne serai pas chef de clan ! rétorqua Nie Huaisang. Da-ge peut prendre cette position. Je n'en veux pas !*

Il se tut immédiatement lorsque son frère aîné lui lança un regard furieux. Nie Mingjue se tourna alors vers Jin Guangyao.

— *Que fais-tu ici ?*

— *Er-ge a dit qu'il t'avait offert un guqin, répondit Jin Guangyao.*

C'était le même que Lan Xichen avait auparavant apporté pour jouer le « Son de Purification » pour Nie Mingjue. Il l'avait donné à ce dernier pour l'aider à s'apaiser.

— *Comme, dernièrement, le clan Lan de Gusu a été occupé à résoudre la question urgente de la reconstruction du Repaire des Nuages, da-ge lui a interdit de venir. Mais er-ge m'a enseigné le « Son de Purification ». Même si je ne peux égaler sa superbe interprétation, je peux malgré tout aider da-ge à se calmer.*

— *Tu devrais te concentrer sur tes propres affaires, lui retourna Nie Mingjue.*

L'intérêt de Nie Huaisang, cependant, s'en trouva piqué.

— *San-ge, quelle est cette mélodie ? Puis-je l'écouter ? Laisse-moi te dire, ce livre épuisé que tu as trouvé pour moi la dernière fois…*

— *Retourne dans ta chambre ! aboya Nie Mingjue.*

Nie Huaisang s'enfuit rapidement, la queue entre les jambes. Bien sûr, il ne regagna pas sa chambre, mais il se précipita dans le salon pour fouiller dans les autres cadeaux que Jin Guangyao lui avait apportés.

Après plusieurs interruptions, la fureur de Nie Mingjue s'était en grande partie dissipée. Il se retourna vers Jin Guangyao qui semblait quelque peu fatigué, et dont la robe à l'Étoile d'Or sur Lit de Neige s'avérait poussiéreuse et usée par le voyage. Cela laissait supposer qu'il s'était précipité ici depuis la Tour de la Carpe d'Or.

Après une pause, Nie Mingjue ordonna :

— Assieds-toi.

Jin Guangyao hocha légèrement la tête et s'assit comme demandé.

— Si da-ge est préoccupé par Huaisang, une approche plus douce ne ferait pas de mal. Pourquoi te montrer si dur ?

— Il pourrait bien avoir un sabre sous la gorge qu'il ne changerait pas d'attitude, répliqua Nie Mingjue. J'ai bien l'impression qu'il ne sera jamais rien d'autre qu'un bon à rien, même si je le bats à mort.

— Ce n'est pas que Huaisang ne vaut rien, mais simplement que ses ambitions sont différentes.

— Et tu sais évidemment ce que sont ses ambitions ?

— Bien sûr, confirma Jin Guangyao avec un sourire. N'est-ce pas mon point fort ? Le seul que je n'arrive pas à comprendre est da-ge.

Connaître les goûts et les aversions d'une personne, et les satisfaire par la suite en conséquence, rendait les choses plus faciles. Cela permettait d'atteindre ses objectifs avec moitié moins d'efforts. En tant que telle, la capacité à discerner les désirs des gens était vraiment le point fort de Jin Guangyao. Nie Mingjue était la seule personne à qui il n'avait jamais pu soutirer d'informations utiles.

Wei Wuxian l'avait attesté personnellement, à l'époque où Meng Yao travaillait sous les ordres de Nie Mingjue. Cet homme n'avait jamais posé la main sur des femmes, touché à l'alcool ou convoité la richesse matérielle ; les peintures, les calligraphies et les antiquités n'étaient que des tas d'encre et de boue à ses yeux. Le thé de qualité supérieure avait le même goût que la lie d'un étalage de bord de route. Meng Yao s'était creusé la tête, mais n'avait jamais réussi à identifier ce que Nie Mingjue pouvait apprécier, à part s'entraîner avec son sabre jour après jour et tuer des chiens Wen. Il était véritablement comparable à un bastion de fer, sans faiblesse à exploiter.

En l'entendant parler avec autant d'autodérision, Nie Mingjue ne se sentit pas aussi rebuté que d'ordinaire.

— N'encourage pas son comportement honteux.

Jin Guangyao sourit et demanda de plus belle :

— Da-ge, où est le guqin d'er-ge ?

Nie Mingjue le lui indiqua.

À partir de ce moment-là, Jin Guangyao se rendit régulièrement de Lanling à Qinghe pour venir jouer le « Son de Purification » et aider ainsi Nie Mingjue à purifier son esprit. Il s'appliquait de son mieux, sans émettre la moindre plainte. Le « Son de Purification » était en effet mystérieux et efficace. Wei Wuxian pouvait clairement sentir l'énergie de ressentiment contenue dans le cœur de Nie Mingjue se dissiper, et les conversations et interactions qu'ils avaient pendant que le guqin jouait étaient pareilles à celles qu'ils avaient partagées dans un passé paisible, quand ils ne s'étaient pas encore disputés.

Peut-être que cette impossibilité de quitter le Repaire des Nuages en pleine reconstruction n'était qu'une excuse de la part de Lan Xichen. Peut-être voulait-il seulement donner à Nie Mingjue et Jin Guangyao une occasion d'apaiser les tensions dans leur relation.

Toutefois, cette pensée avait à peine effleuré Wei Wuxian qu'une fureur encore plus maniaque s'échappa de Nie Mingjue.

Deux disciples tentèrent de l'arrêter, cependant, il les repoussa pour faire directement irruption dans le Jardin Florissant. Lan Xichen et Jin Guangyao se trouvaient dans le bureau, discutant solennellement autour de plusieurs plans marqués de différentes couleurs étalés devant eux, sur la table. Lan Xichen se montra légèrement pris au dépourvu par son intrusion.

— Da-ge ?

— Ne bouge pas, ordonna Nie Mingjue à Lan Xichen.

Puis il s'adressa froidement à Jin Guangyao.

— *Toi. Sors.*

Jin Guangyao le regarda, puis se tourna vers Lan Xichen. Dans un sourire, il demanda :

— *Er-ge, puis-je te déranger en te demandant de m'aider à trier ces plans ? Je dois d'abord discuter de certaines affaires privées avec da-ge. Je reviendrai te demander ton avis après.*

Lan Xichen avait l'air inquiet, mais Jin Guangyao suivit Nie Mingjue. À peine ces deux-là arrivèrent-ils aux abords de la Tour de la Carpe d'Or que Nie Mingjue le frappa.

Plusieurs disciples à proximité s'alarmèrent, mais Jin Guangyao esquiva agilement le coup et leur fit signe de ne pas agir sans réfléchir. Il se tourna vers Nie Mingjue.

— *Da-ge, pourquoi agis-tu de la sorte ? Si quelque chose ne va pas, nous pouvons en parler.*

— *Où est Xue Yang ? demanda Nie Mingjue.*

— *Il a été envoyé aux cachots, condamné à vie…*

— *Que m'as-tu dit à l'époque ?*

Jin Guangyao se tut.

— *Je voulais qu'il paie par le sang, continua Nie Mingjue. Qu'il paie de sa vie ! Au lieu de cela, tu l'as simplement condamné à une peine de prison à vie ?*

— *Tant qu'il est puni et qu'il ne peut plus commettre de tels crimes, est-ce vraiment important qu'il paie de sa vie ? demanda prudemment Jin Guangyao en retour.*

— *Celui qui a fait une telle chose n'est autre que le fin cultivateur que tu as recommandé, le réprimanda sèchement Nie Mingjue. Malgré cela, tu oses quand même le protéger ?*

— *Je ne le protège pas, se défendit Jin Guangyao. L'incident impliquant le clan Chang de Yueyang m'a également beaucoup choqué. Comment aurais-je pu prévoir que Xue Yang allait massacrer une famille de plus de cinquante personnes ? Mais mon père insiste pour le garder…*

— Choqué ? s'exclama Nie Mingjue. Par qui a-t-il été recruté ? Qui l'a recommandé ? Qui lui a donné un poste important ? Arrête d'utiliser ton père comme couverture. Comment pouvais-tu ne pas savoir ce que faisait Xue Yang ?

— Da-ge, c'était vraiment sur les ordres de mon père, soupira Jin Guangyao. Je ne pouvais pas refuser. Tu exiges que je me débarrasse de Xue Yang, mais comment veux-tu que j'explique mes actions par la suite à mon père ?

— Pas d'excuses, gronda Nie Mingjue. Apporte-moi la tête de Xue Yang.

Jin Guangyao semblait avoir encore des choses à dire, mais Nie Mingjue avait déjà épuisé sa patience.

— Meng Yao, ne t'avise pas de jouer avec moi. Tes tours ne fonctionnent plus !

Pendant un instant, l'expression de Jin Guangyao afficha un soupçon d'embarras, comme si l'une de ses afflictions indicibles avait été exposée à la vue de tous, et qu'il n'avait nulle part où se cacher, aucun trou dans lequel ramper.

— Mes « tours » ? rétorqua-t-il. Lesquels ? Da-ge, tu me reproches constamment d'être calculateur, d'être peu orthodoxe. Tu te dis droit et juste, tu affirmes que rien ne t'effraie, qu'un vrai homme n'a pas besoin de recourir à des moyens détournés. Très bien. Tu viens d'un milieu distingué, et ton niveau de cultivation est élevé. Mais qu'en est-il de moi ? Suis-je comme toi ? Tout d'abord, contrairement à toi, je ne possède pas un haut niveau de cultivation et une fondation stable. De toute ma vie, jamais personne ne m'a appris ces choses. En outre, je ne suis pas issu d'un milieu familial important. Tu te figures que ma place dans le clan Jin de Lanling est assurée ? Pensais-tu que j'allais monter en grade avec la mort de Jin Zixuan ? Jin Guangshan préférerait ramener un autre fils illégitime plutôt que de me voir lui succéder ! Tu me dis de ne craindre ni le ciel ni la terre ? Mais j'ai peur, et les gens m'effraient aussi ! Tu n'es pas à ma place, alors, bien sûr, c'est facile pour toi de me dire cela. C'est exactement comme ceux qui n'ont jamais connu la faim ; ils ne peuvent imaginer ce que cela fait d'être affamé !

— En définitive, ce que tu avances réellement, c'est que tu refuses de tuer Xue Yang et de mettre en péril ton statut au sein du clan Jin de Lanling, en déduisit froidement Nie Mingjue.

— *Bien sûr que je refuse ! s'insurgea Jin Guangyao.*

Il leva la tête. Ses yeux flamboyaient de flammes indiscernables.

— *Mais da-ge, il y a quelque chose que je tenais à te demander. Tu as pris beaucoup plus de vies que moi. Dans ce cas, pourquoi, alors que j'ai été forcé par les circonstances à tuer quelques cultivateurs il y a si longtemps, dois-je encore supporter que tu me harcèles constamment à ce sujet, même encore aujourd'hui ?*

Nie Mingjue s'esclaffa sous l'effet de la colère pure.

— *Bien ! Je vais te répondre. D'innombrables personnes ont péri par mon sabre, mais je n'ai jamais tué à des fins purement égoïstes, encore moins pour le plaisir de m'élever au sommet !*

— *Je comprends ce que tu veux dire à présent, da-ge. Tu essaies de défendre le fait que tous ceux que tu as tués le méritaient ?*

Il ricana, puis, avec un inexplicable élan de courage, fit quelques pas vers Nie Mingjue. Sa voix s'éleva, et il poursuivit avec force :

— Alors, puis-je te demander comment tu détermines si une personne mérite la mort ? Tes critères sont-ils les seuls corrects ? Disons que j'ai tué une personne et sauvé la vie de cent autres, le mérite l'emporte-t-il sur le méfait, ou suis-je coupable d'un acte répréhensible ? Des sacrifices sont nécessaires pour accomplir de grandes choses.

— *Si c'est ce que tu penses, pourquoi ne pas te sacrifier toi-même ? répliqua Nie Mingjue. Es-tu plus distingué que ces gens ? Es-tu différent ?*

Jin Guangyao le regarda fixement. Puis, comme s'il s'était enfin décidé et qu'il avait en même temps renoncé à quelque chose, il répondit calmement :

— *Oui.*

Il leva la tête, l'expression aussi fière et franche qu'un peu déviante.

— *Oui, je suis effectivement différent d'eux !*

Ses mots et son expression enragèrent Nie Mingjue.

Il leva une jambe, et Jin Guangyao, pris complètement au dépourvu, n'esquiva pas. Il encaissa toute la force de ce coup de pied et dégringola pour la seconde fois la Tour de la Carpe d'Or.

Nie Mingjue baissa la tête vers lui et brailla :

— *Comme attendu de la part du fils d'une prostituée !*

Jin Guangyao dévala plus d'une cinquantaine de marches avant d'atterrir sur la terre ferme. Il ne perdit pas un instant à rester étendu sur place. Il se releva immédiatement en rampant. Il congédia d'un geste de la main les serviteurs et disciples de la secte qui se rassemblaient autour de lui et épousseta sa robe porteuse de l'emblème de l'Étoile d'Or sur Lit de Neige. Finalement, très lentement, il releva la tête pour croiser le regard de Nie Mingjue avec une expression calme, voire quelque peu apathique.

Nie Mingjue dégaina son sabre ; pile au moment où un Lan Xichen inquiet, qui avait attendu en vain leur retour, sortit de la salle intérieure pour voir ce qui se passait. Face à cette scène, il tira aussitôt Shuoyue de son fourreau.

— *Que s'est-il passé entre vous cette fois-ci ?*

— *Ce n'est rien, assura Jin Guangyao. Merci beaucoup pour ta leçon, da-ge.*

— *N'essaie pas de m'arrêter, gronda Nie Mingjue.*

— *Commence par ranger ton sabre, da-ge, le supplia Lan Xichen. Ton esprit est agité !*

— *Non, je sais parfaitement ce que je fais, soutint Nie Mingjue. Il est incorrigible. Si cela continue, il deviendra un fléau pour le monde. Plus vite je le tuerai, plus vite nous pourrons vivre en paix !*

Lan Xichen se figea.

— *Qu'est-ce que tu racontes, da-ge ? Ne me dis pas que la seule chose qu'il obtient pour ses nombreux allers-retours entre Lanling et Qinghe ces derniers temps est d'être qualifié « d'incorrigible » ?*

Face à quelqu'un comme Nie Mingjue, la meilleure stratégie était de mentionner les dettes dues, qu'elles soient de bonté ou d'inimitié. Cela fit effectivement vaciller légèrement l'intéressé tandis qu'il jetait un regard vers le bas, à destination de Jin Guangyao, dont le front saignait. En plus de cette nouvelle blessure consécutive à sa chute, il en portait une plus ancienne, bandée et dissimulée sous son chapeau de gaze noire. Cette dernière s'était rouverte dans la foulée. Jin Guangyao défit son bandage et le tamponna contre sa tête afin d'essuyer le sang frais pour qu'il ne tache pas ses vêtements. Il le jeta ensuite au sol, et demeura sur place sans rien dire, ses pensées indiscernables.

Lan Xichen jeta un regard en arrière et dit :

— *San-di, pourquoi ne rentrerais-tu pas le premier ? Je vais parler à da-ge.*

Jin Guangyao s'inclina dans leur direction, puis tourna les talons et se retira. Constatant que Nie Mingjue avait relâché sa prise, Lan Xichen rappela lui aussi sa lame et lui tapota l'épaule pour l'entraîner sur le côté.

— *Da-ge, l'interpella-t-il en marchant. Tu l'ignores probablement, mais la position de san-di n'est vraiment pas idéale.*

— *De la façon dont il le dit, on pourrait croire qu'il vit dans une misère abjecte et éternelle, répondit Nie Mingjue, sur un ton glacial.*

Malgré ces propos, il rengaina lentement son sabre.

— *Qu'est-ce qui te dit que ce n'est pas le cas ? Il t'a répondu, n'est-ce pas ? L'aurait-il fait par le passé ?*

Non, effectivement. C'était assurément un comportement inhabituel de la part de Jin Guangyao, car il n'était pas du genre à s'emporter. Il savait parfaitement que la meilleure façon de traiter avec Nie Mingjue était de faire des concessions. Cette explosion de défiance dont il avait fait montre ne correspondait en rien à son caractère.

— *Pour commencer, sa belle-mère, la femme de Jin Guangshan, ne l'a jamais aimé, expliqua Lan Xichen. Elle l'a déjà battu et grondé, et après le décès de Zixuan-xiong, cela n'a fait qu'empirer, autant en fréquence qu'en violence. Ces derniers temps, son père refuse également de l'écouter, et rejette toutes les propositions qu'il soumet.*

Wei Wuxian se remémora la pile de plans qu'il avait précédemment vue sur la table, et un éclair de compréhension s'abattit sur lui. Les tours de guet.

En fin de compte, Lan Xichen lui demanda :

— *Ne sois pas trop dur avec lui, pour le moment. Je crois qu'il sait ce qu'il doit faire. Donne-lui juste un peu plus de temps.*

— Je l'espère.

Après le coup de pied que Nie Mingjue lui avait donné, Wei Wuxian avait pensé que Jin Guangyao se tiendrait un certain temps à l'écart. Mais, contre toute attente, à peine quelques jours plus tard, ce dernier recommença à se montrer comme d'habitude au Royaume Impur. Nie Mingjue était sur le terrain d'entraînement. Il supervisait et instruisait personnellement Nie Huaisang dans sa pratique du sabre. Il ne prêta aucune attention à Jin Guangyao, qui attendait respectueusement sur le côté du terrain d'exercice intérieur.

Nie Huaisang n'était pas très enthousiaste à l'idée de s'entraîner, en particulier à cause du soleil brûlant, aussi ses efforts étaient-ils au mieux tièdes. Il ne fit démonstration que de quelques coups avant de prétendre qu'il était fatigué et de trottiner joyeusement en direction de Jin Guangyao pour découvrir quels cadeaux il lui apportait cette fois-ci. Par le passé, Nie Mingjue n'aurait fait que froncer les sourcils, mais il s'emporta :

— Nie Huaisang, veux-tu que je te coupe la tête avec ce sabre ? Reviens ici !

Si seulement Nie Huaisang avait pu ressentir, comme Wei Wuxian, la force avec laquelle la colère de Nie Mingjue flamboyait en cet instant. Il n'aurait pas souri aussi effrontément.

— Da-ge, c'est l'heure de faire une pause !

— Tu viens juste d'en faire une il y a à peine un temps d'encens, gronda Nie Mingjue. Continue jusqu'à ce que tu maîtrises cela.

Nie Huaisang continuait de se montrer suffisant.

— Je n'y arriverai jamais, de toute façon. L'entraînement est terminé pour aujourd'hui !

C'était quelque chose que Nie Huaisang avait toujours l'habitude de dire. Mais, contre toute attente, la réaction de Nie Mingjue se révéla complètement différente des fois précédentes.

— Même un cochon y serait déjà parvenu sous ma surveillance, alors pourquoi pas toi ? brailla-t-il.

Pas préparé à cette soudaine explosion, Nie Huaisang se replia vers Jin Guangyao, stupéfait. En les voyant ensemble, la colère de son aîné monta plus encore.

— Cela fait un an, et tu n'as toujours pas maîtrisé le moindre enchaînement de techniques de sabre. Te plaindre après n'avoir passé qu'un temps d'encens sur le terrain d'exercice… Je ne te demande pas d'être exceptionnel, mais tu es même incapable de te défendre ! Comment le clan Nie de Qinghe a-t-il pu engendrer un tel bon à rien ? Vous deux, vous devriez être attachés et battus tous les jours ! Allez me chercher toutes ces choses qu'il conserve dans sa chambre !

Cette dernière phrase était dirigée vers des disciples de la secte qui se tenaient sur le côté du terrain d'entraînement. Nie Huaisang était sur des charbons ardents tandis qu'il les regardait partir. Ils revinrent peu de temps après, et il s'avéra qu'ils avaient véritablement récupéré toutes les calligraphies, peintures, objets en porcelaine et éventails de sa chambre.

Nie Mingjue avait toujours parlé de brûler ses affaires par le passé, mais ne l'avait jamais fait. Cette fois, en revanche, il était sérieux.

Nie Huaisang paniqua et se jeta sur lui.

— Da-ge ! Tu ne peux pas les brûler !

Voyant que ça n'augurait rien de bon, Jin Guangyao se leva aussi.

— N'agis pas avec impulsivité, da-ge !

Mais Nie Mingjue avait déjà sorti son sabre et frappé. Tous les objets délicats empilés au centre du terrain s'embrasèrent au sein d'immenses flammes rugissantes.

Nie Huaisang laissa échapper un gémissement tragique et bondit en direction du brasier pour les sauver. Jin Guangyao s'empressa de le tirer en arrière pour l'arrêter.

— Huaisang, attention !

Nie Mingjue abattit une nouvelle fois sa lame, et les deux objets en porcelaine blanche que Nie Huaisang avait récupérés dans le feu se brisèrent en morceaux entre ses mains. Les rouleaux de calligraphie et les peintures n'étaient déjà plus qu'un tas de cendres. Rendu muet et impuissant par cette vision, Nie Huaisang regarda tous ces objets bien-aimés qu'il avait collectés au fil des ans, venus du monde entier, se faire consumer par les flammes.

Jin Guangyao lui attrapa les mains et inspecta ses paumes.

— *T'es-tu brûlé ?*

Il se tourna vers les autres disciples de la secte et reprit :

— *Puis-je vous demander d'aller chercher de quoi le soigner ?*

Ces derniers acquiescèrent et se retirèrent pour s'exécuter. Nie Huaisang demeura enraciné au sol, son corps pris de tremblements, tandis qu'il fixait Nie Mingjue de ses yeux peu à peu injectés de sang. Remarquant cela, Jin Guangyao passa un bras autour de ses épaules.

— *Comment te sens-tu, Huaisang ? s'enquit-il doucement. Arrête de regarder. Rentrons à l'intérieur pour nous reposer.*

Cependant, les yeux de Nie Huaisang continuèrent de rougir. Il demeura silencieux.

— *Ce n'est pas grave, reprit Jin Guangyao. San-ge t'en trouvera d'autres…*

— *S'il en ramène d'autres à la maison, je les brûlerai tous aussi, lâcha froidement Nie Mingjue.*

L'indignation et l'épuisement traversèrent le visage de Nie Huaisang. Il jeta son sabre au sol et cria :

— *Fais donc, dans ce cas !*

— *Huaisang ! s'empressa d'intervenir Jin Guangyao. Ton da-ge est juste en colère, ne…*

— *Sabre, sabre, sabre ! hurla Nie Huaisang à destination de son frère. Qui donc veut pratiquer cette merde ? Et si je suis heureux d'être un bon à rien ? Si quelqu'un d'autre veut devenir chef de clan, qu'il le fasse ! Si je ne peux pas le faire, je ne peux pas le faire. Si je n'aime pas ça, c'est pareil ! Quel intérêt y a-t-il à me forcer ?*

Il repoussa son sabre d'un coup de pied et s'élança hors du terrain. Jin Guangyao l'appela :

— Huaisang ! Huaisang !

Mais au moment où il s'apprêtait à le poursuivre, Nie Mingjue ordonna froidement :

— *Reste là !*

Jin Guangyao s'arrêta et se retourna.

Nie Mingjue lui lança un regard et demanda avec une colère à peine réprimée :

— Tu oses encore venir ?

— *Pour admettre ma faute, répondit Jin Guangyao d'une petite voix.*

Son audace surpasse largement la mienne, pensa Wei Wuxian.

— *Tu sais comment faire ça ? répliqua Nie Mingjue avec dérision.*

Jin Guangyao était sur le point de parler lorsque les disciples de la secte qui étaient partis chercher des soins revinrent.

— *Chef de secte, Lianfang-zun, er-gongzi a verrouillé la porte et refuse de laisser quiconque entrer.*

— *Voyons* combien de temps il va tenir. Quel culot il a !

— *Merci de vous être donné cette peine, leur répondit Jin Guangyao sur un ton aimable. Pourquoi ne me donneriez-vous pas ce médicament ? Je lui apporterai d'ici un moment.*

Il prit le flacon de médicament. Quand les autres furent partis, Nie Mingjue demanda :

— *Que fais-tu ici, exactement ?*

— *Da-ge aurait-il oublié ? C'est le jour du guqin, aujourd'hui.*

— *L'affaire concernant Xue Yang n'est pas négociable, lança Nie Mingjue, sans détour. Pas la peine de chercher à t'attirer mes faveurs. C'est futile.*

— Premièrement, je n'essaie pas de m'attirer tes faveurs, répliqua Jin Guangyao. Deuxièmement, si c'est futile, pourquoi da-ge l'appréhende-t-il autant ?

Nie Mingjue ne répondit pas.

— *Da-ge, ces derniers temps, tu n'as cessé de mettre de plus en plus de pression sur Nie Huaisang, continua Jin Guangyao. Se pourrait-il que l'esprit du sabre…*

Il marqua une courte pause, puis demanda :

— *Huaisang ne sait toujours rien au sujet de l'esprit des sabres ?*

— *Pourquoi le lui dire si tôt ?*

Jin Guangyao poussa un soupir.

— *Huaisang est peut-être pourri gâté, mais il ne peut rester éternellement le second jeune maître oisif de Qinghe. Un jour viendra où il apprendra que da-ge prend ses intérêts à cœur, tout comme j'ai appris que da-ge se souciait des miens.*

Je dois vraiment lui accorder ça, songea encore Wei Wuxian. *Je n'aurais rien pu dire de tel, même en deux vies. Mais il contrôlait si bien son ton que cela semblait complètement naturel. Sincère, même.*

— Si c'est ce que tu penses vraiment, alors apporte-moi la tête de Xue Yang, lui retourna Nie Mingjue.

Pour son plus grand étonnement, Jin Guangyao lui répondit immédiatement :

— Ce sera fait.

Nie Mingjue lui jeta un regard, que Jin Guangyao soutint avec honnêteté tout en répétant :

— Ce sera fait. Si da-ge me donne une dernière chance, alors, d'ici deux mois, je t'apporterai personnellement sa tête.

— Et si ce n'est pas le cas ?

— Da-ge pourra faire de moi ce qu'il veut ! répondit Jin Guangyao avec conviction.

Parvenu à ce point, Wei Wuxian trouvait Jin Guangyao presque admirable. Bien que celui-ci vive dans la crainte constante de Nie Mingjue, il trouvait toujours cent mille façons et mots pour lui soutirer une autre chance. La nuit même, comme si rien ne s'était passé, Jin Guangyao recommençait à jouer le «Son de Purification» au sein du Royaume Impur.

Malgré la solennité du vœu que Jin Guangyao lui avait fait, Nie Mingjue ne vit jamais ces deux mois passer.

Un jour, à l'occasion d'un exercice d'arts martiaux organisé par le clan Nie de Qinghe, Nie Mingjue passait devant une maison d'hôtes quand il entendit soudain des voix étouffées à l'intérieur. L'une d'elles ressemblait à celle de Jin Guangyao. Quelques instants plus tard, une autre voix familière inattendue s'éleva :

— Da-ge a prêté serment de fraternité avec toi, rappela Lan Xichen. Cela signifie qu'il te reconnaît.

Jin Guangyao semblait déprimé.

— Mais, er-ge, n'as-tu pas entendu ce qu'il a juré ? Chacun de ses mots était porteur de sous-entendus. «Inciter la condamnation universelle et être exécuté par voie de démembrement». Il me mettait clairement en garde. Je… n'ai jamais entendu de tels vœux dans un serment de fraternité…

— Il a dit « Si ta loyauté jurée s'égare », répondit doucement Lan Xichen. As-tu agi de la sorte ? Si ce n'est pas le cas, pourquoi broyer du noir ?

— Je n'ai rien fait de tel, protesta Jin Guangyao. Mais da-ge en est convaincu. Que puis-je faire ?

— Il a toujours estimé ton talent et espéré que tu suivrais le bon chemin, assura Lan Xichen.

— Ce n'est pas comme si j'étais incapable de distinguer le bien du mal. C'est simplement qu'il y a des moments où je n'ai pas vraiment le choix, se défendit Jin Guangyao. Partout où je vais, je suis accablé de difficultés et je dois supporter le poids de la colère de tout le monde. Pour les autres, je peux faire avec, mais qu'ai-je fait pour décevoir da-ge ? Er-ge, as-tu entendu comment il m'a insulté la dernière fois ?

— Ce n'était qu'un mauvais choix de mots dans un moment de colère, soupira Lan Xichen. Le tempérament de da-ge n'est plus ce qu'il était. Il serait préférable que tu ne provoques plus jamais son ire. Ces derniers temps, il a été profondément affligé par les tourments de l'esprit de son sabre, et il ne cesse de se disputer avec Nie Huaisang. Ils ne se sont toujours pas réconciliés.

La voix de Jin Guangyao sortit étouffée par des sanglots.

— S'il peut prononcer de telles paroles dans un accès de colère, alors que pense-t-il habituellement de moi ? Je n'ai pas choisi mon milieu, pas plus que ma mère n'a pu choisir son destin. Dois-je m'attendre à être dégradé toute ma vie ? Si c'est le cas, en quoi da-ge est-il différent de tous ceux qui me regardent de haut ? Peu importe ce que je fais, au bout du compte, il m'a quand même rejeté d'un simple « fils de prostituée ».

La nuit précédente, Jin Guangyao était resté en tête à tête avec Nie Mingjue pendant qu'il jouait du guqin, sans formuler la moindre de ces plaintes. Mais voilà qu'il se retrouvait là, à s'épancher de ses malheurs auprès de Lan Xichen. Réalisant la discorde que Jin Guangyao semait dans son dos, Nie Mingjue entra dans une rage folle et ouvrit la porte d'un coup de pied. Les flammes de colère qui consumaient son esprit se répandirent à travers tout son corps, et son rugissement s'abattit sur Jin Guangyao comme un coup de tonnerre dans ses oreilles :

— *Misérable !*

Dès que Jin Guangyao le vit entrer, il se réfugia derrière Lan Xichen, mort de peur. Pris entre deux feux, ce dernier ne put prononcer le moindre mot avant que Nie Mingjue ne s'élance avec son sabre dégainé.

Lan Xichen dégaina son épée et para tout en criant à Jin Guangyao :

— *Cours !*

Celui-ci se précipita vers la porte. Nie Mingjue se débarrassa de Lan Xichen et lui grogna dessus :

— *N'essaie pas de m'arrêter !*

Il courut après Jin Guangyao. Mais alors qu'il tournait dans un long couloir, il vit soudain l'intéressé marcher tranquillement vers lui. Il le frappa de son sabre et du sang jaillit, peignant en une seconde les alentours de rouge.

Mais Jin Guangyao venait clairement de s'enfuir pour sauver sa peau. Pourquoi serait-il revenu en arrière si tranquillement ?

Après ce coup, Nie Mingjue tituba un moment, puis se rua vers la place. Il leva les yeux, haletant, et Wei Wuxian put entendre son puissant battement de cœur.

Jin Guangyao !

Sur cette place, chaque personne qui allait et venait autour de lui revêtait l'apparence de Jin Guangyao !

Nie Mingjue venait d'entrer en déviation de qi !

Son esprit était perdu et lui répétait de tuer, tuer, tuer, tuer, tuer, tuer Jin Guangyao. Il découpait tout le monde autour de lui, au point que l'air se chargea de hurlements. Soudain, Wei Wuxian entendit un cri :

— *Da-ge !*

Nie Mingjue sursauta au son de cette voix. Il se calma quelque peu, tourna la tête pour regarder, et, finalement, à bout de souffle, il reconnut un visage différent parmi la masse de Jin Guangyao.

Nie Huaisang serrait son bras, qui avait été blessé par le sabre de Nie Mingjue. Il s'approcha péniblement vers lui, traînant une jambe, ému aux larmes et heureux de voir que son frère s'était subitement immobilisé.

— Da-ge ! Da-ge ! C'est moi ! Pose ton sabre, c'est moi !

Mais Nie Huaisang ne parvint pas à le rejoindre avant que Nie Mingjue ne s'effondre au sol.

Dans sa chute, cependant, les yeux de ce dernier retrouvèrent leur clarté et il aperçut le vrai Jin Guangyao.

Celui-ci se tenait au bout d'un long couloir, sans la moindre tache de sang sur lui. Il fixait Nie Mingjue, des flots de larmes s'écoulant de ses yeux. L'Étoile d'Or sur Lit de Neige qui s'épanouissait sauvagement sur sa poitrine semblait sourire à sa place.

Tout à coup, Wei Wuxian entendit une voix l'appeler de loin. Ce timbre était frais et profond, mais dans un premier temps flou, très lointain, presque surréaliste. Le deuxième appel fut beaucoup plus clair. Il put même détecter une détresse à peine perceptible.

La troisième fois, il l'entendit clair et fort.

— Wei Ying !

À cette voix, Wei Wuxian parvint à s'extraire de force !

Il n'était encore qu'un bonhomme de papier fragile, collé au casque qui scellait la tête de Nie Mingjue. Il avait déjà détaché les ficelles de la visière qui bloquait la vision de Nie Mingjue, révélant une paire d'yeux globuleux et furieux qui grouillaient de veines rouges.

Il ne lui restait plus beaucoup de temps ; il devait retourner dans son corps physique !

Chapitre 10

Le séduisant garçon

— Partie 3 —

Le bonhomme de papier Wei secoua ses manches et s'envola tel un papillon. Contre toute attente, à l'instant où il sortit de derrière le drap, il aperçut une présence debout dans le coin sombre de la pièce secrète. Jin Guangyao afficha un sourire décontracté et dégaina sans bruit l'épée souple[5] accrochée à sa taille.

C'était la célèbre Hensheng. Lorsque Jin Guangyao officiait sous couverture aux côtés de Wen Ruohan, il la dissimulait souvent autour de sa taille ou de son poignet pour l'utiliser dans les situations difficiles. Sa lame était si douce et si flexible qu'elle donnait l'impression d'être prompte à se rendre, alors qu'en vérité, elle était vicieuse, tranchante et implacable.

---

5 Une épée souple (軟劍 / ruan jian) est un type d'épée dont la lame est très flexible. Bien qu'elle ne soit pas adaptée pour poignarder et trancher, sa vitesse d'attaque et ses mouvements imprévisibles en font une arme redoutable au combat. Elle peut facilement contourner la garde de l'ennemi et sectionner les artères du cou ou frapper le flanc ou le dos. Il est extrêmement difficile de la maîtriser et tout aussi difficile de s'en défendre.

Une fois Hensheng enroulée autour de sa proie, Jin Guangyao diffusait en elle un étrange courant d'énergie spirituelle, et cette épée souple qui semblait aussi douce que les eaux d'une source réduisait sa proie en morceaux. De cette façon, il avait détruit de nombreuses épées célèbres, au point de n'en laisser rien de plus qu'un tas de ferraille.

Tel un serpent venimeux aux écailles argentées scintillantes, Hensheng poursuivit le bonhomme de papier pour tenter de le mordre. À la moindre imprudence, Wei Wuxian terminerait entre ses crocs !

Le bonhomme de papier battit des manches et évita l'épée avec agilité. Il esquiva à gauche, puis à droite. Toutefois, il restait que ce n'était pas son véritable corps. Il faillit se faire toucher par la pointe de Hensheng, et il était à parier que si cela s'éternisait, il finirait transpercé.

Soudain, il repéra une épée longue posée tranquillement sur l'une des étagères en treillis. Cela faisait clairement des années qu'elle était négligée, car des couches de poussière la recouvraient autant que le meuble en question.

Pour son plus grand étonnement, il s'agissait de son ancienne épée, Suibian !

Le bonhomme de papier Wei bondit sur l'étagère en treillis et piétina la poignée de Suibian. *Schling !* Son arme répondit à son appel, et la lame jaillit de son fourreau !

Suibian voltigea et commença à se battre avec la sinistre Hensheng.

Le choc de Jin Guangyao dissipé, ce dernier ajusta rapidement son expression. À plusieurs reprises, il articula avec agilité son poignet et, à l'instar d'une vigne grimpante, poussa ainsi Hensheng à s'enrouler autour de la lame blanche comme neige de Suibian. Puis il cessa ses mouvements pour laisser les deux épées se battre seules. En parallèle, il lança un talisman dans la direction de Wei Wuxian.

Ledit talisman s'embrasa en plein vol. Wei Wuxian sentit la chaleur brûlante foncer sur lui, mais, profitant du fait que les deux lames en plein affrontement aveuglaient la pièce de leurs éclats scintillants, il battit de ses manches en papier avec ferveur et sortit de la chambre secrète !

Il était presque à court de temps. Il ne pouvait se permettre de traîner et de veiller à ne pas se faire repérer. Aussi vola-t-il tout du long jusqu'à regagner la maison d'hôtes et arriva-t-il par hasard pile au moment où Lan Wangji ouvrait la porte. Après un dernier battement d'ailes, il se jeta sur le visage de ce dernier, auquel il se raccrocha tout en semblant trembler et frissonner.

Les yeux de Lan Wangji se retrouvaient couverts par les larges manches du bonhomme de papier. Il le laissa trembler un moment contre lui avant de le cueillir doucement.

Un bref instant plus tard, Wei Wuxian parvint à réintégrer son corps. Il prit aussitôt une profonde inspiration, leva la tête, ouvrit les yeux, puis se leva d'un bond. Cependant, il ne s'était pas encore réadapté à son corps. Sa tête lui tourna et il chuta vers l'avant. En voyant cela, Lan Wangji le rattrapa vivement, mais Wei Wuxian releva accidentellement la tête au même moment et heurta son menton. Tous deux lâchèrent un grognement.

Wei Wuxian se tâta la tête d'une main tandis qu'il massait le menton de Lan Wangji de l'autre.

— *Oups ! Pardon. Est-ce que tu vas bien, Lan Zhan ?*

Après l'avoir laissé le frotter encore un peu, Lan Wangji éloigna doucement sa main et acquiesça. Wei Wuxian l'attrapa pour le tirer.

— *Allons-y !*

Lan Wangji se remit sur ses pieds sans poser de questions. Ils étaient déjà en route lorsqu'il demanda :

— *Où cela ?*

— Au Palais Parfumé. Le miroir de bronze qui se trouve à l'intérieur est une entrée vers une pièce secrète. Sa femme a accidentellement découvert l'un de ses secrets et a été entraînée à l'intérieur, elle doit donc encore y être ! La tête de Chifeng-zun s'y trouve aussi !

Jin Guangyao ne perdrait assurément pas de temps pour renforcer le sceau sur la tête de Nie Mingjue et la transférer ailleurs. Cependant, s'il pouvait déplacer celle-ci, il n'en allait pas de même avec son épouse. Qin Su était la première dame de la Tour de la Carpe d'Or, vue très récemment au banquet. Les gens se poseraient forcément des questions si une personne d'un statut aussi honorable disparaissait aussi soudainement.

Il devait profiter de cette occasion pour faire irruption et s'occuper de cette affaire le plus rapidement possible, sans laisser à Jin Guangyao le temps d'inventer des mensonges et de sceller des lèvres !

Wei Wuxian et Lan Wangji se déplacèrent telle une tornade, bousculant tout le monde sur leur passage. Les disciples de la secte que Jin Guangyao avait postés près du Palais Parfumé étaient tous entraînés à se montrer exceptionnellement vigilants. S'ils détectaient un intrus et n'étaient pas en mesure de l'arrêter, ils criaient immédiatement pour sonner l'alarme et prévenir le maître du palais à l'intérieur. Mais pour cette fois, cela se retourna contre eux : plus ils donnaient l'alerte, plus la situation se trouvait désavantageuse pour Jin Guangyao. Puisque d'innombrables sectes et clans de cultivation s'étaient rassemblés en ce jour, les cris des disciples ne firent pas que l'alerter pour qu'il se tienne sur ses gardes, ils attirèrent également des dizaines de personnes !

Le premier à arriver fut Jin Ling, son épée déjà en main. Perplexe, il demanda :

— *Que faites-vous ici, tous les deux ?*

Mais le temps qu'il pose sa question, Lan Wangji avait déjà gravi trois des escaliers de jade et dégainé Bichen.

— Ce sont les quartiers de repos de mon petit oncle ! s'écria Jin Ling, alarmé. Vous vous êtes perdus, non ? Non, attendez, vous avez fait irruption. Que faites-vous ?

Tous ceux qui s'étaient rassemblés à la Tour de la Carpe d'Or, des chefs de divers clans aux cultivateurs indépendants, rappliquèrent avec curiosité.

— *Que se passe-t-il ?*

— Pourquoi y a-t-il tant d'agitation ici ?

— C'est le Palais Parfumé. Avons-nous le droit d'être ici ?

— *J'ai entendu l'alarme retentir à l'instant…*

Tous étaient déconcertés ou fronçaient les sourcils en silence. Aucun son ne filtrait depuis l'intérieur du palais de repos. Wei Wuxian frappa à la porte avec désinvolture.

— *Chef de secte Jin ? Chef de Cultivation Jin ?*

Jin Ling était furieux.

— *Qu'essaies-tu de faire ? Tu as traîné tout le monde ici ! Ce sont les quartiers de mon petit oncle, ses quartiers de repos, tu comprends ? Ne t'ai-je pas dit de ne pas…*

Lan Xichen monta les marches sous les yeux de Lan Wangji. Tous deux échangèrent un regard. Lan Xichen afficha d'abord un air interloqué, puis son expression se fit instantanément indéchiffrable, comme s'il demeurait dans l'incrédulité. Mais il semblait avoir compris.

La tête de Nie Mingjue était à l'intérieur du Palais Parfumé.

Juste au même moment, une voix souriante s'adressa à eux.

— *Que se passe-t-il ? Mon hospitalité aurait-elle été si insuffisante pendant la journée que vous voilà tous là pour poursuivre les festivités en pleine nuit ?*

Jin Guangyao sortit de derrière la foule.

— *Vous tombez pile au bon moment, Lianfang-zun, répondit Wei Wuxian. Si vous vous étiez montré plus tard, nous n'aurions pas pu voir cette chose que renferme la chambre secrète de votre Palais Parfumé, n'est-ce pas ?*

Jin Guangyao afficha une expression stupéfaite.

— *Une chambre secrète ?*

La foule était dubitative, pas certaine de comprendre ce qu'il se passait.

Jin Guangyao resta légèrement confus.

— *Quel est le problème ? Les chambres secrètes ne sont pas si étranges que cela, non ? Qui ne possède pas quelques pièces secrètes pour servir de coffre-fort dans sa maison lorsqu'il possède des armes spirituelles rares ?*

Lan Wangji était sur le point de parler, mais Lan Xichen le devança.

— *A-Yao, pourrais-tu nous ouvrir la porte et nous permettre de voir cette chambre secrète ?*

Jin Guangyao semblait trouver cette requête étrange et hésitait à l'accorder.

— *Er-ge, on appelle cela une chambre secrète parce que les choses qui y sont conservées sont censées être cachées. Me demander de l'ouvrir tout à coup est…*

Il ne pouvait pas avoir déplacé Qin Su ailleurs en si peu de temps sans que personne ne le remarque. Un talisman de téléportation ne pouvait transporter que le lanceur, et considérant l'état dans lequel se trouvait Qin Su, elle n'avait indubitablement ni la puissance spirituelle pour l'alimenter ni le désir de l'utiliser. Cela signifiait qu'elle devait toujours être à l'intérieur, vivante ou morte. Dans tous les cas, sa présence serait fatale à Jin Guangyao.

Bien qu'acculé, ce dernier ne cessait d'avancer des excuses.

Mais plus il refusait, plus le ton de Lan Xichen se raffermissait.

— *Ouvre-la.*

Jin Guangyao le fixa droit dans les yeux, puis s'illumina d'un coup.

— *Si c'est er-ge qui le demande, je n'ai d'autre choix que de l'ouvrir pour que tout le monde puisse regarder.*

Il se plaça devant l'entrée, agita la main, et les portes du palais de repos s'ouvrirent.

Quelqu'un dans la foule lâcha soudain d'une voix froide :

— *On dit que le clan Lan de Gusu tient les convenances en très haute estime, mais il semble que ce n'était qu'une rumeur. S'introduire de force dans la chambre à coucher du maître de maison n'est assurément pas correct.*

Wei Wuxian avait entendu les disciples de la secte Jin saluer respectueusement cet homme plus tôt sur la place en l'appelant « Chef de secte Su ». Il s'agissait de Su She, le chef du clan Su de Moling, qui jouissait d'une certaine renommée ces dernières années. Il était habillé tout en blanc, avec des sourcils fins et des lèvres minces.

Bien que ses traits soient beaux et bien dessinés, il dégageait une certaine fierté. Son apparence et son allure étaient bonnes, mais malheureusement, pas assez pour le rendre remarquable.

— *Ce n'est pas grave, assura Jin Guangyao. C'est bon, ce n'est pas comme s'il y avait quelque chose d'indigne d'être vu.*

Il contrôlait son ton de manière experte, se donnant l'air d'être d'humeur placide tout en ajoutant juste ce qu'il fallait de malaise à sa réponse.

Jin Ling le suivit, indigné par le sort de son petit oncle dont on avait défoncé la porte sans prévenir. Il jeta plusieurs regards noirs à Wei Wuxian.

— *Vous vouliez jeter un coup d'œil à la chambre secrète, non ? demanda de plus belle Jin Guangyao.*

Il posa sa main sur le miroir de bronze et dessina un sort sans forme sur sa surface avant d'entrer. Wei Wuxian était juste sur ses talons. Il pénétra une nouvelle fois à l'intérieur et repéra le drap couvert de symboles magiques sur l'étagère ainsi que la table en fer à dépecer les cadavres.

Il vit même Qin Su. Elle se tenait à côté de la table en fer et leur tournait le dos.

Lan Xichen s'avéra stupéfait.

— *Que fait Madame Jin ici ?*

— Nous partageons tout ce que nous possédons, expliqua Jin Guangyao. A-Su vient souvent ici pour regarder.

Wei Wuxian était choqué de la voir. Jin Guangyao ne l'avait ni déplacée ni tuée ? N'avait-il pas peur de ce qu'elle pourrait dire ?

Pas rassuré, il se rendit auprès d'elle et examina soigneusement son profil. Elle était toujours vivante et en bonne santé. Même si son expression était de marbre, Wei Wuxian était certain qu'aucun maléfice n'avait été jeté sur elle, et qu'aucun poison étrange ne l'affectait. Son esprit était clair.

Mais le fait qu'elle était consciente rendait la situation encore plus étrange. Il avait vu de ses propres yeux à quel point Qin Su était devenue émotive et avec quelle force elle avait résisté à Jin Guangyao. Comment avait-il réussi, en si peu de temps, à trouver avec elle un accord suffisant à la faire taire ?

Wei Wuxian avait un mauvais pressentiment. Les choses ne se passaient pas aussi bien qu'il l'avait pensé.

Il se dirigea vers l'étagère en treillis et souleva le drap d'un seul coup.

Aucun casque ne reposait derrière, encore moins une tête. Il ne restait qu'une dague.

Cette dague émettait un éclat sinistre et glacial, et dégageait une aura meurtrière. Lan Xichen était lui aussi resté figé sur ce drap, incapable de se décider à le soulever. Voyant qu'il ne cachait pas quelque chose qu'il avait redouté de découvrir, il poussa un soupir de soulagement.

— *Qu'est-ce que c'est ?*

— *Ceci ?*

Jin Guangyao se dirigea vers l'étagère et retourna la dague dans sa main.

— Une arme rare en effet. Cette dague était l'arme d'un assassin. Elle a tué d'innombrables personnes et est d'un tranchant incomparable. Jetez un coup d'œil à la lame. Regardez attentivement. Vous verrez que le reflet ne vous appartient pas, mais qu'il s'agit parfois d'un homme, parfois d'une femme, parfois d'un ancien. Chacun d'eux représente une âme morte de la main de l'assassin. Cette lame est lourde d'énergie yin, c'est la raison pour laquelle je l'ai scellée derrière ce drap.

Lan Xichen fronça les sourcils.

— *Se peut-il que ce soit…*

— *Oui, répondit Jin Guangyao avec aisance. Elle appartenait à Wen Ruohan.*

Jin Guangyao était véritablement intelligent. Il avait anticipé que sa chambre secrète pourrait un jour être découverte, et y avait enfermé un certain nombre de choses en plus de la tête de Nie Mingjue. Épées, talismans, fragments de tablettes anciennes, armes spirituelles… Les objets rares ne manquaient pas ici, si bien que la chambre secrète ressemblait à n'importe quelle autre. Quant à la dague, comme il l'avait dit, c'était un objet rare chargé d'énergie yin. De nombreux clans de cultivation aimaient collectionner des armes rares pour le plaisir. Sans parler du fait qu'il avait tué le chef du clan Wen de Qishan, ce qui en faisait son trophée.

Tout cela était, en somme, parfaitement normal.

À ses côtés, Qin Su le regardait tripoter la dague. Soudain, elle la lui arracha ! Son visage se déforma et commença à trembler. Les autres ne comprenaient pas son expression, mais Wei Wuxian, qui venait d'espionner sa dispute avec Jin Guangyao, put facilement lire la douleur, la colère et l'humiliation qui y étaient inscrites.

Le sourire de Jin Guangyao se figea.

— A-Su ?

Lan Wangji et Wei Wuxian s'élancèrent tous deux pour s'emparer de la dague, mais Qin Su esquiva. Puis l'éclat tranchant de la dague s'enfouit entièrement dans son ventre.

— A-Su ! s'écria Jin Guangyao malgré lui.

Il se précipita pour étreindre son corps mou tandis que Lan Xichen récupérait immédiatement de quoi appliquer des soins d'urgence. Mais la dague était à la fois extrêmement tranchante et chargée de ressentiment et d'énergie yin. En l'espace d'un battement de cils, Qin Su rendit l'âme.

L'assistance demeura stupéfaite. Nul ne s'était attendu à une telle tournure des événements. Jin Guangyao répétait plaintivement le nom de sa femme en boucle, une main sur sa joue. Ses yeux étaient écarquillés et ses larmes tombaient comme de la pluie sur son visage.

— A-Yao, l'appela Lan Xichen. Madame Jin, elle… Je suis tellement désolé.

Jin Guangyao leva les yeux.

— Er-ge, que se passe-t-il ? Pourquoi s'est-elle soudainement suicidée ? Et pourquoi vous êtes-vous subitement rassemblés devant le Palais Parfumé pour me demander de vous ouvrir la chambre secrète ? Y a-t-il quelque chose que vous ne me dites pas ?

Jiang Cheng, qui était arrivé en retard à ce rassemblement improvisé, prit froidement la parole :

— Zewu-jun, s'il vous plaît, donnez-nous une explication. Ne nous laissez pas dans l'ombre.

La foule tomba d'accord. Lan Xichen n'eut alors d'autre choix que de s'expliquer :

— Il y a quelque temps, un certain nombre de cadets de notre clan sont passés par le domaine Mo durant une chasse nocturne et ont été attaqués par un bras gauche séparé de son corps. Celui-ci était chargé en ressentiment et dégageait une importante aura meurtrière. Wangji a mené l'enquête en suivant la direction qu'il indiquait. Cependant, après avoir collecté suffisamment de morceaux démembrés, nous avons découvert que le cadavre féroce auquel ils appartenaient était celui de… da-ge.

Le tumulte éclata aussi bien à l'intérieur qu'à l'extérieur de la salle secrète.

Jin Guangyao était complètement abasourdi.

— Da-ge ? Da-ge n'a-t-il pas été enterré ? Je l'ai vu de mes propres yeux !

Nie Huaisang pensait lui aussi avoir mal entendu.

— Da-ge ? demanda-t-il de façon incohérente. Xichen-ge ? Tu as bien dit qu'il s'agissait de mon da-ge ? Et aussi du tien ?

Lan Xichen hocha gravement la tête. Les yeux de Nie Huaisang se révulsèrent, et il s'effondra telle une masse dans un bruit sourd. Les personnes autour de lui s'écrièrent avec panique :

— Chef de secte Nie ! Chef de secte Nie !

— Appelez un médecin !

Les yeux de Jin Guangyao débordaient toujours de larmes, mais ils rougissaient également de colère. Il serra fortement les poings et cria de chagrin et d'indignation.

— Démembrement… Démembrement ! Qui oserait faire une chose aussi vile et folle ?

Lan Xichen secoua la tête.

— Je l'ignore. Les indices s'arrêtent à la tête.

Jin Guangyao cligna des yeux. Puis il prit soudain conscience de la situation.

— Les indices s'arrêtent… Vous êtes donc venus ici pour chercher ?

Lan Xichen demeura silencieux.

— Quand tu m'as demandé d'ouvrir cette pièce secrète, c'est parce que tu soupçonnais... que la tête de da-ge était ici avec moi ? le questionna Jin Guangyao avec incrédulité.

La culpabilité colora le visage de Lan Xichen.

Jin Guangyao baissa la tête et serra le corps de Qin Su. Après un moment, il reprit :

— C'est bon. N'en parlons plus. Mais, er-ge, comment Hanguang-jun a-t-il su que mon palais de repos renfermait une pièce secrète ? Et comment a-t-il conclu que la tête de da-ge se trouvait à l'intérieur ? La Tour de la Carpe d'Or est lourdement gardée. Si j'étais le coupable, la tête de da-ge aurait-elle été aussi facilement découverte ?

La question rendit Lan Xichen perplexe. Tout comme Wei Wuxian. Qui aurait pu imaginer que Jin Guangyao ne se contenterait pas de déplacer la tête en si peu de temps, mais qu'il ferait ou dirait également quelque chose capable de pousser Qin Su à se suicider en public de sorte à sceller ses propres lèvres ?

Tandis que Wei Wuxian s'activait les méninges, Jin Guangyao poussa un soupir.

— Xuanyu, est-ce toi qui en as parlé à mon er-ge et aux autres ? Pour quelle raison raconter un mensonge aussi facilement réfutable ?

L'un des chefs de clan se montra perplexe.

— De qui parlez-vous, Lianfang-zun ?

— Qui d'autre ? répondit froidement une autre voix. Celui qui se tient juste à côté de Hanguang-jun.

Tous les yeux se tournèrent dans la direction indiquée.

Celui qui venait de parler était Su She.

— Ceux qui n'appartiennent pas au clan Jin de Lanling ne le connaissent peut-être pas, reprit-il. Cet homme se nomme Mo Xuanyu, et il a été expulsé du clan Jin de Lanling pour comportement inapproprié ; pour avoir harcelé Lianfang-zun. Récemment, des rumeurs ont circulé selon lesquelles il aurait réussi à charmer Hanguang-jun. Il l'aurait suivi partout et tous deux auraient parcouru la terre ensemble. On se demande vraiment pourquoi Hanguang-jun, qui a toujours été connu pour son élégance et sa droiture, garde une telle personne à ses côtés.

Jin Ling parut incroyablement contrarié par ces mots. Au milieu des murmures étouffés de la foule, Jin Guangyao étendit le corps de Qin Su et se leva lentement. Il posa sa main sur la poignée de Hensheng et fit un pas menaçant vers Wei Wuxian.

— *Je ne mentionnerai pas ce qui appartient désormais au passé, mais je te prie de me dire la vérité. As-tu quelque chose à voir avec le suicide inexplicable d'A-Su ?*

Lorsque Jin Guangyao mentait, il le faisait avec aplomb, jouant à la perfection le rôle de la victime dépourvue de culpabilité. Tous ceux qui l'entendirent en conclurent naturellement que Mo Xuanyu avait calomnié Lianfang-zun par ressentiment, et avait simultanément manipulé Madame Jin pour la pousser au suicide.

Sur le moment, Wei Wuxian lui-même ne trouva aucun contre-argument. Que devrait-il dire ? Raconter à tout le monde de quelle façon il avait vu la tête de Nie Mingjue ou infiltré la chambre secrète ? Parler de la personne que Qin Su avait rencontrée, même si le témoin lui-même était dorénavant mort ? Aborder le sujet de l'étrange lettre qui pouvait si facilement être considérée comme inexistante et fictive ? Peu importe ce qu'il essaierait, il ne ferait que s'enfoncer davantage.

Tandis qu'il se creusait rapidement la tête pour trouver un plan, Hensheng quitta son fourreau. Lan Wangji se tenait devant lui, et bloqua la frappe grâce à Bichen.

Quand les autres cultivateurs virent cela, ils dégainèrent eux aussi leurs armes. Sur le côté, deux lames fusèrent dans leur direction. Wei Wuxian n'avait rien en main pour parer les attaques, mais lorsqu'il tourna la tête, il repéra la présence de Suibian. Il l'attrapa immédiatement et la sortit de son fourreau !

Le regard de Jin Guangyao se fit perçant, et il cria :

— *C'est le patriarche de Yiling !*

Soudain, l'ensemble du clan Jin, y compris Jin Ling, brandirent leurs épées vers lui !

Wei Wuxian observa le visage confus de ce dernier, puis la lame de Suihua, hébété de voir son identité tout à coup exposée.

— *J'ignorais que le patriarche de Yiling était revenu en ce monde, poursuivit Jin Guangyao. Nous sommes honorés de votre présence. Pardonnez-moi de ne pas être venu vous accueillir.*

Wei Wuxian était complètement perdu dans les brumes. Il n'avait aucune idée de la façon dont il s'était trahi. Nie Huaisang n'était pas moins stupéfait.

— San-ge ? Que viens-tu de dire ? N'est-ce pas Mo Xuanyu ?

Jin Guangyao pointa Hensheng vers Wei Wuxian.

— *Huaisang, A-Ling, venez ici tous les deux. Vous tous, faites attention. Il est parvenu à dégainer cette épée, il ne fait donc nul doute qu'il s'agit bien du patriarche de Yiling, Wei Wuxian !*

Comme l'épée de Wei Wuxian possédait un nom épouvantable, les gens s'en référaient toujours à elle par des termes tels que «cette épée» ou «cette lame». Et au nom du «patriarche de Yiling», les cheveux se dressèrent encore plus sur les têtes que lors de la révélation sur le démembrement de Chifeng-zun. Même ceux qui n'avaient pas l'intention de sortir leurs armes s'y résolurent par réflexe pour encercler ce coin de la chambre secrète. Wei Wuxian scruta les lames qui scintillaient tout autour de lui, mais demeura imperturbable.

— *Donc, quiconque peut dégainer cette épée est forcément le patriarche de Yiling ? demanda Nie Huaisang. San-ge, er-ge, Hanguang-jun, y aurait-il une sorte de malentendu ?*

— Il n'y en a pas, répondit Jin Guangyao. Il est assurément Wei Wuxian.

— *Attendez ! s'écria soudain Jin Ling. Xiao-shu, attends ! Jiujiu, jiujiu, ne l'as-tu pas fouetté avec Zidian sur le mont Dafan ? Son âme n'a pas été expulsée, cela signifie qu'il n'est pas possédé, non ? Dans ce cas, il ne peut donc pas être Wei Wuxian !*

Jiang Cheng avait l'air incroyablement contrarié, mais il gardait le silence. Sa main en appui sur la poignée de son épée, il semblait réfléchir à quelle action entreprendre.

— Le mont Dafan ? reprit Jin Guangyao. C'est vrai. A-Ling, tu viens de me rappeler ce qui est apparu d'autre sur le mont Dafan. N'est-ce pas lui qui a aussi invoqué Wen Ning ?

Le visage de Jin Ling devint livide. Non seulement on lui refusait le réconfort qu'il souhaitait, mais il se rendait compte qu'il avait en prime involontairement fourni une confirmation supplémentaire.

— Nul ici ne le savait, poursuivit Jin Guangyao. Mais lorsque Xuanyu était encore ici, à la Tour de la Carpe d'Or, il a consulté l'un des manuscrits du patriarche de Yiling. Il s'agissait d'une dissertation sur un type particulier de magie noire : le Sacrifice. Ce rituel permet au lanceur de sort de chercher une vengeance en invoquant des fantômes et des esprits malveillants en échange de son âme et de son corps physique. Le chef de secte Jiang peut donc bien le fouetter une centaine de fois avec Zidian, rien n'en sortira. Du fait que le lanceur de sort a sacrifié son corps de sa propre volonté, cela ne peut être considéré comme une possession !

L'explication était parfaitement logique à tous les égards. Après que Mo Xuanyu avait été chassé de la Tour de la Carpe d'Or, la rancœur avait grandi dans son cœur. Il s'était souvenu de ce sort de magie noire qu'il avait lu et, dans son désir de vengeance, avait supplié un fantôme malveillant de se présenter à lui. Ce faisant, il avait invoqué le patriarche de Yiling. Tout ce que Wei Wuxian avait accompli n'avait eu d'autre but que de venger Mo Xuanyu, aussi cela signifiait-il que le démembrement de Nie Mingjue devait aussi être son œuvre ? Quoi qu'il en soit, dans l'attente que des explications alternatives soient prouvées, l'histoire la plus probable était qu'il s'agissait là de l'œuvre de l'infâme patriarche de Yiling !

Cependant, certaines personnes restaient sceptiques.

— Puisque nous ne pouvons pas vérifier que cette magie de Sacrifice a été utilisée, vous ne pouvez pas tirer de telles conclusions sur la base de votre seul jugement, Lianfang-zun.

— En effet, il est impossible de vérifier si le Sacrifice a été employé ici, mais nous pouvons nous assurer qu'il est bel et bien le patriarche de Yiling, défendit Jin Guangyao. Son épée est restée en la possession du clan Jin de Lanling depuis qu'il a été réduit en morceaux par le retour

d'énergie de ses fantômes malveillants sur le Tertre du Charnier. Peu après cet événement, son arme s'est scellée d'elle-même.

— L'épée s'est scellée toute seule ? répéta Wei Wuxian, interloqué.

Un pressentiment germa dans son esprit.

— Je suis sûr que je n'ai pas besoin d'expliquer ce qu'est une épée scellée, poursuivit Jin Guangyao. L'épée possède un esprit, et cet esprit a interdit à toute autre personne que Wei Wuxian de la manier. Elle s'est scellée alors d'elle-même ; ce qui signifie que nul autre que le patriarche de Yiling en personne ne peut la tirer de son fourreau. Pourtant, ce « Mo Xuanyu » qui se tient devant vos yeux vient de parvenir à dégainer cette épée scellée depuis treize ans !

Il n'avait pas même terminé que plus d'une dizaine d'attaques d'énergie projetées par les épées fusèrent à l'unisson dans la direction de Wei Wuxian.

Lan Wangji les para toutes, et Bichen repoussa un certain nombre d'individus afin de dégager la voie.

— Wangji ! s'exclama Lan Xichen.

Les chefs de clan jetés à terre par l'onde de choc du qi glacial de Bichen poussèrent des cris furieux.

— Hanguang-jun ! Vous…

Wei Wuxian ne gaspilla pas ses mots. Il prit appui sur sa main droite et sauta par la fenêtre à treillis avec légèreté. Dès que ses pieds touchèrent le sol, il détala. Dans sa course, son esprit s'activait aussi vite que l'éclair.

Jin Guangyao a vu cet étrange bonhomme de papier, ainsi que Suibian se dégainer. C'est à ce moment-là qu'il a dû deviner mon identité. Il a alors immédiatement inventé un tas de mensonges, poussé Qin Su au suicide, puis m'a acculé intentionnellement contre l'étagère en treillis où Suibian était entreposée afin de m'inciter à tirer l'épée et révéler mon identité. Effrayant, effrayant, effrayant. Je ne m'attendais pas à ce qu'il réagisse si vite et puisse mentir aussi facilement !

Juste au même moment, quelqu'un le rejoignit. C'était Lan Wangji, qui l'avait rattrapé sans un mot. Wei Wuxian avait toujours eu une étonnante mauvaise réputation et ce n'était pas la première fois que quelque chose de tel se produisait, mais son état d'esprit était différent de celui de sa vie antérieure, et il pouvait faire face à cela sans se laisser perturber. S'enfuir en premier lieu, puis contre-attaquer si l'occasion se présentait. Dans le cas contraire, c'était tout aussi bien. Rester dans les parages ne servait absolument à rien, sauf s'il aspirait à se faire battre par plusieurs centaines d'épées, et se lamenter sur cette injustice était encore plus risible. Tout le monde était convaincu qu'il reviendrait un jour pour se venger et massacrer le monde de la cultivation dans sa folie. Personne n'écouterait ses explications, sans compter que Jin Guangyao était là pour attiser le feu.

Cependant, Lan Wangji était tout son contraire. Il n'avait pas besoin de s'expliquer. Les gens le feraient pour lui, clamant que Hanguang-jun avait été trompé par le patriarche de Yiling.

— *Hanguang-jun, tu n'as pas à me suivre, lui lança Wei Wuxian.*

Lan Wangji continua de regarder devant lui sans répondre. Ils poursuivirent leur route, laissant derrière eux les cris de ralliement incitant tous ceux présents à combattre pour tuer. Malgré ses préoccupations, Wei Wuxian insista :

— *Tiens-tu vraiment à venir avec moi ? Y as-tu pensé sérieusement ? Dès que tu quitteras cet endroit, ta réputation sera finie !*

Ils dévalaient désormais les marches de la Tour de la Carpe d'Or. Lan Wangji attrapa l'un de ses poignets et semblait avoir quelque chose à dire, mais une ombre blanche se dressa d'un coup devant eux. Jin Ling leur bloqua le passage.

Quand Wei Wuxian le reconnut, il soupira de soulagement. Ils étaient sur le point de le contourner, mais l'adolescent se déplaça et leur barra à nouveau la route.

— *Es-tu Wei Ying ?*

Il était confus et débraillé, ses yeux étaient rouges. Il avait l'air furieux et haineux ; hésitant et mal à l'aise ; triste et désemparé.

— Es-tu vraiment Wei Ying… Wei Wuxian ? aboya-t-il encore.

À le voir ainsi, sa douleur dépassant de loin la haine dans sa voix, Wei Wuxian sentit son cœur trembler.

Toutefois, il ne restait que quelques instants avant que ses poursuivants ne le rattrapent. Il n'avait plus le temps de penser au garçon. Tout ce qu'il pouvait faire était de serrer les dents et de tenter de le contourner pour la troisième fois.

Contre toute attente, il éprouva un froid dans son ventre. Quand il baissa les yeux, Jin Ling avait déjà retiré sa lame blanche comme neige, désormais teintée de rouge. Jamais il n'avait imaginé que ce dernier l'attaquerait réellement.

La seule pensée de Wei Wuxian fut : « *De toutes les personnes à qui il pouvait ressembler, pourquoi faut-il que ce soit à son oncle ? Il a même choisi le même endroit pour me poignarder.* »

Après cela, tout devint flou. Il se sentit seulement attaquer au hasard. Autour de lui, ce ne fut plus qu'un désordre chaotique incroyablement bruyant de collisions sans fin ainsi que de sons incessants et explosifs d'armes et de pouvoirs spirituels en plein affrontement. Un temps inconnu s'écoula, puis Wei Wuxian ouvrit ses yeux brouillés. Lan Wangji était monté sur Bichen, tandis que lui reposait contre son dos. La moitié de sa joue blanche comme neige était éclaboussée de sang.

Pour être honnête, cette blessure à l'estomac n'était pas si douloureuse que cela. Ce n'était qu'un trou dans sa chair, après tout. Il avait d'abord pensé qu'il pourrait serrer les dents et l'endurer, mais ce corps n'avait probablement jamais subi une telle blessure auparavant. L'hémorragie qui n'en finissait pas lui donnait le vertige, ce qui, bien sûr, n'était pas quelque chose qu'il pouvait contrôler.

— *Lan Zhan…, l'appela-t-il.*

La respiration de Lan Wangji n'était pas aussi régulière que d'ordinaire. Elle était légèrement plus courte, probablement à cause de l'épuisement découlant de l'affrontement au corps à corps qu'il avait livré tout en le portant sur son dos. Néanmoins, le ton avec lequel il lui répondit conservait cette constance qu'il avait toujours possédée. Il prononça d'ailleurs le même mot que d'habitude :

— Mmh.

Après cela, il ajouta :

— Je suis là.

En entendant ces trois mots, un sentiment que Wei Wuxian n'avait jamais ressenti auparavant se répandit dans sa poitrine. Ce fut comme une douleur. Son cœur palpita légèrement, mais c'était aussi un peu chaud.

Il se souvenait encore de l'époque où ils étaient à Jiangling. Lan Wangji avait parcouru des milliers de kilomètres pour l'aider, mais Wei Wuxian n'en était pas le moins du monde reconnaissant. En outre, ils se disputaient constamment, ce qui rendait la situation terriblement désagréable entre eux.

Mais il ne s'était vraiment pas attendu à ce que cela se passe ainsi. Lorsque tout le monde le louait par crainte, Lan Wangji le réprimandait en face. Lorsque tout le monde lui crachait dessus et le haïssait, Lan Wangji se tenait à ses côtés.

Tout à coup, Wei Wuxian s'exclama :

— *Ah ! Je me souviens à présent.*

— *De quoi ? demanda Lan Wangji.*

— *Je m'en souviens, Lan Zhan. Exactement de la même façon. Je… Je t'ai déjà porté sur mon dos.*

Guide des personnages et des noms

Les fiches d'identité de certains personnages peuvent contenir des spoilers ; utilisez ce guide avec prudence lors de votre première lecture du roman.

Remarque sur les traductions des noms : les caractères chinois peuvent avoir de nombreux sens différents. Chaque sens proposé ici n'en est qu'un parmi d'autres et ne doit pas être considéré comme une traduction définitive.

PERSONNAGES PRINCIPAUX

◇ **Wei Wuxian**

NOM DE NAISSANCE : Wei Ying (**魏婴** / Nom de famille Wei, « Nourrisson »)

NOM DE COURTOISIE : Wei Wuxian (**魏无羡** / Nom de famille Wei, « Ne pas connaître l'envie »)

SURNOM : Patriarche de Yiling (**夷陵老祖**)

ARME(S) :

Épée : Suibian (**随便** / « Peu importe »)

Sceau du Tigre Yin (**阴虎符**)

INSTRUMENT(S) :

Dizi (flûte traversière) Chenqing (**陈情** / « Expliquer sa situation en détail ». Il s'agit d'une référence à un vers tiré d'un recueil de poèmes, *Chu Ci* [**楚辞**], par le célèbre poète Qu Yuan)

Dizi sans nom

Dans sa vie antérieure, Wei Wuxian était le redouté patriarche de Yiling. Il commandait une armée de morts-vivants avec sa flûte maléfique Chenqing et a dévasté le monde de la cultivation, donnant lieu à un véritable bain de sang, ce qui a finalement entraîné sa mort. Treize ans plus tard, un jeune homme perturbé sacrifie son âme pour le ressusciter dans son propre corps, espérant que le terrible patriarche de Yiling le vengera. Se réveillant confus et désorienté dans cette nouvelle enveloppe charnelle, Wei Wuxian saisit cette seconde chance. Il doit dorénavant résoudre le mystère qui entoure sa résurrection et faire face aux conséquences de son passé, qui continuent de le poursuivre même après sa mort.

Wei Wuxian est espiègle et très intelligent. Il semble néanmoins physiquement incapable de se taire ; ainsi, il ne peut s'empêcher de taquiner les gens qui l'intéressent, dont Lan Wangji, qui reste sa cible favorite même après treize ans loin du monde des vivants.

◇ **Lan Wangji**

NOM DE NAISSANCE : Lan Zhan (蓝湛 / « Bleu », « Clair » ou « Profond »)

NOM DE COURTOISIE : Lan Wangji (蓝忘机 / « Bleu », « Non impliqué dans les affaires terrestres »)

SURNOM : Hanguang-jun (含光君 / « Porteur de lumière », avec la particule honorifique « -jun »)

ARME(S) : Épée : Bichen (避尘 / « Évite les affaires terrestres »)

INSTRUMENT(S) : Guqin (cithare) : Wangji (忘机 / « Non impliqué dans les affaires terrestres »)

La perfection de Lan Wangji en tant que cultivateur est inégalée. Évitant les affaires politiques insignifiantes et les préjugés sociaux, il apparaît là où règne le chaos pour le dissiper de son épée, Bichen, et les scélérats tremblent de peur au son des cordes résonnantes de son guqin. Sa grâce et sa beauté remarquables sont réputées à travers la contrée, même si son froncement de sourcils permanent lui donne l'air d'un veuf.

Lan Wangji est le frère cadet de l'actuel chef de la secte Lan, Lan Xichen. Il est strict, réservé, pétri de principes, et c'est un fervent adorateur de lapins. Si, dans sa jeunesse, il pouvait être facilement troublé par les taquineries, cela semble désormais plus difficile à accomplir.

PERSONNAGES SECONDAIRES

◇ **Mo Xuanyu**

NOM DE COURTOISIE : Mo Xuanyu (**莫玄羽** / « Rien » ou « Il n'y a personne qui », « Mystérieux » ou « Noir », « Plumes »)

Le jeune homme ayant offert son corps en sacrifice afin de ramener Wei Wuxian dans le monde des vivants en échange du plus horrible de tous les prix à payer : l'annihilation pure et simple de sa propre âme. Il est l'un des nombreux fils illégitimes de Jin Guangshan. Expulsé de la secte du clan Jin, l'humiliation subie a gravement affecté son esprit. Après avoir enduré des années d'abus à n'en plus finir de la part de la famille Mo, il finit par se tourner vers la voie de la cultivation hérétique pour obtenir vengeance envers ceux l'ayant tourmenté. Son âme détruite, Mo Xuanyu n'est aujourd'hui plus qu'un souvenir, et Wei Wuxian habite désormais son corps.

◇ **Lan Jingyi**

NOM DE COURTOISIE : Lan Jingyi (**蓝景仪** / « Bleu », « Paysage », « Allure » ou « Apparence »)

ARME(S) : Épée sans nom

Un jeune disciple de la secte du clan Lan. Il est un proche ami de Lan Sizhui, et semble avoir une admiration particulière pour Lan Wangji. Bien qu'il ait été élevé dans un cadre particulièrement strict, Lan Jingyi ne se comporte en rien comme un Lan. Il est bruyant, un peu trop direct et panique facilement. Ceci dit, comme tout Lan qui se respecte, il est souvent très vif lorsqu'il s'agit de repérer et dénoncer les individus qui enfreignent les règles du Repaire des Nuages.

◇ **Lan Sizhui**

NOM DE NAISSANCE : Lan Yuan (**蓝愿** / « Bleu », « Souhait »)

NOM DE COURTOISIE : Lan Sizhui (**蓝思追** / « Bleu », « Se souvenir et se languir »)

ARME(S) : Épée sans nom

INSTRUMENT(S) : Guqin sans nom

Un jeune disciple de la secte du clan Lan. Il est un proche ami de Lan Jingyi et semble avoir une admiration particulière pour Lan Wangji. Lan Sizhui est calme et relativement mature pour son âge. Il est un chef naturel pour ses pairs lorsque lui et les autres jeunes sont dépêchés en mission. Bien qu'il ait été élevé dans un cadre particulièrement strict, Lan Sizhui conserve une certaine aura chaleureuse. Il est gentil, intuitif et disposé à voir au-delà des apparences.

◇ **Jiang Cheng**

NOM DE NAISSANCE : Jiang Cheng (**江澄** / « Fleuve », « Limpide »)

NOM DE COURTOISIE : Jiang Wanyin (**江晚吟** / « Fleuve », « Nuit », « Réciter »)

SURNOM : Sandu Shengshou (**三毒圣手** / « Trois Poisons », en référence à ce que le bouddhisme considère comme les trois racines de la souffrance : l'avidité, la colère et l'ignorance, « Main Sage »)

ARME(S) :

Fouet : Zidian (紫电 / « Violet », « Éclair »)
Épée : Sandu (三毒 / « Trois Poisons »)

Jiang Cheng est l'actuel chef de Secte du clan Jiang et l'oncle maternel de Jin Ling. Connu pour être sévère et inflexible, il voue une haine durable à Wei Wuxian, qui a perduré même après la mort de ce dernier. Cette situation est pourtant bien différente de ce qu'elle était jadis : Jiang Cheng et Wei Wuxian ont grandi ensemble au Quai des Lotus après que ce dernier a été recueilli par le père de Jiang Cheng lorsqu'il n'était qu'un orphelin vivant dans la rue. Ils étaient frères martiaux et les meilleurs amis du monde. Toutefois, après l'ascension de Wei Wuxian en tant que patriarche de Yiling, leur amitié prit fin en même temps que les vies de toutes les personnes mortes de sa main… C'est du moins ce qu'il semble.

◇ **Jin Ling**

NOM DE NAISSANCE : Jin Ling (金凌 / « Or », « Se tenir au-dessus » ou « Dominer »)

NOM DE COURTOISIE : Jin Rulan (金如兰 / « Or », « Pareil à », « Orchidée »)

ARME(S) :

Épée : Suihua (岁华 / « Passage du temps »), appartenait précédemment à Jin Zixuan
Fée (chien spirituel)
Arc sans nom

Jeune héritier du clan Jin et fils de Jin Zixuan et de Jiang Yanli. Jin Ling a grandi en enfant solitaire, chahuté par ses pairs, et bien trop choyé par ses tuteurs l'ayant pris en pitié. Même si Jin Ling est relativement pourri gâté et a un tempérament ingérable, il déteste fortement être regardé de haut et cherche constamment à prouver sa valeur en tant que cultivateur. Il est souvent vu en train de se quereller avec son oncle maternel et tuteur à temps partiel, Jiang Cheng, ou de se jeter tête la première au-devant d'un péril mortel en compagnie de son fidèle chien spirituel, Fée.

◇ **Jin Guangshan**

NOM DE COURTOISIE : Jin Guangshan (金光善 / « Or », « Lumière et gloire », « Bonté »)

L'ancien chef de secte du clan Jin ainsi que le père de Jin Zixuan, Jin Guangyao, Mo Xuanyu et beaucoup d'autres. C'était un coureur de jupons qui abandonnait ses amantes aussi vite que toute progéniture née de ses aventures. Malgré son appétit insatiable, il n'engendra qu'un seul enfant (Jin Zixuan) avec son épouse légitime. Sous son règne, la secte Jin était détestée par le monde de la cultivation pour ses abus éhontés, sa corruption et ses excès. Heureusement, il finit par mourir d'épuisement au cours d'une orgie et fut remplacé par Jin Guangyao.

◇ **Jin Zixuan**

NOM DE COURTOISIE : Jin Zixuan (金子轩 / « Or », préfixe masculin courant « Fils », « Pavillon »)

ARME(S) : Épée : Suihua (岁华 / « Passage du temps »)

L'héritier du clan Jin et seul et unique fils de Jin Guangshan. Il épousa Jiang Yanli et, ensemble, ils eurent un fils, Jin Ling. Dans sa jeunesse, il étudia au Repaire des Nuages et était le camarade de classe de Wei Wuxian, Jiang Cheng et Nie Huaisang. Du fait de son statut, son talent naturel et son physique attrayant, Jin Zixuan était généralement fier, arrogant, et peu apprécié de ses pairs.

◇ **Jiang Yanli**

NOM DE NAISSANCE : Jiang Yanli (江厌离/ « Fleuve », « Détester la séparation »)

ARME(S) : L'amour, la patience, et la soupe

Fille aînée du clan Jiang, grande sœur de Jiang Cheng et grande sœur martiale de Wei Wuxian. Femme de Jin Zixuan et mère de Jin Ling, c'est avec beaucoup de tendresse que Wei Wuxian se souvient d'elle comme de quelqu'un d'inconditionnellement gentil et attentionné.

◇ **Jin Guangyao**

NOM DE COURTOISIE : Jin Guangyao (金光瑶 / « Or », « Lumière et gloire », « Jade »)

SURNOM : Lianfang-zun (敛芳尊 / « Parfum caché », avec la particule honorifique « -zun »)

L'actuel chef de secte du clan Jin. Il est le demi-frère de Jin Zixuan, Mo Xuanyu et beaucoup d'autres enfants nés de la libido aventureuse de Jin Guangshan. Il est également le frère juré de Lan Xichen et Nie Mingjue, et, ensemble, ils sont connus sous le nom des « Trois Zun ». Il est particulièrement proche de Lan Xichen, et l'invite fréquemment à la Tour de la Carpe d'Or.

Jin Guangyao a grandi dans d'humbles circonstances et est devenu non seulement le chef de la secte du clan Jin, mais également le Chef de la Cultivation de l'alliance entre les sectes. Ses talents en matière de manœuvres politiques et d'obtention de renseignements sont sans commune mesure, et, au travers d'une restructuration et de réparations, il s'est avéré capable de largement redorer le blason de la secte Jin qui avait été considérablement terni sous le règne de son père.

◇ **Nie Huaisang**

NOM DE COURTOISIE : Nie Huaisang (聂怀桑 / « Murmure », « Chérir », « Mûrier »)

SURNOM : Tête-Branlante (一问三不知 / « Une question, trois je-l'ignore »)

ARME(S) :

Sabre sans nom (publiquement)
Pleurnicher (en réalité)

L'actuel chef de la secte Nie et le demi-frère cadet de Nie Mingjue. Dans sa jeunesse, il a étudié au Repaire des Nuages avec Wei Wuxian et Jiang Cheng. Nie Huaisang est un dandy dilettante possédant un amour passionnel pour la mode et les arts, mais ne pouvant malheureusement pas compter sur un pareil génie inné pour la politique ou la gestion. Il est fréquemment observé avec un air paniqué ou choqué, et se repose très largement sur la compassion et l'aide apportées par les frères jurés de son propre grand frère (Lan Xichen et Jin Guangyao) afin de permettre à la secte Nie de perdurer tant bien que mal.

◇ **Nie Mingjue**

NOM DE COURTOISIE : Nie Mingjue (聂明玦 / « Murmure », « Brillant » ou « Vertueux », « Anneau de jade »)

SURNOM : Chifeng-zun (赤锋尊 / « Lame cramoisie », avec la particule honorifique « -zun »)

ARME(S) : Sabre : Baxia (霸下 / « Être gouverné par la force », également le nom de l'un des neuf fils du mythique Roi Dragon)

L'ancien chef de la secte Nie et le demi-frère aîné de Nie Huaisang. Il est aussi le frère juré de Lan Xichen et Jin Guangyao, et, ensemble, ils sont connus sous le nom des « Trois Zun ». Nie Mingjue était un homme féroce et prompt à user de violence comme solution universelle. Il était incapable de tolérer l'injustice et la sournoiserie, et n'avait pas peur de dénoncer même les plus haut placés. Malheureusement, son tempérament a fini par avoir raison de lui et il est décédé d'une déviation de qi alors qu'il était encore jeune.

◇ **Lan Qiren**

NOM DE COURTOISIE : Lan Qiren (蓝启仁 / « Bleu », « Ouvrir » ou « Éveiller » « Bienveillance »)

ARME(S) : Des cours bien trop longs et des examens sans possibilité de consulter ses manuels.

L'un des aînés du clan Lan, et l'oncle paternel de Lan Xichen et Lan Wangji. Il est célèbre à travers le monde de la cultivation comme étant un professeur exemplaire (bien qu'extrêmement strict) capable de produire des élèves ayant le même niveau d'excellence que lui. Il aime profondément ses neveux et se montre clairement fier de leurs accomplissements et de leurs compétences aussi bien en tant que cultivateurs qu'en tant que gentilshommes. Toutefois, il ne les dispense pas pour autant des punitions prescrites par le clan lors des rares occasions où elles sont méritées.

◇ **Lan Xichen**

NOM DE NAISSANCE : Lan Huan (蓝涣 / « Bleu », « Fondre » ou « Dissiper »)

NOM DE COURTOISIE : Lan Xichen (蓝曦臣 / « Bleu », « Rayons du soleil », « Ministre » ou « Sujet »)

SURNOM : Zewu-jun (泽芜 / « Bassin couvert de mousse », avec la particule honorifique « -jun »)

ARME(S) : Épée : Shuoyue (朔月 / « Nouvelle Lune »)

INSTRUMENT(S) : Xiao (flûte à bec) : Liebing (裂冰 / « Fissuré », « Glace »)

L'actuel chef de la secte Lan et grand frère de Lan Wangji. Il est également le frère juré de Jin Guangyao et de Nie Mingjue, et, ensemble, ils sont connus sous le nom des « Trois Zun ».

Lan Xichen est doté d'une personnalité douce et chaleureuse, et peut facilement s'entendre avec quiconque. Il possède également l'aptitude unique et curieuse de comprendre son réticent petit frère au premier coup d'œil. Il est d'un naturel calme et tout aussi imperturbable que le bassin moussu duquel il tire son surnom, et se tient disposé à prêter une oreille attentive à tous ceux qui l'approchent, qu'importe leur statut social.

◇ **Wen Ning**

NOM DE NAISSANCE : Wen Ning (温宁 / « Doux » ou « Chaleureux », « Paisible »)

SURNOM : Général Fantôme (鬼将军)

ARME(S) : Poings, pieds, et chaîne en métal.

Un cadavre féroce connu sous le nom de Général Fantôme, supposé avoir été détruit durant le siège du Tertre du Charnier. L'une des meilleures créations du patriarche de Yiling, Wen Ning conserve son esprit et sa personnalité dans la mort. Doté de la puissance de réduire l'acier en poussière à mains nues, il n'est pas étonnant qu'il ait un jour été le bras droit de Wei Wuxian.

◇ **Song Lan**

NOM DE NAISSANCE : Song Lan (宋岚 / Nom de famille Song, « Brume »)

NOM DE COURTOISIE : Song Zichen (宋子琛 / Nom de famille Song, préfixe masculin courant « Fils », « Gemme » ou « Joyau »)

ARME(S) : Épée : Fuxue (拂雪 / « Balayer la neige »)

Un cultivateur taoïste et proche ami de Xiao Xingchen. Il était connu comme quelqu'un de calme et strict, et rêvait de fonder sa propre secte aux côtés de Xiao Xingcheng.

◇ **Xiao Xingchen**

NOM DE COURTOISIE : Xiao Xingchen (晓星尘 / « Aube », « Poussière d'étoiles »)

ARME(S) : Épée : Shuanghua (霜华 / « Fleur de Givre »), fait référence à un phénomène naturel au cours duquel des cristaux de glace se forment le long des plantes à longues tiges.

Un cultivateur mystérieux jadis tenu en haute estime. Il est un proche ami de Song Lan et rêvait de fonder une secte à ses côtés. Il a vécu au sommet d'une montagne lointaine la majeure partie de sa vie, sous la tutelle de sa shizun, l'immortelle Baoshan-sanren. Il est descendu de la montagne afin d'œuvrer pour le bien du petit peuple, et s'est rendu célèbre pour ses compétences ainsi que son sens de la justice. Toutefois, tout aussi soudainement qu'il était apparu, il a disparu du jour au lendemain et nul ne sait ce qu'il est advenu de lui.

◇ **Xue Yang**

NOM DE NAISSANCE : Xue Yang (薛洋 / Nom de famille Xue, « Océan »)

En apparence, Xue Yang n'est rien d'autre qu'un petit voyou avec un penchant pour la violence. Au fond, il reste un petit voyou avec un penchant pour la violence, mais doté d'une étrange aptitude pour comprendre les arts obscurs ; une combinaison particulièrement terrifiante.

◇ **Petite Pomme**

ARME(S) : Sabots, dents, et colère débridée

Un âne tacheté que Wei Wuxian a dérobé au domaine Mo lorsqu'il a pris la fuite après l'affaire du bras fantôme. Petite Pomme est impérieux, difficile à satisfaire, et très caractériel ; toutefois, il possède un fort sens de la justice et un cœur si brave que le plus célèbre des cultivateurs pâlit en comparaison. Il adore également les pommes. Le genre de Petite Pomme n'est jamais spécifié dans le récit.

◇ **Fée**

ARME(S) : Griffes, crocs, et il est le seul à se servir de son cerveau (généralement)

INSTRUMENT(S) : Ouaf !

Le fidèle chien spirituel de Jin Ling. En tant que tel, Fée possède une intelligence supérieure au canidé moyen et peut également détecter les êtres surnaturels. En ce qui concerne son nom, « Fée » peut faire référence au chinois *xianzi* (仙子), un être céleste féminin, mais c'est également un moyen courant de décrire une femme dotée d'une beauté éthérée et surnaturelle. Ceci dit, le genre de Fée n'est jamais spécifié dans le récit.

LIEUX

◇ **Domaine Mo (莫家庄)**

Un domaine à quelques jours de marche du mont Dafan. C'est l'endroit où se trouvent le manoir Mo et la maison de Mo Xuanyu (ainsi que le reste de la famille Mo).

◇ **Mont Dafan (大梵山)**

Une montagne à quelques jours de marche du domaine Mo. La montagne en elle-même ressemble à la statue du Bouddha Rieur, d'où son nom : Grand Brahman.

◇ **Ville de Fojiao (佛脚镇)**

Un petit village en contrebas du mont Dafan. Parce que ce dernier ressemble à une statue de Bouddha et que la ville se trouve à son pied, la ville de Fojiao a hérité du nom « Pied de Bouddha ».

◇ **Sanctuaire de la Vierge Céleste (天女祠)**

Un temple situé sur le mont Dafan. Il héberge une formation rocheuse naturelle ressemblant à s'y méprendre à une femme dansante et surnommée par les habitants locaux « La Vierge Céleste ». Au fil des ans, les gens ont commencé à vénérer cette formation rocheuse comme une déesse capable d'exaucer les vœux, ce qui lui a permis de cultiver des pouvoirs spirituels et d'acquérir une conscience rudimentaire.

◇ **Gusu (姑苏)**

Une ville localisée dans la région du Jiangnan. Le Jiangnan est célèbre pour sa richesse, ses terres fertiles et ses produits agricoles abondants. Son climat brumeux, aux pluies légères, ainsi que le doux dialecte qui y est parlé en font un lieu d'intrigue populaire parmi les œuvres littéraires romantiques chinoises.

◇ **Repaire des Nuages (云深不知)**

Le lieu de résidence du clan Lan de Gusu, situé au sommet d'une montagne lointaine. Le Repaire des Nuages est un lieu calme, constamment enveloppé de brume. Non loin de l'entrée se dresse le Mur de la Discipline, gravé des trois mille (qui s'élèvent par la suite au nombre de quatre mille) règles du clan Lan.

Le Repaire des Nuages abrite le pavillon de la Bibliothèque, où sont conservés nombre de textes rares et anciens, la chambre de la Quiétude, où réside Lan Wangji, et la salle de l'Orchidée, où Lan Qiren donne ses cours. Il s'y trouve également la chambre des Enfers, une tour dans laquelle sont pratiqués des rituels d'invocation d'esprits, ainsi qu'une source froide. À l'arrière de la montagne s'étend une clairière isolée où Lan Wangji élève ses lapins de compagnie.

Le nom du Repaire des Nuages peut être plus littéralement traduit par « Quelque part caché dans les nuages » et est une référence à un vers du poème « Je cherche un ermite sans le trouver » de Jia Dao :

Sous les pins, je hèle le garçon :
« Mon maître cueille les simples.
Il est sûrement dans ce mont…
Où ? Les nuages sont profonds. »[6]

---

6 Tiré de Anthologie de la Poésie Chinoise, Bibliothèque de la Pléiade, 2015, traduit du chinois par Florence Hu-Sterk.

◇ **Ville de Caiyi (彩衣镇)**

Une ville située à environ dix kilomètres du Repaire des Nuages. Elle jouxte le lac Biling et est construite sur des dizaines de voies navigables, reliées les unes aux autres, qui sont toujours animées de la présence de nombreux bateaux commerciaux. Les rives sont bondées de marchands proposant toute une variété de fruits, de produits d'artisanat et d'autres biens encore.

◇ **Qinghe (清河)**

Une ville située dans la région de Hebei. Qinghe est le territoire natal du clan Nie et c'est également là que se trouve leur résidence.

◇ **Crête Xinglu (行路岭)**

Une crête située à proximité de Qinghe. La zone est densément couverte de forêts, et de nombreuses rumeurs prétendent qu'elle abrite des monstres mangeurs d'hommes.

◇ **Forteresse de pierre / forteresse mangeuse d'hommes (石堡 / 吃人堡)**

Ces étranges édifices (qui ressemblent à des bols retournés) sont, d'après les rumeurs, capables de manger des humains. On les trouve près de la crête de Xinglu. Il s'agit en fait des tombes ancestrales du clan Nie, mais il subsiste encore une autre étrangeté : les cercueils renfermés à l'intérieur ne contiennent en réalité pas des corps, mais des sabres.

◇ **Yueyang (栎阳)**

Une ville située dans la région de Shaanxi. Elle se trouve à proximité de Qishan, le territoire jadis contrôlé par la secte Wen. Il s'agissait de la demeure du clan Chang, jusqu'à ce qu'ils soient exterminés au cours d'un terrible massacre n'ayant laissé aucun survivant.

Il paraît que si l'on s'aventure près du cimetière, il est possible d'entendre leurs esprits désincarnés frapper désespérément les couvercles de leurs cercueils de leurs poings tremblants de peur.

Parmi les attractions locales, on compte également les nombreuses tavernes bordant les rues qui offrent à voir un paysage pittoresque devant lequel apprécier les différents breuvages, ainsi que les auberges qui les accompagnent où se procurer un lit bien pratique pour qui souhaite se remettre de l'inévitable veisalgie en découlant.

GUIDE DES NOMS

NOMS, NOMS HONORIFIQUES ET TITRES

Noms de courtoisie : Un nom de courtoisie est attribué à un individu lorsqu'il atteint sa majorité. Traditionnellement, cela se faisait à l'âge de vingt ans, durant la cérémonie de couronnement, mais cela pouvait aussi s'effectuer lorsqu'un aîné ou un professeur jugeait que le receveur en était digne. Bien que ce soit une tradition généralement purement masculine, il existe toutefois, au cours de l'histoire, plusieurs exemples de femmes ayant reçu un nom de courtoisie après leur mariage. Les noms de courtoisie étaient une tradition réservée aux membres de la haute société.

Il était considéré comme irrespectueux pour les pairs de la même génération de s'adresser à quelqu'un par son nom de naissance, surtout lors d'échanges formels ou écrits. L'utilisation du nom de naissance était un privilège réservé aux seuls aînés, proches amis et époux(ses).

Cette pratique n'est aujourd'hui guère plus utilisée dans la Chine moderne, mais est encore couramment vue dans les œuvres de wuxia et de xianxia, où de nombreux personnages possèdent donc plusieurs noms. Son usage dans les romans est irrégulier et est souvent traité de manière flexible à des fins narratives. Par exemple, dans *Le Grand Maître de la Cultivation Démoniaque*, des personnages d'à peine quinze ans sont nommés uniquement par leurs noms de courtoisie alors que, traditionnellement, il ne leur aurait pas été permis de les utiliser avant leur vingtième anniversaire.

◇ **Diminutifs, surnoms, et particules de noms :**

XIAO- : Un diminutif signifiant « petit ». Toujours utilisé en tant que préfixe.

EXEMPLE : Xiao-Pingguo (Petite Pomme)

- ER : Un mot signifiant « fils » ou « enfant ». Ajouté à un nom, il exprime l'affection. Cela revient à appeler quelqu'un « mon petit » ou « fiston ».

A- : Un diminutif affectueux. Toujours utilisé comme préfixe. Généralement pour les noms monosyllabiques, ou pour l'une des syllabes des noms à deux syllabes.

EXEMPLES : A-Qing, A-Yuan, A-Xian (pour Wei Wuxian)

Doubler une syllabe présente dans le nom d'une personne peut faire office de surnom, et possède une connotation enfantine ou mignonne. Par exemple : Xianxian (pour Wei Wuxian, se désignant lui-même).

◇ **Famille :**

DI : Petit frère ou ami (masculin) plus jeune que soi. Peut être utilisé seul ou en complément d'un nom.

DIDI : Petit frère ou ami (masculin) plus jeune que soi. Informel.

XIAO-DI : Ne signifie pas « petit frère », mais désigne plutôt le serviteur ou le subordonné de quelqu'un, une personne qu'un individu haut placé aurait prise sous son aile.

GE : Manière familière de s'adresser à un grand frère ou un ami (masculin) plus vieux que soi et utilisé par une personne substantiellement plus jeune ou d'un statut social plus bas. Peut être utilisé seul ou en complément d'un nom.

GEGE : Manière familière de s'adresser à un grand frère ou un ami (masculin) plus vieux que soi et utilisé par une personne substantiellement plus jeune ou d'un statut social plus bas. Possède une connotation plus mignonne que le simple « ge ».

JIE : Grande sœur ou amie (féminine) plus âgée que soi. Peut être utilisé seul ou en complément d'un nom.

JIEJIE : Grande sœur ou amie (féminine) plus âgée que soi. Informel.

JIUJIU : Oncle (maternel, biologique).

MEI : Petite sœur ou amie (féminine) plus jeune que soi. Peut être utilisé seul ou en complément d'un nom.

MEIMEI : Petite sœur ou amie (féminine) plus jeune que soi. Informel.

SHUFU : Oncle (paternel, biologique). Utilisé pour s'adresser formellement au petit frère de son père.

SHUSHU : Version plus affectueuse de « Shufu ».

XIAOSHU : Petit oncle.

XIONG : Grand frère. Peut être utilisé seul ou en complément d'un nom. Formel, mais peut également être utilisé de manière informelle entre deux amis (masculins) de statuts égaux.

XIONGZHANG : Frère aîné ou ami (masculin) plus vieux que soi. Très formel.

XIANSHENG : « Époux » ou « Monsieur » dans l'usage moderne ; globalement, l'usage historique était plutôt « Professeur ».

Si de multiples connaissances se trouvent dans la même catégorie (plusieurs grands frères, par exemple), tous se voient assigner un numéro en fonction de leur ordre de naissance, en commençant par le plus vieux, qui hérite alors du numéro « un », le second, qui obtient quant à lui le numéro « deux », etc. Ces nombres sont utilisés afin de différencier les individus entre eux. Cela vaut pour toutes les catégories ci-dessus, qu'il s'agisse de frères ou sœurs, de cousins, de tantes, d'oncles, etc.

EXEMPLES :

Si vous avez trois grands frères, le plus âgé sera désigné par « da-ge » (littéralement « grand frère »), le second « er-ge », et le troisième « san-ge ».

Si vous avez deux petits frères, vous (en tant qu'aîné) hériterez du numéro « un ». Votre premier petit frère sera appelé « er-di » et le plus jeune des deux sera appelé « san-di ».

Cultivation et arts martiaux

GÉNÉRAL

GONGZI : Jeune maître issu d'une famille prospère.

-JUN : Un suffixc signifiant « seigneur ».

-ZUN : Un suffixe signifiant « estimé, vénérable ». Plus respectueux que « -jun ».

SECTES

SHIDI : Jeune frère martial. Pour désigner les jeunes membres (masculins) de sa propre secte.

SHIFU : Professeur / Maître. Utilisé pour s'adresser à son maître au sein de sa propre secte, indifféremment du genre. Généralement interchangeable avec « Shizun ».

SHIJIE : Grande sœur martiale. Utilisé pour s'adresser à un membre (féminin) plus âgé que soi au sein de sa propre secte.

SHIMEI : Petite sœur martiale. Utilisé pour s'adresser à un membre (féminin) plus jeune que soi au sein de sa propre secte.

SHINIANG : La femme d'un « Shifu » / « Shizun ».

SHISHU : Désigne le petit frère martial de son maître.

SHIXIONG : Grand frère martial. Utilisé pour s'adresser à un membre (masculin) plus âgé que soi au sein de sa propre secte.

SHIZUN : Terme honorifique (en opposition à « Shifu ») servant à désigner un professeur/maître.

CULTIVATEURS ET IMMORTELS

DAOREN : « Cultivateur ».

DAOZHANG : Une façon polie de s'adresser à un cultivateur. Son équivalent serait « Monsieur le Cultivateur ». Il peut être utilisé seul comme un titre, ou attaché au nom de quelqu'un.

EXEMPLE : On peut en référer à Xiao Xingchen en l'appelant « Daozhang » ou « Xiao Xingchen-daozhang ».

SANREN : « Dispersé ». Désigne les cultivateurs / immortels qui ne sont reliés à aucune secte en particulier.

GUIDE DE PRONONCIATION

Le mandarin est la langue officielle de la Chine. Sa transcription en alphabet latin est le plus souvent réalisée grâce au système du pinyin. Dans ce système, la prononciation des lettres latines peut parfois être assez éloignée de la prononciation de ces mêmes lettres en français, aussi, pour vous aider, voici un rapide guide simplifié de prononciation. Le mandarin utilise également quatre tons, mais puisqu'ils ne sont pas indiqués dans cette œuvre, ils ne seront pas détaillés dans ce guide.

◇ **Consonnes en début de syllabe :**

B se prononce comme le b de « bâton ».
C se prononce « ts » (et non comme le c de « carte »).
D se prononce comme le d de « dire ».
F se prononce comme le f de « feu ».
G se prononce comme le g de « gâteau ».

H a une prononciation proche du r dans « roi », mais beaucoup plus léger et en expirant.

J se prononce « dj » (et non comme le j de « jardin »).

K se prononce comme le k de « koala », en expirant.

L se prononce comme le l de « lire ».

M se prononce comme le m de « manger ».

N se prononce comme le n de « nager ».

P se prononce comme le p de « pain », en expirant.

Q a une prononciation à mi-chemin entre « dj » et « tch », en expirant.

R ne se prononce en rien comme le r français, mais est plutôt proche du r dans l'anglais « wrap », ou comme si l'on essayait de prononcer le j de « jouer » avec la langue recourbée vers le haut du palais.

S se prononce comme le s de « savoir ».

T se prononce comme le t de « table », en expirant.

W se prononce comme le w anglais, ou comme le début de « oiseau ».

X a une prononciation à mi-chemin entre les sons « s » et « ch ».

Y se prononce comme un i long, comme le i de « île ».

Z se prononce « dz » (et non comme le z de « zèbre »).

CH a une prononciation proche de « tch », en expirant.

SH se prononce comme le ch de « chaud », en expirant.

ZH se prononce « dj ».

À noter :

J, Q, X et S se prononcent en posant la pointe de la langue contre l'arrière des incisives inférieures et en étirant les lèvres comme pour sourire légèrement.

ZH, CH, SH et R se prononcent en recourbant la langue vers le haut du palais, sans étirer les lèvres.

◇ **Voyelles et fins de syllabes :**

A se prononce comme en français.

E se prononce comme le e de « ce ».

I se prononce comme en français, mais est presque inaudible lorsqu'il suit les consonnes C, R, S, Z, CH, SH et ZH.

O se prononce comme en français, mais suivi d'un très léger son « e ».

U se prononce comme le ou de « mou », sauf lorsqu'il suit les consonnes J, Q et X ou qu'il est écrit ü, et a alors une prononciation à mi-chemin entre le « u » et le « e » français.

AI se prononce comme « ail ».

AO se prononce comme la fin de « Macao ».

AN se prononce comme « âne ».

ANG se prononce comme dans « yang ».

EI se prononce comme la fin de « veille ».

EN se prononce comme la fin de « yen ».

ENG se prononce comme EN, mais avec l'ajout d'un g nasal.

ER a une prononciation proche de « are » en anglais, ou comme un « a » fermé suivi du son « r » chinois.

IA se prononce comme la fin de « plia ».

IAO se prononce comme il s'entend en français.

IAN se prononce comme la fin de « sienne ».

IANG se prononce comme « yang ».

IE se prononce comme le ie de « pierre ».

IU se prononce comme le yo de « yo-yo ».

IN se prononce comme la fin de « yin ».

ING se prononce comme le ing de « parking ».

IONG se prononce comme la fin de « gong » avec l'ajout d'un i devant.

OU se prononce comme le o de « dos », mais suivi d'un très léger son « ou ».

ONG se prononce comme dans « gong ».

UA se prononce comme le oi dans « oiseau ».

UAI se prononce comme la fin de « Cornouaille ».

UAN se prononce comme la fin de « douane ».

UANG se prononce comme UAN, mais avec l'ajout d'un g nasal.

UE se prononce comme le son « u » suivi du son « è ».

UI a une prononciation proche du mot « ouais », suivi du son « i ».

UO se prononce comme le son « ou » suivi du son « o ».

UN se prononce comme le son « ou » suivi du son « aine ».

Glossaire

Bien qu'il ne s'agisse pas d'une lecture obligatoire, ce glossaire a pour but d'offrir un contexte supplémentaire aux nombreux concepts et termes utilisés dans ce roman, et de fournir un point de départ pour en apprendre davantage sur la richesse de la culture chinoise à partir de laquelle cette histoire a été écrite.

La Chine se compose de dizaines de cultures et son histoire s'étend sur des milliers d'années. Les définitions que vous trouverez ici ne sont pas strictement universelles à chacun de ces groupes culturels, et cet aperçu simplifié est destiné aux nouveaux lecteurs qui ne sont pas familiers avec ces concepts. Ce glossaire ne doit donc pas être considéré comme une source définitive, et ce plus particulièrement pour les notions plus complexes.

GENRES

Danmei :

Le **danmei** (耽美 / « s'adonner à la beauté ») est un genre de fiction chinois axé sur des histoires d'amour et d'attraction entre hommes. Il est analogue au genre BL (Boy's Love). La majorité des auteurs de danmei connus sont des femmes qui écrivent pour des femmes, bien que des personnes de tous les genres produisent et apprécient ce type d'œuvres.

Wuxia :

Le **wuxia** (武侠 / « héros martiaux ») est l'un des genres littéraires chinois les plus anciens et est constitué d'histoires de nobles héros combattant le mal et l'injustice. Les personnages sont souvent des artistes martiaux, des moines, ou des renégats, vivant en marge de la société dont le gouvernement est souvent vu comme inutile ou corrompu.

Que leur isolation soit volontaire ou non, ces parias règlent leurs différends entre eux en suivant leurs propres codes moraux plutôt que les lois en vigueur.

Les personnages dans le genre wuxia se concentrent principalement sur des préoccupations humaines, telles que les conflits politiques entre factions et la mise en avant de leur propre sens de la justice. Une œuvre purement wuxia ne comporte que peu d'éléments magiques ou surnaturels. Pour les cinéphiles occidentaux, un exemple bien connu est *Tigre et Dragon*.

Xianxia :

Le **xianxia** (仙侠 / « héros immortels ») est un genre en lien avec le wuxia qui met davantage l'accent sur le surnaturel. Les personnages s'efforcent souvent de devenir plus puissants, avec pour objectif final d'étendre leur longévité ou d'atteindre l'immortalité.

Les thèmes taoïstes sont abondamment présents dans le xianxia, notamment la cultivation et la poursuite de l'immortalité qui sont toutes deux des exigences du genre. Si ces thèmes ne sont pas le point central de l'histoire, ce n'est pas du xianxia. *The Scum Villain's Self-Saving System*, *Le Grand Maître de la Cultivation Démoniaque*, et *Heaven Official's Blessing* sont considérés comme appartenant non seulement au genre danmei, mais aussi à celui du xianxia.

Webnovels :

Les webnovels sont des romans publiés en ligne chapitre par chapitre, et les sites qui les hébergent sont considérés comme des espaces accueillant les auteurs amateurs et indépendants. De nombreux romans, séries, comics et séries animées produits en Chine sont basés sur des webnovels populaires.

Le Grand Maître de la Cultivation Démoniaque a tout d'abord été publié sur le site JJWXC.

TERMINOLOGIE

ASCENSION :

Il s'agit d'un concept taoïste. L'ascension désigne le processus par lequel une personne atteint l'illumination grâce à la cultivation, à la suite de quoi elle perd sa forme mortelle et quitte le monde corporel. Dans la plupart des xianxia, les dieux se distinguent des immortels en ce sens qu'ils sont conçus naturellement et naissent divins, tandis que les immortels ne peuvent pas atteindre la divinité, mais peuvent jouir d'une grande longévité.

BOUDDHISME :

La croyance au centre du Bouddhisme est que la vie est un cycle de souffrance et de renaissance, auquel on ne peut échapper qu'en atteignant l'illumination (nirvana). Les bouddhistes croient au karma, c'est-à-dire que les actions d'une personne influencent sa fortune dans sa vie actuelle et dans toutes les suivantes. Les enseignements du Bouddha sont connus sous le nom de « Voie du Milieu » et mettent l'accent sur une pratique qui n'est ni un ascétisme extrême ni une indulgence exagérée.

BODHISATTVA :
Un bodhisattva est un bouddhiste ayant atteint l'illumination et qui, plutôt que de se libérer dans le nirvana, revient pour montrer la voie aux autres.

CHAMP DE FORCE :
Il s'agit de la zone d'effet d'un cercle magique. Toute personne se tenant à l'intérieur subit l'action du ou des sorts impliqués.

CINQ ÉLÉMENTS :
Aussi connu sous le nom de *wuxing* (五行 / « Cinq phases »). Plutôt que les concepts occidentaux de magie élémentaire, les phases chinoises sont plus couramment utilisées pour décrire les interactions et les relations entre les choses. Les phases peuvent à la fois s'engendrer et se dépasser les unes les autres.

Bois (木 / mu)
Feu (火 / huo)
Terre (土 / tu)
Métal (金 / jin)
Eau (水 / shui)

CIRCULATION DU QI :
Il s'agit du cycle métabolique du qi dans le corps. La circulation se fait du dantian aux méridiens, avant de revenir. Le qi est ainsi purifié et raffiné ; une bonne circulation est donc essentielle pour la cultivation. Dans le xianxia, le qi peut être transféré d'une personne à l'autre à travers un contact physique, et peut soigner une personne blessée si le donneur maîtrise cet art.

CLANS :
Les clans de cultivation sont de grandes familles dont les membres sont liés par le sang et partagent le même patronyme.

Ils sont dirigés par les plus anciens, et si seuls les membres de la famille peuvent les administrer, des disciples sont autorisés à s'y joindre indépendamment de leur lien de parenté. Ces derniers peuvent à terme adopter le patronyme, si la famille accepte de le leur accorder. Cela peut se faire par l'adoption ou par le mariage. Les clans ont tendance à posséder une façon de cultiver ou un art martial caractéristique qui leur est propre, et qui est transmis de génération en génération, ainsi que des armes et des artefacts spirituels ancestraux.

CONFUCIANISME :

Le confucianisme est une philosophie fondée sur les enseignements de Confucius. Son influence sur tous les aspects de la culture chinoise est incalculable. Confucius accordait une grande importance au respect des aînés et de la famille, un concept globalement connu sous le nom de *xiao* (孝 / « piété filiale »). La structure familiale est utilisée dans d'autres contextes pour inciter à des comportements similaires, comme le respect d'un élève envers son professeur, ou du peuple envers son dirigeant.

CORDE ou CÂBLE D'ENTRAVE D'IMMORTEL :

Cela peut se présenter sous diverses formes : cordes, câbles, filets, ou autres. Ces artefacts sont enchantés pour résister au pouvoir d'un immortel ou d'un dieu. Ils ne peuvent être coupés que par des objets ou des armes spirituelles de haut niveau, et restreignent souvent les capacités de ceux qu'ils retiennent captifs.

COULEURS :

◇ BLANC :

Mort, deuil, pureté. Il est utilisé pour les funérailles, que ce soit pour les défunts comme pour ceux qui les pleurent.

◇ NOIR :

Élégant, intellectuel. Considéré comme une couleur masculine, il représente les Cieux et le dao.

◇ ROUGE :
Joie, bonne fortune. Il est utilisé pour les mariages.
◇ JAUNE / DORÉ :
Richesse et prospérité, ce sont aussi des teintes souvent réservées à l'empereur.
◇ BLEU / VERT :
Santé, prospérité et harmonie.
◇ VIOLET :
Divinité et immortalité.

CULTIVATEURS / CULTIVATION :

Les cultivateurs sont des pratiquants de la spiritualité et des artistes martiaux qui cherchent à comprendre la volonté de l'univers tout en augmentant leur puissance personnelle et en allongeant leur durée de vie.

La cultivation est un long processus marqué par des étapes. Il y a traditionnellement neuf étapes, mais elles sont souvent simplifiées dans la fiction. Certaines étapes courantes sont indiquées ci-dessous, bien que la définition exacte de chacune d'elles puisse dépendre du contexte.

◇ Condensation du Qi / Raffinement du Qi (凝气/练气)
◇ Établissement des Fondations (筑基)
◇ Formation du Noyau (结丹/金丹)
◇ Embryon Spirituel (元婴)
◇ Transformation en Divinité (化神)
◇ Grande Ascension (大乘)
◇ Ordalie Céleste (渡劫)

DANTIAN :

Le *Dantian* (丹田 / « champ de cinabre ») fait référence à trois zones du corps dans lesquelles le qi est concentré et raffiné.

◇ Le dantian inférieur est situé trois largeurs de doigts en dessous et deux largeurs de doigts derrière le nombril. C'est là que se forme le noyau spirituel d'un cultivateur et c'est aussi là que le processus de métabolisation du qi commence et progresse vers le haut.

◇ Le dantian intermédiaire est situé au centre de la poitrine, au niveau du cœur.

◇ Le dantian supérieur est situé sur le front, entre les sourcils.

DÉMONS :

Les démons (魔) sont une race d'êtres immensément puissants et naturellement surnaturels. Ils sont presque toujours associés au mal. Les cultivateurs d'alignement mauvais qui cherchent le pouvoir sont présentés comme suivant la voie de la cultivation démoniaque. Selon le contexte, ces derniers peuvent également être capables de se changer en démons grâce à ce chemin de cultivation.

DÉVIATION DE QI :

Une déviation de qi (走火入魔 / « prendre feu et devenir un démon ») se produit quand la base de cultivation d'une personne devient instable. Les causes courantes peuvent être un état émotionnel fragile, de mauvaises méthodes d'entraînement à la cultivation, un usage imprudent d'arts interdits ou de haut niveau, ou le fait de succomber à l'influence de démons ou d'esprits.

Les symptômes d'une déviation de qi dans la fiction incluent la panique, la paranoïa, les hallucinations sensorielles et le décès, soit par la déviation de qi en elle-même qui cause des dégâts irréversibles au corps, soit suite à ces symptômes qui peuvent amener la victime à se donner la mort pour échapper aux visions. Les traitements pour une déviation de qi dans la fiction sont habituellement la relaxation (volontaire ou forcée par une intervention externe), les massages, la méditation, ou le transfert de qi de la part d'un autre individu.

DISCIPLES :

Les membres des clans et des sectes sont appelés des disciples. Les disciples vivent au sein de la secte et sont organisés suivant une hiérarchie stricte basée sur les compétences et l'ancienneté. Ils sont divisés en trois catégories :

- ◇ Fondateurs (considéré comme le rang le plus élevé)
- ◇ Internes
- ◇ Externes

Les disciples les plus haut placés sont mieux logés et bénéficient d'autres avantages.

Lorsqu'une personne rejoint officiellement une secte ou un clan en tant que disciple ou étudiant, la secte / le clan devient sa nouvelle famille : les professeurs représentent les parents, et les pairs, les adelphes. Pour cette raison, la trahison et l'abandon de sa secte ou de son clan sont considérés comme de profondes transgressions des valeurs confucéennes de piété filiale.

C'est aussi l'origine de beaucoup de titres honorifiques et d'appellations utilisés dans les arts martiaux.

DIZI :

Une flûte traversière. Elle est considérée comme un instrument pour les gens du peuple, car elle est facile à confectionner à partir de bambou ou de bois.

DRAPEAU D'ATTRACTION SPIRITUELLE :

Une bannière ou un drapeau destiné à guider les esprits. Peut être suspendu à un bâtiment ou à un arbre pour marquer un lieu, ou porté sur un bâton.

EMPEREUR DE JADE :

Dans la cosmologie taoïste, l'Empereur de Jade (玉皇大帝) est l'empereur des Cieux, le chef de la cour céleste, celui possédant l'un des plus hauts rangs parmi les dieux résidant dans le Royaume Céleste. Seuls les Trois Purs se tiennent au-dessus de lui.

Quand quelqu'un dit « Oh, mon Dieu ! » ou « Ciel », cela fait généralement référence à l'Empereur de Jade. Dans *Heaven Official's Blessing*, c'est Jun Wu qui tient son rôle.

ÉNERGIE YIN ET ÉNERGIE YANG :

Le yin et le yang sont un concept de la philosophie chinoise décrivant l'interdépendance complémentaire des forces opposées / contraires.

Cela peut s'appliquer à toutes les formes de changement et de différences. Le yang représente le soleil, la masculinité, et le vivant, tandis que le yin représente les ombres, la féminité, et les morts, ce qui inclut aussi les esprits et les fantômes.

Dans la fiction, les déséquilibres entre les énergies yin et yang peuvent causer de sérieux préjudices au corps ou agir comme une force conductrice pour les esprits maléfiques qui cherchent à se recharger de ce qui leur fait défaut.

ÉPÉES :

Pour un cultivateur, l'épée représente une part importante de son entraînement à la cultivation. Dans bien des cas, les épées sont spirituellement liées à leur propriétaire et peuvent avoir été offertes à ces derniers par leur maître, un membre de la famille, ou obtenues via un rituel.

Dans la fiction, les cultivateurs sont capables de les utiliser comme moyen de transport en se tenant debout sur la partie plate de la lame tandis que celle-ci vole dans les airs. Les plus talentueux peuvent commander leurs épées pour les invoquer directement dans leurs mains, pour qu'elles se battent seules, ou pour leur faire émettre des attaques d'énergie grâce au tranchant de la lame.

ERHU :

Une vièle à deux cordes, dont on joue avec un archet.

ESPRIT PRIMORDIAL :
Il s'agit de l'essence de l'existence d'une personne au-delà du plan physique. Le corps périt, l'âme retourne dans le cycle karmique, mais l'esprit qui nous rend uniques est éternel.

FACE :
Mianzi (面子), généralement traduit par « face », est un concept important dans la société chinoise. C'est une métaphore pour désigner la réputation de quelqu'un.

FANTÔMES :
Les fantômes (鬼) sont les esprits de créatures décédées sentientes incapables de trouver le repos. Ils produisent de l'énergie yin et sont très attirés par l'énergie yang.

FÉE / XIANZI :
Un terme communément utilisé dans les romans pour décrire une femme dotée d'une beauté céleste et éthérée.
Xianzi est le pendant féminin de *xianren* (« immortel ») et est également utilisé pour décrire des êtres célestes descendus des Cieux.

FRÈRES / SŒURS / FAMILLES JURÉ(E)S :
En Chine, la fraternité jurée désigne un pacte social réalisé par deux individus ou plus sans lien de sang et du même genre. Il peut être conclu pour des raisons sociales, politiques, et/ou personnelles, et n'est pas limité à deux personnes ; il peut être étendu à un groupe entier. C'est une chose plus commune chez les hommes, mais cela se retrouve aussi parfois du côté des femmes, ou entre personnes de genres différents.
Les volontaires traitent alors les membres de la famille de leurs frères ou sœurs juré(e)s comme les leurs et leur portent assistance de la même manière que le ferait une famille élargie : par du soutien et une aide mutuels, un appui dans les alliances politiques, etc. La fratrie jurée, dans laquelle

les individus se désignent comme frère ou sœur, ne doit cependant pas être confondue avec les relations familiales biologiques ou adoptives.

Ce terme est parfois utilisé dans les médias chinois, en particulier dans le genre danmei, pour désigner des relations amoureuses qui pourraient autrement être sujettes à la censure.

FUCHEN :

Le fouet d'un cultivateur, appelé fuchen, n'a rien à voir avec celui utilisé en pâtisserie. Il s'agit en fait d'un symbole taoïste et d'une arme martiale. Habituellement fabriqué en crin de cheval fixé sur un bâton de bois, il est basé sur un outil servant à chasser les mouches sans les tuer, et est symboliquement employé par les moines taoïstes errants pour chasser les pensées qui pourraient les ramener vers la vie profane.

Les moines taoïstes de Wudang ont créé un style de combat basé sur le maniement du fuchen en tant qu'arme.

FUNÉRAILLES :

Les funérailles taoïstes ou bouddhistes durent généralement quarante-neuf jours. Pendant la cérémonie, les personnes en deuil peuvent présenter au défunt des offrandes de nourriture, d'encens et de monnaie funéraire. Si les ancêtres décédés n'ont pas de descendants patrilinéaires pour leur en faire, ils risquent de mourir de faim dans l'autre monde et de se changer en fantômes affamés. L'extermination d'une famille entière est donc une punition qui ne concerne pas seulement les vivants.

Après les funérailles, le cercueil est cloué et scellé avec des talismans en papier pour protéger le corps des mauvais esprits. Le défunt est ensuite transporté en procession vers sa dernière demeure, et souvent accompagné d'une musique forte pour effrayer ces derniers. Les cimetières se trouvent généralement à flanc de colline ; plus une tombe est située en hauteur, meilleur sera le feng shui.

La couleur traditionnelle du deuil est le blanc.

GUQIN :

Une cithare à sept cordes, dont on joue en pinçant celles-ci avec les doigts. Parfois appelé simplement qin, cet instrument est assez grand et doit être posé à plat sur une surface, ou sur les genoux de la personne qui en joue.

INÉDIE :

Une capacité courante qui permet à un immortel de survivre sans nourriture ou sommeil, en s'alimentant de formes d'énergies plus pures, basée sur le jeûne taoïste. Selon le contexte, les immortels qui ont atteint le stade de l'inédie peuvent se retrouver incapables de tolérer la nourriture des mortels, ou bien ils peuvent choisir de manger quand ils le souhaitent.

JADE :

Le jade est un minéral culturellement et spirituellement important en Chine. Sa durabilité, sa beauté et la facilité avec laquelle il peut être utilisé pour fabriquer des pièces à la fois décoratives et fonctionnelles en ont fait un matériau très apprécié depuis les temps anciens. Pour les Occidentaux, le mot peut faire penser au jade vert (le minéral jadéite), mais les textes chinois désignent plus souvent le jade blanc (le minéral néphrite). C'est la couleur à laquelle il est fait référence lorsque la peau d'une personne est dite « de la couleur du jade ».

JIUTIAN XUANNU :

Dans la cosmologie taoïste, Jiutian Xuannu (九天玄女 / « Dame Sombre des Neuf Cieux ») est la Déesse de la Guerre et la protectrice de la nation.

MANCHE-COUPÉE :

Il s'agit d'un terme utilisé pour désigner un homosexuel. Cette appellation provient d'un conte relatant l'amour d'un empereur pour un politicien, et leur relation. Un matin, l'empereur est appelé pour assister à la réunion matinale, mais son amant est endormi sur sa manche. Plutôt que de le réveiller, l'empereur décide de couper celle-ci.

MANUELS DE CULTIVATION :
Les manuels de cultivation et les sutras sont des éléments d'intrigue courants dans les romans xianxia / wuxia. Ils fournissent des instructions détaillées sur une technique d'entraînement secrète ou avancée, et sont recherchés par ceux qui souhaitent améliorer leur niveau de cultivation.

NOMBRES :
◇ DEUX : (二 / « er ») est considéré comme un bon chiffre. On le retrouve notamment dans l'expression « Les bonnes choses viennent par deux ». C'est aussi une pratique commune dans la langue chinoise de répéter deux fois certains caractères pour en renforcer l'effet.
◇ TROIS : (三 / « san ») a unc prononciation proche de « sheng » (生 / « vivant »), mais aussi de « san » (散 / « séparation »).
◇ QUATRE : (四 / « si ») a une prononciation proche de « si » (死 / « mort »). C'est un chiffre qui porte malheur.
◇ SEPT : (七 / « qi ») a une prononciation proche de « qi » (齐 / « ensemble »), ce qui fait de lui un bon chiffre pour toutes les choses relatives à l'amour. Cependant, il se prononce aussi comme « qi » (欺 / « duperie »).
◇ HUIT : (八 / « ba ») a une prononciation proche de « fa » (发 / « prospérité »), ce qui fait qu'il est considéré comme un chiffre particulièrement porteur de chance.
◇ NEUF : (九 / « jiu ») est associé à tout ce qui touche de près l'Empereur et les Cieux. Il est donc considéré comme un chiffre de bon augure.

Le travail de MXTX met en scène une thématique numérique subtile en ce qui concerne les personnages jouant le rôle d'intérêts amoureux. Dans *Le Grand Maître de la Cultivation Démoniaque*, son second livre, Lan Wangji est fréquemment appelé Lan-er-gege (« second frère Lan ») en guise de surnom par Wei Wuxian. Dans son troisième livre, *Heaven Official's Blessing*, Hua Cheng est le troisième fils de sa famille, si bien que c'est le nom San Lang (« troisième jeune homme ») qu'il donne à Xie Lian lorsque celui-ci lui demande comment il s'appelle.

NOMS DE COURTOISIE :

Un nom de courtoisie est donné à un individu lorsqu'il atteint sa majorité. (Voir le Guide des Noms)

NOYAUX SPIRITUELS ou D'OR :

La formation d'un *jindan* (金丹 / « noyau d'or ») est une étape clé dans le cheminement d'un cultivateur vers l'immortalité. Le noyau spirituel se forme à partir du dantian inférieur et le remplace, devenant ainsi une source interne d'énergie pour le cultivateur. Sa création n'est accomplie qu'après un long entraînement intense et une cultivation du qi.

Les cultivateurs peuvent faire exploser leur noyau spirituel en dernier recours pour éliminer un adversaire dangereux, toutefois, cela conduit presque toujours à la mort. La destruction ou le retrait d'un noyau est un acte permanent. Il est impossible d'en cultiver un nouveau, car il n'existe plus de dantian inférieur à partir duquel le former. Sa destruction empêche également l'individu d'être capable de maîtriser ou de cultiver normalement le qi.

PILULES ET ÉLIXIRS :

Il s'agit de remèdes magiques qui peuvent soigner les blessures, améliorer la cultivation, allonger la vie, etc. Dans la culture chinoise, ces médicaments sont habituellement délivrés sous la forme de pilules, elles-mêmes confectionnées dans des fours spéciaux.

PIVOINE :

Elle symbolise la richesse et le pouvoir. Elle était autrefois considérée comme la fleur de l'empereur.

QI :

Le *qi* (气) est l'énergie présente dans toute chose vivante. Il existe un qi vertueux, mais également un qi mauvais ou toxique. Les cultivateurs s'efforcent de cultiver le qi en l'absorbant depuis le monde naturel et en le raffinant en eux-mêmes pour améliorer leur base de cultivation.

La base de cultivation correspond à la quantité de qi que possède un cultivateur ou qu'il est capable de posséder. Dans le xianxia, les lieux naturels tels que les grottes, les montagnes, ou les endroits isolés avec de beaux paysages sont souvent riches en qi, si bien que s'entraîner là peut permettre à un cultivateur de faire rapidement des progrès.

Les cultivateurs et autres manipulateurs de qi peuvent utiliser leur force vitale de diverses façons, notamment en imprégnant des objets pour les transformer en armes mortelles ou en émettant des décharges d'énergie pour causer d'importants dégâts. Les cultivateurs affinent également leurs sens au-delà de la moyenne humaine. Par exemple, ils peuvent étendre leurs sens spirituels pour obtenir une connaissance totale de tout ce qui se trouve dans la zone alentour ou pour détecter un danger potentiel.

QIANKUN :

(乾坤 / « univers ») Un objet courant utilisé dans le wuxia et le xianxia. La fonction première de cet artefact magique est d'offrir un espace de stockage illimité. Cela peut prendre la forme de sacs, de manches de robe, de bijoux magiques, d'armes, et autres.

GESTES DE SALUTATION :

◇ Le *baoquan* (抱拳 / « tenir son poing ») est un salut d'art martial où l'on place son poing droit fermé contre sa paume gauche ouverte et aux doigts tendus.

◇ Le *gongshou* (拱手 / « main courbée ») est un salut plus générique qui n'est pas spécifique aux pratiquants d'arts martiaux. Il consiste à envelopper son poing droit fermé de sa paume gauche ouverte.

La gauche et la droite de ces deux formes de salut sont inversées pour les femmes. Toutefois, lors de funérailles, la main fermée change aussi bien pour les hommes que pour les femmes, les premiers utilisant alors leur poing gauche, et les dernières, leur poing droit.

SCEAU DU TIGRE :

Ou *hufu* (虎符 / « sceau du tigre »), était utilisé par les empereurs de la Chine antique afin de donner leur aval sur l'envoi de troupes pour une bataille. Un sceau du tigre se constituait de deux parties : l'une en possession de l'empereur, l'autre en possession du général sur le terrain. Pour signifier son accord, l'empereur devait envoyer sa moitié au général. Si les deux parties correspondaient, les troupes pouvaient avancer.

SECTE :

En cultivation, une secte est une organisation d'individus unis par leur dévouement à la pratique d'une méthode particulière de cultivation ou d'arts martiaux. Elle peut posséder un style qui lui est propre.

Les sectes sont dirigées par un seul chef, soutenu par les membres aînés. Ces derniers ne partagent pas nécessairement des liens de sang.

SEPT OUVERTURES / QIQIAO :

Les sept ouvertures faciales (七窍) sont : les deux yeux, les deux narines, la bouche et les deux oreilles. Le qi fondamental en provenance des organes vitaux est dit connecté aux sept ouvertures, et si ceux-là sont malades, des symptômes peuvent se manifester aux ouvertures. Ainsi, des gens souffrants ou sérieusement blessés peuvent se retrouver à « saigner des sept ouvertures ».

SHICHEN :

Traditionnellement, les jours étaient découpés en douze intervalles de deux heures chacun, appelés *shichen* (时辰 / « temps »). Chaque shichen est associé à un terme. Avant la dynastie des Han, on utilisait des termes semi-descriptifs, mais par la suite, ils ont été renommés pour correspondre aux douze animaux du zodiaque.

ZI, MINUIT : 23 h à 1 h
CHOU : 1 h à 3 h
YIN : 3 h à 5 h
MAO, AUBE : 5 h à 7 h
CHEN : 7 h à 9 h
SI : 9 h à 11 h
WU, MIDI : 11 h à 13 h
WEI : 13 h à 15 h
SHEN : 15 h à 17 h
YOU, COUCHER DU SOLEIL : 17 h à 19 h
XU, CRÉPUSCULE : 19 h à 21 h
HAI : 21 h à 23 h

SHIDI, SHIXIONG, SHIZUN, ETC. :

Titres et termes chinois utilisés pour indiquer le rôle d'une personne ou son rang par rapport à son interlocuteur.

En raison de la richesse de ce système de dénomination, et du manque de nuances dans la traduction de beaucoup d'entre eux en français, les titres originaux ont été conservés. (Voir le Guide des Noms pour plus d'informations)

SIGNER (avec les mains) :

Cela fait référence aux divers gestes exécutés avec les mains et les doigts que les cultivateurs effectuent pour lancer des sorts, ou quand ils méditent. Un cultivateur peut aussi contrôler son épée à distance grâce à ces signes.

S'INCLINER :

Comme c'est le cas dans d'autres cultures asiatiques, s'incliner debout est une façon traditionnelle de saluer et peut également servir à présenter des excuses. S'incliner plus profondément témoigne d'un plus grand respect.

SIX ARTS :

Il s'agissait de six disciplines que tout gentilhomme de bonne famille se devait de maîtriser dans la Chine antique. Ces six arts étaient : les Rites, la Musique, le Tir à l'arc, la Conduite de Char ou l'Équitation, la Calligraphie et les Mathématiques.

SYSTÈME MONÉTAIRE :

Le système monétaire de la plupart des dynasties était basé sur l'échange de monnaie d'or ou d'argent. Le poids était également utilisé pour en mesurer les dénominations. Par exemple, un objet pouvait avoir pour prix « un liang d'argent ».

TALISMANS :

Des bandes de papier sur lesquelles sont inscrites des incantations, souvent tracées à l'aide d'encre de cinabre ou de sang. Ils peuvent servir de sceaux ou être utilisés comme sorts à usage unique.

TAOÏSME :

Le taoïsme est la philosophie du *dao* (道 / « la voie »). Suivre le dao implique d'entrer en harmonie avec l'ordre naturel de l'univers, ce qui fait de quelqu'un un « véritable humain » préservé de tout danger extérieur et pouvant agir sur le monde sans action intentionnelle. La cultivation est un concept basé sur les superstitions du taoïsme.

TEMPS D'ENCENS :

Un moyen courant de décompter le temps dans la Chine antique. Cela fait référence au temps que met un bâton d'encens pour se consumer. Les bâtons d'encens standardisés étaient fabriqués et calibrés pour marquer une mesure temporelle spécifique : une demi-heure, une heure, un jour, etc. Ils étaient à la portée de toutes les classes sociales. Dans *Le Grand Maître de la Cultivation Démoniaque*, un temps d'encens représente en général trente minutes.

TRAÎNÉE D'ÉPÉE :

Jianguang (剑光 / « lumière de l'épée »). Il s'agit d'une attaque d'énergie relâchée du tranchant de l'épée.

YAO :

Les yao (妖) sont des animaux, plantes ou objets ayant acquis une conscience spirituelle après une absorption prolongée de qi. Les yao de haut niveau ou ayant vécu longtemps sont capables de prendre forme humaine. Ce concept est comparable aux yokai japonais, un mot qui est d'ailleurs formé sur le chinois « yao ». Les yao ne sont pas mauvais par nature, mais ils entrent souvent en conflit avec les humains pour des raisons diverses, l'une d'elles étant que le noyau qu'ils développent peut être récupéré par les cultivateurs humains pour améliorer leurs propres capacités.

YU LE GRAND :

(大禹) Une figure héroïque de la Chine antique (2123 – 2025 av. J.-C.) qui s'est fait largement connaître pour être parvenu à dompter les crues du Fleuve Jaune en draguant des canaux et en redirigeant ses flots.

Les histoires racontent que, durant les nombreuses années du projet de maîtrise des eaux, il est passé par trois fois près de chez lui, mais s'en est détourné à chaque fois, résolu à ne rentrer que lorsqu'il aurait réussi. Il était loué pour ses valeurs morales et a, par la suite, fondé la dynastie Xia.

Mo Xiang Tong Xiu

« Une jeune fille superstitieuse,

célèbre posteuse de mèmes ;

une gaffeuse gourmande, qui prend des photos avec des mains tremblantes ;

qui tape avec une lenteur terrible, et qui termine ses histoires selon son humeur.

Que des mensonges.

En réalité, j'apprécie une tasse de thé rafraîchissante l'après-midi, le regard perdu à l'horizon, tandis que j'ouvre mon carnet bien-aimé pour écrire de la poésie.

Non, non, non, c'est un mensonge encore plus gros.

Bon, en fait, je suis juste quelqu'un qui écrit.

Ouaip. »

Mo Xiang Tong Xiu (MXTX) est une autrice de renommée mondiale dont les œuvres sont souvent citées comme les plus connues du genre danmei moderne. À l'origine auto-publiés sur le site Web de romans sérialisés JJWXC, ses titres actuels comprennent *The Scum Villain's Self-Saving System*, *Le Grand Maître de la Cultivation Démoniaque* et *Heaven Official's Blessing*. Ces trois séries ont fait l'objet de multiples adaptations et ont été traduites dans de nombreuses langues à travers le monde.

ILLUSTRATIONS
BONUS
KURA
ASIS
BUTCHINELLE

彩衣鎮
ASIS

ASIS

ASIS

ASIS

KURA

BUTCHINELLE